PEÇA-ME *o que* QUISER, *agora e sempre*

MEGAN MAXWELL

PEÇA-ME *o que* QUISER, *agora e sempre*

Tradução
Ernani Rosa
Tamara Sender

pa ra le la

Grafia atualizada segundo o Acordo Ortográfico da Língua Portuguesa de 1990, que entrou em vigor no Brasil em 2009.

Título original
Pídeme lo que quieras, ahora y siempre

Capa
Marcela Perroni sobre arte original da edição espanhola

Imagens de capa
© Eugene Sergeev / Shutterstock

Revisão
Ana Kronemberger
Ana Grillo

CIP-Brasil. Catalogação na fonte
Sindicato Nacional dos Editores de Livros, RJ

M418p
Maxwell, Megan
Peça-me o que quiser, agora e sempre / Megan Maxwell; tradução Ernani Rosa, Tamara Sender. – 1ª ed. – Rio de Janeiro: Paralela, 2013.

Tradução de: Pídeme lo que quieras, ahora y siempre.
Sequência de: Peça-me o que quiser
ISBN 978-85-8105-179-6

1. Romance espanhol. I. Rosa, Ernani. II. Sender, Tamara. III. Título.

CDD: 863
13-05037 CDU: 821.134.2-3

17ª reimpressão

EDITORA SCHWARCZ S.A.
Rua Bandeira Paulista, 702, cj. 32
04532-002 —São Paulo — SP
Telefone: (11) 3707-3500
editoraparalela.com.br
atendimentoaoleitor@editoraparalela.com.br
facebook.com/editoraparalela
instagram.com/editoraparalela
twitter.com/editoraparalela

Para AS GUERREIRAS MAXWELL,
por serem meu maior apoio, e para Jud e Eric,
por serem magníficos personagens.

Mil beijinhos,
Megan

1

Depois de sair do escritório, chego em casa me sentindo como se tivesse levado uma surra. Olho as caixas embaladas e fico com o coração partido. Tudo foi à merda. Minha viagem à Alemanha foi cancelada e minha vida, por ora, também. Meto quatro coisas numa mochila e desapareço antes que Eric me encontre. Meu telefone toca, e toca, e toca. É ele, mas me nego a atender. Não quero falar com Eric.

Disposta a sumir de casa, vou a uma cafeteria e ligo para minha irmã. Preciso falar com ela. Faço-a prometer que não dirá a ninguém onde estou e marco um encontro com ela.

Minha irmã vem me socorrer e, depois de me abraçar como sabe que preciso, me escuta. Conto a ela parte da história, apenas uma parte, senão deixaria ela sem palavras. Não menciono o assunto do sexo e tal, mas Raquel é Raquel!, e quando as coisas não lhe batem bem começa com esse negócio de "Tá louca!", "Você tem um parafuso a menos!", "Eric é um bom partido!" ou "Como pôde fazer isso?". Afinal me despeço dela e, apesar de sua insistência, não revelo aonde vou. Eu a conheço, contará a Eric assim que ele ligar.

Quando consigo me livrar de minha irmã, ligo para meu pai. Depois de uma conversa rápida e de fazê-lo entender que daqui a uns dias irei a Jerez e explicarei tudo o que está acontecendo, pego o carro e vou para Valência. Ali me hospedo num albergue e durante três dias passeio pela praia, durmo e choro. Não tenho nada melhor para fazer. Não atendo as ligações de Eric. Não, não quero.

No quarto dia, um pouco mais relaxada, vou dirigindo a Jerez, onde papai me recebe de braços abertos e me dá todo seu amor e carinho. Conto que minha relação com Eric acabou para sempre, e ele não quer acreditar. Eric ligou para ele várias vezes, preocupado — segundo meu pai, esse homem me ama demais para me deixar escapar. Pobrezinho. Meu pai é um romântico incorrigível.

No dia seguinte, quando me levanto, Eric já está aqui em casa.

Papai ligou para ele.

Eric tenta falar comigo, mas não quero ouvir. Fico uma fúria: grito, grito e grito, e falo tudo o que tenho sufocado antes de lhe bater a porta na cara e me trancar no quarto. Por fim, ouço que meu pai pede que ele vá embora, e por ora me deixe respirar. Papai sabe que por enquanto sou incapaz de pensar e que, em vez de solucionar as coisas, vou complicar ainda mais.

Eric se aproxima da porta do meu quarto e, com a voz carregada de tensão e raiva, me diz que está indo, então. Mas que vai embora para a Alemanha. Tem que resolver uns assuntos lá. Insiste mais uma vez para que eu saia, mas, diante da minha negativa, finalmente se vai.

Passam dois dias, e minha angústia é constante.

Esquecer Eric é impossível, ainda mais quando ele me liga toda hora. Não atendo. Mas, como sou mesmo uma masoquista, escuto várias vezes nossas canções e me entrego a essa tortura. A parte boa dessa história é que sei que Eric está muito longe e, além do mais, tenho minha moto para me distrair e saltar pelos campos enlameados de Jerez.

Dali a uns dias, me liga Miguel, meu ex-colega na Müller, e me deixa chocada. Eric despediu minha ex-chefe. Ouço incrédula. Eric teve uma tremenda discussão com ela quando a flagrou falando mal de mim na cafeteria. Resultado: rua. Bem feito, sua vagabunda!

Sinto muito, isso não deveria me alegrar, mas a malvada que há em mim se delicia: enfim essa jararaca desgraçada recebeu o que merecia. Como diz muito sabiamente meu pai, "o tempo bota cada um em seu lugar", e a essa o tempo pôs onde devia, no olho da rua.

Nessa tarde minha irmã aparece com José e Luz, e nos surpreendem com a notícia de que vão ser pais outra vez. Bebê a bordo! Meu pai e eu nos olhamos com cumplicidade e sorrimos. Minha irmã está feliz, meu cunhado também e Luz está visivelmente entusiasmada. Vai ter um irmãozinho!

No dia seguinte, é Fernando quem aparece aqui em casa. Damos um longo e significativo abraço. Pela primeira vez desde que nos conhecemos, há meses que não nos falamos, e a forma como nos abraçamos diz que, entre nós, aquilo que nunca existiu, por fim acabou.

Não pergunta por Eric.

Não faz a menor menção a ele, mas intuo que imagina que nosso caso ou acabou ou que alguma coisa está acontecendo. À tarde, enquanto minha irmã, Fernando e eu beliscamos uns tira-gostos no bar da Pachuca, pergunto:

— Fernando, se eu te pedisse um favor, você faria?

— Depende do favor.

Sorrimos, e esclareço, disposta a conseguir meu objetivo:

— Preciso do endereço de duas mulheres.

— Que mulheres?

Tomo um gole de Coca-Cola e respondo:

— Uma se chama Marisa de la Rosa e mora em Huelva. É casada com um cara chamado Mario Rodríguez, que é cirurgião plástico. É quase tudo que sei. E a outra se chama Rebeca e foi namorada de Eric Zimmerman por uns dois anos.

— Judith — protesta minha irmã —, nem pensar!

— Fica quieta, Raquel.

Mas minha irmã começa seu sermão e já não há quem a pare. Depois de discutir com ela, olho Fernando de novo, que não abriu a boca.

— Pode me conseguir o que te pedi ou não?

— Pra que quer isso? — me responde.

Não estou com vontade de contar o que aconteceu.

— Fernando, não é para nada de mal — explico. — Enfim, se você puder me ajudar, eu te agradeço.

Durante uns segundos, ele me olha sério, enquanto ao meu lado Raquel continua me metendo pau. Por fim ele concorda e se afasta. Vejo que fala pelo celular. Isso me deixa nervosa. Dez minutos depois, vem com um papel e diz:

— Sobre Rebeca só posso te dizer que está na Alemanha; ela não tem uma residência fixa. E o endereço da outra está aqui. Aliás, tuas amigas se movem num ambiente de alto nível e estão nos mesmos jogos que Eric Zimmerman.

— Que jogos são esses? — pergunta Raquel.

Fernando e eu nos olhamos. Vou cortar sua língua se der mais um pio!

Nós nos entendemos bem: sabe que se pensar em responder a minha irmã, se verá comigo. Ele me leva a sério. É um amigo excelente. Finalmente, Fernando se resigna e diz:

— Nenhuma besteira com elas, certo, Judith?

Minha irmãzinha faz que não com a cabeça, ofegante. Eu, emocionada, pego o papel e beijo Fernando no rosto.

— Obrigada. Muito, mas muito obrigada.

Essa noite, quando fico sozinha no meu quarto, a raiva toma conta de mim. Saber que no dia seguinte, com um pouco de sorte, vou estar cara a cara com Marisa me deixa nervosa. Essa bruxa desgraçada vai saber quem eu sou.

Acordo às sete da manhã. Chove.

Minha irmã já está de pé e, mal vê que me preparo para viajar, gruda em mim como um carrapato e não para de fazer perguntas.

Tento escapar dela.

Vou a Huelva fazer uma visitinha a Marisa de la Rosa. Mas Raquel... é muito Raquel! Por fim, ao perceber que não posso me livrar dela, concordo que me acompanhe. Mesmo que durante o trajeto eu me arrependa e sinta uns impulsos assassinos de jogá-la na sarjeta. É tão chata e repetitiva que tira qualquer um do sério.

Ela não sabe o que realmente aconteceu comigo e com Eric, e não para de delirar com suas suposições. Se soubesse a verdade, ficaria de queixo caído. Uma mentalidade como a de minha irmã não entenderia minhas brincadeiras com Eric. Pensaria que somos depravados, ou coisas ainda piores.

No dia em que tudo aconteceu, quando contei a Raquel, amenizei um pouco a realidade. Contei que essas mulheres tinham armado pra cima da gente e por isso havíamos discutido e terminado. Não pude lhe dizer outra coisa.

Quando chegamos a Huelva, estranhamente não estou nervosa.

Basta o nervosismo da minha irmãzinha.

Ao chegar à rua indicada no papel, estaciono. Observo ao redor e vejo que Marisa vive muito, mas muito bem. É um bairro de luxo.

— Ainda não sei o que fazemos aqui, fofinha — protesta minha irmã, saindo do carro.

— Fique aqui, Raquel.

Mas, me ignorando, fecha decidida a porta e responde:

— Nem pensar, benzinho. Aonde você for, eu vou.

Bufo, resmungo.

— Ei, espera aí: por acaso eu preciso de guarda-costas?

Ela se põe ao meu lado.

— Precisa, sim. Não confio em você. Tem a língua solta e pode exagerar na grosseria.

— Foda-se!

— Tá vendo? Já disse "foda-se!" — repete ela.

Ignoro. Ando em direção à bonita portaria. Toco o interfone e, quando uma voz de mulher responde, digo na bucha:

— Carteiro.

A porta se abre, e minha irmã, os olhos deste tamanho, me olha.

— Ai, ai, ai, Judith! Acho que você vai fazer uma besteira. Calma, querida, por favor. Calma, que te conheço, tá certo?

Rio e murmuro, enquanto esperamos o elevador:

— Quem fez besteira foi ela quando me subestimou.

— Ai, ai, ai, fofinha!

— Veja bem — sussurro, mal-humorada —, a partir deste momento, quero você de boca fechada. Este é um assunto entre mim e essa mulher. Entendido?

O elevador chega. Entramos. No quinto andar, procuro a porta D e toco a campanhia. Instantes depois, uma mulher de uniforme nos atende.

— O que deseja? — pergunta a jovem.

— Bom dia! — respondo com o melhor dos meus sorrisos. — Gostaria de ver a senhora Marisa de la Rosa. Ela está em casa?

— Da parte de quem?

— Diga que sou Vanesa Arjona, de Cádiz.

A moça desaparece.

— Vanesa Arjona? — cochicha minha irmã. — Que negócio é esse de Vanesa?

Rapidamente, com um gesto seco, ordeno que se cale.

Dois segundos mais tarde, Marisa aparece diante de nós, lindíssima com um conjunto branco-gelo. Ao me ver, sua cara de susto diz tudo. E antes que ela possa fazer ou dizer qualquer coisa, impeço que ela feche a porta, enquanto disparo:

— Olá, sua vadia!

— Fofiiiiiinnnhhhhaaa! — protesta minha irmã.

Marisa treme toda. Olho minha irmã para que fique em silêncio.

— Só quero que saiba que sei onde você mora — sussurro. — Que tal? — Marisa está pálida, mas continuo implacável: — Seu jogo sujo complicou minha vida, mas, pode crer, se eu quiser, posso ser muito pior que você ou suas amigas.

— Eu... eu não sabia que...

— Feche o bico, Marisa! — rosno entre dentes. — Tanto faz o que você me disser. Você é uma desgraçada de uma bruxa: me manipulou de uma maneira vergonhosa. E quanto à tua amiguinha Betta, como tenho certeza que mantêm contato, diga pra ela que o dia em que cruzar comigo vai saber com quem se meteu.

Marisa treme. Olha para o interior da casa, e sei que teme o que eu possa dizer.

— Por favor — suplica —, meus sogros estão aí e...

— Seus sogros? Sensacional! Me apresente pra eles. Será um prazer conhecê-los e contar umas coisas sobre a santinha da sua nora.

Descontrolada, Marisa nega com a cabeça. Está com medo. Sinto pena dela. Ela é uma bruxa, sim, mas eu não sou. Por fim resolvo dar por terminada minha visita.

— Se você se meter a besta comigo de novo, sua bela e confortável vida com seus sogros e seu famoso maridinho vai se acabar. Porque eu mesma vou me encarregar de que seja assim, entendeu?

Concorda, branca como cera. Não me esperava aqui e menos ainda desaforada assim. Quando já disse tudo o que tinha para dizer e me viro para ir embora, minha irmã vem e pergunta:

— É esta a piranha que você procurava?

Faço um gesto afirmativo. Raquel, como sempre, me surpreende:

— Se você se meter de novo com minha irmã ou o namorado dela, te juro pelo que há de mais sagrado que quem volta aqui com a faca de presunto do meu pai sou eu e te arranco os olhos, sua mocreia de merda!

Marisa, depois da cascata de palavras de minha querida Raquel, bate a porta na nossa cara. Ainda de boca aberta, olho minha irmã e murmuro em tom alegre, a caminho do elevador:

— Ainda bem que a grossa e desbocada da família sou eu. Tá rindo do quê? Não te disse pra ficar caladinha?

— Olha, fofinha, quando se metem com minha família ou a prejudicam, eu viro bicho e armo o maior barraco.

Rindo, voltamos para o carro e regressamos a Jerez.

Quando chegamos, meu pai e meu cunhado nos perguntam sobre nossa viagem. Nós duas nos olhamos e rimos. Não dizemos nada. Essa viagem foi uma coisa nossa, só nossa.

2

É 17 de dezembro. As festas de fim de ano se aproximam e os amigos da vida inteira, que vivem fora de Jerez, vão chegando. Se o mundo acabar no dia 21, como dizem os maias, pelo menos teremos nos visto uma última vez.

Como todos os anos, nos reunimos na grande festa que Fernando organiza na casa de campo de seu pai e passamos superbem. Risadas, danças, piadas e, principalmente, ótimo ambiente. Durante a festa, Fernando não me faz a menor insinuação. Fico agradecida. Não estou para insinuações.

Num momento da farra, Fernando se senta perto de mim e falamos com franqueza. Por suas palavras, deduzo que sabe muito sobre minha relação com Eric.

— Fernando, eu...

Ele bota um dedo em minha boca para me calar.

— Hoje quem vai escutar é você. Te falei que não gostava desse cara.

— Eu sei...

— Nós dois sabemos por que ele não serve para você.

— Sei...

— Mas, gostando ou não, sei a realidade. E essa realidade é que você está caidinha por ele, e ele por você. — Eu o olho espantada. — Eric é um homem poderoso que pode ter a mulher que quiser, mas demonstrou que sente algo muito forte por você, e sei disso por sua insistência.

— Insistência?

— Me ligou mil vezes, desesperado, no dia em que você desapareceu de seu escritório. E quando digo "desesperado", é desesperado.

— Te ligou?

— Sim, todos os dias, várias vezes. E mesmo sabendo que não vou com a cara dele, o sujeito se arriscou, engoliu o orgulho, só pra me pedir ajuda. Não sei como conseguiu meu celular, mas o certo é que ligou pra me suplicar que te encontrasse. Estava preocupado com você.

Meu coração se descontrola. Pensar em meu Iceman enlouquecido por minha ausência me deixa boba. Boba demais.

— Me disse que tinha se comportado como um idiota — continua Fernando — e que você tinha ido embora. Te localizei em Valência, mas não contei nada pra ele, nem tentei entrar em contato com você. Imaginei que você precisava pensar, não é?

— Sim.

Paralisada pelo que está me dizendo, olho para ele.

— Já tomou uma decisão? — pergunta.

— Sim.

— Dá pra saber qual?

Tomo um gole da minha bebida, afasto o cabelo do rosto e, com toda a dor de meu coração, sussurro num fio de voz:

— O que havia entre mim e Eric acabou.

Fernando concorda, olha para uns amigos e murmura, depois de um suspiro:

— Acho que você está enganada, conterrânea.

— Como?

— Você ouviu.

— Ouvi, sim, mas você tá maluco?

Meu amigo, o maluco, sorri e toma um gole de sua bebida.

— Ah, se teus olhos brilhassem por mim como brilham por ele! — exclama finalmente. — Ah, se você tivesse ficado tão louca por mim como sei que está por ele! Ah, se eu não soubesse que esse ricaço está tão louco por você que é capaz de me ligar pra que eu te procure e te encontre, mesmo sabendo que numa hora dessas eu posso botar você contra ele.

Fecho os olhos, com mais força ainda, quando Fernando começa a falar de novo.

— Para ele, tua segurança, te encontrar e saber que você está bem, foi essencial, o mais importante, e isso me faz ver que tipo de homem é Eric e o quanto está apaixonado por você. — Abro os olhos e ouço com atenção. — Sei que estou acabando com minhas chances ao te confessar isso, mas, se o que há entre você e esse convencido é tão verdadeiro como ambos me dão a entender, por que terminar?

— Está me dizendo pra voltar pra ele?

Fernando sorri, afasta uma mecha de cabelo do meu rosto e murmura:

— Você é boa, generosa, uma mulher excelente, e sempre te achei esperta o bastante pra não se deixar enganar por qualquer um ou fazer alguma coisa de que não gosta. Além disso, gosto de você como amiga, e se você se apaixonou por esse cara, deve ter seus motivos, não? Olha, andaluza, se é feliz com Eric, pense no que quer, no que deseja, e se teu coração te pede pra ficar com ele, não negue isso ou vai se arrepender, não é mesmo?

Suas palavras tocam meu coração, mas antes que eu comece a chorar como uma imbecil e as cataratas do Niágara brotem dos meus olhos, sorrio. Está tocando o *Waka waka*, de Shakira.

— Não quero pensar. Vem, vamos dançar — proponho.

Fernando também sorri, me pega pela mão, me leva para o centro da pista e juntos dançamos enquanto, aos gritos, cantamos com nossos amigos:

Tsamina mina, eh eh, waka waka, eh eh
Tsamina mina, zangaléwa, anawa ah ah
Tsamina mina, eh eh, waka waka, eh eh
Tsamina mina, zangaléwa, porque esto es África.

Horas depois, a animação continua, e falo com Sergio e Elena, os donos do pub da moda de Jerez. Em outros anos, nas festas de fim de ano, trabalhei de garçonete para eles e me convidam para trabalhar de novo. Topo, com prazer. Agora que estou desempregada, qualquer grana que pinte cai superbem.

De madrugada, quando chego em casa, estou cansada, meio bêbada e satisfeita.

Como todo ano, me inscrevo para participar na corrida beneficente de motocross que arrecada fundos para comprar brinquedos para as crianças carentes de Cádiz. A corrida será no dia 22 de dezembro em Puerto de Santa María. Meu pai, o Bichão e o Lucena adoram. Eles sempre se divertem tanto ou mais que eu com esses eventos.

No dia 20 de dezembro, pela manhã, meu telefone toca pela décima oitava vez. Estou morta. Trabalhar no pub é divertido mas exaustivo. Ao pegar o celular e ver que se trata de Frida, ressuscito e atendo rapidamente.

— Oi, Jud! Feliz Natal. Tudo bem?

— Feliz Natal. Estou bem, e você?

— Bem, amiga, bem.

Sua voz é tensa, e me assusto.

— O que foi, Frida? Aconteceu alguma coisa? Eric está bem?

Depois de um silêncio incômodo, Frida se decide.

— É verdade o que ouvi sobre Betta?

— Não — respondo, e respiro fundo lembrando. — Foi tudo armação dela.

— Eu sabia — murmura.

— Tanto faz, Frida. Não importa mais.

— Como não importa?! Eu me importo. Me conte agora mesmo sua versão.

Sem demora, conto a ela o que aconteceu tim-tim por tim-tim. Quando acabo, ela responde:

— Nunca gostei dessa Marisa. É uma bruxa, e Eric parece um principiante. Homens! Sabe que Marisa é amiga de Betta? Ela que apresentou os dois.

— Ela os apresentou?

— Sim. Betta é de Huelva, como Marisa. Quando começou sua relação com Eric, foi pra Alemanha morar com ele, até que deu no que deu e a perdi de vista. Mas essa Marisa é uma filha da mãe, merece uma lição.

— Calma. Já fiz uma visita a essa bruxa e deixei bem claro que comigo não se brinca.

— Não me diga!

— É isso aí. Avisei que eu também sei jogar sujo.

Frida cai na risada, e eu com ela.

— Como Eric está? — pergunto sem poder evitar.

— Mal — ela responde, eu suspiro. — Ontem à noite jantei com ele na Alemanha e, como não te vi, perguntei por você. Foi assim que fiquei sabendo do que aconteceu. Fiquei furiosa e disse poucas e boas pra ele.

Acho graça de ouvi-la falar assim e insisto, enquanto me espreguiço:

— Mas... ele está bem?

— Não, não está bem, Judith, e não me refiro a sua doença, mas a ele como pessoa. Por isso te liguei logo que cheguei aqui na Espanha. Você deve dar um jeito nisso. Deve ligar pra ele. Eric morre de saudades de você.

— Ele me tirou da vida dele, agora que aguente as consequências.

— Sei. Ele também me disse isso. É um cabeça-dura, mas um cabeça-dura que te ama. Não tenha dúvidas.

Ouvir uma coisa dessas faz com que, inconscientemente, esvoacem não borboletas no meu estômago, mas avestruzes. Sou a rainha das masoquistas. Gosto de saber que Eric ainda me ama e tem saudades, embora eu mesma me esforce para não acreditar.

— Te liguei porque neste fim de semana vamos à ceia de Natal nos meus sogros, em Conil, e depois estaremos em nossa casa de Zahara, sossegados. Passaremos o Ano-Novo na Alemanha com minha família. Claro que Eric vai vir ficar com a gente em Zahara. Não quer aparecer?

Esse é um plano maravilhoso. Em outro momento teria parecido perfeito. Mas respondo:

— Não, obrigada. Não posso. Estou enrolada com minha família e além do mais, nesses dias, trabalho à noite e...

— Então trabalha à noite?

— Sim.

— Mas no quê?

— Sou garçonete num pub e...

— Como assim, Judith!? Garçonete?! Eric não vai achar graça, não. Eu o conheço, não vai gostar nem um pouquinho.

— Que Eric goste ou não já não é problema meu — esclareço sem querer entrar em detalhes. — Além disso, no sábado tenho uma corrida em Cádiz e...

— Tem uma corrida?

— Hum-hum.

— De quê?

— De motocross.

— Então você corre de motocross?

— Sim.

— Motocross! — grita, surpresa. — Jud, não posso perder essa. Você é minha heroína. Que coisas mais bacanas você faz! Se por acaso eu tiver uma filha, quero que ela seja como você quando crescer.

Ao perceber sua surpresa, rio e digo:

— É uma corrida beneficente, sabe, pra arrecadar fundos pra comprar brinquedos e distribuir pras crianças de famílias pobres.

— Ah, estaremos lá! Onde você disse que é?

— Em Puerto de Santa María.

— A que horas?

— Começa às onze da manhã. Mas olha, Frida... Não diga nada pro Eric. Ele não gosta nem um pouco dessas corridas. Fica agoniado porque lembra do que aconteceu com a irmã.

— Não dizer ao Eric? — zomba sem querer me ouvir. — É a primeira coisa que vou fazer quando estiver com ele... Se ele não quiser ir, que não vá, mas é claro que eu vou te ver.

— Eu não quero ver o Eric, Frida. Estou muito chateada com ele.

— Para com isso, pelo amor de Deus! Agora vai ser mais idiota que ele?! Olha, se amanhã o mundo acaba como dizem os maias, e você nunca mais vê o Eric... Já pensou?

O comentário me faz rir, embora reconheça que pensei nessa possibilidade.

— Frida, o mundo não vai acabar. E quanto ao Eric, uma pessoa que desconfia de mim e que se enfurece comigo sem deixar que eu me explique não é o que quero na minha vida. Além disso, já estou cheia dele. É um babaca.

— Minha nossa! Realmente você é pior que ele. Vem cá, vocês são tão idiotas que não veem que foram feitos um pro outro? Bom, enfim... não quer deixar de lado esse teu orgulho desgraçado e dar a vocês a chance que merecem? Ele é um cabeça-dura? Com certeza! Você é uma cabeçuda? Com certeza! Mas, pelo amor de Deus, Judith, você tem que falar! Lembra que ia se mudar logo pra Alemanha? Já esqueceu? — E sem me dar tempo de dizer mais nada, afirma: — Bom, deixa comigo. Até sábado, Jud.

E, com uma estranha dor no estômago pelo que ouvi, me despeço.

3

A sexta-feira passa — e o mundo não acaba! Os maias não acertaram.

No sábado, acordo muito cedo. Estou exausta por causa do meu trabalho de garçonete, mas é a vida. Olho pela janela.

Não está chovendo!

Beleza!

Saber que Eric está a poucos quilômetros de mim e que há a possibilidade de nos vermos me deixa ansiosa demais. Não comento nada em casa. Não quero que isso mexa com eles e — quando chegam o Bichão e o Lucena com o reboque e meu pai e José ajeitam a moto nele — sorrio, feliz.

— Vamos, moreninha! — grita meu pai. — Já está tudo preparado.

Minha irmã, minha sobrinha e eu saímos de casa. Estou levando a bolsa com meu macacão de corrida. Ao chegar ao carro, me alegro ao ver Fernando chegando.

— Você vai? — pergunto.

Ele, engraçadinho, faz que sim.

— Me diga quando eu faltei a uma de tuas corridas?

Nos dividimos em dois carros. Meu pai, minha sobrinha, o Bichão e o Lucena vão num, e minha irmã, José, Fernando e eu, no outro.

Em Puerto de Santa María, nos dirigimos ao lugar do evento. Está transbordando de gente, como todos os anos. Depois de entrar na fila para confirmar a inscrição e receber meu número, meu pai volta feliz.

— Você é o número 87, moreninha.

Sorrio e olho em volta em busca de Frida. Não a vejo. Gente demais.

Checo meu celular. Nenhuma mensagem.

Me encaminho com minha irmã para os vestiários improvisados que a organização montou para os participantes. Tiro meu jeans e boto meu macacão de couro, vermelho e branco. Minha irmã me coloca as proteções dos joelhos.

— Qualquer hora dessas, Judith, vai ter que dizer a papai que vai parar com isto — afirma. — Você não pode continuar dando saltos numa moto eternamente.

— E por que não, se eu gosto?

Raquel sorri e me dá um beijo.

— Tem razão, na verdade. No fundo admiro seu lado de guerreira machona.

— Acabou de me chamar de machona?

— Não, fofinha. Quero dizer que essa força que você tem, eu gostaria de ter também.

— Você tem, Raquel... — sorrio com carinho. — Ainda me lembro de quando você participava das corridas.

Minha irmã vira os olhos:

— Mas eu corri duas vezes. Não levo jeito pra isso, por mais que papai adore.

Realmente, ela tem razão. Mesmo que nós tenhamos sido criadas pelo mesmo pai e tenhamos compartilhado os mesmos hobbies, ela e eu somos diferentes em muitas coisas. E o motocross é uma delas. Vivi esse esporte, sempre. Ela sofreu, sempre.

Já de macacão, vou para onde me esperam meu pai e o que se pode chamar minha equipe. Minha sobrinha está feliz e dá pulos de entusiasmo ao me ver. Para ela sou sua supertitia! Sorridente, tiro fotos com ela e com todos. Pela primeira vez em vários dias, meu sorriso é franco e conciliador. Estou fazendo uma coisa de que gosto, e dá para ver isso na minha cara.

Passa um homem vendendo bebidas e meu pai compra uma Coca-Cola. Contente, começo a tomá-la quando minha irmã exclama:

— Ihhhh, Judith!

— O quê?

— Acho que tem alguém te paquerando.

Olho-a com uma expressão sacana, e ela, aproximando-se comicamente, cochicha:

— O piloto 66, o da tua direita, não para de te olhar. Não quero dizer nada, mas o cara tá quase babando.

Curiosa, me viro e sorrio ao reconhecer David Guepardo. Ele me pisca o olho, e ambos nos cumprimentamos. Nós nos conhecemos há anos. É de uma cidadezinha perto de Jerez chamada Estrella del Marqués. Somos apaixonados por motocross e costumamos nos encontrar de vez em quando em algumas corridas. Falamos por um instante. David, como sempre, é todo charmoso comigo. Supersimpático. Pego o que ele me entrega, me despeço e volto para minha irmã.

— O que tem aí?

— Ô Raquel, deixe de se meter em tudo — censuro. Mas ao compreender que não vai mesmo me deixar em paz, respondo: — Seu número de telefone, satisfeita?

Primeiro minha irmã tapa a boca e depois solta:

— Aiii, fofa! Quero ser você na outra encarnação.

Desato a rir bem na hora em que ouço:

— Judith!

Me viro e topo com o maravilhoso sorriso de Frida, que corre para mim com os braços abertos. Eu a abraço com alegria e vejo que atrás dela vêm Andrés e Eric.

— O mundo não acabou — murmura Frida.

— Eu te disse — respondo alegre.

Meu Deussssss! Eric veio!

Meu estômago se contrai e, de repente, toda a minha segurança começa a evaporar. Por que sou tão imbecil? Por acaso o amor nos torna inseguros? Tudo bem, no meu caso com certeza a resposta é sim.

Sei o que um evento como este faz com Eric. Dor e tensão. Mesmo assim, decido não olhar para ele. Continuo zangada. Depois de beijar Frida, com carinho cumprimento Andrés e Glen, que está no seu colo. Quando chega a vez de Eric, digo sem olhá-lo:

— Bom dia, senhor Zimmerman.

— Oi, Jud!

Sua voz me deixa nervosa.

Sua presença me deixa nervosa.

Ele todo me deixa nervosa!

Mas tiro forças do fundo da alma para momentos assim, viro a cabeça e digo a minha desconcertada irmã:

— Raquel, eles são Frida, Andrés e Glen, e ele é o senhor Zimmerman.

Minha irmã e os outros ficam com cara de tacho. A frieza que demonstro ao me referir a Eric desorienta a todos, menos a ele, que me olha com sua habitual expressão de mau humor.

Nesse instante, surge Fernando, que me avisa:

— Judith, você sai no próximo grupo.

De repente vê Eric e fica parado. Ambos se cumprimentam com um movimento de cabeça, e olho Frida.

— Tenho de deixar vocês. É minha vez. Frida, sou a número 87. Me deseje sorte.

Quando me viro, David Guepardo, o piloto com quem falei antes, se aproxima e tocamos nossos punhos fechados. Me deseja sorte! Eu sorrio e, sem dizer nada, me afasto acompanhada por Raquel e Fernando. Quando estamos suficientemente longe dos outros, entrego a minha irmã o papel que tenho na mão:

— Grave o número do telefone de David no meu celular, tá?

Minha irmã concorda.

— Puxa, fofinha! — diz. — Eric veiiiiioooooo!

Com cara de contrariada, apesar de no fundo sentir uma alegria idiota, ironizo:

— Oh, que emoção!

Mas minha irmã é uma romântica incorrigível.

— Judith, pelo amor de Deus! Ele está aqui por você, não por mim, nem por outra. Não tá vendo? Esse pedaço de mau caminho está louco por você.

Tenho vontade de estrangulá-la.

— Nem mais uma palavra, Raquel. Não quero falar disso.

No entanto, minha irmã... é minha irmã!

— Claro — insiste — que isso de chamar o cara pelo sobrenome teve sua graça.

— Raquel, feche a matraca!

Mas como é lógico nela, volta à carga:

— Uau, quando papai souber!

Papai? Paro na hora. Olho Raquel.

— Nem uma palavra a papai sobre isso. E, antes que continue essa papagaiada de mulherzinha e de novela mexicana, lembre-se: o senhor Zimmerman e eu já não temos nada. Entendeu ou quer que desenhe?

Fernando, que está com a gente, tenta manter a paz.

— Vamos, garotas! Chega de discussão. Não vale a pena.

— Como não vale a pena?! — recrimina minha irmã. — Eric é...

— Raquel... — protesto.

Fernando, que sempre se diverte com nossos estranhos "bate-bocas", me diz:

— Vamos, Judith, dê uma maneirada. Talvez deva ouvir tua irmã e...

Incapaz de aguentar um segundo mais o papo deles, olho meu amigo puta da vida e grito como uma possessa:

— Por que não fecha a matraca?! Te garanto que fica mais bonito.

Fernando e minha irmã trocam um olhar e riem. Viraram idiotas?

Chegamos onde meu pai está com o Bichão e o Lucena. Puxa, que trio! Boto o capacete, os óculos de proteção e ouço o que papai tem a me dizer sobre a regulagem da moto. Depois, monto e me dirijo para a porta de entrada. Aqui espero, com outros participantes, que me deixem entrar na pista.

Protegida atrás de meus óculos, olho para onde Eric está. Não posso evitá-lo. Além do mais, é tão alto que é impossível não vê-lo. Está impressionante com esses jeans de cintura baixa e o suéter preto de tricô.

Nossa, que gato mais gostoso!

É o típico homem que até com uma melancia no pescoço ficaria bem. Fala com Andrés e Frida, mas eu o conheço: está tenso. Sei que, detrás de seus Ray-Ban espelhados de aviador, me procura com o olhar. Isto me agita o coração. Mas como sou pequena e estou entre tantos pilotos vestidos do mesmo modo, ele não consegue me localizar, o que me dá vantagem. Eu posso ficar calmamente curtindo essa cena.

Quando abrem a pista, os juízes nos colocam em nossa posição no grid de largada. Eles nos avisam que há vários grupos de nove pessoas — tanto faz se homem ou mulher — e que os quatro primeiros colocados de cada grupo se classificam para as rodadas seguintes.

Pronta em minha posição, ouço a vozinha de minha Luz me chamar e aceno para ela, que ri e aplaude. Que linda que é minha sobrinha!

Mas meu olhar volta a Eric.

Ele não se mexe.

Quase não respira.

Mas aí está, disposto a ver a corrida apesar da angústia que sei que vai lhe causar.

De novo, me concentro no que devo fazer. Devo ficar entre os quatro primeiros se quero me classificar para a rodada seguinte. Acalmo minha mente e acelero a moto. Foco na corrida e me esqueço do resto. Tenho de fazer isso.

Os instantes antes da largada fazem sempre minha adrenalina subir. Ouvir o ronco dos motores ao meu redor me deixa arrepiada e, quando o juiz baixa a bandeira, acelero ao máximo e saio a toda. Ganho boa posição desde o começo e, como meu pai me avisou, tenho cuidado na primeira curva, que está cheia de lombadas. Salto, derrapo, me divirto! E, ao chegar a uma descida espetacular, me alegro como uma louca enquanto vejo que o piloto a minha direita perde o controle de sua moto e cai. Puxa, que porrada levou! Acelero, acelero, acelero e salto de novo. Os pneus cantam e acelero, salto, derrapo de novo e, depois de completar o circuito três vezes, chego entre os quatro primeiros.

Beleza!

Me classifiquei para a próxima rodada.

Quando saio da pista, meu pai, mais feliz que pinto no lixo, me abraça. Todos se dão parabéns pelo meu sucesso, enquanto tiro os óculos enlameados. Minha sobrinha está emocionada e não para de dar pulinhos. Sua titia é sua heroína, e estou muito contente por ela.

David Guepardo sai no próximo grupo. Ao passar a meu lado, outra vez tocamos nossos punhos. Nesse instante, chega Frida e, adorando tudo, grita:

— Parabéns! Santo Deus, Judith, você foi impressionante!

Sorrio e bebo um gole de Coca-Cola. Estou sedenta. Olho além de Frida e parece que Eric não vem me abraçar. Eu o localizo a vários metros de distância, com Glen no colo, falando com Andrés.

— Não vai cumprimentá-lo? — pergunta Frida.

— Já o cumprimentei.

Ela sorri e chega mais perto ainda.

— Isso de chamá-lo de senhor Zimmerman foi provocante — murmura. — Mas fala sério: não vai falar com ele?

— Não.

— Te garanto que fez um tremendo esforço pra vir. Você sabe por quê.

— Sei, sim, mas podia ter se poupado a viagem.

— Para com isso, Judith! — insiste Frida.

Falamos mais um pouco, mas, como diz meu pai, ele pode tirar o cavalinho da chuva. Não vou falar com Eric. Ele não merece. Ele me disse que nossa história tinha acabado, e eu lhe devolvi o anel. Fim de papo.

A manhã segue, e eu vou superando as rodadas, tantas que chego à final. Eric continua lá e o vejo falar com meu pai. Ambos estão concentrados na conversa, e agora meu pai sorri e dá um tapa de homem nas costas de Eric. Do que será que estão falando?

Reparei como Eric me procura continuamente com o olhar. Isto me excita, embora eu tenha ficado na minha. Tentou se aproximar de mim, mas cada vez que percebi sua intenção, escapei entre as pessoas, e não me encontrou.

— Tá com cara de que quer tomar uma Coca-Cola, não é mesmo?

Me viro e vejo David Guepardo me oferecendo a latinha.

Enquanto esperamos que nos chamem para a última rodada, sentamos para tomar o refrigerante. Eric, não muito longe de mim, tira os óculos. Quer que eu saiba que está me olhando. Quer que eu veja sua irritação. Mas até com os óculos eu já sabia como me olhava. Por fim, fico de costas para ele.

Mas mesmo assim sinto seu olhar. Isto me incomoda e, ao mesmo tempo, me excita.

Durante um tempinho, David e eu falamos, rimos e observamos outros colegas correrem a última rodada de classificação. Meu cabelo flutua ao vento, e David pega uma mecha e a põe atrás de minha orelha.

Minha nossa, isso deve ter tirado o senhor Zimmerman dos eixos!

Não quero nem olhar.

Mas a depravada que mora em mim não resiste e, realmente, sua contrariedade virou uma fúria total.

Pior para ele!

Aí nos avisam que em cinco minutos começará a última corrida. A definitiva. David e eu nos levantamos, tocamos nossos punhos, e cada um se encaminha a sua moto e seu grupo. Meu pai me entrega o capacete e os óculos e pergunta, bem pertinho:

— Está fazendo ciúme pro teu namorado com David Guepardo?

— Papai... Eu não tenho namorado. — Ele ri, e antes que diga qualquer coisa, acrescento: — Se você se refere a quem eu penso que se refere, já te disse que terminamos. Acabou!

O bonachão do meu pai suspira.

— Acho que Eric não pensa assim. Não dá a coisa por terminada.

— Pra mim tanto faz, papai.

— Ah, você é igualzinha à teimosa da tua mãe. Igualzinha!

— Pois olha, isso me alegra — respondo, mal-humorada.

Meu pai concorda, suspira e solta, com expressão divertida:

— Ai, ai, ai, ai, moreninha! Nós gostamos das mulheres difíceis, e você, minha querida, sai da frente. Esse teu gênio deixa qualquer um doido! — Ri. — Eu não deixei tua mãe escapar, e Eric não vai deixar você escapar. Vocês são lindas e interessantes demais.

Com raiva, ajusto o capacete e boto os óculos. Não quero falar. Acelero a moto e a levo até o grid de largada. Como nas rodadas anteriores, me concentro e, enquanto espero a saída, piso várias vezes no acelerador. A diferença é que agora estou irritada, muito irritada, e isto me deixa mais louca ainda. Meu pai, que me conhece melhor que ninguém, me faz sinais com as mãos para que eu deixe a poeira baixar e relaxe.

A corrida começa, e sei que tenho que fazer uma boa largada, se quero vencer.

Consigo e corro como quem viu um fantasma. Me arrisco mais e me divirto pelos ares, adrenalina a toda, enquanto salto e vou cantando os pneus.

Com o canto do olho, vejo que David e mais um me ultrapassam pela direita. Acelero. Consigo deixar a outra moto para trás, mas David Guepardo é muito bom, e antes de chegar à zona das lombadas, acelera e salta os quebra-molas que me fazem perder tempo e quase cair. Mas não, não caio. Aperto os dentes, e consigo manter o controle da moto e continuo acelerando. Não gosto de perder nem no dominó.

Exijo tudo da moto. Alcanço e ultrapasso David. Mas ele me passa de novo. Derrapamos, e um terceiro piloto se adianta a nós dois.

Atrás dele!

Acelero ao máximo, consigo alcançá-lo e deixá-lo para trás. Agora David salta, arrisca e me passa pela esquerda. Eu acelero. Ele acelera. Todos aceleramos.

Quando passo pela linha de chegada e o juiz baixa a bandeira quadriculada, levanto o braço.

Segunda!

David, primeiro.

Damos uma volta pelo circuito e saudamos a plateia toda. Receber o aplauso e contemplar as caras felizes nos fazem sorrir. Quando paramos, David vem até mim e me abraça. Está contente, e eu estou também. Tiramos os capacetes, os óculos, e as pessoas aplaudem com mais força.

Sei que essa proximidade com David não está agradando a Eric. Sei. Mas preciso dela, e inconscientemente quero provocá-lo. Sou dona da minha vida. Sou dona dos meus atos, e nem ele nem ninguém conseguirá me fazer mudar de ideia.

Meu pai e todos os outros vêm para a pista nos felicitar. Minha irmã me abraça, meu cunhado também, Fernando, minha sobrinha, Frida. Todos gritam "campeã" como se eu houvesse ganhado um campeonato mundial. Eric não se aproxima, se mantém num segundo plano. Sei que espera que seja eu a me aproximar, que vá até ele, como sempre. Mas não. Desta vez, não. Como diz nossa canção, "somos polos opostos", e, se ele é cabeça-dura, quero que entenda de uma vez por todas que eu sou mais ainda.

Quando, no pódio, nos dizem o quanto de dinheiro se arrecadou para os presentes das crianças, fico louca de alegria.

Que bolada!

Instintivamente sei que grande parte desse dinheiro foi Eric quem doou. Sei. Ninguém precisa me dizer.

Encantada, sorrio, ao ouvir a quantia. Todos aplaudem, inclusive Eric. Seu rosto está mais relaxado, e vejo orgulho em sua expressão, quando levanto minha taça. Isto me comove e agita meu coração. Em outro momento, teria piscado um olho para ele e teria dito "te amo" com o olhar. Mas agora não. Agora não.

Quando desço do pódio, faço mil fotos com David e com todo mundo. Meia hora depois, as pessoas se dispersam e nós, os pilotos, começamos a juntar nossas coisas. David, antes de ir embora, vem falar comigo e me lembra que estará em sua cidadezinha até o dia 6 de janeiro. Prometo ligar para ele. Quando saio do vestuário com meu macacão na mão, me agarram pelo braço e me puxam. É Eric.

Durante uns segundos, nos olhamos.

Oh, Deus! Oh, Deusssssssss! Seu rosto tão sério me deixa louca.

Suas pupilas se dilatam. Ele me diz com o olhar o quanto precisa de mim e, ao ver que não respondo, me puxa para ele. Quando me tem perto de sua boca, murmura:

— Tô morrendo de vontade de te beijar.

Não diz mais nada.

Me beija, e uns desconhecidos que estão por perto aplaudem, encantados com tanta paixão. Durante uns segundos, deixo que Eric invada minha boca. Uauuu! Curto loucamente. Quando se separa de mim, Iceman comenta com voz rouca, me olhando nos olhos:

— Isto é como nas corridas, querida: quem não arrisca não petisca.

Tem razão.

Mas deixando-o totalmente confuso, respondo, consciente do que digo:

— Realmente, senhor Zimmerman. O problema é que o senhor já arriscou e me perdeu.

Seu olhar endurece de imediato.

Me afasto dele, dando-lhe um empurrão, e caminho para o carro de meu cunhado. Eric não me segue. Intuo que ficou sem saber o que fazer, enquanto sei que me observa.

4

À tarde, quando chego a Jerez, meu celular não para de tocar.

Estou quase o arrebentando contra a parede.

Eric quer falar comigo.

Desligo o celular. Liga para o telefone de meu pai. Mas me recuso a atender.

No domingo, quando me levanto, minha irmã está plantada diante da tevê vendo a novela mexicana que adora, *Sou tua dona*. Cafonice pouca é bobagem!

Na cozinha, vejo um lindo buquê de rosas vermelhas de talos longos. Solto um palavrão. Dá para imaginar quem o mandou.

— Fofinha, olha que beleza que te mandaram! — diz Raquel, atrás de mim.

Sem precisar perguntar quem mandou, agarro o buquê e jogo direto no lixo. Minha irmã grita como uma possessa.

— O que é isso?!

— O que você tá vendo.

Rapidamente, tira as rosas do lixo.

— Pelo amor de Deus! É um sacrilégio botar fora. Deve ter custado uma fortuna.

— Não tô nem aí! Se fossem do mercadinho da esquina o efeito seria o mesmo.

Não quero olhar minha irmã botar de novo as rosas no vaso.

— Não vai ler o cartão? — insiste.

— Não, e nem você — respondo, e o arranco das mãos dela e jogo no lixo.

De repente, aparecem meu cunhado e meu pai, e nos olham. Minha irmã impede que eu chegue perto das rosas de novo.

— Dá para acreditar numa coisa dessas? Quer atirar estas maravilhas no lixo.

— Acredito, sim — afirma meu pai.

José sorri e, aproximando-se da minha irmã, lhe dá um beijo no pescoço.

— Ainda bem que você está aqui pra resgatá-las, pombinha.

Não respondo.

Não olho para eles.

Deus me livre de ficar ouvindo isso de "pombinha" e "pombinho". Como podem ser tão bobocas?

Esquento um café no micro-ondas, tomo e ouço que batem na porta. Que saco. Me levanto, pronta para fugir se for Eric. Meu pai, ao ver minha cara, vai abrir. Dois segundos depois, brincalhão, entra sozinho e deixa algo sobre a mesa.

— Isto é pra você, moreninha.

Todos me olham, à espera de que abra a enorme caixa branca e dourada. Por fim, me arrasto e a abro. Quando levanto a embalagem, minha sobrinha, que entra nesse momento na cozinha, exclama:

— Um estádio de futebol de chocolate! Que legaaaallllll!

— Acho que alguém quer adoçar tua vida, querida — brinca meu pai.

Boquiaberta, olho o enorme campo de futebol. Não falta um detalhe. Até arquibancada e público tem. E no marcador se lê "te amo" em alemão: *Ich liebe dich*.

Meu coração bate descontrolado.

Não estou acostumada a estas coisas e não sei o que dizer.

Eric me desconcerta, me deixa louca! Mas, no final, resmungo, e minha irmã rapidamente se coloca a meu lado.

— Não vai jogar fora, não é mesmo? — diz.

— Acho que sim — respondo.

Minha sobrinha se mete no meio e levanta um dedo.

— Tiiiiiaaaaa, não pode jogar fora!

— E por que não? — pergunto, chateada.

— Porque é um presente muito bonito do titio e nós temos que comer. — Sorrio ao ver sua expressão malandrinha, mas meu sorriso se apaga quando ela acrescenta: — Além do mais, tem que perdoá-lo. Ele merece. É muito bom e merece.

— Merece?

Luz faz um gesto afirmativo com a cabeça.

— Quando eu briguei com Alicia por causa do filme e ela me chamou de boba, fiquei muito chateada, não foi? — me lembra minha sobrinha, e eu concordo. — Ela me pediu desculpa, e você disse que devia pensar se minha mágoa era tão importante assim pra fazer perder minha melhor amiga. Pois agora, tia, eu digo a mesma coisa. Você tá tão chateada assim, que não pode perdoar o tio Eric?

Continuo olhando boquiaberta o projeto de gente que me disse isso, quando meu pai intervém:

— Moreninha, somos escravos de nossas palavras.

— Com certeza, papai, e Eric também é — digo ao lembrar as coisas que ele me disse.

Minha sobrinha me olha, à espera de uma resposta. Pestaneja como uma ursinha. É uma criança, não devo esquecer. Por isso, com a pouca paciência que ainda me resta, murmuro:

— Luz, se você quer, pode comer todo o campo de futebol. Te dou de presente, tá bem?

— Eba! — aplaude a menina.

Todos sorriem, e seus sorrisos me tiram do sério. Por que ninguém entende minha mágoa?

Sabem que Eric e eu rompemos, embora ninguém, fora minha irmã, saiba que é por causa de uma mulher, e nem mesmo a ela contei toda a verdade. Se Raquel ou qualquer outro conhecesse todos os motivos de nossa discussão, não acreditaria na loucura toda!

Percebendo que minha angústia vai aumentando, aumentando e aumentando, vou ver minha amiga Rocío. Tenho certeza de que ela não falará de Eric. E não me engano.

Volto para o almoço. O telefone não para de tocar e deixo desligado.

Já chega, por faaaaavvvooorrr!

Às dez vou para o pub. Tenho de trabalhar. Mas quando estou na porta, falando com uns amigos, vejo passar um BMW escuro e reconheço Eric ao volante. Me escondo. Não me viu e, pela direção que tomou, suponho que se dirige à casa do meu pai.

Que inferno. Por que é tão insistente?

Quando o desespero começa a me dar uma grande coceira, alguém me toca as costas e, ao me virar, topo com David Guepardo. Que cara mais lindo! Encantada, sorrio e tento me concentrar nele. Entramos no pub. Me convida para uma bebida, eu o convido para mais uma. É amável, um doce, e por seu olhar e as coisas que diz, sei o que quer: sexo! Mas não. Hoje não estou num bom dia e decido ignorar as mensagens que me manda enquanto começo a servir as bebidas no balcão.

Vinte minutos depois, vejo Eric entrar, e meu coração dispara.

Tum-tum... Tum-tum...

Está sozinho. Olha ao redor e rapidamente me localiza. Caminha decidido até onde estou e diz:

— Jud, saia daí agora mesmo e venha comigo.

David olha para ele, depois olha para mim.

— Conhece este cara? — pergunta.

Vou responder, quando Eric se adianta.

— É minha mulher. Quer saber mais alguma coisa?

Sua mulher? Mas que prepotência!

Surpreso, David me olha. Pestanejo e enquanto termino de preparar uma cuba-libre para o ruivo da direita, respondo:

— Não sou tua mulher.

— Ah, não? — insiste Eric.

— Não.

Entrego a conta para o ruivo, e trocamos um sorriso. Depois que ele me paga, olho pra Eric, que aguarda desesperado.

— Não sou nada tua — esclareço. — Acabou tudo e...

Mas Eric, cravando seus espetaculares olhos azuis em mim, não me deixa terminar.

— Jud, querida, quer parar de dizer bobagem e sair desse balcão?

Resmungo, chateada com suas palavras.

— Você é quem tem de parar de dizer bobagens, meu filho. E repito: não sou sua mulher e também não sou sua namorada. Não sou absolutamente nada sua e quero que me deixe viver em paz.

— Jud...

— Quero que me esqueça e me deixe trabalhar — prossigo, irritada. — Quero distância de você. Arrume outra e vá encher o saco dela, entendido?

Minha cara é séria, mas a de Eric é tenebrosa.

Me olha... Me olha... Me olha...

Tem o rosto tenso, e sei que está contendo seus impulsos mais primitivos, esses que me deixam louca. Santo Deus, sou uma masoquista! David nos olha, mas antes que possa dizer alguma coisa, Eric murmura:

— Tudo bem, Jud. Farei o que me pede.

E se vira e vai para a ponta do balcão. Irritada, eu o sigo com o olhar.

— Quem é esse cara ? — pergunta David.

Não respondo. Só posso prestar atenção em Eric e ver como meu colega no balcão lhe serve um uísque. David insiste.

— Se não é muita indiscrição, quem é?

— Alguém do meu passado — respondo como posso.

Irritada até não poder mais, tento me esquecer de que Eric está aqui. Continuo preparando bebidas e sorrindo para os clientes. Durante um bom tempo, não o olho. Quero não reparar na sua presença e me divertir. David é um doce e tenta me fazer rir o tempo todo. Mas meu sorriso se congela e meu sangue para, quando, ao ir pegar uma garrafa na prateleira, vejo Eric falando com uma garota muito bonita. Não me olha. Está todo concentrado nela, e isso me deixa muito puta.

Nossa mãe, que ciumenta estoooouuuu!

Pego a garrafa e me viro. Não quero continuar olhando o que ele está fazendo, mas minha maldita curiosidade me obriga a olhar de novo. Os sinais que a garota dá são os típicos de quando um homem nos interessa. Mexe no cabelo, na orelha, e o sorrisinho de "vem quente que eu estou fervendo".

De repente a loira passa um dedo no rosto dele. Por que o toca? Ele sorri.

Eric não se mexe, e sou testemunha de como ela chega cada vez mais e mais perto, até ficar totalmente entre suas pernas. Eric a olha. Seu olhar ardente me excita. Passa um dedo pelo pescoço dela, e isso me revolta.

O que esse maluco está fazendo?

Ela sorri, e ele baixa o olhar.

Ah, eu mato!

Esse olhar, acompanhado do seu sorriso malicioso — sei o que significa. Sexo!

Meu coração bate descompassado.

Eric está fazendo o que pedi. Arrumou outra, se diverte, e eu, como uma imbecil, estou sofrendo pelo que eu mesma pedi. Que coisa idiota fui fazer!

Quinze minutos depois, observo que ele se levanta e, sem me olhar, sai do pub de mãos dadas com a garota.

Eu maaaatttoooooooo!

Meu coração bombeia enlouquecido e, se continuo respirando assim, acho que vou ter um troço. Saio do balcão, vou para o banheiro e refresco a nuca com água. O pescoço arde. Merda de alergia! Eric acaba de demonstrar que não está de brincadeira, que seu negócio é pra valer. Preciso de ar ou sumir daqui. Tenho de desaparecer do pub ou sou capaz de organizar uma verdadeira matança.

Quando saio do banheiro, despacho David como posso e combino de vê-lo amanhã à noite. Ao entrar no meu carro, grito de frustração. Por que sou uma completa imbecil? Por que digo a Eric que faça coisas que vão me fazer sofrer? Por que não posso ser tão fria como ele? Sou espanhola, temperamental; enquanto Eric é um alemão impassível. Ligo o carro, e o rádio começa a tocar. A voz de Álex Ubago toma meu carro, e fecho os olhos. A canção *Sin miedo a nada* me deixa arrepiada.

Idiota, idiota, idiota... Sou uma IDIOTA completa!

Ligo o celular enquanto começo inconscientemente a cantarolar:

Me muero por explicarte lo que pasa por mi mente,
Me muero por entregarte y seguir siendo capaz de sorprenderte,
Sentir cada día ese flechazo al verte.
Qué más dará lo que digan, qué más dará lo que piensen.
Si estoy loca es cosa mía...

Procuro o número de Eric e, quando estou a ponto de ligar, paro. O que estou fazendo?

Quero quebrar a cara?

Abobalhada, fecho o celular.

Não vou ligar. Nem morta!

Mas a raiva que sinto me faz tirar a chave da ignição, sair do carro e, depois de bater a porta do meu *Leãozinho* com uma pancada e tanto, entro de novo no pub. Estou solteira, sem compromisso e sou dona de minha vida. Procuro David. Localizo-o e o beijo. Ele rapidamente corresponde.

Esses caras são tão fáceis!

Durante vários minutos permito que sua língua brinque com a minha, e quando estou a ponto de insinuar a ele que devemos ir para outro lugar, a porta do pub se abre e vejo que entra a garota loira que saíra com Eric.

Surpresa, sigo-a com o olhar. Ela vai até o balcão, pede uma bebida a meu colega e depois volta a seu grupo de amigas. Neste instante, toca meu celular. Uma mensagem de Eric.

"Sair com qualquer um é tão fácil como respirar. Não faça nada de que possa se arrepender."

Sem saber por quê, caio na risada. Eric, seu safado! Ele e seus jogos engraçadinhos. David me olha. Digo que tenho que continuar trabalhando e volto a meu posto.

Às seis e meia da manhã, entro na casa de papai. Estão todos dormindo. Vou até a lata de lixo e, depois de procurar um pouco, encontro o cartão das rosas que Eric me enviou. Abro e leio: "Querida, sou um babaca. Mas um babaca que te ama e que deseja ser perdoado. Eric."

5

Quando me levanto pela manhã, é tardíssimo. Passei uma noitezinha que não desejo nem a meu pior inimigo. Bom, sim... A Eric, sim!

Minha irmã e meu pai já estão envolvidos com a ceia de Natal, enquanto meu cunhado joga PlayStation com minha sobrinha. Depois de tomar café, me sento perto de meu cunhado e, após dez minutos, jogo *Mario Bros* com ele e Luz. Meu celular toca. Eric. Desligo sem remorsos.

Às sete da noite, quando vou entrar no chuveiro, me olho no espelho. Minha aparência é boa, mesmo que por dentro eu esteja arrebentada. Ligo o celular e, depois de ver doze chamadas não atendidas de Eric, encontro uma mensagem de David: "Passarei pra te pegar à meia-noite. Fique bonita."

O "fique bonita" me faz sorrir. Mas meu sorriso é triste. Desanimado. Com desespero, me apoio na pia. O que está acontecendo comigo?

Por que não posso tirá-lo da cabeça?

Por que digo uma coisa quando quero fazer outra?

Por quê? Por quê?

A resposta é evidente. Eu o amo. Estou apaixonada por Eric até a medula e, como diz meu pai, se não obedeço a meu coração, vou me arrepender. Mas não, Eric pode tirar o cavalinho da chuva. Estou cheia das maluquices dele e vou recuperar minha vida.

Frustrada, decido tomar uma chuveirada, mas antes vou a meu quarto procurar uma coisa. No banheiro, puxo a correntinha da porta, ponho meu CD de Aerosmith e toca *Crazy*. Aumento o volume e abro a torneira. Fecho os olhos e começo a me movimentar sensualmente ao compasso da música. Por fim, me sento na borda da banheira com o vibrador.

Quero fantasiar.

Preciso.

Desejo.

Mantenho os olhos fechados enquanto a música toma todo o banheiro.

I go crazy, crazy, baby, I go crazy
You turn it on, then you're gone
Yeah you drive me crazy, crazy, crazy for you, baby
What can I do, honey?
I feel like the color blue...

Abro as pernas e me entrego à imaginação. Eric está atrás de mim e sussurra em minha orelha que abra minhas pernas para outros. Volúpia.

Minhas coxas se separam, e me abro com os dedos. Ofereço o que Eric, meu dono excitante e tentador, me pede. Calor.

Em seguida me toco e estou molhada. Ligo o vibrador e o levo ao clitóris. O resultado é fantástico, excitante, fabuloso. Uma explosão de prazer toma conta de meu corpo, e, quando vou fechar as pernas, a voz de Eric me pede que não o faça. Obedeço, ofegante. Paixão.

Deito na banheira vazia e levanto uma perna para cada lado. Com os olhos fechados, me exponho a quem quiser me olhar. Recostada, boto de novo o vibrador onde arde meu desejo, enquanto a voz de Eric me sussurra que brinque e me divirta. Atrevimento.

Meu corpo ardente se move excitado e mordo os lábios para não gritar. Eric está presente. Eric me pede. Eric me incentiva a gozar. Minha mente voa e fantasia. Quero reviver esses momentos, quero senti-los de novo. Adoro essa sacanagem toda. Me atrai tanto como o próprio Eric. Arquejo. A música soa alta, posso me permitir murmurar seu nome justo no momento em que levanto o tronco na banheira e um maravilhoso orgasmo me estremece de prazer.

Quando me recupero, abro os olhos. Estou sozinha. Eric está apenas em minha mente.

I go crazy, crazy, baby, I go crazy
You turn it on, then you're gone
Yeah you drive me crazy, crazy, crazy for you, baby
What can I do, honey?
I feel like the color blue...

Depois da ducha, um pouco mais relaxada, volto a meu quarto. Guardo o vibrador e ligo o celular. Dezesseis chamadas não atendidas de Eric. Isto me faz sorrir e imaginar como deve estar fulo comigo. Aguenta, alemão! Sou masoquista de pai e mãe.

Quero ficar bonita para a ceia de Natal e decido botar um vestido preto dos mais insinuantes. Explosivo. Com certeza Eric passará logo mais pelo pub e desejo que morra de raiva por não me ter.

Quando saio do meu quarto, minha irmã me vê, para e exclama:

— Fofinha, que vestido mais lindo!

— Gostou?

Raquel acena que sim.

— É sensacional, mas, pro meu gosto, mostra demais, não acha?

Me olho no espelho do corredor. O decote do vestido está preso por um anel prateado e a abertura chega até o estômago. É sexy, eu sei. Neste exato momento, aparece meu pai:

— Minha nossa, moreninha, você tá linda!

— Obrigada, papai.

— Mas vem cá, minha filha, não acha que exagerou no decote?

Quando viro os olhos, minha irmã volta ao ataque.

— Era isso mesmo que eu estava falando, papai. Está muito bonita, mas...

— Você vai trabalhar no pub com esse vestido? — pergunta meu pai.

— Sim. Por quê?

Meu pai coça a cabeça.

— Eu, hein, moreninha?! Não acho que o Eric vá gostar.

— Paaapppaaaaiiii! — resmungo, irritada.

Aí chega meu cunhado, que também fica de olho em mim.

— Uau, cunhada! Está um arraso!

Sorrio. Me viro para meu pai e minha irmã:

— Isso... justamente isso é o que eu quero ouvir.

Às nove e meia nos sentamos à mesa e saboreamos a deliciosa comida que meu pai, com todo o seu amor, comprou e cozinhou para nós. Impossível parar de comer os lagostins, e o cordeirinho está de se chupar os dedos. Ceamos entre risos por causa das coisas que diz minha sobrinha. Quando acabamos, decido retocar minha maquiagem. Tenho que ir trabalhar. Combinei de encontrar David e pretendo me esquecer de tudo e me divertir à beça. Mas quando volto à sala de jantar, fico estatelada ao ver minha família de pé falando com... sim, com Eric!

Ele percorre com seu olhar meu rosto e depois meu corpo.

— Oi, querida! — me cumprimenta, mas, ao se dar conta de como o olho, corrige: — Bom, talvez "querida" esteja sobrando.

Fico travada por um instante e, quando vou responder, minha irmã se mete:

— Olha só quem veio, fofa. Que surpresa, hein?

Não respondo. Aperto os olhos e, ignorando o sorriso de meu pai, entro direto na cozinha. Vou ter uma coisa. O que Eric faz aqui? Preciso de água. Segundos depois, entra meu pai.

— Minha querida, esse rapaz é um bom sujeito e está louco por você. Além disso...

— Papai, por favor, não comece com isso. Acabou tudo entre nós.

— Esse homem te ama, não vê?

— Não, papai, não vejo. O que ele faz aqui?

— Eu o convidei.

— Papaaaaaiiiiiii!

Meu pai, sem tirar os olhos de mim, insiste:

— Vamos, moreninha, deixe a teimosia pra outra hora e fale com ele. Tento te compreender, mas não entendo que não fale com Eric.

— Não tenho nada que falar com ele. Nada.

— Querida — insiste —, vocês discutiram. Os casais discutem.

Ouvimos a campainha da porta. Olho o relógio. Sei quem é e fecho os olhos. De repente, entra minha irmã seguida por Luz e, com cara aflita, cochicha:

— Pelo amor de Deus, Judith, ficou louca? David Guepardo acaba de chegar pra te pegar e está na sala com Eric. Santo Deus, o que fazemos?

— Guepardo, o piloto, está aqui? — pergunta meu pai.

— Sim — responde minha irmã.

— Ai, ai, ai, ai — solta ele.

Rio de nervoso. E minha sobrinha quer saber:

— Tem dois namorados, titia?

— Nããããããooooo! — respondo, de olho na menina.

— Então por que vieram dois namorados te buscar?

— Tua tia é do outro mundo! — protesta minha irmã.

Olho Raquel com vontade de matá-la, e ela procura calar a menina. Meu pai coça a cabeça com uma expressão preocupada.

— Você convidou David?

— Sim, papai. Tenho meus próprios planos. Mas... diabos, vocês são um bando de encrenqueiros. Santo Deus!

O pobre concorda como pode. Que situação! Isto não cheira bem e, sem dizer nada, meu pai pega minha sobrinha pela mão e volta para a sala. Minha irmã está histérica.

— O que fazemos?! — pergunta de novo, me olhando atentamente.

Tomo outro gole de água e, disposta a fazer o que penso, respondo:

— Você, não sei. Eu vou sair com David.

— Ai, minha nossa! Que angústia!

— Angústia? A troco de quê?

Minha irmã não para quieta, toda nervosa. Eu estou mais, mas dissimulo. Não contava com a presença de Eric. Então Raquel se aproxima:

— Eric é teu namorado e...

— Não é meu namorado. Quantas vezes tenho que dizer?

Agora minha irmã arregala os olhos, e ouço atrás de mim:

— Jud, você não vai sair com esse sujeito. Não vou permitir.

Eric!

Me viro.

Olho para ele.

Santo Deeeuuuusss, está um arraso de lindo!

Mas, espera aí, quando não está? E, consciente de sua irritação e da minha, pergunto com minha petulância no máximo:

— E quem vai me impedir, você?

Não responde.

Continua não respondendo.

Apenas me olha com aqueles olhos azuis gelados.

— Se, pra impedir, tenho que te carregar nas costas pra te levar comigo, é o que farei — murmura por fim.

O comentário não me surpreende e não me deixo intimidar.

— Sim, claro... no dia de são nunca. Você é descarado, hein? Se atreva e...

— Jud, não me provoque — corta, com secura.

Sorrio diante da advertência dele, e sei que meu sorriso o perturba mais ainda.

— Olha, pequena, minha paciência nesses dias está mais que esgotada. E...

— Tua paciência?! — grito, descontrolada. — Esgotada tá é a minha! Me liga. Me persegue. Me assedia. Aparece no meu trabalho. Minha família insiste em que você é meu namorado, mas não! Não é. E ainda assim vem me dizer que tua paciência está esgotada.

— Te amo, Jud.

— Pior pra você — respondo, sem saber muito bem o que digo.

— Não posso viver sem você — murmura com voz rouca e carregada de tensão.

Um "ohhhhhh!" abafado escapa dos lábios de minha irmã. A expressão dela diz tudo. Está totalmente abduzida pelas palavras romanticonas de Eric. Irritada e sem vontade de ouvir o que tenha a me dizer, me aproximo dele, me empino toda e digo, o mais perto possível de sua cara:

— Está tudo acabado entre nós. Que parte desta frase você é incapaz de processar?

Minha irmã, ao me ver neste estado, despenca de sua nuvenzinha cor-de-rosa, me pega por um braço e me afasta de Eric.

— Por Deus, Judith, calma! A cozinha está cheia de objetos pontiagudos, e neste momento você é uma arma de destruição em massa.

Eric dá um passo adiante, afasta minha irmã e afirma, me olhando:

— Você vai vir comigo.

— Contigo? — digo, e sorrio com malícia.

Meu Iceman particular confirma com essa segurança arrasadora que me desconcerta:

— Comigo.

Irritada com a confiança que ele destila por cada poro, levanto uma sobrancelha.

— Nem em sonhos.

Eric sorri. Mas seu sorriso é frio e desafiante.

— Não posso sonhar?

Encolho os ombros, olho desafiante para ele e adoto a atitude mais atrevida de que sou capaz:

— Pois não.

— Jud...

— Oh, por favorrrrrrrrrrrrrr! — protesto, louca para pegar a frigideira que está perto da minha mão e sentá-la na cabeça dele.

— Judith — cochicha minha irmã —, afaste a mão da frigideira agora mesmo.

— Cala a boca, Raquel! — grito. — Não sei quem é o mais chato, se você ou ele.

Minha irmã, ofendida, sai da cozinha e fecha a porta. Mostro intenção de ir atrás dela, mas Eric corta meu caminho. Estou ofegante. Seguro a vontade de matá-lo e sussurro:

— Já te disse muito claramente que, se você fosse embora, devia assumir as consequências.

— Eu sei.

— Então?

Me olha... me olha... me olha e, finalmente, diz:

— Agi mal. Como você diz, sou um cabeça-dura. Preciso que me perdoe.

— Está perdoado, mas nossa história acabou.

— Pequena...

Sem me dar tempo de reagir, me pega entre seus braços e me beija. Me sinto dominada. Toma minha boca com verdadeira adoração e me aperta contra ele de forma possessiva. Meu coração vai a mil. Mas, quando Eric separa sua boca da minha, eu digo:

— Cansei das tuas imposições.

Me beija de novo e me deixa quase sem fôlego.

— De teus showzinhos e tuas zangas, e...

Toma minha boca de novo. Quando se separa de mim, murmuro sem ar:

— Não faça isso de novo, por favor.

Eric me olha e desvia o olhar em seguida, girando a cabeça.

— Se vai me dar com a frigideira, dê logo, porque não planejo soltar você. Planejo continuar te beijando, até que me dê uma nova oportunidade.

De repente, consciente de que estou com o cabo da frigideira na mão, eu o solto. Eu me conheço, sou uma arma de destruição em massa, como diz minha irmã. Eric sorri, e digo com toda a convicção de que sou capaz:

— Eric, nossa história acabou.

— Não, querida.

— Sim, acabou! — repito. — Desapareci de sua empresa e de sua vida. Que mais você quer?

— Quero você.

Ainda entre seus braços, fecho os olhos. Minhas forças começam a desfalecer, percebo. Meu corpo começa a me trair.

— Te amo — prossegue ele perto de minha boca. — E te amar assim às vezes me faz ser irracional diante de certas coisas. Sim, tive dúvidas. Tive dúvidas ao ver aquelas fotos suas com Betta. Mas essas dúvidas se dissiparam quando você falou como falou, no escritório, e me fez ver o quanto sou ridículo e idiota. Você não é Betta. Você não é uma mentirosa, uma filha da mãe sem-vergonha como ela. Você é uma mulher maravilhosa, sensacional, que não merece o tratamento que se dei. Nunca me perdoarei por ter partido seu coração.

— Eric, não...

— Querida, não duvide um segundo de que você é o mais importante em minha vida e que estou louco por você. — Eu o olho, ele pergunta: — Você não me ama mais? — Não respondo. — Se me diz que não, prometo te soltar, ir embora e nunca mais te incomodar de novo. Mas se me ama, me desculpe por ser tão cabeça-dura. Como você disse, sou alemão! E estou disposto a continuar insistindo que você volte comigo, porque já não sei viver sem você.

Meu coração vai estourar. Que coisas mais bonitas Eric está me dizendo! Mas... não. Não devo ouvi-lo. Então murmuro com um fio de voz:

— Não me faça isto, Eric.

Sem me soltar, suplica, colando sua testa na minha.

— Por favor, meu amor, por favor. Me escute, por favor, por favor. Uma vez você me cobrou que eu me abrisse com você, mas eu não sei fazer isso. Eu não tenho nem sua magia, nem sua graça, nem sua doçura para demonstrar os sentimentos. Sou apenas um alemão sem sal que se põe diante de você e te pede... te suplica uma nova oportunidade.

— Eric...

— Ouça — me interrompe rapidamente —, já falei com os donos do pub onde você trabalha e já ajeitei tudo. Não precisa ir trabalhar. Eu...

— O que foi que fez?

— Pequena...

Furiosa. Fico furiosa de novo.

— Espera aí. Quem você pensa que é pra... pra...? Ficou louco?

— Querida. O ciúme está me matando e...

— Não é o ciúme que vai te matar, sou eu — insisto. — Acabou de ferrar o único trabalho que eu tinha. Mas quem você pensa que é pra fazer isso? Quem?

Espero que minhas palavras o irritem, mas não.

— Sei que isso parece abusivo de minha parte, mas quero... preciso ficar com você — teima meu Iceman. Vou resmungar qualquer coisa, quando acrescenta: — Não posso permitir que continue distribuindo seus maravilhosos sorrisos e seu tempo a outro que não seja eu. Te amo, pequena. Te amo demais pra te esquecer e farei tudo o que for preciso pra que você me ame de novo, pra que você precise de mim tanto quanto eu preciso de você.

Meus olhos se enchem de lágrimas. Estou enfraquecendo. Agora complicou para o meu lado! O homem que amo está me dizendo as coisas mais maravilhosas da minha vida. Mas me agarro a minha decisão.

— Me solte.

— Então é verdade? Já não me ama? — pergunta com voz tensa e carregada de emoção.

Minha cabeça vai explodir.

— Eu não disse isso. Tenho que falar com David.

Continua sem me soltar.

— Por quê?

Apesar de aturdida, cravo um olhar duro nele.

— Porque está me esperando, porque veio me buscar, porque merece uma explicação.

Eric concorda. Noto o desconforto em seu rosto, mas me solta. Finalmente, saio da cozinha atrás de Eric.

Na sala, ao me ver, David assobia.

— Está espetacular, Judith.

— Obrigada — respondo, sem muita vontade de sorrir.

Sem querer pensar em mais nada, agarro David pelo braço, diante do espanto de meu pai e da minha irmã, e o levo ao jardim para falarmos a sós. Reconheceu Eric como o homem de ontem à noite no pub. Entende o que explico, concorda e, depois de me dar um beijo no rosto, vai embora. Eu volto para casa. Todos me olham. Meu pai sorri, e Eric estende a mão para mim para que a pegue.

— Você vem comigo?

Não respondo.

Apenas olho para ele, olho e olho.

— Tia, você tem de perdoar o Eric — diz minha sobrinha. — Ele é muito bom. Olha, me trouxe uma caixa de bombons do Bob Esponja.

Então vejo que Eric pisca um olho para minha sobrinha.

Ele a está subornando?

Ela lhe dá um sorriso cúmplice e meloso. Esses dois!

Olho meu pai, que, emocionado, aprova. Olho minha irmã, que, com um de seus sorrisinhos bobos, também aprova com a cabeça. Meu cunhado pisca pra mim. Fecho os olhos, e meu coração diz que sim. É o que desejo. É o que preciso.

— Por enquanto, você e eu vamos conversar — digo, olhando para Eric.

— O que você quiser, querida.

Minha sobrinha pula, feliz.

— Me dê um segundo.

Entro no meu quarto, e minha irmã vem atrás. Vendo o quanto estou perturbada, me abraça.

— Deixe o orgulho de lado, sua teimosa, e aproveite o homem que veio buscar você. Vocês discutem? Claro, querida. Discuto com José dia sim, dia também, mas as reconciliações são a melhor parte. Não negue seus sentimentos e se deixe amar.

Chateada comigo mesma por ficar mudando tanto de ideia, me sento na cama.

— É que ele me tira do sério, Raquel.

— E daí?! José também me tira do sério. Mas nos amamos e é o que importa, fofinha.

Por fim sorrio e, com a ajuda dela, começo a meter minhas coisas na mochila.

O que sinto por Eric é tão forte que, definitivamente, não posso ir contra. Eu o amo, preciso dele, o adoro. Ao voltar à sala com minha bagagem, Eric sorri, me abraça e consegue me deixar arrepiada, quando proclama diante do meu pai e de toda a minha família:

— Vou te conquistar todos os dias.

6

Depois de me despedir de minha família, entro no carro de Eric.

Fraquejei.

Fraquejei e estou de novo com ele.

Minha cabeça não para, enquanto tento entender o que estou fazendo. De repente, presto atenção à estrada. Pensava que íamos à casa de Frida e Andrés, em Zahara, e me surpreendo ao ver que nos dirigimos para o maravilhoso chalé que Eric alugou no verão.

Depois que o portão metálico se fecha atrás de nós, observo a linda casa ao fundo e murmuro:

— O que fazemos aqui?

Eric me olha.

— Precisamos ficar sozinhos.

Concordo.

Não quero nada mais que isso.

Quando desembarcamos, Eric pega minha bagagem com uma das mãos e me dá a outra. Me agarra com força, possessivo, e entramos na casa. Tenho uma tremenda surpresa ao ver como o ambiente mudou. Móveis modernos. Paredes lisas e coloridas. Uma televisão de plasma enorme. Uma lareira por estrear. Tudo, absolutamente tudo, é novo.

Surpresa, olho Eric. Vejo que liga o som e, antes que possa dizer qualquer coisa, me explica:

— Comprei a casa.

Incrível. Mas como é possível que eu não tenha sabido disso?

— Você comprou esta casa?

— Sim. Pra você.

— Pra mim?

— Sim, querida. Era minha surpresa de Natal.

Espantada, olho ao redor.

— Venha — diz Eric depois de largar minha bagagem. — Precisamos falar.

A música envolve a sala, e sem poder deixar de admirar como está bonita e elegante, me sento na confortável poltrona diante da lareira crepitante.

— Está muito bonita com esse vestido — Eric afirma, sentando-se a meu lado.

— Obrigada. Acredite ou não, comprei por sua causa.

Depois de um gesto de concordância, passeia seu olhar por meu corpo, e meu Iceman não pode evitar confessar:

— Mas era a outros a quem você pensava oferecer esse espetáculo.

Lá vamos nós.

Já recomeçamos.

Já está me cutucando!

Conto até 45; não, até 46. Respiro fundo e finalmente respondo:

— Como te disse uma vez, não sou santa. E quando não tenho namorado, mostro e dou tudo que quero, a quem eu quero e quando eu quero. — Eric arqueia uma sobrancelha, mas eu prossigo: — Sou minha única dona, e isso você tem que entender bem entendido de uma vez por todas.

— Certo: quando não tem namorado, o que não é o caso — insiste, sem afastar os olhos de mim.

De repente, me dou conta de que toca uma canção de que gosto muito. Minha nossa, como me lembrei de Eric esses dias enquanto a escutava. Nos olhamos de novo como rivais, ao som da voz de Ricardo Montaner:

Convénceme de ser feliz, convénceme.
Convénceme de no morir, convénceme.
Que no es igual felicidad y plenitud
Que un rato entre los dos, que una vida sin tu amor.

Estas frases dizem tanto de minha relação com Eric que momentaneamente me nublam o pensamento. Mas por fim Eric dá o braço a torcer e muda de assunto.

— Minha mãe e minha irmã te mandam lembranças. Esperam te ver na festa que organizam na Alemanha no dia 5, lembra?

— Lembro, mas não conte comigo. Não vou.

Continuo de cara fechada e minha petulância lá em cima. Apesar da felicidade arrebatadora por estar junto do homem que adoro, o orgulho e a raiva continuam fortes em mim. Eric sabe disso.

— Jud... Sinto muito por tudo que aconteceu. Você tinha razão. Devia ter acreditado no que me dizia sem ter questionado mais nada. Mas às vezes sou um cabeça-dura e...

— O que te fez mudar de ideia?

— A paixão com que defendeu sua verdade foi o que me fez compreender o quanto eu estava enganado. Antes de você ter ido embora, querida, já tinha me dado conta da minha grande besteira.

Veja só como os caras merecem mesmo uma porrada.

— Me convença...

Mal falei, Eric me olha, e eu censuro a mim mesma. "Me convença?" Mas o que estou dizendo? Santo Deus, a canção me atrapalha o raciocínio. Vamos, termina de uma vez. E sem deixá-lo responder, resmungo:

— E pra isso tive que largar meu trabalho e devolver o anel?

— Você não foi despedida e...

— Eric, Eric, não penso em voltar nunca mais pra desgraçada da sua empresa.

— Por quê?

— Porque não. Ah, claro, fiquei alegre ao saber que botou minha ex-chefe no olho da rua. E, antes que insista, minha resposta é não. Não penso em voltar a trabalhar lá, entendeu?

Eric concorda, mas durante um instante fica pensativo. Por fim, decide admitir:

— Não vou permitir que continue trabalhando como garçonete nem aqui, nem em lugar nenhum. Odeio ver como os homens te olham. Gosto de ter meu território marcado e...

Confusa com este ataque de ciúme, que me deixa a mil, disparo:

— Olha, bonitão, hoje em dia há muito desemprego na Espanha e, como você sabe, eu tenho que trabalhar, não posso ficar escolhendo muito. Mas, de qualquer forma, agora não quero falar disto, está bem?

Eric se mostra resignado.

— Quanto ao anel...

— Não quero o anel.

Uau, que chata estou sendo! Surpreendo a mim mesma até.

— É teu, querida — responde Eric com tato e voz suave.

— Não quero.

Tenta me beijar, mas recuo. E, antes que diga qualquer coisa, gaguejo:

— Não me encha com anéis, nem compromissos, nem mudanças, nem nada. Estamos falando da gente e de nossa relação. Aconteceu uma coisa que bagunçou minha vida e por ora não quero anel nem o título de namorada. Tudo bem?

Concorda de novo. Sua docilidade me maravilha. Realmente me ama tanto? A canção termina e começa Nirvana. Ótimo! Acabou o romantismo.

Ficamos num silêncio tenso, mas Eric não tira os olhos de cima de mim nem por um segundo. Por fim vejo que se curvam os cantos de seus lábios e ele diz:

— Você é uma garota ao mesmo tempo muito corajosa e muito linda.

Sem querer sorrir, levanto uma sobrancelha:

— Fase puxa-saco?

Eric sorri.

— O que você fez naquele dia no escritório me deixou sem fala.

— O quê? Esfregar a verdade na cara da idiota da minha ex-chefe? Largar meu trabalho?

— Tudo isso e ouvir como me mandou à merda diante do chefe de RH. Não faça isso de novo, claro, ou vou perder o respeito em minha empresa, entende?

Desta vez sou eu que concordo e sorrio. Tem razão. Isso foi mal.

Silêncio.

Eric me observa à espera de que o beije. Sei que pede meu contato — sei pela forma como me olha —, mas não estou disposta a deixar barato.

— É verdade que me ama tanto?

— Mais — sussurra, aproximando o nariz do meu pescoço.

Meu coração dispara. O cheiro de Eric, sua proximidade, sua confiança, começam a me atingir, e só posso desejar que tire minha roupa e me possua. Ele, assim pertinho, é irresistível, mas, disposta a dizer tudo o que tenho a dizer, me afasto e murmuro:

— Quero que saiba que estou muito chateada contigo.

— Sinto muito, menina.

— Você me fez muito mal.

— Sinto muito, pequena.

Volta à carga.

Seus lábios tocam meu ombro nu. Santo Deuuuusss, como gosto!

Mas não. Deve provar de seu próprio veneno. Bem que merece. Por isso, respiro fundo e digo:

— Vai sentir muito, sim, senhor Zimmerman, porque a partir de agora cada vez que eu me chatear contigo, você vai ser castigado. Cansei de que apenas você castigue.

Surpreso, ele me olha e ergue a sobrancelha.

— E como pretende me castigar?

Me levanto da poltrona.

Não gosta das guerreiras? Pois lá vou eu.

Me viro lentamente diante dele, confiando na minha sensualidade.

— Por ora, privando você do que mais deseja.

Iceman se levanta. Oh, oh!

Sua altura é espetacular.

Seus olhos, impressionantes e azuis, me encaram e ele indaga:

— Do que você está falando exatamente?

Ando, ele observa. Quando estou atrás da mesa, explico:

— Não vai desfrutar do meu corpo. É esse o seu castigo.

Tensão!

Dá para cortar o ar com uma faca.

Seu rosto perde a expressão.

Espero que Eric grite e proteste, mas de repente diz com voz gélida:

— Quer me deixar louco? — Não respondo, e ele prossegue, ofuscado: — Você fugiu de mim. Fiquei louco por não saber onde você estava. Não atendeu ao telefone durante dias. Me bateu a porta na cara e ontem à noite te vi sorrindo pra outros caras. E ainda quer me castigar mais?

— Hum-hum.

Xinga em alemão.

Uau, palavrãozinho cabeludo que disse! Mas, ao se dirigir a mim, muda completamente de tom:

— Querida, quero fazer amor com você. Quero te beijar. Quero demonstrar o quanto te amo. Quero você nua nos meus braços. Preciso de você. E você está me dizendo que me prive disso tudo?

Confirmo com minha voz mais fria e distante:

— É isso. Exatamente isso. Não vai me tocar nem num fio de cabelo até que eu deixe. Você me partiu o coração e, se me ama, respeitará o castigo como eu sempre respeitei os teus.

Eric diz mais palavrões em alemão.

— E até quando se supõe que estarei de castigo? — pergunta, me olhando com intensidade.

— Até que eu decida.

Fecha os olhos e inspira fundo. E, por fim, faz um gesto de concordância.

— Tudo bem, pequena. Se é isso o que você acha que deve fazer, vá em frente.

Encantada, sorrio. Aprontei uma das minhas. Uhu!

Olho o relógio e vejo que são duas e meia da madrugada. Não tenho sono, mas preciso ficar longe dele, ou serei a primeira a não cumprir o castigo absurdo. Então me espreguiço antes de pedir:

— Me diz qual é meu quarto?

— Teu quarto?

Com dissimulação, seguro a risada ao ver a cara dele. E insisto:

— Eric, você não pretende que a gente durma junto, pretende?

— Mas...

— Não, Eric, não — corto. — Desejo ter minha privacidade. Não quero compartilhar a cama com você. Você não merece.

Concorda, lentamente, com uma expressão tensa — sei que neste momento deve estar xingando todas as gerações da minha família —, e murmura, passado o primeiro impacto:

— Já sabe que a casa tem quatro quartos. Escolha o que quiser. Eu dormirei em qualquer um.

Sem olhar para ele, pego minha mochila e me dirijo ao quarto que usamos no verão. Nosso quarto. Está sensacional. Eric pôs uma cama enorme com dossel no centro. Uma maravilha. Móveis brancos de pátina e cortinas de linho cor de laranja combinando com a colcha. Olho o teto e vejo um ventilador. Adoro os ventiladores! Fecho a porta e meu coração bate com força.

O que estou fazendo?

Desejo que tire minha roupa, que me beije, que transe comigo como nós dois gostamos, mas aqui estou, negando a mim mesma e a ele o que mais desejo.

Depois de deixar minha bagagem perto de uma parede do dormitório, me olho no espelho ovalado, que combina com os móveis, e sorrio. Minha aparência, com este vestido, é das mais sensuais e provocantes. Não estranho que Eric tenha me olhado daquele jeito. Com malícia sorrio e planejo meter mais ainda o dedo na ferida. Quero castigá-lo. Abro a aporta, procuro Eric e o vejo parado diante da lareira.

— Posso te pedir um favor?

— Claro.

Consciente do que vou pedir, chego perto dele, afasto meu longo e escuro cabelo para um lado e peço, toda charmosa:

— Pode abrir o zíper do meu vestido?

Me viro para que não perceba meu sorriso e ouço sua respiração.

Não vejo seu rosto, mas imagino seu olhar em minhas costas. Em minha pele. Suas mãos me tocam. Ufa, que calor! Muito lentamente vai descendo o zíper. Noto sua respiração em meu pescoço. Excitante! Imagino o esforço que está fazendo para não me arrancar o vestido e violar o castigo.

— Jud...

— Diga, Eric.

— Eu desejo... — confessa com voz rouca em minha orelha.

Me arrepio, os cabelos se eriçam, mas não respondo. Não posso.

Não uso sutiã e o zíper termina no final do meu bumbum. Sei que Eric olha minha calcinha preta. Minha pele. Minha bunda. Eu sei. Eu o conheço.

Eu também o desejo. Estou louca para beijá-lo. Mas estou disposta a alcançar meu objetivo.

— E o que deseja? — digo, sem me virar.

Chega mais perto de mim. Permito que me abrace por trás, e suas palavras ressoam em minha orelha.

— Desejo você.

Minha nossa, estou doida! Pra não dizer excitada, terrivelmente excitada. Sem olhar para ele, apoio minha cabeça em seu peito, fecho os olhos e sussurro:

— Gostaria de me acariciar, me despir e transar comigo?

— Sim.

— Fazendo um sexo selvagem? — murmuro com um fiozinho de voz.

— Sim.

Expiro profundamente, senão sufoco. Noto sua ereção cada vez mais se apertando contra minha bunda. Me beija os ombros, e me delicio.

— Gostaria de me compartilhar com outro homem?

— Só se você quiser, querida.

Vou soltar vapor pelas orelhas a qualquer momento.

— Quero, sim. Olharia você nos olhos e saborearia tua boca enquanto outro me possui.

— Sim...

— Você facilitará tudo pra ele. Me abrirá pra ele e observará como ele mete em mim uma vez depois da outra, enquanto gemo e te olho nos olhos.

Noto como Eric engole com dificuldade. Está quase tendo um troço. Eu acho que já tive um.

E quando Eric põe os lábios ardentes na base de minha nuca e me beija, levo um susto, me afasto dele e, olhando-o bem, digo toda triste:

— Não, Eric. Você está de castigo.

Com charminho, seguro o vestido para que não caia.

— Boa noite — me despeço.

Me tranco no quarto. Tremo. Fiz com ele o mesmo que ele fez comigo aquela vez no bar de troca de casais. Provocá-lo para nada.

Calor.

Desejo.

Tesão. Muito tesão...

Tiro o vestido e o deixo sobre uma cadeira. Vestida apenas com a calcinha preta, me sento aos pés da cama e olho a porta. Sei que ele vai vir. Seus olhos, sua voz, seus desejos e seus instintos mais primitivos dizem que me quer, que precisa de mim.

Instantes depois, ouço seus passos se aproximarem. Minha respiração se agita.

Quero que abra a porta.

Quero que entre.

Quero que me possua enquanto me olha nos olhos.

Sem deixar de olhar a porta, ouço seus movimentos. Está hesitante. Sei que está ali fora, avaliando o que fazer. Eu sou sua tentação. Acabo de provocá-lo, de excitá-lo, mas também sou a mulher que ele não deseja desapontar.

A maçaneta se move, oh, sim!, e meu corpo treme desejoso de ter o que apenas Eric pode me proporcionar. Sexo selvagem. Mas, de repente, a maçaneta para; minha decepção me faz abrir a boca, e mais ainda ao ouvir seus passos se afastando.

Ele se foi?

Quando sou capaz de fechar a boca, sinto vontade de chorar. Sou uma imbecil. Uma bobalhona. Ele acaba de respeitar o que lhe pedi e, eu goste ou não, devo ficar contente.

Levo horas para dormir.

Não posso.

A excitação que Eric me causa é demais para mim. Estamos sozinhos numa casa maravilhosa, desejando-nos como loucos, mas nenhum dos dois faz nada para remediar a situação.

7

Pela manhã, quando me levanto, a primeira coisa que faço é ligar para meu pai. Deve estar preocupado.

Aviso que estou bem e me emociono ao ouvir sua voz de felicidade. Está transbordando de alegria por mim e por Eric, e isso me faz sorrir. Me pergunta se gostei da casa que Eric comprou para mim. Fico surpresa que meu pai saiba. Então ele me confessa que estava a par de tudo. Eric lhe pediu que administrasse a obra e guardasse segredo. Ele adorou a missão.

Meu pai e Eric se dão muito bem. Gosto disto, embora, ao mesmo tempo, me inquiete.

Depois de desligar, abro a porta e espio. Não vejo nada, mas ouço música. Me parece que é Stevie Wonder. Escovo os dentes, me penteio um pouco e boto uns jeans. Ao entrar na sala ampla, agora integrada à cozinha, vejo Eric deitado no sofá, lendo um jornal. Sorri ao me ver. Como é atraente! Está bonitão com a camiseta cinza e roxa dos Lakers e calças jeans.

— Bom dia. Quer café? — pergunta com bom humor.

— Sim, com leite.

Em silêncio, ele se levanta e vai até o balcão na cozinha. Pega uma xícara branca e vermelha e serve o café. Enquanto isso, observo suas mãos, essas mãos fortes que adoro, que me deixam louca de prazer quando me tocam.

— Quer torradas, frios, omelete, biscoitos ou provar meu *plum-cake*, que é um bolo de frutas alemão?

— Nada.

— Nada?

— Estou de regime.

Ele me olha, surpreso. Desde que nos conhecemos nunca lhe disse que estivesse de regime. Essa tortura não combina comigo.

— Você não precisa de regime nenhum — afirma enquanto deixa o café com leite na minha frente. — Coma.

Não respondo. Apenas o olho, o olho e o olho, e bebo café. Quando termino, Eric, que não tirou os olhos de mim, diz:

— Dormiu bem?

— Sim. — Não penso revelar que não preguei o olho pensando nele. — E você?

Eric curva o cantinho dos lábios e murmura:

— Sinceramente, não consegui pregar o olho pensando em você.

Que liiiiiindo que ele falou isso!

Mas essa olhadinha dele fez meu coração disparar. Me provoca. Por isso, para me afastar da tentação — sou capaz de arrancar a camiseta dos Lakers a mordidas —, vou olhar pela janela. Chove. Dois segundos depois, percebo que Eric está atrás de mim, embora não me toque.

— O que gostaria de fazer hoje?

Uauuuuu! Sei muito bem o que gostaria de fazer: sexo! Mas não, não penso lhe dizer nada, de modo que encolho os ombros.

— O que você quiser.

— Mmm... O que eu quiser? — sussurra perto da minha orelha.

Minha mãe do céu, por favor! O Iceman quer a mesma coisa que eu. Sexo! Escutar sua voz e imaginar o que está pensando me deixam arrepiada. Sem que possa evitá-lo, me viro para olhá-lo, e ele continua, debochado:

— Se é o que eu quiser, já pode tirar a roupa, pequena.

— Eric...

Ele acha graça, sorri e se afasta de mim, depois de me tentar como um verdadeiro demônio.

— Quer ir a Zahara pra ver Frida e Andrés? — pergunta quando está suficientemente longe.

Essa me parece uma excelente ideia e aceito animada.

Meia hora depois, vamos para Zahara de los Atunes no carro dele. Chove. Faz frio. Eric bota uma música, *Convéceme!* Por que esta canção de novo? Que droga, penso enquanto olho pela janela, ainda calada. Sigo assim.

— Não vai cantar?

Mentalmente sim, mas não pretendo admitir.

— Não estou com vontade.

Silêncio, até que Eric o rompe de novo.

— Sabe? Uma vez uma linda mulher, a quem eu adoro, comentou que sua mãe tinha dito que cantar era a única coisa que espanta os males e...

— Alguém precisa que eu espante algum mal?

Leva um susto de tão surpreso.

— Não! Que é isso?

— Então cante você, se quiser; eu não estou a fim.

Eric morde o lábio. Por fim diz, com resignação:

— Tudo bem, pequena, vou ficar quieto.

A tensão no ambiente é palpável, e nenhum de nós abre a boca durante todo o trajeto. Quando chegamos, Frida e Andrés me abraçam entusiasmados, em especial Frida, que logo que pode me afasta dos homens e cochicha:

— Enfim, enfim! Me alegra muito ver que estão juntos de novo!

— Não cante vitória tão cedo, pois mantenho Eric em quarentena.

— Quarentena?

Sorrio ironicamente.

— Botei Eric de castigo: sem sexo nem carícias.

— Como?

Depois de olhar Eric e contemplar seu semblante carrancudo, murmuro:

— Ele me castiga quando faço alguma coisa errada, e a partir de agora decidi que vou fazer o mesmo. Portanto, eu o castigo sem sexo.

— Mas isso vale só com você ou com todas as mulheres?

Isto me deixa em estado de alerta.

Não especifiquei, mas tenho certeza de que ele me entendeu que é com todas. TODAS! Frida ri, ao ver minha cara.

— Olha, e quando ele te castigou, como foi que fez?

Penso em seus castigos e fico vermelha como um tomate. Frida continua rindo.

— Não precisa me contar, não. Já entendi o lance.

O descaramento dela me faz sorrir.

— Tudo bem, te conto porque não sinto vergonha de falar de sexo com você. A primeira vez que me castigou, me levou a um clube de swing e, depois de me deixar louquinha e me fazer abrir as pernas pra uns dois homens, me obrigou a voltar pro hotel sem que ninguém, nem mesmo ele, me tocasse. Na vez seguinte me entregou a uma mulher e...

— Santo Deuuuussss! Adoro os castigos de Eric, mas acho que o teu é excessivamente cruel.

Vendo a expressão de Frida, por fim sorrio de novo.

— Isso pra que ele saiba com quem está lidando. Vou ser seu maior pesadelo, vai se arrepender de ter mexido comigo.

Pela hora do almoço, parou de chover e decidimos ir a um restaurante de Zahara. Como sempre, está tudo ótimo, e, como não tomei café da manhã, estou com uma fome atroz. Como até não poder mais: os lagostins, o cação bem temperado e os mariscos. Eric me olha com surpresa.

— Não estava de regime?

— Sim — respondo, zombeteira —, mas faço dois. Com um fico com fome.

Meu comentário o faz rir e sem querer chega perto de mim e me beija. Aceito o beijo. Santo Deus, como eu precisava! Mas quando se afasta, digo, o mais séria que posso:

— Controle seus instintos, senhor Zimmerman, e respeite seu castigo.

Eric fecha a cara e concorda com amargor. Frida me olha e, diante do sorriso dela, encolho os ombros.

O resto do dia transcorre agradavelmente. Para mim, estar com Frida é muito divertido, e sinto que Eric quer minha atenção. Precisa que eu o beije e o toque tanto ou mais que eu, mas me contenho. Ainda estou chateada com ele.

À noite, voltamos para casa. Quando chega a hora de dormir, faço das tripas coração e, depois de lhe dar um beijo tentador nos lábios, vou para meu quarto. Mas Eric me pega uma das mãos.

— Até quando isso vai durar?

Quero dizer que acabou.

Quero dizer que já não aguento mais.

Mas meu orgulho me impede de fraquejar. Pisco um olho para Eric, solto sua mão e me tranco no quarto sem responder.

Então meus instintos mais básicos me gritam que abra a porta e acabe com essa bobagem de castigo a que eu mesma nos obriguei, mas meu amor-próprio não me deixa. Como na noite anterior, ouço Eric se aproximar da porta. Sei que quer entrar, mas por fim volta a se afastar.

Pela manhã, a mãe de Eric liga e pede que ele volte para a Alemanha com urgência. A mulher que tomava conta de seu sobrinho, durante sua ausência, decidiu abandonar o trabalho sem aviso prévio e ir viver com a família em Viena. Eric fica numa encruzilhada: seu sobrinho ou eu.

O que deve fazer?

Durante horas observo como tenta solucionar o problema por telefone. Fala com a babá e discute. Não entende que não tenha avisado com tempo para acharem uma substituta. Depois, fala com sua irmã Marta e se desespera. Fala com sua mãe e discute de novo. Depois o ouço falar com Flyn e sinto seu esgotamento em cada palavra. À tarde, ao vê-lo exausto, tremendamente angustiado e sem saber o que fazer, minha sensatez prevalece e concordo em acompanhá-lo à Alemanha. Tem de resolver um problema. Quando digo isso, ele fecha os olhos, põe sua testa contra a minha e me abraça.

Falo com meu pai e aviso que volto no dia 31 para a ceia com a família. Meu pai entende, mas me deixa claro que, seja lá pelo que for, se no final das contas eu decidir ficar este ano na Alemanha, ele entenderá. À tarde, pegamos o jatinho de Eric em Jerez e aterrissamos no aeroporto Franz Josef Strauss Internacional de Munique.

8

Caiu uma grande nevasca na Alemanha e faz um frio dos diabos. Na chegada um carro escuro nos espera. Eric cumprimenta o motorista e, depois de apresentá-lo a mim como Norbert, embarcamos.

Observo as ruas nevadas e vazias, enquanto Eric fala por telefone com sua mãe e promete ir a sua casa pela manhã. Ninguém brinca com a neve nem passeia de mãos dadas. Quando o carro, meia hora depois, para diante de uma imensa grade cor de aço, intuo que já chegamos. O portão se abre e vejo uma pequena casinha perto dela. Eric me diz que é ali que mora o casal de caseiros. O carro continua através de um jardim bonito e gelado. Fico muito admirada quando me deparo com a enorme e maravilhosa mansão. O carro para, Eric me ajuda a descer e, ao ver como olho ao redor, diz:

— Seja bem-vinda.

Sua voz, sua fisionomia e a maneira como me olha fazem com que eu fique toda arrepiada. Me pega pela mão, decidido, e me puxa. Eu o sigo. Quando uma mulher de uns 50 anos nos abre a porta rapidamente, Eric a cumprimenta e me apresenta:

— Judith, esta é Simona. Ela e o marido cuidam da casa.

A mulher sorri, e eu também. Entramos no vestíbulo enorme quando vem até nós o homem que nos pegou no aeroporto.

— Norbert é o marido dela — explica Eric.

Sem pensar duas vezes, tasco dois beijos nas bochechas deles, o que os deixa desconcertados, e digo em meu alemão perfeito:

— Muito prazer em conhecê-los.

O casal, muito espantado com tanta expansividade, troca olhares.

— O prazer é nosso, senhorita.

Eric sorri.

— Simona, Norbert, podem ir descansar. É tarde.

— Antes levaremos a bagagem a seu quarto, senhor — diz Norbert.

Logo que saem com nossa bagagem, Eric me lança um olhar gozador e cochicha:

— Na Alemanha não somos tão beijoqueiros, você os surpreendeu.

— Poxa, sinto muito!

Com um sorriso angelical, pousa os bonitos olhos em mim e murmura, enquanto acaricia com delicadeza a curva do meu rosto:

— Tudo bem, Jud. Tenho certeza de que vão gostar do seu jeito tanto quanto eu.

Dou um passo atrás para me afastar um pouco, ou não respondo por mim.

Olho ao redor em busca de uma saída e, ao ver a escada dupla por onde o casal subiu, sussurro, enquanto ele me pega pela mão:

— Impressionante.

— Gosta? — pergunta, inquieto.

— Minha nossa, Eric! Como não vou gostar? Isto... isto é alucinante. Enorme. Maravilhoso.

— Venha, vou te mostrar a casa — diz sem me soltar a mão. — Estamos sozinhos, a não ser por Simona e Norbert, mas eles já estão indo embora. Flyn está com minha mãe. Amanhã a gente pega ele.

Gosto do contato de sua mão, e sentir sua felicidade rompe pouco a pouco a couraça de frieza que há em meu coração. Entramos numa sala magnífica, onde uma grande e imponente lareira acesa convida a me aquecer numa poltrona marrom-café. Presto atenção em tudo. Móveis escuros e sobriedade. É uma casa de homem. Nenhuma foto. Nenhum detalhe feminino. Nada.

De mãos dadas, ele me mostra todos os aposentos do térreo: dois banheiros sensacionais, uma cozinha com design incrível, uma lavanderia. Caminho a seu lado, surpresa com tudo o que vejo. Percorremos um corredor, e Eric abre uma porta, que dá para uma garagem enorme e limpíssima.

Santo Deus, o sonho de meu pai!

Estão estacionados um SUV Mitsubishi azul-escuro, um Maybach Exelero cinza-claro, um Audi A6 preto e uma moto BMW 1.100 cinza-escura. Olho tudo atônita, e quando penso que não posso me espantar mais, ao voltar pelo corredor, Eric abre outra porta e surge à minha frente uma espetacular piscina retangular que me deixa totalmente sem palavras.

Piscina interior, que luxo!

Eric sorri. Parece se divertir ao ver minhas expressões de surpresa. Tento me conter, mas não consigo. Sou uma exagerada mesmo!

Depois de sairmos do cômodo azulado onde está a piscina, seguimos pelo corredor e entramos num escritório. O escritório de Eric. É todo de carvalho escuro e há uma enorme estante com uma escadinha móvel dessas que sempre se veem nos filmes. Que bacana!

Sobre a mesa está um laptop de 20 polegadas e, numa mesa auxiliar, uma impressora e vários outros acessórios. À direita da mesa, há uma lareira acesa e, à esquerda, um armário envidraçado com várias pistolas.

— São suas mesmo? — pergunto depois de me aproximar do armário.

— São.

Observo as pistolas com um calafrio.

— Nunca gostei de armas. — E, antes que diga qualquer coisa, continuo: — Sabe usá-las?

Como sempre, me olha... me olha e por fim, diz:

— Um pouco. Pratico tiro olímpico.

Sem deixar que eu pergunte mais nada, me pega de novo pela mão, e saímos do escritório. Entramos num segundo aposento, onde há um monte de brinquedos e uma escrivaninha. Me explica que é a sala de jogos e estudos de Flyn. Está tudo impecavelmente arrumado. Não há nada fora de lugar, e isso me surpreende. Se minha sobrinha ou eu mesma dispuséssemos de uma sala de jogos, seria um verdadeiro caos.

Não digo nada do que penso, e saímos da sala para entrar em outra. Esta se encontra parcialmente vazia, com uma esteira de corrida e caixas, muitas caixas.

— É para você. Para as suas coisas — diz de repente.

— Para mim?

Eric faz um gesto confirmando:

— Aqui poderá ter seu próprio espaço, algo que sei que gosta e que quer. — Vou dizer algo, quando ele acrescenta: — Como viu, Flyn tem seu espaço e eu tenho o meu. É justo que você também tenha um.

Diante disso, não sei o que responder. Estou tão petrificada que prefiro me calar a dizer alguma coisa de que, sei, logo vou me arrepender. Eric me dá um beijo na testa e murmura:

— Venha. Vamos ver o resto da casa.

Chocada com toda essa amplidão e luxo, subo pela impressionante escada de carvalho do vestíbulo. Eric me diz que este andar tem sete suítes.

Impressionante também o quarto de Eric. Enorme! É em tons azulados e tem, no centro, uma cama gigante, o que faz meu coração e a tensão dispararem ao mesmo tempo. O banheiro é outra maravilha: *jacuzzi*, ducha de hidromassagem. Luxo e mais luxo.

Ao voltar ao quarto, reparo na luminária que há numa das mesas de cabeceira e sorrio. É o abajur que compramos em El Rastro, com a marca de batom dos meus lábios. Não combina de jeito nenhum com este aposento. Informal demais. Sem olhar para Eric, sei que está me observando e fico nervosa. Com dissimulação, olho para o outro lado do quarto e vejo minha bagagem. Isso me deixa agitada demais, mas disfarço como posso.

Saímos do quarto de Eric e entramos no de Flyn. Aviões e carros perfeitamente guardados. Este garoto é tão organizado assim? Outra vez isso me surpreende. O quarto é bonito, mas impessoal. Não me parece que uma criança viva aqui.

Saímos, e Eric me mostra os cinco quartos restantes. São grandes e bonitos, mas sem vida. Nota-se que ninguém os usa. Vistos os quartos, ele me pega de novo pela mão e me puxa escada abaixo. Entramos na incrível cozinha cor de aço e madeira com uma bancada central. Abre uma geladeira, tira uma Coca-Cola geladinha para mim e uma cerveja para ele.

— Espero que tenha gostado da casa.

— É sensacional, Eric.

Sorri e toma um gole da cerveja.

— É tão grande que... Ufa! — digo, olhando ao redor e tocando a testa. — Poxa, que casa você tem. Se meu pai a vê, vai ter um troço. Mas, se minha casa é menor que um dos banheiros daqui... — Eric sorri. — Por que nunca me falou nada?

Encolhe os ombros, dando uma olhada em volta.

— Sei lá. Você nunca me perguntou pela minha casa.

Sorrio. Pareço uma idiota, mas é impossível não sorrir. Gosto de Eric. Gosto da casa. Gosto de estar aqui com ele. Gosto de tudo, de absolutamente tudo o que tenha a ver com ele. E, antes que me retire, sinto suas mãos em minha cintura me levantando até a bancada. Mete-se entre minhas pernas e pergunta em tom meloso, perto de meus lábios:

— Já me tirou do castigo?

Essa pergunta e sua repentina proximidade me pegam tão de surpresa, que mais uma vez não sei o que dizer. Por um lado, devo ser a mulher durona que sei que sou e fazê-lo pagar os dias horríveis que me fez passar; mas, por outro, preciso tanto dele, que sou capaz de lhe perdoar absolutamente tudo pelo resto de sua vida e lhe gritar que me coma aqui mesmo.

Durante o que parece uma eternidade, nos olhamos.

Nos excitamos.

Nos beijamos com o olhar.

E, como é natural em mim, começo a delirar. Então, perdoo Eric? Ou não o perdoo?

Mas, cansado de esperar, ele pousa sua boca tentadora sobre a minha. Sinto seus lábios arderem nos meus, quando diz:

— Me beije...

Não me mexo.

Não o beijo.

Estou tão paralisada pelo desejo que mal posso respirar.

— Me beije, pequena — insiste.

Ao ver que não faço nada, pousa suas mãos em minha cabeça e faz o que me deixa louca: lambe meu lábio superior, depois o inferior, terminando o momento com uma mordidinha deliciosa. Sua respiração se acelera. A minha parece uma locomotiva. E então ele não espera mais: me beija. Sua boca me possui de tal maneira, que já estou disposta a fazer absolutamente tudo o que ele me pedir.

Enquanto me beija, sinto como uma de suas mãos desce de minha cabeça para o pescoço e em seguida chega às minhas costas. Seus dedos se afundam em minha carne, e Eric me puxa para ele até que sinto sobre mim sua doce, tentadora e deliciosa ereção.

Deus do céu! Ainda bem que estou de jeans; se não fosse assim, Eric já teria me arrancado a calcinha, ou melhor dito, eu mesma a teria arrancado. Inconscientemente, fecho os olhos e jogo a cabeça para trás. Ele, ao ver meu prazer e minha respiração alterada, primeiro me morde o queixo e, descendo sua língua por meu pescoço, murmura:

— Vamos pro quarto, querida. Preciso te despir e te possuir como há dias estou desejando. Quero abrir tuas pernas e, depois de te saborear, mergulhar em você uma vez depois da outra até que teus gemidos acalmem a ânsia viva que sinto por você.

Ouvir isso me deixa tonta. "Ânsia viva!"

Instantaneamente, me sinto bêbada dele e, como sempre, quero mais. Mas não, não devo. Estou determinada a lutar contra meu desejo e minha excitação e, com as forças que ainda me restam, me jogo para trás, me afastando e, sabendo o que virá depois, consigo falar:

— Não. Você não está perdoado.

— Jud, eu te desejo.

— Não, não deve.

— Jud, querida — protesta.

— Me diga qual é meu quarto e...

Sem acabar a frase, vejo sua frustração quando se separa de mim. Seu corpo todo está completamente tenso. Fecha os olhos e se apoia na bancada. Os nós de seus dedos estão brancos, e sem me olhar, Eric afinal sussurra:

— Tudo bem, vamos continuar com seu jogo. Me siga.

Desta vez, sem me dar a mão, começa a andar até a escada. Eu o sigo. Olho suas costas, suas pernas fortes e seu bumbum. Eric é uma tentação, pura tentação! Ai ai ai ai, sei muito bem ao que eu disse não.

Ao chegar ao primeiro andar, caminha decidido para seu quarto, abre a porta, pega minha bagagem e sai de novo para o corredor.

— Em que quarto quer dormir?

— Em... um que esteja livre — consigo responder.

Eric, furioso e decidido, caminha até o fundo do corredor e abre uma porta, a mais distante de seu quarto. Ambos entramos. Ele deixa minha bagagem ao lado da cama e, depois de me dizer "boa-noite" sem me olhar nem me beijar, fecha a porta e se vai.

Durante uns segundos, fico como uma imbecil, contemplando a porta enquanto meu peito sobe e desce, tamanha a excitação do momento. O que fui fazer? Por acaso virei uma louca varrida? Mas incapaz de fazer ou dizer mais nada, tiro a roupa, boto um pijama e me deito na bela cama. Não quero pensar, de modo que conecto meu iPod e cantarolo: "Convença-me a ser feliz, convença-me."

Por fim apago a luz. Será melhor que durma.

Mas meu subconsciente me trai.

Sonho. E no meu sonho, molhado e excitante, Eric me beija enquanto abre minhas pernas e permite que outro me penetre. Levanto os quadris em busca de mais profundidade, e o homem, de quem não vejo o rosto, acelera o ritmo, até que não se aguenta mais e goza. Ofegante, suplico por mais. O desconhecido se afasta, e Eric, meu Iceman, cheio de tesão, sexy e charmoso, toma seu lugar.

Me toca as coxas... Oh, sim!

Me abre as pernas... Sim!

Fixa seu olhar impressionante em mim para que eu também o olhe e diz, num tom sensual: "Peça-me o que quiser." E, antes que eu possa responder, meu amor, meu homem, meu Iceman, de uma só vez me penetra, certeiro e ardente, e me faz gritar de prazer. Eric!

Ele e somente ele me dá o que verdadeiramente preciso.

Ele e somente ele sabe do que eu gosto.

Uma... duas... três... vinte vezes entra em mim disposto a me deixar louca. Grito, arquejo, arranho suas costas, enquanto o homem que amo me come até me levar ao mais doce, maravilhoso e devastador dos orgasmos.

Acordo sobressaltada. Estou sozinha na cama, suando, com uma lembrança vívida do sonho. Não sei até quando vou poder continuar com o terrível castigo, mas o que sei, sem dúvida nenhuma, é que preciso de Eric e morro de vontade de estar em seus braços.

9

Quando acordo, não sei que horas são. Olho o relógio. Cinco para as dez.

Salto da cama. Os alemães são muito madrugadores e não quero parecer um urso dorminhoco. Tomo uma chuveirada rápida e, depois de pôr um vestido preto de lã e minhas botas de cano alto, desço para a sala. Ninguém está lá, e vou para a cozinha. Eric está lendo sentado a uma mesa redonda. Ao me ver, fecha o jornal.

— Bom dia, dorminhoca — diz ele sem sorrir.

Simona, que está cozinhando, me olha e me cumprimenta. Sem dúvida, dei uma de preguiçosa.

— Bom dia — respondo.

Eric não mostra intenção de se levantar nem de me beijar. Isso mexe comigo, mas reprimo meus instintos, enquanto fico remoendo minha tristeza por não receber meu beijo de bom-dia.

Simona me oferece frios, queijo e mel. Mas como recuso e só peço café, tira do forno um *plum-cake* feito por ela mesma e depois me empurra para que me sente à mesa perto de Eric.

— Dormiu bem? — pergunta ele.

Faço um gesto afirmativo e tento não lembrar meu sonho erótico. Se ele soubesse...

Dois minutos depois, Simona deixa um fumegante café com leite sobre a mesa e um bom pedaço do bolo. Faminta, boto um pedaço na boca e, ao perceber o sabor de manteiga e baunilha, exclamo:

— Mmm, está ótimo, Simona!

A mulher concorda, toda satisfeita, e sai da cozinha. Continuo meu café da manhã. Eric não fala, só me observa. Quando já não aguento mais, eu o olho e pergunto:

— O que foi? Por que está me olhando desse jeito?

Sem sorrir, ele se estica para trás na cadeira e responde:

— Ainda não acredito que você esteja sentada na cozinha da minha casa. — E antes que eu possa dizer qualquer coisa, muda de assunto: — Quando terminar, iremos à casa de minha mãe. Tenho de pegar o Flyn. Almoçaremos lá. Depois, tenho um compromisso, uma partida de basquete.

— Você joga basquete? — pergunto, surpresa.

— Jogo.

— Pra valer?

— Sim.

— Com quem?

— Com uns amigos.

— E por que não tinha me dito que jogava basquete?

Eric me olha, me olha, me olha e, finalmente, murmura:

— Ora, porque nunca me perguntou. Mas agora estamos na Alemanha, em meu território, e pode ser que muitas coisas minhas te surpreendam.

Concordo como uma boba. Achava que o conhecia e de repente fico sabendo que faz tiro olímpico, joga basquete e provavelmente vai me surpreender com mais coisas. Continuo meu delicioso café da manhã. Ver de novo sua mãe e conhecer o menino são coisas que me deixam nervosa, de modo que comento o que me inquieta:

— Quando me disse que aqui não são muito extrovertidos quer dizer também que não vai haver beijos de bom-dia?

Noto que minha pergunta o pega de surpresa, mas responde enquanto abre de novo o jornal:

— Sempre haverá os beijos que nós dois quisermos.

Essa é boa, acaba de me dizer que agora é ele que não quer. Meeeerrrrdddaaaa! Está me fazendo provar do meu próprio veneno, e eu detesto isso.

Continuo comendo o *plum-cake*, mas alguma coisa deve ter mudado na minha cara, porque Eric diz:

— Alguma pergunta mais?

Nego com a cabeça, e ele volta ao jornal, mas com o canto do olho vejo que esboça um sorrisinho. Safado!

Quando termino com todo o maravilhoso café da manhã, vamos até a entrada e, depois de abrir um armário, pegamos nossos casacos. Eric me olha.

— O que foi agora? — digo ao ver sua expressão.

— Você está pouco agasalhada. Aqui não é a Espanha.

Aliso meu simples casaco preto e explico:

— Calma, é mais quente do que parece.

Com o cenho franzido, ele levanta a gola do casaco e, depois de me pegar pela mão, diz enquanto caminhamos para a garagem pelo interior da casa:

— Vai ser preciso te comprar alguma coisa, porque não quero te ver doente.

Suspiro e não respondo. Não vou ficar aqui tanto tempo que justifique fazer compras. Embarcamos no Mitsubishi, e Eric aciona um controle que abre a porta da garagem. Enquanto isso, a calefação do carro aquece o ambiente em décimos de segundos. Que bárbaro o Mitsubishi!

Eric liga o rádio, e sorrio ao reconhecer a música de Maroon 5. Eric dirige sério. Ou melhor, está como sempre. E, sem necessidade de que eu pergunte, começa a explicar por onde vamos passando.

Sua casa, conforme diz, está no distrito de Trudering, um lugar bonito onde, à luz do dia, vejo que há mais casas como a dele. E que casas, cada uma mais impressionante que a outra! Ao entrar numa estrada, diz que, um pouco mais ao sul, há plantações e pequenos bosques. Isso me emociona. Para mim, é essencial ter a natureza perto, como em Jerez.

Pelo caminho passamos pelo distrito de Riem, até chegar a um elegante bairro chamado Bogenhausen. Aqui mora a mãe dele. Depois de percorrer ruas com casarões de ambos os lados, paramos diante de uma grade escura, e fico tensa. Conheço Sonia e sei que é um amor, mas é a mãe de Eric, e isso me deixa nervosa.

Após estacionar na bela garagem, Eric me olha e sorri. Começa a me conhecer, sabe que quando estou muito calada é porque estou tensa. Quando vou soltar uma das minhas besteiras para relaxar o ambiente, a porta da casa se abre, e Sonia aparece na nossa frente.

— Que alegria! Que alegria ter vocês aqui! — diz, feliz.

Sorrio; não posso fazer outra coisa. E quando Sonia me dá um abraço e eu o retribuo, ela sussurra em meu ouvido:

— Bem-vinda à Alemanha e à minha casa, querida. Vamos te amar muito aqui.

— Obrigada — murmuro como posso.

Eric vai dar um beijo em sua mãe; depois, me pega firme pela mão e juntos entramos na casa, onde o ambiente agradável rapidamente me aquece. No entanto, o barulho é atroz. Toca uma música repetitiva.

— Flyn está na sala com um desses seus jogos infernais — nos explica Sonia. E, olhando para seu filho, continua: — Está me deixando louca. Não sabe brincar sem essa bendita musiquinha. — Eric sorri. — Aliás, tua irmã Marta acaba de ligar. Disse que a esperemos para o almoço. Quer ver Jud.

— Ótimo — diz Eric, enquanto estou a ponto de ficar louca com a música estridente que vem da sala.

Durante uns minutos, Eric e sua mãe falam sobre a babá de Flyn. Ambos estão decepcionados com ela. Pensam em contratar alguém para que os ajude com o menino. Fico surpresa que o barulho infernal de fundo não seja um problema para eles. Mais ainda: dá a impressão de que estão acostumados. Logo que terminam de conversar, uma jovem se aproxima de nós e diz alguma coisa a Sonia. Esta, se desculpando, sai com ela. De repente, Eric me dá a mão.

— Preparada pra conhecer Flyn?

Digo que sim com um gesto. Sempre gostei de crianças.

Vamos juntos para a sala. Eric abre a enorme porta corrediça branca e os decibéis da música sobem irremediavelmente. Será que Flyn é surdo? Observo o aposento. É grande e espaçoso. Cheio de luz, fotografias e flores. Mas o barulho é insuportável.

À frente vejo uma televisão de plasma enorme, onde uns guerreiros lutam sem piedade. Reconheço o jogo, *Mortal Kombat: Armageddon*. É o jogo de que tanto gosta meu amigo Nacho e que ficamos jogando por horas e horas. Vicia você rapidinho.

Na tela, os lutadores pulam e lutam, e observo que no belo sofá vinho na frente da tevê se agita um gorro vermelho. Será de Flyn?

Eric fecha a cara. A música não poderia estar mais alta. Ele solta a minha mão, caminha até o sofá e, sem dizer nada, se agacha, pega um controle e baixa o volume.

— Tio Eric! — grita uma vozinha.

De repente um garoto miúdo dá um pulo e abraça meu Iceman particular. Eric sorri e, enquanto o abraça também, fecha os olhos.

Santo Deus, que momento lindo!

Fico toda arrepiada ao notar o amor que meu alemão sente pelo sobrinho. Durante uns segundos, observo os dois enquanto trocam confidências e o menino ri.

Antes de nos apresentar, Eric dá toda a sua atenção ao menininho, enquanto ele, emocionado com a presença do tio, conta alguma coisa sobre o jogo. Depois de uns minutos em que Flyn ainda não se deu conta de que estou ali, Eric o põe sobre o sofá e diz:

— Flyn, quero te apresentar a senhorita Judith.

Percebo como as costas do menino ficam tensas. Esse gesto de desconforto é tão típico de meu Iceman que não estranho que o garoto faça o mesmo também. Mas, sem demora, vou até o sofá e, embora ele não me olhe, eu o cumprimento em alemão.

— Oi, Flyn!

De repente, vira sua carinha, seus olhos escuros e puxados me encaram, e responde, enquanto Eric lhe tira o gorro para deixar sua cabecinha morena descoberta:

— Oi, senhorita Judith!

Uau, que coisa!

Chinês?

Flyn é chinês?

Surpresa com os traços orientais da criança, quando eu esperava um típico menino branco, de olhos azuis, tento me recompor do choque inicial e, com o melhor de meus sorrisos, digo diante da expressão divertida de Eric:

— Flyn, pode me chamar só de Jud ou Judith, combinado?

Seus olhos escuros me examinam em profundidade, depois ele concorda. O olhar desconfiado é tão penetrante como o de seu tio, e isso me deixa arrepiada. Esses dois, poxa! Mas antes que possa dizer qualquer coisa, entra na sala a mãe de Eric, Sonia:

— Deus do céu, que maravilha poder falar sem ser aos gritos. Vou acabar surda! Flyn, meu querido, não pode jogar com o volume mais baixo?

— Não, Sonia — responde o menino sem parar de me olhar.

Sonia?

Que impessoal. Por que não a chama de vó ou vovó?

Por uns instantes, observo que a mulher fala com o menino, até que seu celular toca. Ele se senta de novo no sofá, quando Sonia atende.

— Jogamos uma partida, tio? — pergunta.

Eric olha sua mãe, mas esta sai apressada da sala. Por fim, se senta perto do sobrinho. Antes que comecem a jogar, me meto:

— E eu, posso jogar?

— Meninas não sabem jogar isso — responde Flyn sem me olhar.

Fico com cara de tacho e, ao desviar o olhar para Eric, intuo que dissimula um sorriso.

O que foi que esse baixinho disse?

Se há uma coisa que odiei toda a minha vida é que os sexos condicionem o que fazemos ou deixamos de fazer. Surpresa então, fico observando o pirralho, que continua sem me olhar.

— E por que acha que as meninas não sabem jogar isso?

— Porque esse é um jogo de homens, não de mulheres — responde o garoto, enquanto crava de novo seus olhos puxados e escuros em mim.

— Está muito enganado, Flyn — respondo com calma.

— Não, não estou enganado — insiste ele. — Vocês meninas são desajeitadas nas brincadeiras de guerra. Vocês gostam mais de brinquedos de príncipes e modas.

— Fala sério mesmo?

— Sim.

— E se eu te mostrar que nós, meninas, também jogamos *Mortal Kombat*?

Pensa o que vai responder e por fim diz:

— Eu não jogo com meninas.

Com os olhos arregalados, olho Eric em busca de ajuda e pergunto em espanhol:

— Mas que tipo de educação machista está dando a este baixinho resmungão? — E antes que responda, continuo com um sorriso falso: — Olha, Eric, se não fosse teu sobrinho... Porque, se outro me diz isso, eu digo logo uns desaforos, por mais criança que seja.

Eric sorri como um bobo e responde, enquanto arrepia os cabelos do sobrinho:

— Não se assuste, pequena. Ele quer te impressionar. E aliás Flyn sabe falar espanhol perfeitamente.

Fico de boca aberta, e antes que possa dizer algo, o menino se adianta:

— Não sou nenhum baixinho resmungão e se não jogo com você é porque quero jogar só com meu tio.

— Flyn... — repreende Eric.

Convencida de que o começo com o menino não foi dos melhores, sorrio e murmuro:

— Retiro o "baixinho resmungão". Não se preocupe, não jogarei, se você não quiser.

Sem mais, deixa de me olhar e aperta o play. A música atroz soa de novo; Eric me pisca um olho e começa a jogar com ele.

Durante vinte minutos, observo como jogam. Ambos são muito bons, mas me dou conta de que sei movimentos que eles desconhecem. E não estou disposta a revelar.

Cansada de olhar a tela e de estar de fora da brincadeira desses dois machõezinhos em potencial, começo a andar pela sala enorme. Vou até a grande lareira e olho as fotos que estão expostas.

Nelas se vê Eric com duas garotas. Uma é Marta. A outra, suponho, é Hannah, a mãe de Flyn. Eles sorriem, e me dou conta de como Eric e Hannah se pareciam: cabelos claros, olhos azuis e sorriso idêntico. Sem perceber, sorrio.

Há mais fotos. Sonia com seus filhos. Flyn nos braços de sua mãe: bebê, com um macacãozinho que imita uma abóbora do dia das bruxas. Marta e Eric abraçados. Me surpreende uma foto de Eric, muito mais jovem e com os cabelos longos. Uau, que sexy meu Iceman!

— Oi, Judith!

Ao ouvir meu nome, me viro e topo com o sorriso simpático de Marta. Com o barulho do jogo não a ouvi chegar. Nos abraçamos, e ela diz, tomando-me pela mão:

— Vejo que esses dois guerreiros trocaram você pelo jogo.

Respondo na gozação:

— Segundo alguém, nós, meninas, não sabemos jogar.

Marta sorri, suspira:

— Meu sobrinho é um pequeno monstro em potencial. Com certeza foi ele que te disse isso, não? — concordo, e ela suspira de novo. — Vamos à cozinha tomar alguma coisa.

Sair da sala é, para mim, e especialmente para meus ouvidos, um alívio.

Quando chegamos à cozinha, vejo uma mulher cozinhando. Ela nos cumprimenta. Marta apresenta-a a mim como Cristel e, quando esta volta aos seus afazeres, pergunta:

— Que quer tomar?

— Coca-Cola.

Marta pega duas latinhas na geladeira. Depois me faz um movimento com a cabeça para que a siga até uma bela sala de jantar ao lado da cozinha. Nos sentamos à mesa e, pela porta de vidro, observo que Sonia, agasalhada, está fora da casa, falando ao telefone. Ao nos ver, sorri, e Marta murmura:

— Mamãe e seus namorados.

Isso me surpreende. Sonia não é casada com o pai de Marta?

E quando quase não aguento mais de curiosidade, Marta toma um gole da Coca-Cola e me explica:

— Meu pai e ela se divorciaram quando eu tinha 8 anos. E, mesmo que eu ame meu pai, sei muito bem que é um homem muito chato. Mamãe é tão cheia de vitalidade que precisa de outro tipo de vida, uma vida mais agitada. — Concordo como uma boba; e ela, divertida, cochicha: — Olha pra ela, parece uma garota de 15 anos telefonando pro namoradinho.

Presto atenção em Sonia e percebo o que Marta disse. Nesse momento, Sonia desliga o celular e dá um saltinho de emoção. Depois, abre a porta e, ao entrar e ver que estamos sozinhas, nos comunica enquanto tira o casaco:

— Garotas... acabam de me convidar para ir à Suíça. Disse que sim e vou amanhã.

Sua alegria me faz sorrir.

— Com quem, mamãe? — pergunta Marta.

Sonia se senta com a gente e, com ares confidenciais, murmura:

— Com o gostosão do Trevor Gerver.

— Trevor Gerver?! — gesticula Marta.

— Ele mesmo, filhinha! — confirma Sonia.

— Puxa, mamãe! Trevor é um gato.

Ajeitando os cabelos, Sonia nos explica:

— Olha, filha, já te falei, esse homem olha para as minhas pernas mais do que o normal, lá no curso. Mais, no dia em que saltei com ele de paraquedas, notei que...

— Saltou de paraquedas? — pergunto espantada.

Mãe e filha me mandam ficar quieta com um gesto e, por fim, Marta me avisa:

— Nenhuma palavra disso com meu irmão, ok? Ou vai ser um deus nos acuda.

Admirada, concordo com a cabeça. Eric não deve achar a menor graça nesse esporte radical.

— Se meu filho sabe que nós duas fazemos esse curso, não haverá quem o aguente — me informa Sonia. — É muito rigoroso com a segurança desde que aconteceu o acidente fatal com minha querida Hannah.

— Eu sei, eu sei... Eu faço motocross. No dia em que me viu, quase...

— Faz motocross? — pergunta Marta, surpresa.

Digo que sim, e Marta aplaude.

— Puxa vida! — intervém Sonia. — Era isso que minha filha fazia com Jurgen, seu primo. E meu filho não virou uma fera quando ficou sabendo?

— Sim — respondo, sorrindo —, mas já ficou claro que o motocross é parte de minha vida e ele não pode fazer nada.

Marta e sua mãe sorriem.

— Ainda tenho a moto de Hannah na garagem — comenta Sonia. — Quando quiser pode levar. Pelo menos você a usa.

— Mamãe! — protesta Marta. — Quer provocar Eric?

Sonia suspira e, olhando para sua filha, responde:

— Eric se chateia só de olharem pra ele, querida.

— Isso é verdade, mãe — zomba Marta.

— Embora se empenhe em nos fazer viver numa redoma de vidro, para que nada nos aconteça — prossegue Sonia —, tem de entender que a vida está aí pra ser vivida e que não é por andar de moto ou saltar de paraquedas que vai te acontecer algo horrível. Se Hannah estivesse viva, diria a mesma coisa. Portanto, querida — insiste, me olhando —, se você quiser a moto, já é sua.

— Obrigada. Vou pensar no caso — sorrio, encantada.

Por fim, nós três rimos. Está claro que Eric nunca ficará tranquilo com a gente por perto.

Entre risadas e confidências, fico sabendo que o tal Trevor é o dono da escola de paraquedismo que fica nos arredores de Munique. Isso desperta bastante minha atenção. Eu adoraria fazer um curso de queda livre. Mas em seguida, enquanto as ouço falando sobre aquela viagem à Suíça, me dou conta de que em dois dias é o Ano-Novo! E, incapaz de ficar quieta, pergunto:

— Vai voltar pro réveillon?

Ambas me olham, e Sonia responde:

— Por Deus, não. Vou passar com Trevor na Suíça.

— Eric e Flyn vão passar sozinhos? — pergunto, espantada.

As duas confirmam.

— Sim — esclarece Marta. — Eu já tenho planos e mamãe também.

Devo estar com cara de tacho, porque Sonia se vê obrigada a dizer:

— Desde que minha filha Hannah morreu, essa noite deixou de ser especial para nós, principalmente pra mim. Eric entende e é ele quem fica com Flyn. — E mudando rapidamente de assunto, cochicha: — Marta, Marta, o que levo pra Suíça?!

Durante um instante, continuo ouvindo-as, enquanto penso que meu pai nunca na vida, nem nos mais remotos sonhos, deixaria minha irmã ou eu com minha sobrinha, sozinhas numa noite tão especial. Marta, de repente, diz algo engraçado que me faz sorrir, e nossa conversa se interrompe, quando Eric aparece com o menino pela mão.

Ele, que não é bobo, olha para nós três. É evidente que falávamos alguma coisa que não queremos que saiba. Marta, para disfarçar, se levanta para cumprimentá-lo justo no momento em que Sonia me olha e murmura:

— Nem uma palavra sobre o que se falou aqui a meu emburrado filho. Guarde segredo, ok, querida?

Respondo com um sinal afirmativo quase imperceptível, enquanto observo que Eric sorri por causa de algo que Flyn acabou de dizer.

Vinte minutos depois, nós cinco, reunidos em volta da mesa da sala de jantar, saboreamos um maravilhoso almoço alemão. Está tudo ótimo.

Às três e meia, estamos todos sentados na sala, batendo papo. Então noto que Eric olha o relógio, vem se agachar ao meu lado e me diz, me olhando atento:

— Querida, em uma hora tenho de estar no estádio de Oberföhring. Não sei se você gosta de basquete, mas gostaria que viesse comigo e assistisse à partida.

Sua voz, sua proximidade e a forma de dizer "querida" fazem as mil borboletas que vivem dentro de mim levantar voo. Desejo beijá-lo. Desejo que me beije. Mas não é o melhor lugar para extravasar nossa paixão tão contida. Eric, sem necessidade de que eu fale, sabe o que penso. Intui. Por fim, concordo com entusiasmo, e ele sorri.

— Eu também quero ir — diz Flyn.

Eric deixa de me olhar. Nosso momento se rompeu. Eric presta atenção à criança.

— Claro. Bote o casaco.

10

Quinze minutos depois, no Mitsubishi de Eric, nós três vamos para o estádio de Oberföhring. Na chegada, quando Eric desliga o motor, Flyn sai a toda e desaparece. Olho preocupada para Eric, mas ele, pegando a sacola esportiva, diz:

— Não se preocupe, Flyn conhece o estádio muito bem.

Um pouco mais tranquila, pergunto enquanto caminhamos.

— Você notou como Flyn me olha?

— Lembra como Luz me olhava no começo? — Isso me faz sorrir. — Flyn é uma criança. Você tem de conquistá-lo como conquistei a Luz.

— Tudo bem, tem razão. Mas, não sei por quê, acho que teu sobrinho é como o tio dele, um osso duro de roer.

Eric solta uma gargalhada. Então para, me olha e, pertinho de mim, se abaixa para ficar na minha altura.

— Se eu não estivesse de castigo — murmura —, eu te beijaria agora mesmo, louco de paixão. Depois te meteria no carro, te arrancaria a roupa e transaria com você com verdadeira devoção. Mas, pra minha infelicidade, você me botou de castigo, e sem a menor chance de fazer nada do que desejo.

Meu coração quase sai pela boca. Tum-tum, tum-tum...

Santo Deus, como me deixou o que ele acaba de dizer! Quando estou disposta a beijá-lo, ouço:

— Judith! Eric!

Olho à minha direita e vejo Frida e Andrés com Glen. Nem preciso dizer: nos abraçamos efusivamente.

— Você também joga basquete? — pergunto a Andrés.

O médico me pisca um olho, achando graça.

— Sou o melhor do time — cochicha, e todos sorrimos.

Quando chegamos aos vestiários, Frida e Andrés se beijam.

Que bonitinhos!

Eric me olha com desejo, mas não vem para o meu lado.

— Vá ficar com Frida, meu amor. Te vejo depois da partida.

Deus meu, quero que me beiiiiiijeeee! Mas não. Não beija. Desaparece atrás da porta. E quando ela se fecha, minha cara de idiota deve ser tamanha que Frida pergunta:

— Não me diga que ele ainda está de castigo?

Como a boba que sou, confirmo, e minha amiga dá uma risadinha.

— Anda, vamos pra arquibancada torcer pelos nossos rapazes. Olha, adorei suas botas. São sensacionais, muito sexy!

Mergulhada em meus pensamentos, sigo Frida. Passamos por uma porta, e me deparo com uma bela quadra de basquete. Aí está Flyn, sentado numa arquibancada amarela, brincando com seu PSP. Ao nos ver, vem direto até Glen, sem falar com a gente. Gosta do bebê. Nos sentamos, e Flyn pede a Frida que deixe o bebê com ele. Ela deixa, e por uns minutos observo como faz caretas para que Glen sorria.

A quadra vai se enchendo de gente. De repente, Flyn devolve o bebê para a mãe e vai se sentar mais embaixo. Frida me olha:

— Como tá se saindo com Flyn?

Encolho os ombros.

— Sinceramente, acho que não foi com minha cara. Não quis jogar comigo e quase não fala comigo. É sempre assim ou é pessoal?

Frida ri.

— É um bom menino, mas não é muito comunicativo. Imagine que eu o conheço desde que nasceu e não troquei mais de dez palavras com ele. É louco pelas maquininhas e jogos. Agora, quando vê Glen, é todo sorrisos. — Então se cala um instante, depois murmura: — Credo, que horror! Vou ao banheiro trocar as fraldas deste gambazinho ou morreremos todos com este fedor.

— Não quer que te acompanhe?

— Não, Judith. Fique aqui. Não demoro.

Quando Frida sai, noto que Flyn se deu conta de que fiquei sozinha. Sorrio, convidando-o a se sentar comigo, mas ele resiste, nem se mexe. Me dou por vencida. Cinco minutos depois, entra um grupo de mulheres da minha idade, todas elegantérrimas e perfumadas até não poder mais. Sentam justamente na minha frente e parecem muito animadas enquanto falam do salão de um cabeleireiro. Aí entram os jogadores para o aquecimento, e fico admirada ao reconhecer com quem Eric e Andrés falam. É Björn!

Me dá um calorão de morte. Na quadra, a poucos metros, está o homem que eu adoro com toda a minha alma com outros dois com quem me compartilhou na cama. Ufa, que vergonha! Dissimulo e me abano com a mão, enquanto não sei para onde olhar.

Quando consigo que meu coração deixe de bater a 2 mil por hora, olho a quadra e fico vermelha de novo ao ver que os três homens me olham e acenam. Com timidez, levanto uma das mãos como resposta. As mulheres que estão na minha frente acham que é para elas que se dirigem e cacarejam como galinhas, enquanto acenam entusiasmadas.

Sei que não posso afastar o olhar de meu Iceman. É tão sexy... Ele me olha, quica a bola, me pisca um olho, e eu sorrio como uma boba. Santo Deus, ele está tão sensacional de amarelo e branco que tenho vontade de gritar: "Lindo, lindo, lindo!"

Flyn vai até o tio, que, contente, lhe joga a bola. O menino ri, e Björn o pega e rodopia com ele. Por uns segundos, ele é o centro da brincadeira dos homens e está feliz. Seu rosto muda e, pela primeira vez, eu o vejo sorrir como uma criança de verdade.

Quando Flyn se retira e se senta no banco dos reservas, observo orgulhosa como Eric se move na quadra. Nunca o tinha imaginado no papel de atleta e estou adorando! Por uns minutos, fico curtindo a cena, e involuntariamente ouço uma das mulheres que está sentada à minha frente dizer:

— Que sorte, hoje joga o homem que desejo ter na minha cama.

— E eu na minha — diz logo outra.

Todas riem, e eu também, disfarçando. Este tipo de comentário entre amigas íntimas é dos mais normais. Tudo é divertido, e curto o momento, até que outra exclama:

— Meu Deus! Eric está melhor a cada dia. Olha lá as pernas dele. — Todas riem de novo, e a loira idiota, porque não há outra palavra para ela, acrescenta: — Ainda lembro da noite que passei com ele. Foi sensacional.

Meu sangue ferve.

Toc, toc — o ciúme bate na minha porta.

Não acho a menor graça em pensar que Eric compartilhou uma noite de sexo com essa fulana. Pior ainda, me pergunto se isso foi há pouco tempo.

— Mas isso faz mais de um ano, Lora, como pode se lembrar ainda?

Ufa, quase aplaudo ao ouvir isso.

Eric teve algo com ela antes de me conhecer. Nada a reclamar então. Eu também tive minhas histórias com outros homens antes de ficar com ele.

— Gina, só vou te dizer que Eric é um homem que deixa marcas — responde a tal Lora, e todas riem, eu inclusive.

Por um tempo ouço como as mulheres revelam o que pensam de todos os homens que estão se aquecendo na quadra. Para todos têm palavras de admiração, inclusive para o marido de Gina. Quando a tal Lora menciona Andrés e depois Björn, me dou conta de que para ela tanto faz um como outro. Sua maneira de falar sobre eles me permite deduzir que só se interessa por sexo.

— Lora — ri Gina —, se quer repetir com Eric, só tem que conquistar o chinesinho. Todas nós sabemos que esse monstrinho é seu ponto fraco.

Lora torce o nariz ao olhar para Flyn. Tira sua cabeleira loira do rosto e, se espreguiçando, murmura:

— Para o que eu quero de Eric, não preciso conquistar ninguém a não ser ele.

Minha indignação chegou ao auge. Estão falando do meu homem e eu estou aqui, ouvindo tudinho. De repente aparece Frida com Glen e ela se senta ao meu lado.

— Oi, garotas!

As quatro mulheres olham para trás, sorriem, se beijam, até que Frida decide me incluir no grupo.

— Pessoal, esta é Judith, a namorada de Eric.

A cara das mulheres, em especial a da cabeluda loira, é um espetáculo.

Uma surpresa e tanto!

Frida disse que sou a namorada, coisa que proibi Eric de mencionar, mas que neste momento quero que isso fique bem claro para estas fulanas. Sou a namorada, sim! Ele é meu!

Disposta a começar com o pé direito com elas, apesar dos comentários, decido me fazer de surda e, feliz da vida, digo um oi. A partir deste instante, nenhuma menciona Eric de novo.

Enfim, a partida começa, e eu decido me concentrar no meu amor. Eu me emociono ao vê-lo jogar, mas basquete não é o meu forte. Entendo o básico apenas, e Frida me dá umas dicas. Andrés joga como armador e Eric, como lateral, e rapidamente me dou conta de que sua posição é importante devido à combinação de altura e velocidade. Aplaudo cada vez que faz uma cesta de três pontos e inicia algum contra-ataque. Minha nossa, como meu gatinho é sexy!

Durante o intervalo, observo disfarçadamente como a tal Lora o olha. Busca sua atenção, mas em nenhum momento a encontra. Eric está concentrado no que fala com seus companheiros. Gosto disto. Me arrebata ver como se entrega a uma coisa que de repente sei que o fascina.

Alegre, aplaudo como uma louca quando o jogo recomeça e, com Frida, entro totalmente na partida, de modo que quando dou por mim já acabou e nossos rapazes ganharam por 12 pontos. Olê, olê, olê, olá!

Feliz da vida, observo como Flyn corre para abraçar o tio e como ele sorri, encantado, levantando-o num abraço. Todo mundo começa a sair de seus lugares.

— Vem — diz Frida —, vamos.

Convencida do que quero fazer, vou até a quadra com o resto das mulheres e observo que Eric se senta, ensopado de suor, e bota uma jaqueta esportiva. A habitual expressão séria voltou a seu rosto, e isso agita meu coração. Definitivamente, sou masoquista!

Então me dou conta de que Lora e a que está perto dela cochicham e olham meu Iceman. E, incapaz de não fazer nada, decido entrar em ação para deixar as coisas bem claras para elas de uma vez por todas. Vou até Eric e, sem mais nem menos, sento no colo dele. Diante de sua surpresa, eu o beijo — eu o beijo com desespero, com paixão, com prazer. Ele, confuso no começo, me deixa beijar e, por fim, sussurra com voz rouca, pertinho da minha boca:

— Ora, ora, pequena, se sei disso, teria te trazido antes a uma quadra de basquete. — Sorrio, excitada. — Isto quer dizer que o castigo acabou?

Digo que sim. Ele fecha os olhos, respira fundo e me beija de novo.

11

No fim da partida, os homens vão tomar uma ducha. Eu, com Frida e as outras mulheres, vamos esperá-los numa salinha. Aqui me divirto ouvindo seus comentários. Lora não disse mais nada que possa me chatear. Mas me olha com uma cara esquisita. É óbvio que saber que sou a namorada de Eric cortou sua onda. Meia hora depois, começam a sair dos vestiários homenzarrões limpinhos e reluzentes.

O primeiro que vem até mim, curioso e sorridente, é um rapaz tão loiro que parece albino.

— Oi. Você é Judith? A espanhola?

Quase digo "Olé!".

— Sim, sou Judith.

— *Olé, toro, paella!* — diz um outro, e eu rio.

Outros dois rapazes, desta vez morenos, se aproximam de nós, curiosos a meu respeito. Aqui sou a novidade, a espanhola! Acho graça e converso com eles. De repente vejo Eric sair do vestuário e ele me olha. Sorrio — ele se incomoda ao me ver rodeada por todos esses caras. Gosto deste ciumezinho bobo dele e mais ainda quando vejo que fica com Frida, Andrés e o bebê, e espera que a iniciativa seja minha. Nossos olhares se cruzam, e então ele faz uma coisa que me faz rir. Com um movimento de cabeça me chama.

Não dou a mínima ao seu comando. Não quero começar a segui-lo como um cachorrinho. Não, definitivamente não vou voltar a ser tão bobalhona com ele como fui meses atrás. Por fim, ele vem e, me pegando de maneira possessiva pela cintura, me beija na boca e diz na frente dos colegas:

— Pessoal, esta é minha namorada, Judith. Portanto, cuidadinho!

Seus amigos riem, e eu também. Bem aí, aparece Björn, que pega minha mão, a beija e me cumprimenta. Inexplicavelmente, fico nervosa, mas relaxo logo que vejo que Björn não faz nem diz nada inconveniente. Pelo contrário, é totalmente correto. Eric me beija na testa e combina com o amigo de irmos jantar juntos no Jokers, o restaurante dos pais de Björn.

Olho meu relógio. São sete e vinte da noite.

Minha nossa, que horror! Vou jantar no horário de gringo!

Mas disposta a seguir a corrente, deixo que Eric me segure firme pela cintura. Com a outra mão, noto, ele pega Flyn. No carro, emocionado com a partida, o menino não para de falar com o tio. Em momento algum me inclui na conversa, mas mesmo assim dou um jeito de participar. Por fim, não lhe resta outra saída a não ser responder algumas das perguntas que faço, e isso me faz sorrir.

Estacionamos o Mitsubishi no Jokers, seguidos por Frida e Andrés, depois por Björn. Faz um frio dos diabos, e entramos direto no restaurante. Um alemão um tanto desajeitado vem nos receber e Björn me diz que é seu pai. Ele se chama Klaus e é um sujeito muito simpático. No instante em que sabe que sou espanhola, diz "paella", "olé" e "torero". Sorrio. Que brincalhão!

Depois que nos servem umas cervejas, chega o resto do grupo, e em seguida uma moça do restaurante nos leva a uma sala à parte, onde nos acomodamos. Deixo que Eric peça por mim. Preciso me atualizar em matéria das comidas alemãs.

Entre risos, começamos a refeição. Tento compreender tudo o que dizem, mas ouvir tantas pessoas ao mesmo tempo em alemão me confunde. Como são bruscos falando! Enquanto estou concentrada na tentativa de entender bem o que estão contando, Eric diz no meu ouvido:

— Desde que você suspendeu o castigo, não vejo a hora de chegar em casa, pequena. — Sorrio. — E você, também?

Digo que sim, e Eric pergunta de novo em meu ouvido, enquanto faz pequenos círculos com um dedo em minha coxa embaixo da mesa:

— Você me deseja?

Com uma expressão maliciosa, levanto uma sobrancelha, me concentrando nele:

— Sim, muito.

Eric sorri, feliz. Depois, me surpreende:

— Em uma escala de um a dez, quanto me deseja?

Convencida de que minha libido está nas nuvens, respondo:

— Dez é pouco. Digamos, cinquenta?

Minha resposta o deixa mais feliz ainda. Pega uma batata frita em seu prato, dá uma mordidinha e depois a bota em minha boca. Alegre, mastigo. Durante uns minutos, continuamos comendo, até que Eric diz:

— Vamos, Flyn, coma ou quem vai comer sou eu. Estou faminto. Terrivelmente faminto.

O menino concorda, e de repente Björn dá uma gargalhada.

— Eric, quando falei pra nova cozinheira de meu pai que Judith é espanhola, ela me exigiu que a apresentasse.

Ambos sorriem. Sem perder tempo, Eric se levanta, toca com cumplicidade o punho de Björn, pega minha mão e diz:

— Vamos atender a cozinheira ou não poderemos voltar aqui.

Espantada, me levanto diante do olhar de todos. Quando Flyn vai se levantar para nos acompanhar, Björn atrai a atenção da criança:

— Se você for, eu como todas as suas batatas.

O garoto defende sua propriedade, enquanto nos afastamos do grupo. Saímos da sala, caminhamos por um corredor amplo e, de repente, Eric para diante de uma porta, mete uma chave na fechadura, me faz entrar e, depois de fechar a porta, murmura, desabotoando a jaqueta:

— Não posso aguentar mais, querida. Tenho fome, e não é da comida que ficou na mesa.

Eu o olho desconcertada.

— Mas não íamos falar com a cozinheira?

Eric se aproxima, o olhar devorador.

— Vamos, querida, tire a roupa. Escala cinquenta, lembra?

Ainda espantada, vou responder quando Eric, impetuoso, me pega pela cintura e me senta sobre a mesa do escritório. Mas não disse pra eu tirar a roupa?

Ele passa a língua em meu lábio superior, depois no inferior. Quando termina esse contato excitante com uma mordidinha, sou eu que se lança sobre sua boca e a devora.

Calor.

Excitação.

Loucura instantânea.

Durante vários minutos, nos beijamos num verdadeiro delírio, enquanto nos acariciamos. Eric está tão excitante e tão intenso que sinto que vou derreter, mas quando, cheio de pressa, levanta meu vestido e bota as enormes mãos na barra de minhas meias, digo:

— *Stop*. — Minha ordem o faz parar. — Não quero que rasgue as meias nem a calcinha. São novas e me custaram uma fortuna. Eu tiro.

Sorri, sorri, sorri. Santo Deus! Quando sorri, meu coração bate selvagem. Que rasgue o que quiser!

Eric dá um passo atrás. Percebo que seu desejo aumenta. Rápido, ponho um pé em seu peito. Sem afastar os olhos dos meus, me tira a bota. Repetimos a operação com a outra bota.

Uau, que gostoso é meu Iceman!

Quando as botas estão no chão, desço da mesa, e Eric dá um passo atrás. Eu tiro as meias e as deixo sobre a mesa.

A respiração de Eric é tão irregular quanto a minha. Quando ele se ajoelha na minha frente, sem que seja necessário me pedir o que quer, eu o faço. Me aproximo dele e ele encosta seu rosto em minha calcinha, fecha os olhos, murmura:

— Você não sabe quanta saudade senti.

Eu também senti saudade e, excitada, pouso minhas mãos em seu cabelo e desarrumo, enquanto ele, sem se mexer, esfrega sua face em meu púbis. Então, com um dedo, abaixa um pouco a calcinha e passeia sua boca pela tatuagem. Ouço que murmura:

— Peça-me o que quiser, pequena. O que quiser.

Repetindo essa sua frase, tatuada no meu corpo, tira a calcinha e a deixa sobre a mesa. Levanta-se, me abraça e me senta sobre a mesa, depois abre minhas pernas e abaixa a calça preta de moletom. Quando observo sua ereção tentadora, Eric sussurra, me deitando:

— Fico louco com esta frase em teu corpo, pequena. Eu ficaria horas te lambendo, mas agora não há tempo para preliminares. Por isso vou te foder agora mesmo.

Sem mais, aproxima-se de minha vagina molhada e me penetra com um único e certeiro movimento.

Sim, sim, sim...

Oh, sim!

Ouvimos o zum-zum-zum das pessoas do outro lado da porta, e Eric me possui. Eu o olho e me delicio.

— Chega de segredos entre nós — murmuro.

Eric concorda, sem parar de me comer.

— Quero sinceridade em nossa relação — insisto, ofegante.

— Claro, pequena. Prometido, agora e sempre.

A música chega até nós, mas eu só consigo me concentrar no que sinto neste instante. Estou me saciando uma vez depois da outra com o homem que mais desejo no mundo. Adoro isso. Suas mãos fortes me seguram pela cintura, me guiam, e eu me deixo guiar, feliz.

Eric me aperta contra ele uma vez depois da outra, os dentes cerrados. Meu corpo se abre para recebê-lo, e ofegante, estou disposta a me abrir mais e mais. De repente, Eric me levanta entre seus braços e me apoia contra a parede.

Oh, meu Deus, sim!

Eric, cada vez mais possessivo, entra em mim com mais intensidade. Uma, duas, três vezes. Sete, oito, nove... Eu gemo de prazer.

Suas mãos me apertam a bunda, me imobilizam contra a parede. Só posso receber deliciada seus contínuos, maravilhosos e demolidores movimentos. Este é Eric. Esta é nossa maneira de nos amar. Esta é nossa paixão.

Calor. Tenho um calor terrível quando sinto que um orgasmo devastador está a ponto de me fazer gritar. Eric me olha e sorri. Contenho o grito e, como posso, sussurro em seu ouvido:

— Agora. Vamos, mais fundo agora.

Ele obedece, ele sabe como fazer. Eric mergulha fundo em mim e eu me delicio e explodo de prazer. Eric me dá o que peço. É meu dono. Meu amor. Meu servo. Ele é tudo para mim, e quando a excitação entre nós parece que vai nos queimar, nasce em nossas gargantas um grito explosivo de libertação que calamos com um beijo.

Instantes depois, Eric se arqueia sobre mim e eu, decidida a não deixar que saia pela noite toda, aperto meu querido.

Quando os estremecimentos do orgasmo maravilhoso começam a desaparecer, nos olhamos nos olhos. Eric murmura, ainda dentro de mim:

— Não posso viver sem você. O que você fez comigo, hein?

Isso me faz sorrir. Depois de lhe dar um beijo casto na boca, respondo:

— Fiz o mesmo que você fez comigo. Fiz você se apaixonar.

Durante uns segundos, meu Iceman particular me olha com esse olhar tão seu, tão alemão e tão sedutor que me deixa louca. Eu adoraria estar em sua mente e saber o que passa por ela quando ele me olha desse jeito. Por fim, Eric me dá um beijo nos lábios e me solta de má vontade.

— Eu te comeria em cada canto deste lugar, mas acho que devemos voltar. O pessoal nos espera.

Concordo com entusiasmo. Vejo as meias e a calcinha na mesa. Me visto apressadamente, depois que Eric abre uma gaveta e pega uns guardanapos de papel para nos limparmos.

— Ora, ora, senhor Zimmerman — noto com um gesto malicioso —, parece que não é a primeira vez que você vem aqui satisfazer suas necessidades.

Eric sorri e, depois de se limpar e jogar o guardanapo no lixo, responde ajeitando sua calça preta:

— Não se engana, senhorita Flores. Este lugar é do pai de Björn. Visitamos este quartinho muitas vezes para nos divertir e compartilhar umas companhias femininas.

Acho graça de seu comentário, mas o ciúme espanhol tão característico da minha personalidade me faz ir além. Eric me olha.

— Espero que a partir de agora sempre conte comigo — digo, franzindo os olhos.

Eric sorri.

— Não tenha dúvidas, pequena. Já sabe que é o centro do meu desejo.

Fogo...

Falar tão claramente sobre sexo com Eric me enlouquece. Ele, que me conhece, se aproxima e me pega pela cintura.

— Logo você vai abrir as pernas pra que outro te foda diante de mim, enquanto beijo teus lábios e bebo teus gemidos de prazer. Só de pensar nisso já fico duro de novo.

Fico vermelha — talvez mais vermelha que um tomate-cereja. Só imaginar o que ele disse me deixa enlouquecida.

— Você quer mesmo isso, Jud?

Sem o menor pingo de vergonha, movo a cabeça afirmativamente. Se meu pai me visse, me deserdaria. Eric, divertido, sorri e me beija com carinho.

— Vamos fazer, sim, te prometo. Mas agora é melhor acabar de se vestir, minha linda. Há uma mesa cheia de gente nos esperando a poucos metros daqui. Se demorarmos mais, vão começar a suspeitar.

Afogueada pelo que aconteceu e por suas últimas promessas, boto as meias e depois, com a ajuda de Eric, ajeito as botas.

— Estou decente de novo? — digo, olhando para ele.

Eric me olha de alto a baixo e sussurra, antes de abrir a porta:

— Sim, querida. Mas quando chegarmos em casa, te quero totalmente indecente. — Rio. Ele continua, ofegante: — Vamos de uma vez, ou não sou capaz de me conter e rasgo essas tuas amadas meias e calcinha novas.

À noite, quando chegamos em casa e Eric coloca Flyn para dormir, fechamos a porta de nosso quarto e nos entregamos ao que mais gostamos: sexo selvagem, cheio de tesão, ardente.

12

No sábado, 29 de dezembro, Eric pede que a gente passe o dia todo com o sobrinho dele. Percebo pelo seu olhar o quanto está preocupado com isso. Mas concordo logo, convencida de que é o melhor para todos, especialmente para Flyn. É claro que Flyn não desperdiça uma oportunidade de me fazer ver que estou sobrando. Não levo a sério. É uma criança. Passamos grande parte do dia jogando Wii e Playstation, a única coisa que parece motivar o menino, e lhe demonstro que nós, meninas, sabemos fazer mais coisas do que ele pensa.

Acho engraçado observar como me olha quando ganho de Eric no *Moto GP* ou dele mesmo numa partida de *Mario Bros*. O menino não consegue acreditar no que vê. Uma menina ganhando deles! Mas deixo que ele vença no *Mortal Kombat* para não lhe dar motivo para me odiar mais. Flyn é uma criança dura na queda, digno sobrinho de meu Iceman.

Durante todo o dia, Eric e eu nos dedicamos totalmente a ele e, à noite, tenho a cabeça como um bumbo de tanta musiquinha de videogames. Mas na hora do jantar, surpresa, vejo que Flyn me pergunta se quero salada e enche meu copo de Coca-Cola sem que eu peça. Já é um começo, e Eric e eu sorrimos.

Quando enfim conseguimos cansar o menino e botá-lo para dormir, Eric volta a ser meu, na intimidade de nosso quarto. Apenas meu. Curto Eric, sua boca, sua maneira de fazer amor, e sei que ele me curte.

Enquanto transamos, não paramos de nos olhar nos olhos e de nos dizer coisas picantes e sensuais. O jogo dele é o meu jogo, e juntos nos divertimos como doidos.

No domingo, quando acordo, estou sozinha na cama como sempre. Eric dorme pouco. Olho o relógio. São 10h08. Estou exausta. Depois de uma noite animada com Eric só quero dormir e dormir, mas sei que na Alemanha são muito madrugadores, então é melhor me levantar.

De repente, a porta se abre, e o objeto de meus mais pecaminosos e obscuros desejos surge com o café da manhã numa bandeja. Está lindíssimo com esse suéter grená e os jeans.

— Bom dia, moreninha.

O apelido que meu pai me deu me faz sorrir. Eric se senta na cama e me dá um beijo.

— Como está minha namorada hoje? — pergunta todo carinhoso.

Encantada com a vida e com o amor que sinto por ele, afasto o cabelo do rosto e respondo:

— Exausta, mas feliz.

Ele gosta da minha resposta, mas antes que ele comente alguma coisa, olho atônita para a bandeja.

— Churros? Isto são churros?

Ele acena que sim com um belo sorriso. Pego um, passo no açúcar e dou uma mordidinha.

— Que delícia! — E ao olhar meus dedos, sussurro: — Com uma gordurinha e tuuuuuddooo.

A gargalhada de Eric retumba pelo quarto.

Minha nossa, comer um churro na Alemanha é um sonho bom demais da conta!

— Mas onde conseguiu comprar?

Ainda estou surpresa. Com um sorriso gigante, Eric pega outro churro e começa a comer.

— Comentei com Simona que os churros são algo típico na Espanha e que você gosta muito no café da manhã. E ela, não sei como, fez pra você.

— Puxa, genial! — exclamo entusiasmada. — Quando eu contar pro meu pai ele vai cair de costas.

Sorrindo, começamos a comer os churros. Ao pegar o guardanapo, quando vou limpar a boca, surge o anel que tinha devolvido a Eric no escritório.

— Como voltou a ser minha namorada, quero que use o anel.

Eu o olho. Ele me olha. Sorrio. Sorri — e meu amor louco pega o anel e põe no meu dedo. Depois me dá um beijo na mão e murmura com voz rouca:

— Você é toda minha outra vez.

Meu corpo fica quente. Eu adoro Eric. Beijo sua boca e, ao me separar dele, cochicho:

— Com certeza, meu namorado. — Sorri. — Posso te perguntar algo sobre Flyn?

— Claro.

Depois de comer o delicioso churro, pergunto:

— Por que não tinha me dito que seu sobrinho é chinês?

Eric dá uma gargalhada.

— Não é chinês. É alemão. Não chame Flyn de chinês ou ele vai ficar chateado de verdade. Não sei por que odeia essa palavra. Minha irmã Hannah foi viver na Coreia durante dois anos. Lá conheceu Lee Wan. Quando engravidou, Hannah decidiu voltar pra cá pra ter o Flyn. Portanto, é alemão!

— E o pai de Flyn?

Eric faz uma careta.

— Era um homem casado e nunca quis saber nada dele.

Penso que o assunto acabou, mas ele continua:

— Teve um pai aqui durante dois anos. Minha irmã andou com um cara chamado Leo. O menino o adorava, mas quando aconteceu o acidente, esse imbecil não quis mais saber dele. Me confirmou o que sempre pensei: estava com minha irmã pelo dinheiro.

Decido não perguntar mais nada. Não devo. Continuo comendo. Eric me beija a testa. Durante uns segundos, nos olhamos e sei que chegou o momento de falar sobre o que ando pensando. Antes, porém, tomo um gole de café.

— Eric, amanhã é a noite de Ano-Novo, e eu...

Não me deixa continuar. Bota um dedo em minha boca.

— Sei o que vai dizer. Quer voltar pra Espanha pra passar o réveillon com sua família, não é?

— Sim. Acho que eu deveria ir hoje. Amanhã é a véspera de Ano-Novo e... Bom, você me entende.

Suspira, concordando. Sua resignação me toca o coração.

— Olha, Jud, eu adoraria que você ficasse aqui comigo, mas eu entendo. Dessa vez não vou poder te acompanhar. Vou ficar com Flyn. Minha mãe e minha irmã têm planos, e eu quero passar a noite com ele em casa. Você também compreende, não é mesmo?

Lembrar disso me parte o coração. Como vão ficar sozinhos? Mas, antes que eu possa dizer alguma coisa, meu alemão acrescenta:

— Minha família desmoronou no dia em que Hannah morreu. E não posso cobrar nada da minha mãe e da Marta. Quem desapareceu na primeira noite de Ano-Novo fui eu. Enfim... Não quero mais falar disso, Jud. Vá pra Espanha e aproveite. Flyn e eu ficaremos bem aqui.

A dor em seu olhar me leva a tocar seu rosto. Desejo continuar falando, mas meu Iceman não quer que eu tenha pena dele.

— Ligarei pro aeroporto pra que preparem o jatinho.

— Não. Não precisa. Vou num voo normal. Não se incomode com...

— Insisto, Jud. Você é minha namorada e...

— Por favor, Eric, não torne as coisas mais difíceis — eu corto. — Acho melhor ir num voo regular. Por favor.

— Tudo bem — diz depois de um silêncio mais que significativo. — Deixe comigo.

— Obrigada — murmuro.

Resignado, pestaneja:

— Você volta depois do Ano-Novo?

Minha cabeça começa a rodar. Como pode me perguntar uma coisa dessas? Por acaso não se deu conta de que o amo loucamente? Desejo gritar que claro, vou voltar, quando ele pega minhas mãos.

— Quero que saiba que, se voltar pra mim, farei tudo o que me for possível pra que não sinta saudades de nada do que tem na Espanha. Sei que a ligação com sua família é muito forte, que se separar dela é o que te custa mais, mas comigo você será cuidada, protegida e, principalmente, será muito amada. Desejo que seja feliz comigo em Munique, e se pra isso todos tivermos que aprender coisas espanholas, aprenderemos e conseguiremos que se sinta em casa. Quanto a Flyn, dê um tempo a ele. Tenho certeza de que antes do que você espera esse garoto vai te adorar tanto ou mais que eu. Já te disse que era uma criança especial e...

Emocionada, eu o interrompo:

— Eric, eu te amo.

O tom de minha voz, o que acabo de dizer e seu olhar me deixam toda arrepiada. Mais ainda quando ouço:

— Te amo tanto, pequena, que ficar longe de você me deixa louco.

Nossos olhares são sinceros e nossas palavras, mais ainda. Nós nos amamos. Nós nos amamos loucamente, e quando ele vai me beijar, a porta se abre pouco a pouco e surge o pequeno Flyn.

— Tioooooo! Por que está demorando tanto?

Rapidamente nos recompomos. Ao ver que Eric não diz nada, diante do olhar do menino, pego um churro na bandeja e pergunto em espanhol:

— Quer um churro, Flyn?

O menino faz cara feia. Não conhece a palavra "churro" e não me suporta. E como não está disposto a deixar que lhe roube nem mais um segundo com seu amado tio, responde:

— Tio, te espero lá embaixo pra jogar.

E antes que alguém consiga dizer qualquer coisa, fecha a porta e se vai.

Olho Eric, risonha.

— Não tenho a menor dúvida de que Flyn se alegrará muito com minha partida.

Eric não diz nada. Me beija na boca e depois vai embora. Durante um instante, olho a porta, pensando que não entendo como Sonia e Marta, a mãe e a irmã de Eric, podem deixar esses dois sozinhos numa data assim. Me dá pena.

Às seis e meia da tarde, Eric, Flyn e eu estamos no aeroporto. Não tenho bagagem para despachar, levo apenas uma mochila com poucas coisas. Estou nervosa, muito nervosa. Me despedir deles, principalmente de Eric, me parte o coração. Mas tenho que ver minha família.

Eric age com frieza, mas tenta brincar. É seu mecanismo de defesa. Ela é indiferente para não sofrer. Quando o momento da despedida chega, enfim, me agacho e beijo a bochecha de Flyn.

— Rapazinho, foi um prazer conhecer você. Quando eu voltar, quero revanche no *Mortal Kombat*.

O menino concorda. Por uns segundos, vejo um pouco de calor em seu olhar. Mas ele mexe a cabeça e, quando volta a me olhar, essa impressão já não existe.

Eric convence Flyn a se afastar de nós uns metros e o garoto se senta para esperar.

— Eric, eu...

Mas não posso continuar. Eric me beija com verdadeira devoção. Depois, quando se separa um pouco, crava seus impressionantes olhos azuis em mim.

— Divirta-se, pequena. Cumprimente sua família por mim e não esqueça que pode voltar quando quiser. Me ligue, estarei esperando sua ligação para te pegar no aeroporto. Seja o dia que for, a hora que for.

Faço um gesto de concordância, emocionada. Tenho uma vontade terrível de chorar, mas me contenho. Não devo chorar, ou vou parecer uma boboca molenga, e nunca gostei disso. Então, sorrio, beijo meu amor de novo, pisco um olho para Flyn e sigo para a porta de entrada. Depois que passo pela segurança, pego minha bolsa e minha mochila e me viro para dar adeus. Meu coração se parte ao ver que Eric já foi embora com a criança.

Ando pelo aeroporto, olhando os painéis em busca do meu portão de embarque. Quando o localizo, me dirijo para lá, mas, como ainda tenho uma hora de espera, decido me distrair pelas lojas. Só que minha cabeça não está onde deve, só consigo pensar em Eric. Em meu amor. Na dor que vi em seus olhos quando me separei dele. Isso me destroça a alma, segundo a segundo.

Exausta e abatida pela tristeza, me sento e observo as pessoas que passam. Pessoas alegres e tristes. Pessoas com família e pessoas sozinhas. Fico assim um bom tempo, até que meu celular toca. É meu pai.

— Oi, moreninha. Onde você está, meu bem?

— No aeroporto. Esperando que abram o portão de embarque.

— A que horas chega a Madri?

Olho minha passagem.

— Teoricamente, aterrissamos às onze e às onze e meia pego o último voo pra Jerez.

— Perfeito. Vou te esperar no aeroporto daqui.

Por um momento, falamos de coisas banais.

— Você está bem, minha filha? — pergunta de repente. — Me parece meio pra baixo.

Como sou incapaz de ocultar meus sentimentos do pai que me adora tanto, respondo:

— Papai, tudo é tão complicado que... que... me sinto arrasada.

— Complicado?

— Sim, papai, muito.

— Brigou de novo com Eric? — pergunta meu pai sem entender bem.

— Não, papai, não é nada disso.

— Então, querida, qual é o problema?

Antes de dizer algo, me convenço de que preciso contar para ele o que está acontecendo comigo.

— Papai, eu quero passar a noite de Ano-Novo com vocês. Quero ver você, Luz e a doida da Raquel, mas... mas...

O riso carinhoso de meu pai me faz sorrir mesmo sem vontade.

— Mas está apaixonada por Eric e também quer ficar com ele, é ou não é, querida?

— Sim, papai, e isso me deixa péssima — sussurro, enquanto observo que dois funcionários se posicionam no meu portão de embarque.

— Olha, moreninha, quando eu conheci sua mãe, ela morava em Barcelona e eu, como você bem sabe, em Jerez. Te garanto então que sei o que está acontecendo com você, eu já passei por isso. Quer um conselho? Deixa teu coração te guiar.

— Mas, papai, eu...

— Quieta e me ouça, meu bem. Tanto Luz como Raquel ou eu sabemos que você nos ama. Nós vamos ter você e te amar pelo resto de nossas vidas, mas seu caminho deve começar como começou o meu e depois o de sua irmã quando se casou. Seja egoísta, minha filha. Pense no que você quer e no que deseja. E, se neste momento teu coração te pede que fique na Alemanha com Eric, fique, ora. Aproveita! Porque se você estiver bem aí, eu ficarei mais feliz do que se você ficar ao meu lado toda jururu.

— Papai, que romântico você me saiu — soluço, comovida.

— Ei, ei, moreninha.

— Ai, papai! — desato a chorar. — Você é o melhor... o melhor...

Sua bondade preenche todo o meu ser, quando ouço:

— Você é minha filhinha e te conheço melhor que ninguém, e só quero que seja feliz. E se tua felicidade está com esse alemão que te tira do sério, benza Deus! Seja feliz e aproveite a vida. Eu sei que me ama, e você sabe que eu te amo. Onde está o problema? Tanto faz que esteja na Alemanha ou ao meu lado, se sabemos que teremos um ao outro pelo resto de nossas vidas. Porque você é minha moreninha, e isso, nem a distância, nem Eric, nem nada, vai mudar. — Emocionada com essas palavras, choro de novo e ele continua. — Vamos, vamos, não chore. Senão fico nervoso e me sobe a pressão. E você não quer isso, não é?

Sua pergunta me arranca um riso carregado de lágrimas. Meu pai é generoso. É sensacional!

— Então, minha filha, por que não fica na Alemanha e passa uma noite de Ano-Novo alegre e feliz? Este é o começo da vida que você tinha planejado há pouco e acho que começá-la nessa época será sempre uma bela lembrança pra vocês, não acha?

— Papai, não se importa mesmo?

— Claro que não, minha vida. Então, sorria e vá procurar Eric. Diga pra ele que mando um abraço. E, por favor, seja feliz para que eu também possa ser. Combinado?

— Combinado, papai. — E antes de desligar, acrescento: — Te ligo amanhã à noite. Te amo, papai. Te amo muito.

— Eu também te amo, moreninha.

Comovida, emocionada e com mil sensações dentro de mim, desligo o celular e enxugo as lágrimas. Durante vários minutos permaneço sentada enquanto penso no que devo fazer. Papai ou Eric? Eric ou papai? Por fim, quando os passageiros do meu voo começam a embarcar, agarro minha mochila e sei, com toda a clareza, aonde devo ir. Em busca do meu amor.

13

Pago com cartão o táxi que me deixa na porta da incrível mansão de Eric. Como era de se esperar, começa a nevar de novo e minhas botas afundam na neve, mas não importa: estou congelada, mas feliz. Quando o táxi se afasta, me deixando sozinha diante da grade imponente, um ruído próximo me alerta. Olho, sobressaltada, para as latas de lixo à minha esquerda. Uns olhos brilhantes e esbugalhados me observam. Grito.

— Merda, que susto!

Meu grito faz o pobre cachorro fugir apavorado. Acho que se assustou mais que eu. Procuro a campainha, mas aí vejo que se acende uma luz na casinha de Simona e Norbert. Numa janela, as cortinas se mexem e logo se abre uma porta ao lado da grade.

— Senhorita Judith? Santo Deus, vai congelar!

Me viro e vejo. Norbert, vestindo um casacão escuro que vai até os pés, corre para mim.

— Mas o que faz aqui com este frio? Não tinha ido pra Espanha?

— Mudei de ideia no último momento — respondo tremendo, mas sorrindo.

O homem me devolve o sorriso e me apressa, enquanto caminhamos para a portinha lateral.

— Entre, por favor. Ouvi que um carro parava, então fui olhar. Vamos, entre. Eu a levarei agora mesmo.

Atravessamos o enorme jardim o mais rapidamente que podemos. Meus dentes batem, e o homem me oferece o casacão. Não aceito. Não aceito de jeito nenhum. Quando chegamos à casa, nos dirigimos para a porta da cozinha. Norbert pega uma chave, abre e me convida a entrar.

— Vou preparar alguma coisa quentinha. A senhorita precisa.

— Não, não, obrigada — digo, pegando-lhe as mãos frias. — Volte pra sua casa. É tarde, deve descansar.

— Mas, senhorita, eu...

— Não se preocupe, Norbert. Eu mesma faço. Agora, por favor, volte pra sua casa.

Ele concorda, contrariado, e me diz que o senhor, a essa hora, quando Flyn está dormindo, costuma ficar no escritório. Agradeço. Por fim, ele se vai.

Fico sozinha na cozinha enorme e escura. Respiro agitada. A casa está silenciosa, e isso me arrepia. Voltei. Tremo de frio, mas pensar em Eric tão pertinho começa a me aquecer. Estou nervosa, ansiosa pela cara que vai fazer quando me vir.

Incapaz de esperar um segundo mais, me encaminho para o escritório. Ouço música. Como uma menina, colo o ouvido na porta e sorrio: a maravilhosa voz de Norah Jones canta a canção romântica *Don't know why*.

Não sabia que Eric gostava dessa cantora, mas adorei descobrir.

Abro a porta em silêncio e sorrio. Meu querido está sentado perto da lareira com um copo na mão, olhando o fogo. A música, o calor e a emoção de vê-lo me envolvem. Vou até ele.

De repente, ele vira a cabeça e me vê. Se levanta. Minha respiração se altera: seu rosto diz tudo, está surpreso!

Deixa o copo numa mesinha. Sua expressão de espanto me faz sorrir. Solto a mochila que minhas mãos congeladas ainda seguram.

— Papai te manda um abraço e espera que passemos um feliz réveillon. E como você me disse que poderia voltar quando quisesse, aqui estou! E...

Mas não posso continuar. Meu gigante alemão me abraça com verdadeiro amor e sussurra, antes de me beijar:

— Não imagina como desejei isso.

Quando separa seus lábios dos meus, sorri, sorri, sorri. Mas então seu rosto se contrai.

— Pelo amor de Deus, Jud! Você está congelada, querida. Venha pra perto do fogo.

De mãos dadas com ele, faço o que me pede. Seus olhos me observam com extrema ternura. Ainda não se recuperou da surpresa.

— Por que não me ligou? Eu teria ido te pegar.

— Queria te surpreender.

Com semblante preocupado, retira meu cabelo úmido do rosto.

— Você está congelada, querida.

— Não importa, não importa...

Me beija de novo. Está nervoso. A surpresa foi incrível, ele está totalmente desorientado.

— Já jantou?

Faço que não com a cabeça, e ele me ajuda a tirar meu casaco congelado.

— Vamos, tire essa roupa. Você está ensopada, vai adoecer.

— Espere, calma — digo rindo, feliz. — Tenho roupa na minha mochila.

— Na tua mochila está tudo molhado e frio — insiste, e rapidamente tira seu moletom cinza da Nike.

Minha nossa, que cara mais gostoso!

É impressionante. A cada dia, mais me lembra o gato do Paul Walker.

— Pegue, bote isso, que vou no quarto achar roupa seca.

Sai a toda. Não posso parar de rir como uma completa idiota, e um calor maravilhoso me percorre o corpo. O efeito Eric Zimmerman está de volta.

Estou boba.

Idiota.

Perdidamente apaixonada.

Antes que eu possa me mexer, Eric já voltou, agora com um moletom azul, trazendo minha roupa.

Como ainda estou com a roupa úmida, ele me despe, enquanto toca a música sensual *Turn me on*, de Norah Jones. Puxa, eu adoro!

Eric não tira os olhos de mim. Nua, começo a me insinuar. Eu o desejo. Ele coloca o moletom cinza em mim. Então peço:

— Dance comigo.

Sem salto alto, sem calcinha, me agarro ao homem que adoro para que dance comigo. Estamos mais que comovidos, me sinto completamente protegida por Eric, e dançamos no tapete macio diante da lareira essa linda e romântica canção de amor.

Like a flower waiting to bloom
Like a lightbulb in a dark room
I'm just sitting here waiting for you
To come on home and turn me on

É delicioso estarmos nos braços um do outro. Enquanto isso, nossos pés se movem lentamente no tapete e nossas respirações se fundem até se tornar apenas uma. Dançamos em silêncio. Não podemos falar. Só precisamos nos abraçar e continuar dançando.

Quando a música termina, nos olhamos. Eric se abaixa e me beija na boca com doçura.

— Vamos, Jud, se vista — diz com uma voz supersensual.

Sorrio, feliz com as mil emoções que ele me faz sentir. Sorrio mais ainda ao ver que me trouxe uma cueca.

— Puxa, adorei! E Armani ainda por cima. Que sexy!

Eric sorri e, depois de me dar uma palmada carinhosa no traseiro, me entrega umas meias grossas e macias.

— Vista-se e não me provoque mais, sua safadinha! Vamos, sente perto da lareira. Vou à cozinha arranjar algo pra você comer.

— Não precisa, Eric, mesmo!

— Como não, querida? Precisa, sim! Sente e espere.

Faço o que me pede, encantada com nossa felicidade. Me dá um beijo e sai. Sozinha, olho ao redor enquanto a música da fantástica Norah Jones me envolve. Pego minha mochila molhada, tiro um pente, me sento no tapete e começo a desembaraçar meu cabelo molhado. Estou lutando com ele quando Eric volta com uma bandeja. Ao me ver, ele a deixa na escrivaninha e chega perto de mim.

— Me dê o pente. Eu desembaraço.

Obedeço como uma menininha. Sentir suas mãos desembaraçando meus cabelos com delicadeza me enlouquece. Me arrepia. Às vezes ele é tão terno, que parece impossível acreditar que posso discutir com ele. Quando termina, me dá um beijo na nuca.

— Seu lindo cabelo está pronto. Agora, trate de comer.

Ele se levanta e traz a bandeja para o tapete. Depois senta ao meu lado e me beija o pescoço com carinho.

— Você está linda, pequena.

Sua expressão, suas palavras, seu jeito de olhar, tudo nele revela a felicidade que sente com a minha presença. Sinto o cheirinho delicioso da sopa e, contente, pego a xícara. Eric não tira os olhos de mim enquanto tomo um gole e devolvo a xícara à bandeja.

— Te surpreendi, né?

— Muito — confessa, e retira uma mecha de cabelo do meu rosto. — Nunca deixa de me surpreender.

Acho graça.

— Quando ia pegar o avião, recebi uma ligação do meu pai. Ele me disse que, se o que me fazia feliz era ficar com você, não devia desperdiçar a chance de ser feliz. Pra ele é mais importante saber que estou aqui, com você, satisfeita, do que me ter ao lado dele e saber que morro de saudade de você.

Eric sorri, leva o sanduíche de presunto de York até minha boca.

— Teu pai é uma ótima pessoa, Jud. Você tem muita sorte.

Como um pedaço do saboroso sanduíche.

— Papai é a melhor pessoa que conheci na vida. Me disse, inclusive, que começar minha nova vida com você na noite de Ano-Novo é uma coisa bonita que não devo desperdiçar. E tem razão. Este é o nosso começo e quero curti-lo com você.

Eric me oferece de novo o sanduíche e dou outra mordida. Quando entende o significado do que acabo de dizer, anuncio sem deixar que ele fale nada:

— Vou ficar com você na Alemanha, definitivamente. Não vai mais se livrar de mim.

A notícia o pega tão de surpresa, que ele não sabe nem o que fazer. Por fim, larga o sanduíche na bandeja, pega meu rosto entre as mãos e diz pertinho da minha boca:

— Você é a melhor coisa, a mais bonita e maravilhosa, que me aconteceu na vida.

— Sério?

Eric sorri, me dá um beijo nos lábios e confirma:

— Sim, senhorita Flores. — E ao perceber as intenções do meu olhar, observa com voz rouca: — Enquanto não acabar a sopa, o sanduíche e a sobremesa, não penso satisfazer teus desejos.

— O sanduíche todo?

Meu alemão acena que sim e diz, num tom de voz baixo, que me deixa arrepiada:

— Todo.

— E a banana também?

— Naturalmente.

Sorrio. Tomo a sopa olhando para Eric por cima da xícara. Eu o provoco com meus olhos e vejo que ele me deseja.

Santo Deus, como Eric me excita!

Quando acabo, sem falar, largo a xícara e como o sanduíche. Tomo água e mostro a banana, que deixo na bandeja com um sorriso.

— De sobremesa... prefiro você.

Eric sorri e me beija. Eu o empurro até que ele deita no tapete.

Estamos diante da lareira acesa.

Sozinhos...

Excitados...

E com vontade de brincar.

Sento em cima de Eric. Ao meu contato e insinuações, seu pau fica duro, disposto a me dar o que quero e preciso. Suas mãos passeiam por minhas pernas, lenta e pausadamente, parando nas coxas.

— Ainda não acredito que você está aqui, pequena.

— Me toque e acredite — convido, olhando-o nos olhos.

A excitação aumenta segundo a segundo. Resolvo tirar o moletom dele. Eric está nu da cintura para cima, à minha mercê. Com um sorriso triunfal, pouso minhas mãos em sua barriga e vou subindo até seu peito. No caminho, me agacho, e sua boca vem ao meu encontro. Nos beijamos, e suas mãos pegam as minhas.

— Eric, você me deixa louca.

Ele sorri. Eu sorrio.

— Quer que te mostre como você me deixa? — pergunta ofegante.

— Sim.

Eric agarra a cueca que me deu e a tira, de uma vez só. Depois, faz o mesmo com o moletom. Fico totalmente nua sobre ele. Então suas mãos vão direto a meus seios e, me atraindo para ele, sussurra:

— Me dá eles.

Excitada, me inclino. Ofereço a Eric meu corpo, meus seios. Ele os beija com delicadeza. Depois, põe na boca primeiro um mamilo, que se arrepia logo, em seguida o outro, enquanto suas mãos me seguram para que eu não me afaste. Durante uns minutos, curto essas carícias afrodisíacas. São maravilhosas, quentes e excitantes. Então, com as mãos fortes, Eric me levanta, desliza por baixo de mim e fico sentada sobre sua boca.

Minha barriga se encolhe ao sentir o calor da respiração de Eric. Oh, sim! Ele me agarra pela cintura, e só posso escutar, enquanto me desmancho toda:

— Vou saborear você. Relaxa e aproveita.

Sentada sobre sua boca, Eric cumpre o que promete: me faz gozar. Sua língua ávida, louca por mim, busca meu clitóris como se precisasse dele e me arranca gemidos incontroláveis. Fecho os olhos e ardo, segundo a segundo. Uma vez depois da outra, com os toques da língua, Eric me leva à beira do orgasmo e então para. Isso me deixa louca e quero protestar.

Imagens excitantes passam por minha mente enquanto o homem que me enlouquece toma de mim tudo o que quer, e eu me entrego, desejando mais. Estarmos sozinhos e nus, no escritório, diante da lareira, é uma delícia. Mas inexplicavelmente uma vozinha em minha cabeça sussurra muito baixinho que, se fôssemos três, tudo seria mais excitante.

Alucinada, abro os olhos. Como posso pensar assim? Eric conseguiu me atrair totalmente para suas brincadeiras e agora sou eu que fantasio com isso.

Me sinto meio depravada e solto um gemido de prazer. Muito, muito depravada. E, deixando-me levar pelas minhas fantasias, digo:

— Quero brincar, Eric. Brincar do que você quiser...

Sei que me ouve pelo tapa que dá na minha bunda. Sua boca passeia pelos meus grandes lábios, seus dentes me dão mordidinhas que me arrancam ondas de prazer e, finalmente, me deixa gozar.

Quando meu corpo se recupera desse maravilhoso ataque, Eric me coloca de novo sobre seu peito e, com um sorriso vitorioso, me pede com voz rouca, carregada de erotismo:

— Me fode, Jud.

Percebo que fiquei com o rosto corado. Mas não é por causa da lareira e sim pelo desejo que meu alemão me provoca. Eric. Meu Eric. Meu alemão. Meu mandão. Meu cabeça-dura. Meu Iceman.

Decidida a que ele aproveite tanto quanto eu, me ajeito e seguro seu pênis. Sua suavidade é deliciosa. Olho para ele com olhos de "relaxa e aproveita" e, sem esperar mais, sento nele.

Estou molhada, mais que molhada, e sinto como a cabeça de seu maravilhoso pau chega quase até meu útero sem que ele se mexa.

Santo Deus, que prazer!

Movo os quadris da esquerda para a direita em busca de mais espaço e depois me aperto sobre Eric. Ele fecha os olhos, ofegante: gosta deste movimento arqueado. Ótimo! Repito enquanto apoio as mãos em seu peito e exijo:

— Me olhe.

Minha voz — o tom exigente que uso nesse instante é o que faz com que Eric abra os olhos rapidamente. Eu mando. Ele me pediu que eu tomasse a iniciativa, e me sinto poderosa. De repente, vario o movimento de meus quadris e, quando faço um movimento brusco, Eric geme alto e se contrai, extasiado.

Ele põe as mãos em meus quadris. A parte animal de meu Eric está despertando. Mas agarro suas mãos e, entrelaçando-as com as minhas, sussurro:

— Não, não se mexa. Deixe comigo.

Está ansioso. Excitado. Tesudo.

Seu olhar fala por si, e sei o que deseja. O que pensa. O que anseia. De novo mexo meus quadris com força. Me aperto contra Eric e ele geme de novo. Eu também.

— Santo Deus, Jud, você me deixa louco!

Fico repetindo os movimentos.

Levo Eric até o limite do prazer, mas não deixo que goze. Quero que sinta o que me fez sentir minutos antes. O olhar dele fica sério. Sorrio. Aiii, como me excita essa cara de mau! Suas mãos tentam me segurar e eu as detenho outra vez, enquanto meus movimentos rápidos e circulares continuam levando Eric até onde quero. Ao êxtase. Mas seu prazer é o meu prazer, e quando vejo que ambos vamos morrer de tesão, acelero os quadris até que um orgasmo maravilhoso me toma por completo, e meu Iceman, enlouquecido, se contrai e goza.

Deliciada com o que fiz, me deixo cair sobre Eric, e ele me abraça. Adoro senti-lo tão pertinho assim. Nossas respirações descompassadas pouco a pouco se acalmam.

— Adoro você, moreninha — diz no meu ouvido.

Suas palavras, tão carregadas de amor, me enlouquecem, e só posso sorrir como uma boba enquanto seus braços entrelaçam cintura e me apertam.

Nosso calor se funde num só.

Levanto a cabeça e beijo Eric.

Por uns minutos, ficamos assim, deitados no tapete. Então Eric, ao me ver arrepiada, me convida a levantar. Levantamos, e ele pega um cobertor escuro que está numa poltrona e joga sobre mim. Depois, nu, se senta e, sem me soltar, me faz sentar no seu colo e tira o cabelo solto do meu rosto.

— O que passava por tua cabecinha quando disse que queria brincar do que eu quisesse?

Uau! Isto me pega de surpresa. Por essa eu não esperava.

— Vamos, Jud — insiste ao ver como olho para ele. — Você sempre foi sincera.

Incrível. Como sabe que escondo algo? Por fim, disposta a dizer o que pensava, respondo:

— Bom, eu... Olha, a verdade é que não sei. — Eric ri contra meu pescoço. Fraquejo. — Tá bem, te conto. Adoro transar com você; é maravilhoso, é excitante. O máximo. Mas, enquanto pensava nisto, me ocorreu que se fôssemos três no tapete teria sido ainda mais excitante. Mas... — Continuo rapidamente: — Querido, não vá pensar besteira, tá? Adoro o sexo com você. A-do-ro! E não sei por que diabos esse pensamento me cruzou a mente. Como me disse pra ser sincera e... bom, eu te disse. Mas a verdade é que... sabe? Eu me divirto muito só com você e...

Uma gargalhada corta meu monólogo. Me abraçando por cima do cobertor, ele responde:

— Me enlouquece saber que você quer jogar, querida. O sexo entre nós é fantástico. Essas brincadeiras são um complemento à nossa relação.

Me animo com essa resposta:

— Como você definiu bem: um complemento!

Eric me beija de novo no pescoço e, levantando comigo nos braços, diz com voz cheia de felicidade:

— Por ora, minha linda, quero você com exclusividade. Vamos deixar os complementos pra outro dia.

Rio, ele ri. Saímos do escritório dispostos a ter uma longa noite de paixão.

14

Ao despertar de manhã, custo a reconhecer onde estou, mas o cheiro de Eric está em tudo. Quando abro totalmente os olhos, ele está deitado a meu lado.

— Bom dia, minha linda.

Sorrio, encantada com sua presença na cama a estas horas.

— Bom dia, lindo.

Eric chega mais perto para me beijar na boca, mas o detenho. Ele fica todo sem jeito, então digo:

— Me deixe escovar os dentes, pelo menos. Ao acordar, tenho nojo de mim mesma.

Sem esperar resposta, saio da cama, vou para o banheiro escovar os dentes correndo. Sem me preocupar com meu cabelo, volto para a cama e abraço Eric.

— Agora sim. Me beije agora.

Ele não se faz de rogado. Me beija, enquanto suas mãos tocam meu corpo, e eu, entusiasmada, me aninho no seu. Vários beijos depois, digo:

— Olha, querido, estive pensando...

— Hum, que perigo! — zomba Eric.

Achando graça, dou um beliscão na sua bunda, e Eric sorri.

— Como estou aqui, pensei que não precisa mais contratar ninguém pra ficar com o Flyn, quando você sai. O que acha?

Eric me olha, me olha, me olha.

— Tem certeza, pequena?

— Sim, grandalhão. Tenho certeza.

Durante um bom tempo, falamos, abraçados na cama, até que de repente a porta se abre.

Adeus, intimidade!

Flyn aparece com a cara amarrada. Não se surpreende ao me ver. Imagino que Eric já lhe disse que eu estava aqui. Sem me olhar, se aproxima da cama.

— Tio, seu celular tá tocando.

Eric me solta, pega o celular e, levantando-se da cama, vai até a janela. Flyn continua sem me olhar, mas estou disposta a conquistá-lo.

— Oi, Flyn, você tá todo bonitão hoje.

O menino me olha. Sim, sim, passeia os olhos puxados pela minha cara e diz:

— Você tá com cabelo de louca.

Aí se vira e vai embora.

Eita, chinesinho! Ai, não, coreano-alemão.

Não há dúvida, o baixinho vai ser duro na queda. Levanto e, no espelho do banheiro, comprovo: realmente tenho um cabelo de louca! Molhou ontem à noite e agora não está nem ondulado nem liso: está todo desgrenhado.

Eric entra no banheiro, me abraça por trás e, enquanto o observo pelo espelho, ele apoia o queixo sobre minha cabeça.

— Precisa se vestir, pequena. Estão nos esperando.

— Como? — digo espantada. — Quem está nos esperando?

Mas Eric não responde e me dá um novo beijo na cabeça antes de sair.

— Te espero na sala. Anda logo.

Sozinha, me olho no espelho. Eric e seus segredinhos! Por fim, decido tomar uma chuveirada. Ao entrar de novo no quarto, sorrio ao ver que Eric deixou sobre a cama meus jeans secos e minha camisa. Que fofo! Me visto e prendo o cabelo num rabo de cavalo. Quando chego à sala, Eric se levanta e me entrega um casaco azulão que não é meu, mas é do meu número.

— Teu casaco continua úmido. Vista este. Vamos.

Não tenho tempo de perguntar aonde vamos. Flyn surge de casaco, gorro e luvas. Sem abrir a boca, vou para a garagem de mãos dadas com Eric. Embarcamos no Mitsubishi e saímos. Ao passarmos pelas latas de lixo, na rua, olho com curiosidade e vejo um cachorro deitado numa delas, que está caída na neve. Me dá peninha. Pobrezinho, que frio deve estar sentindo!

Ligamos o rádio. Mas, para o meu azar, não conheço essas canções nem esses grupos alemães.

Meia hora depois, após deixarmos o carro num estacionamento privado, pegamos um elevador. As portas se abrem no quinto andar. Um homem alto, de aspecto impecável, grita, abrindo os braços:

— Eric! Flyn!

O menino se joga em seus braços, e Eric lhe dá a mão, sorrindo. Segundos depois, os três me olham. Eric me apresenta:

— Orson, esta é Judith, minha namorada.

O tal Orson é um armário loiro e descolorido. Sim, um alemão, alemão, desses que no verão ficam cor de melancia. Ele bota Flyn no chão e vem até mim.

— Prazer em conhecê-la.

— O prazer é meu — digo toda educada.

O homem me observa e sorri.

— Espanhola? — pergunta a Eric. Meu amor confirma, e o outro diz: — Oh, Espanha! Olé, touro, castanholas!

Agora sou eu que sorrio. Acho engraçado ouvir essas coisas.

— Que espanhola mais bonita!

— É maravilhosa, entre muitas outras coisas — garante Eric, sorridente, fundindo seu olhar com o meu.

Vou dizer alguma coisa quando Orson me segura pela cintura.

— Esta casa é sua desde este instante. — E, sem me deixar responder, prossegue: — Agora já sabe, relaxe e aproveite. Tire a roupa, e eu providenciarei tudo o que você precisar.

Sem entender nada, olho para Eric. Tirar a roupa?

Eric ri da minha cara.

Pelo amor de Deus, Flyn está com a gente!

Quero falar, protestar, mas meu gigante se aproxima e com cumplicidade me beija na boca.

— Desejo que se divirta, pequena. Vamos... Tire a roupa e se esbalde.

Vou ter um troço. Caraca, ficou louco? Que pretende que eu faça?

— Vamos, minha linda, me siga — me apressa Orson. E olhando Eric e Flyn, diz: — Se vocês quiserem, podem ir. Eu me ocupo dela e de todas as suas necessidades.

Me dá um calorão. Sim, vou ter um troço. Estou indignada. Vou gritar, explodir como uma possessa. Então aparece uma jovem com um cabide cheio de roupas. Fica vermelha ao ver Eric. Depois me olha e pergunta:

— Você é a cliente que vem provar a roupa, não é?

Eric solta uma gargalhada, e eu, ao compreender de repente o mal-entendido que eu mesma criei, dou um murro na barriga dele e rio. Eric pega a mão do sobrinho e me beija de novo.

— Precisa de roupa, fofinha. Vamos, veja com Orson e Ariadna, e compre tudo, absolutamente tudo, o que quiser. Flyn e eu temos coisas a fazer.

Feliz da vida, devolvo o beijo e sigo Orson e a moça do cabide.

Entramos numa sala com grandes espelhos e muitas araras com todo tipo de roupa. Surpresa, olho ao redor.

— Eric me disse que você precisa de tudo — informa Orson. — Portanto, divirta-se. Prove tudo o que quiser e, se não gostar de nada, me avise, que traremos mais.

Estou perplexa. O homem se vai. A jovem me olha e sorri.

— Vamos começar! — exclama.

Durante mais de duas horas, experimento todo tipo de calças, vestidos, camisas, botas, sapatos, casacos e conjuntos de lingerie. É tudo maravilhoso, mas, claro, a preços exorbitantes!

Soam umas batidas na porta. Instantes depois entra Eric. Estou com um vestido sexy, de gaze preto — muito parecido ao que a Shakira usa quando canta *Gitana*. Adoro o vestido e, pela cara dele, vejo que gosta também. Isso me faz sorrir. Ariadna, ao ver Eric entrar, desaparece da sala. Ficamos só nós dois.

Com graça, dou uma voltinha diante dele.

— Que acha?

Eric se aproxima e me agarra pela cintura. Sorri.

— Não vejo a hora de arrancá-lo, pequena.

Vou protestar, mas ele me beija. Minha nossa, como gosto de seus beijos!

— Está linda com este vestido — afirma, quando se afasta de mim. — Compre-o.

Num gesto automático, olho a etiqueta e me escandalizo.

— Eric, é um... Santo Deus! Olha, custa dois mil e seiscentos euros! Nem louca! Vamos, por favor, eu não ganho isso nem fazendo mais de cem mil horas extras.

Ele sorri e me segura o queixo.

— Você sabe que o dinheiro não é problema pra mim. Compre.

— Mas...

— Você precisa de um vestido pra festa da minha mãe, dia 5. E com este você está incrivelmente bonita.

A porta abre de novo. Entram Ariadna e Orson. Ele me olha e dá um assobio de aprovação.

— Este vestido foi feito pra você, Judith.

Sorrio. Eric sorri.

— Bom, Judith, gostou de alguma coisa? — pergunta Orson.

Admirada, olho ao redor. Tudo é fantástico.

— Acho que gosto de tudo — respondo em tom de brincadeira.

Orson e Eric me olham, e meu Iceman diz:

— Envie tudo pra minha casa.

Fico horrorizada.

— Eric, pelo amor de Deus, nem pense nisso! A troco de que vai comprar tudo isto?

Achando graça com minhas reações, o homem pelo qual me apaixonei completamente aproxima seu rosto do meu e sussurra:

— Pois se não quer que enviem tudo pra casa, escolha alguma coisa. E quando digo alguma coisa, me refiro a... várias peças, incluindo sapatos e botas! Você precisa de tudo até que as suas coisas cheguem da Espanha, certo?

Uau! Isso pode me deixar louca. Adoro as roupas. Mas insisto:

— Tem certeza, Eric?

— Certeza absoluta, pequena.

— Eric, você me deixa sem jeito. É muito dinheiro.

Meu Iceman sorri e me beija a ponta do nariz.

— Você vale muito mais, querida. Vamos, me dê o prazer de ver você usar essas roupas. Pegue absolutamente tudo o que quiser sem olhar o preço. Sabe que posso bancar. Por favor, me faça feliz.

Olho de relance para Orson, que sorri. Puxa, que comprinha Eric vai fazer. Finalmente, fraquejo. Estou vivendo o sonho que qualquer mulher da Terra gostaria de viver. Comprar sem olhar o preço! Respiro fundo, me viro para as coisas de que gostei, disposta a dar esse prazer a Eric, embora, para dizer a verdade, quem vai ter um prazer enorme sou eu. Nossa, eu sou um perigo!

Ariadna fica ao meu lado para que eu vá lhe entregando as peças escolhidas. Então começo. Sem pensar no preço, pego vários jeans, camisetas, vestidos, saias longas e curtas, sapatos, botas, meias, bolsas, roupa íntima, um casaco comprido, gorros, mantas, luvas, um casaco acolchoado e vários pijamas.

Quando acabo de separar tudo isso, olho para Eric com o coração acelerado.

— Quero tudo isso, incluindo o vestido que estou usando.

Eric sorri. Está encantado, feliz.

— Desejo concedido.

15

Com um lindo vestido vermelho que comprei esta tarde, me olho no espelho do quarto. Fiz um coque alto, e minha aparência é sofisticada.

Chove horrores. Está caindo um temporal tremendo, e os trovões fazem eu me encolher. Não sou medrosa, mas nunca gostei dos trovões.

Ligo para meu pai em Jerez e falo com ele e com minha irmã. Ouço, ao fundo, as risadinhas de minha sobrinha, e meu coração se aperta. Enquanto falamos, todos parecem felizes, apesar de sabermos que morremos de saudade. Muita saudade.

Depois de desligar, um tanto emocionada, decido retocar a maquiagem. Chorei, meu nariz está igual a um tomate. Preciso dar uma arrumada geral. Quando acho que já estou totalmente apresentável, vou para a sala, descendo a escada presidencial. É a última noite do ano e quero me sentir feliz com Eric e Flyn. Eric, ao me ver, se levanta e caminha até mim. Está maravilhoso com seu terno escuro e sua camisa azul.

— Você está linda, Jud. Linda.

Me beija, e seu beijo tem sabor de desejo e amor. Durante uma fração de segundos, nos olhamos nos olhos, até que uma vozinha protesta.

— Parem já com esses beijos! Que nojo!

Flyn não suporta nossas demonstrações de afeto, e isso nos faz sorrir, embora o menino não ache graça nenhuma.

Flyn está vestido como Eric, mas em miniatura! Faço um gesto de aprovação.

— Flyn, vestido assim, você se parece muito com teu tio. Está muito bonito.

O menino me olha e esboça um sorrisinho. Gostou do meu comentário, mas, mesmo assim, me apressa para jantar.

— Vamos de uma vez. Você está atrasada, e estou com fome.

Olho o relógio. Não são nem sete!

Santo Deus, como podem jantar tão cedo?

Este horário de gringo vai me matar. Eric sorri — parece ler meu pensamento. Quando me recomponho, contemplo a bela e enfeitada mesa que Simona e Norbert prepararam e pergunto, enquanto Eric me guia a uma das cadeiras:

— Bom, e na Alemanha, o que se janta na última noite do ano?

Mas antes que possam responder, a porta se abre e aparecem Simona e Norbert com duas sopeiras que deixam sobre a bonita mesa. Surpresa, observo que numa das sopeiras há lentilhas, e em outra, sopa.

— Lentilhas? — digo rindo.

— Eca! — careteia Flyn.

— É uma tradição na Alemanha, como na Itália — responde Eric, feliz.

— A sopa é de torresmo com salsichas, senhorita Judith, e está muito saborosa — diz Simona. — Sirvo um pouquinho?

— Sim, obrigada.

Simona me serve, e todos ficam me olhando. Esperam que eu prove a sopa que realmente está muito boa. Sorrio, e todos os outros sorriem também.

Sem conseguir ficar quieta, enquanto Norbert brinca com Flyn e Simona lhe enche o prato de sopa, olho Eric e cochicho:

— Por que não diz a Simona e Norbert que se sentem com a gente pra jantar?

Minha sugestão o surpreende, mas concorda, depois de entender o que pretendo.

— Simona, Norbert, querem jantar com a gente?

O casal se olha. Pela cara, imagino que é a primeira vez que Eric propõe algo assim.

— Senhor — responde Norbert —, agradecemos muito, mas já jantamos.

Eric me olha. Como estou disposta a atingir meu objetivo, digo sorridente:

— Gostaria que se sentassem com a gente pra sobremesa, combinado?

O casal se olha de novo e, por fim, diante de minha insistência, Simona sorri e concorda.

Dez minutos depois, terminada a sopa, Simona e Norbert entram com mais pratinhos. Fico olhando um deles com atenção.

— Isso é verdura. Se chama *sauerkraut* — explica Eric. — Chucrute, repolho avinagrado. Prove.

— Sim. Tá sensacional — diz Flyn.

Pela cara dele dá pra ver que não gosta, e a aparência do prato não me atrai. Decido recusar a oferta com o melhor dos meus sorrisos e pego um pãozinho com algo que parece uma salsicha branca.

Logo, Norbert deixa umas bandejas sobre a mesa. Aplaudo. Lagostins, queijo e presunto ibérico. Olé! Eric, ao ver minha reação, pega minha mão.

— Não esqueça que minha mãe é espanhola e temos muitos dos costumes que ela nos passou.

— Nossa, adoro presunto! — exclama o baixinho.

O presunto está de lamber os beiços. Santo Deus, que maravilha!

E quando trazem o pato assado, já não me aguento. Mas como não quero fazer uma desfeita, me sirvo um pouquinho, e a verdade é que está delicioso!

Também provo um queijo alemão fundido e repolho com cenoura. Me dizem que são comidas tradicionais para trazer estabilidade financeira, e como estou desempregada, fico vermelha!

O jantar transcorre tranquilamente, embora perceba que levo a conversa sozinha. Eric se contenta em me olhar e sorrir. Flyn tenta me evitar, mas, como tenho mais experiência, falo de jogos como de Wii ou PlayStation, e o garoto acaba entrando na conversa. Eric sorri e sussurra:

— Você é incrível, querida.

Quando decido que não vou comer mais nada para não explodir, aparecem Simona e Norbert com a sobremesa que tem um aspecto maravilhoso. Só de ver, já dá vontade de devorar.

— *Bienenstich* de Simona. Delícia! — aplaude Flyn, emocionado.

Sem tirar os olhos da torta com a cara tão boa, pergunto:

— O que é isso?

— É um bolo típico alemão, senhorita — diz Norbert —, que minha Simona prepara que é uma maravilha.

— Sim, sim! É o melhor *bienenstich* que você vai comer na sua vida — me garante Eric, achando graça.

A mulher, emocionada por ser o centro das atenções, em especial dos três homens da casa, sorri e se dirige a mim:

— É uma receita que minha avó passou pra minha mãe e minha mãe, pra mim. O *bienenstich*, ou "picada de abelha', é feito por camadas. A de baixo é massa podre com fermento; a segunda é um recheio de açúcar, manteiga e creme de amêndoas trituradas, e a de cima é de novo massa podre com amêndoas caramelizadas.

— Mmm, que delícia! — Determinada, levanto e digo: — Como é a sobremesa, agora têm que se sentar com a gente. — Simona e Norbert se olham, e antes que possam dizer alguma coisa, lembro: — Vocês prometeram!

Eric segue meu exemplo; se levanta, puxa uma cadeira e diz à mulher:

— Simona, tenha a gentileza de se sentar.

A mulher, quase sem respirar, senta, e junto dela, seu marido. Eu me aproximo e pergunto:

— A gente corta como se fosse uma torta, né?

Simona confirma.

— Muito bem, sou eu quem vai servir a todos este fantástico *bienenstich*. — Em seguida, olho o menino e peço a ele: — Flyn, poderia trazer dois pratinhos mais pra Simona e Norbert?

O menino, feliz, corre à cozinha e volta com os dois pratos. Decidida, corto cinco pedaços e os distribuo. Quando sento em minha cadeira, Eric me olha, satisfeito.

— Vamos atacar logo antes que eu coma tudo — murmuro, provocando uma risada geral.

Entre risos e piadas, devoramos a sobremesa maravilhosa. Surpresa, observo como as pessoas à minha volta curtem o momento como algo único, e me sinto imensamente feliz. Então proponho que cantem uma canção de festa alemã, e rapidamente Norbert dispara com o tradicional *O Tannenbaum*.

O Tannenbaum, O Tannenbaum,
wie treu sind deine Blätter.
Du grünst nicht nur zur Sommerzeit,
nein auch im Winter, wenn es schneit.
O Tannenbaum, O Tannenbaum
wie grün sind deine Blätter!

Ouço maravilhada. Eric, com seu sobrinho no colo, também canta essa canção tão alemã que me deixa arrepiada. Ver essas pessoas unidas pela música me lembra minha família. Com certeza, meu pai e minha irmã estarão fatiando o cordeiro, e minha sobrinha e meu cunhado rindo com as piadas. Isso me emociona, e meus olhos se enchem de lágrimas.

Quando a canção termina, aplaudo. Flyn, que entrou no meu jogo, logo pede que eu cante uma canção espanhola. Minha mente voa, e tento pensar em alguma que ele já possa ter ouvido com Sonia e começo *Los peces en el río*. Acerto, e o menino e Eric me acompanham, e cantamos batendo palmas.

Pero mira cómo beben los peces en el río,
Pero mira cómo beben por ver a Dios nacido

Beben, y beben, y vuelven a beber,
Los peces en el río por ver a Dios nacer.

Desta vez, quando acabamos, são Simona e Norbert que nos aplaudem, e nós acabamos aplaudindo também.

Que momento tão bonito e familiar!

Eric abre uma garrafa de champanhe e enche todas as taças. Para Flyn bota suco de abacaxi. Todos brindamos a São Silvestre.

Quando Simona começa a tirar a mesa, quero ajudá-la. No começo, ela e Norbert se queixam, mas por fim desistem ao ouvir Eric dizer:

— Simona, se Jud disse que ia te ajudar, nada vai detê-la.

A mulher se dá por vencida e eu ajudo com entusiasmo. Consigo que Norbert fique com Eric e Flyn na sala, conversando. Quando volto para tirar os últimos pratos, Simona me sussurra:

— Não, senhorita Judith: esses pratos devem ficar sobre a mesa até de madrugada. Na Alemanha é tradição deixar as sobras do jantar na mesa. Isso nos garante que no ano que vem teremos a despensa bem cheia.

Imediatamente solto os pratos com alegria.

— Então está bem! Tudo pela despensa cheia!

Por um instante, todos rimos, enquanto contamos piadas. Entre risos me falam de uma brincadeira tradicional chamada Bleigiessen, e surpresa ouço que se vendem kits de Bleigiessen com os significados.

O Bleigiessen é um ritual para prever ou adivinhar o futuro. Se funde um pedaço de chumbo numa colher com o fogo de uma vela. Daí se derramam gotas de chumbo derretido num recipiente com água fria, que se deixam endurecer. Em seguida cada pessoa pega uma dessas formas e, com a ajuda do kit, prevê o futuro.

— Se o chumbo tem forma de mapa — diz Flyn, alegre —, você vai viajar muito.

— Se tem forma de flor — diz Norbert —, significa que fará novos amigos.

— E se sai em forma de coração — explica Simona, sorrindo —, é porque o amor chegará logo.

Eric está se divertindo. Vejo na cara dele, em seu jeito de sorrir. Por fim, ele se levanta e convida todos nós a sentar nas poltronas. Enquanto liga a televisão, diz:

— Jud, há outra tradição na Alemanha. É meio esquisita, mas é uma tradição.

— Mesmo? E qual é? — pergunto curiosa.

Todos sorriem, e Eric, depois de me dar um beijo meigo na bochecha, diz:

— Os alemães, depois da ceia de Ano-Novo e antes de sair pra admirar os fogos de artifício, costumam ver um vídeo cômico, bastante antigo, em preto e branco, chamado *Dinner for One*. Veja, começa depois dos anúncios.

Todos concordam e se acomodam. Eric, ao ver que estou rindo, diz:

— Não ria, moreninha. É uma tradição! Todos os canais de televisão transmitem ano após ano, no dia 31 de dezembro. Mas o mais curioso de tudo é que é um esquete em inglês, embora, em alguns canais, botem legendas em alemão.

— E é sobre o quê?

Eric me acomoda entre seus braços e, enquanto começa o esquete, sussurra em minha orelha:

— A senhora Sophie festeja seus 90 anos em companhia de James, seu mordomo, e vários amigos que já não estão porque morreram. O engraçado é ver como o mordomo, durante a noite, se faz passar por cada um dos amigos da senhora.

De repente, para de falar porque começa a rir com o que vê na televisão. No tempo em que dura o vídeo, olho surpresa para todos. Se divertem tanto, que até Flyn desfaz sua cara fechada para rir abertamente diante das coisas que o mordomo faz.

Quando acaba o esquete, Simona vai à cozinha e volta com cinco copinhos com uvas. Olho as uvas com espanto.

— Lembre-se, minha mãe é espanhola — diz Eric. — As uvas nunca faltaram numa noite dessas.

Emocionada, abobada e feliz com simples uvas, grito quando Eric troca para o canal internacional que transmite direto da Puerta del Sol de Madri.

Aiii, minha Espanha!

Viva Espanha!

Me sinto mais espanhola que nunca.

Faltam quinze minutos para acabar o ano, e ver na televisão minha querida Madri faz com que me emocione. Flyn me olha surpreso, e Eric se aproxima para dizer em minha orelha:

— Não chore, querida.

Engulo o choro e sorrio.

— Tenho de ir ao banheiro um segundinho.

Desapareço o mais rápido que posso.

Quando entro no banheiro e fecho a porta, minha boca se contrai, e choro. Mas minhas lágrimas são estranhas. Estou feliz porque sei que minha família está bem. Estou feliz porque Eric está a meu lado. Mas essas lágrimas malditas insistem em correr.

Choro, choro e choro até que consigo me controlar e passo água no rosto. Alguns minutos depois, batem na porta. Saio e Eric, preocupado, me pergunta:

— Tudo bem?

— Tudo — afirmo com um fio de voz —, só que é a primeira vez que estou longe de minha família numa noite tão especial.

Meu rosto e, principalmente, meus olhos lhe indicam o que aconteceu. Eric me abraça.

— Sinto muito, querida. Sinto que, por estar aqui comigo, esteja passando um mau momento.

Suas palavras me confortam, me fazem sorrir, e beijo Eric na boca.

— Não sinta, meu amor. Está sendo uma noite mágica pra mim.

Não muito convencido, crava seus impressionantes olhos em mim e, quando vai acrescentar algo mais, lhe dou um rápido beijo nos lábios.

— Vamos, vamos voltar para a sala. Flyn, Simona e Norbert nos esperam.

Quando o relógio da Puerta del Sol começa a tocar, digo a eles que esses são os quartos de hora. E quando começam as verdadeiras badaladas, digo a todos para irem engolindo as uvas. Para Flyn e Eric isso é algo que já fizeram outras vezes, mas para Norbert e Simona não, e rio ao ver suas caras.

Uva a uva, meu ânimo melhora.

Uma. Duas. Três. Papai, Raquel, Luz e meu cunhado estão bem.

Quatro. Cinco. Seis. Eu sou feliz.

Sete. Oito. Nove. O que mais posso pedir?

Dez. Onze. Doze. Feliz 2013!

Depois da última badalada, Eric vai me abraçar, mas Flyn se mete entre nós dois e nos separa. Eu sorrio e pisco um olho. É normal. O menino quer ser o primeiro. Norbert e Simona, ao testemunharem o que aconteceu, me abraçam e dizem:

— *Gutes Neues Jahr!*

Incapaz de conter meus impulsos, beijo os dois e, entre risadas, faço com que repitam em espanhol:

— *Feliz Año Nuevo!*

O casal se diverte repetindo o que eu digo, rindo e demonstrando sua felicidade. Depois Norbert e Simona apertam a mão de Eric e desejam feliz fim de ano, enquanto Flyn se afasta do lado dele. Me agacho para ficar à sua altura e o beijo na bochecha, sem que ele proteste.

— Feliz Ano-Novo, querido. Que este ano que começa seja maravilhoso e espetacular.

O menino me beija também e, para meu espanto, sorri. Norbert o coloca entre os braços. E Eric me olha rapidamente, me abraça e, com todo o seu amor, murmura em meu ouvido, me deixando arrepiada:

— Feliz Ano-Novo, meu amor. Obrigado por fazer desta noite algo muito especial para todos nós.

16

Os dias passam — e estar com Eric é a melhor coisa que já me aconteceu. Ele me ama, me paparica e está atento a tudo que necessito. Flyn é outra história. Rivaliza comigo em tudo, e eu tento fazer com que veja que não sou sua adversária. Se faço tortilhas de batata para ele, não gosta. Se danço e canto, me olha com desprezo. Se vejo alguma coisa na televisão, se queixa. Não me suporta de jeito nenhum e não disfarça. Isso me deixa mais preocupada a cada dia.

Falo com minha família em Jerez. Estão todos bem. Isso me conforta. Minha irmã conta de como está cansada com a gravidez e da trabalheira que minha sobrinha dá. Sorrio. Imagino Luz histérica à espera de que os Reis Magos a visitem. Que linda que é minha Luz!

Uma manhã, chego à cozinha e encontro Simona assistindo à televisão. Está tão concentrada no que vê que não me ouve. Quando chego a seu lado, vejo que ela está angustiada, assustada.

— Santo Deus, o que foi?

A mulher seca os olhos com um guardanapo e diz, me olhando:

— Estou vendo *Loucura esmeralda*, senhorita.

Surpresa, olho a tevê e vejo que se trata de uma novela. Assistem a esses dramalhões mexicanos na Alemanha? Um sorriso me escapa, e Simona me imita.

— Acho que a senhorita ia gostar também. Não conhecem esta novela na Espanha?

— Não me lembro, mas não gosto dessas novelas.

— Acredite, a mim também não, mas esta está causando furor aqui. Todo mundo vê *Loucura esmeralda*.

Passada a surpresa, estou quase rindo. Então ela acrescenta:

— É sobre a jovem Esmeralda Mendoza. Ela é uma bela moça que trabalha de empregada para os senhores Halcones de San Juan. Mas tudo se complica quando volta dos Estados Unidos o filho pródigo Carlos Alfonso Halcones de San Juan e se enrabicha por Esmeralda Mendoza. Mas ela ama em segredo Luis Alfredo Quiñones, o filho bastardo do senhor Halcones de San Juan. Santo Deus, é tudo tão difícil...

Surpresa e achando graça, ouço com atenção o que a mulher vai me contando. Que xaropada! Minha irmã adoraria. Por fim, sem saber por quê, me sento com Simona e, de repente, estou mergulhada na história.

Marta, a irmã de Eric, passa para me pegar no dia 2 de janeiro. Comentei com ela que preciso comprar uns presentes e ela, contente, se oferece para me acompanhar. Eric, animado por me ver sorrir, me dá um beijo na boca de despedida.

— Divirta-se, querida.

Faz um frio de rachar. Estamos com dois graus abaixo de zero às onze e meia da manhã. Mas me sinto feliz na companhia de Marta e sua conversa bem-humorada. Chegamos à praça central de Munique, Marienplatz, uma praça majestosa, rodeada de edifícios impressionantes. Aqui há um enorme e sensacional mercadinho de rua onde faço várias compras.

— Tá vendo aquela sacada?

— Estou.

— É da prefeitura. Ali, todas as tardes, tocam música ao vivo.

De repente, uma banca multicolorida com infinidade de árvores de Natal chama minha atenção. Há árvores vermelhas, azuis, brancas, verdes e de diferentes tamanhos. Em sua maioria estão decoradas com fotografias, bilhetes com desejos, tubinhos ou CD de plástico. Adoro! Olho Marta e pergunto:

— O que acha que teu irmão vai pensar se boto uma árvore dessas na sala dele?

Ela ri e acende um cigarro.

— Vai ficar horrorizado.

— Por quê?

Aceito um cigarro enquanto Marta olha as árvores artificiais coloridas.

— Porque estas árvores são modernas demais pra ele. Na verdade, nunca vi Eric botar uma árvore de Natal na casa dele.

— Sério? — Estou perplexa e, ao mesmo tempo, convencida do que quero fazer. — Sinto por ele, mas eu não posso viver sem ter minha árvore de Natal. Portanto, se horrorize ou não, terá que aguentar.

Marta dá uma gargalhada. E eu me decido por uma árvore vermelha de 2 metros. Um escândalo! Compro também uma infinidade de fitas coloridas com sininhos pendurados. Quero decorar a casa como se deve. Afinal, para os espanhóis até o dia de reis ainda é Natal. Pago, e prometemos voltar no fim do dia para pegá-la.

Durante mais de uma hora, compramos presentinhos e, quando estamos com os narizes vermelhos de frio, Marta me propõe ir beber alguma coisa.

Aceito. Estou morta de frio, fome e sede. Deixo que ela me guie pelas bonitas ruas de Munique.

— Vou te levar a um lugar muito especial. Outro dia que a gente sair iremos comer no restaurante da Torre Olímpica. É giratório. Você vai conhecer as vistas maravilhosas de Munique.

Concordo, congelada, e observo que ali todos os táxis são de cor creme e a maioria Mercedes-Benz. É um luxo só, hein?! Poucos minutos depois, quando entramos num lugar enorme, Marta diz:

— Judith querida, como boa muniquense que sou, tenho o orgulho de dizer que você está na Hofbräuhaus, a cervejaria mais antiga do mundo.

Olho ao redor, entusiasmada. O lugar é maravilhoso. Com tradição. Observo os tetos abobadados recobertos de pinturas curiosas e os bancos longos e grandes de madeira onde as pessoas se divertem bebendo e comendo.

— Venha, Jud. Vamos tomar alguma coisa — insiste Marta, me pegando pelo braço.

Dez minutos depois, estamos sentadas num dos bancos de madeira junto com outras pessoas. Durante uma hora falamos e falamos enquanto curto uma cerveja Spatenbräu sensacional.

A fome aperta. Decidimos comer antes de prosseguir com nossas compras. Deixo que Marta escolha, e ela pede *leberkäs* — um embutido quente —, almôndega de carne picada com bacon e uma rosquinha crocante salgada em forma de oito que pode ser mergulhada no molho. Tudo delicioso!

— E aí, o que acha de Munique?

Como um pedaço da rosquinha e respondo:

— Pelo que vi até agora, majestosa. Acho que é uma cidade grandiosa.

Marta sorri.

— Sabia que nós, de Munique, somos conhecidos como os mediterrâneos da Europa?

— Não.

Rimos.

— Veio pra ficar com Eric?

Nossa, sem enrolação, direto ao ponto, como gosto. Disposta a ser sincera, digo:

— Sim. Somos como o fogo e o gelo, mas nos amamos e desejamos tentar.

Marta aplaude, feliz. As pessoas ao nosso lado olham com estranheza. Mas sem se importar com os olhares, ela cochicha:

— Ai, que bom, Jud! Espero que meu irmãozinho aprenda que a vida é algo mais que trabalho e seriedade. Acho que você vai abrir os olhos dele em muitos sentidos, mas sinto dizer que isso vai te trazer mais de um problema. Eu conheço Eric muito bem.

— Problema?

— Ahã!

— Pois eu não quero problemas. — Ao dizer isso, lembro da canção de David de María e inevitavelmente sorrio. — Por que acha que vou ter problemas com Eric?

Marta passa o guardanapo nos lábios e responde.

— Eric nunca viveu com ninguém, exceto nestes últimos anos com Flyn. Ele se tornou independente muito cedo, e se há uma coisa que não suporta é que se metam em sua vida e em suas decisões. Ah, eu adoraria ver a cara dele quando você chegar com a árvore vermelha de Natal e as fitas coloridas que comprou. — Rimos. — Conheço esse cabeça-dura muito bem e tenho certeza de que você vai discutir com ele. Aliás, quanto à educação de Flyn, é péssima. Eric superprotege o garoto. Só falta colocar numa caixa de vidro.

Rio.

— Não ria. Você mesma vai comprovar. E olha bem o que estou te dizendo: meu irmão não aprovará o presente que você comprou pro Flyn.

Vejo a sacola que Marta está apontando e, surpresa, pergunto:

— Como? Não aprovará o skate?

— Não.

— Por quê? — pergunto, pensando em como me divirto com minha sobrinha e seu skate.

— Eric só verá os perigos. Você vai ver.

— Mas comprei capacete, joelheiras e cotoveleiras! Se cair, não vai se machucar.

— Tanto faz, Judith. Eric só verá perigo nesse presente e o proibirá.

Meia hora depois, saímos da cervejaria e nos dirigimos à rua Maximilianstrasse, considerada o trecho de ouro de Munique. Entramos na loja da D & G, e Marta vai direto ver uns jeans. Enquanto ela está no provador, compro rapidamente uma camiseta que vi que tinha gostado. Visitamos uma infinidade de lojas exclusivas, cada uma mais cara que a outra, e, quando entramos na Armani, decido comprar uma camisa branca com listrinhas azuis para Eric. Ele vai ficar lindíssimo.

Acabadas as compras, voltamos à praça da prefeitura para pegar minha bela árvore de Natal. Marta ri. Eu também, embora já comece a ter dúvidas se fiz bem em comprar.

17

Um temporal toma o céu de Munique, e decidimos pôr um fim ao dia de compras. Quando, às seis da tarde, Marta me deixa em casa, Eric não está. Simona me diz que ele foi para o escritório, mas que não demora a chegar. Rapidamente subo as compras para o quarto e as escondo no fundo do armário. Não quero que Eric veja. Mas antes de mudar de roupa, olho pela janela. Chove forte. Me lembro de ter visto o cachorro abandonado perto das latas de lixo.

Sem pensar duas vezes, vou ao quarto de hóspedes e pego um cobertor. Depois comprarei outro. Desço à cozinha, pego um pouco de refogado de carne na geladeira, ponho num recipiente plástico e esquento no microondas. Depois, toda feliz, saio de casa e ando entre as árvores até o portão, que abro. Me aproximo das latas de lixo.

— Susto... — Eu batizei o cachorro com esse nome. — Susto, onde você está?

A cabeça fina de um galgo caramelo e branco aparece atrás das latas. Treme. Está assustado e, pelo jeito, com fome e muito, muito frio. O animal, receoso, não se aproxima, e deixo a comida no chão enquanto o chamo para comer.

— Vem, Susto, coma. Está delicioso.

Mas o cachorro se esconde e, antes que eu o possa tocar, foge apavorado. Isso me entristece. Pobrezinho. Que medo tem dos humanos. Mas sei que ele vai voltar. Já são muitas as vezes que o vi perto das latas de lixo, e, disposta a fazer algo por ele, com umas madeiras e umas caixas, levanto uma espécie de casinha num lado. No centro da caixa, meto o cobertor que trouxe e a comida. Depois vou embora. Espero que o cachorro volte logo e coma.

Em casa, subo de novo para meu quarto, troco de roupa e vou para a sala com a caixa da árvore de Natal. Flyn está jogando PlayStation. Me sento a seu lado e deixo a enorme e colorida caixa diante de minhas pernas. Com certeza isso chamará a atenção dele.

Durante mais de vinte minutos eu o observo jogar sem dizer uma só palavra, enquanto a desgraçada da música estrondosa do videogame me arrebenta os tímpanos. Por fim, fraquejo e pergunto aos gritos:

— Que tal me ajudar a armar a árvore de Natal?

Flyn finalmente me olha. Para a música. Oh, que paz! Depois observa a caixa.

— A árvore está aí? — pergunta, surpreso.

— Sim. É desmontável. Que tal? — abro a caixa, puxando um pedaço.

Faz uma cara sem expressão.

— Não gosto — afirma rapidamente.

Sorrio ou lhe dou uns cascudos? Decido sorrir.

— Pensei em criar nossa própria árvore de Natal. E pra sermos originais e ter uma coisa que ninguém tem, podemos decorar com desejos que leremos quando desmontarmos a árvore. Cada um de nós escreverá cinco desejos. Que acha?

Flyn pestaneja. Consegui atrair sua atenção e, mostrando a ele um caderno, duas esferográficas e uma fita colorida, acrescento:

— Montamos a árvore e depois escreveremos os desejos em pedaços pequenos de papel. Aí os enrolamos e os atamos com as fitas coloridas. Não é uma boa ideia?

O pequeno olha o caderno. Depois me encara com seus olhões escuros.

— É uma ideia horrível. Além do mais, as árvores de Natal são verdes, não vermelhas.

Me contraio toda. Que falta de imaginação! Se esse baixinho diz isso, o que dirá seu tio? Ele volta ao jogo, a música nas alturas de novo. Mas disposta a montar a árvore e me divertir com isso, me levanto e, com segurança, grito para que me ouça:

— Vou botá-la aqui, perto da janela — digo, enquanto observo que continua chovendo. Espero que Susto tenha voltado e esteja comendo na sua casinha. — O que acha?

Flyn não responde. Nem me olha. Assim, decido pôr mãos à obra.

Mas a música estridente me mata e opto por contorná-la da melhor forma possível. Ligo o iPod que carrego no bolso de meus jeans, ponho os fones e, segundos depois, cantarolo:

> *Euphoria*
> *An everlasting piece of art*
> *A beating love within my heart.*
> *We're going up-up-up-up-up-up-up*

Animada com minha musiquinha, me sento no assoalho, tiro a árvore da caixa, esparramo-a ao meu redor e olho as instruções. Sou a rainha da bricolagem, daí que em dez minutos a árvore já está montada. Ficou muito bacana. Vermelha, vermelha brilhante. Olho Flyn. Continua jogando diante da televisão.

Pego a caneta e o caderno e começo a escrever pequenos desejos. Quando tenho uma porção, arranco as folhas e as corto com cuidado. Faço desenhozinhos natalinos ao redor do texto. Preciso me entreter com alguma coisa. Quando estou satisfeita, enrolo meus desejos e os ato com a fita colorida. Fico nessa por mais de uma hora, até que de repente vejo uns pés ao meu lado, levanto a cabeça e me deparo com a cara fechada de meu Iceman.

Caraca! Que coisa!

Me levanto rapidamente e tiro os fones.

— O que é isso? — diz, enquanto aponta a árvore vermelha.

Vou responder quando o baixinho de olhos puxados se aproxima do tio e, com a mesma expressão séria dele, responde:

— Segundo ela, uma árvore de Natal. Segundo eu, uma porcaria.

— Que você ache uma porcaria minha linda árvore não significa que ele tenha que achar também — respondo ríspida. Depois olho Eric e continuo: — Tudo bem, talvez não combine com tua sala, mas eu vi esta árvore e não pude resistir. Não é bonita?

— Por que não ligou pra me consultar? — diz meu alemão favorito.

— Pra consultar você?

Estou surpresa.

— Sim. Sobre a compra da árvore.

Tô chocada!

Mando Eric à merda ou só o insulto?

Por fim, decido respirar antes de dizer o que penso, mas, chateada, digo:

— Nunca pensei que tivesse que pedir permissão pra comprar uma árvore de Natal.

Eric me olha, me olha e então se dá conta de que estou ficando puta da vida. Para tentar me acalmar, pega a minha mão.

— Olha, Jud, o Natal não é minha época preferida do ano. Não gosto das árvores nem dos enfeites que nestas datas todo mundo coloca em casa. Mas se você queria tanto uma árvore, eu podia ter encomendado um belo pinheiro.

Nós três olhamos de novo minha árvore vermelha e, antes que Eric diga qualquer coisa, respondo:

— Sinto que não goste da época natalina, mas eu adoro. E com certeza não gosto que se corte um pinheiro pelo simples fato de que seja Natal. São seres vivos, que levam muitos anos pra crescer, pra morrer só porque a gente gosta de decorar nossa sala com um pinheiro no Natal. — Tio e sobrinho me olham. — Sei que algumas dessas árvores são replantadas. Tudo bem, mas a maioria delas acaba seca, na lata do lixo. Eu tô fora. Prefiro uma árvore artificial, que uso e que, quando não preciso, guardo para o ano seguinte. Pelo menos sei que enquanto está guardada não morre nem seca.

Os lábios de Eric se arqueiam. Acha graça de minha defesa dos pinheiros. Aproveito o momento e pergunto:

— Não acha mesmo linda e original esta árvore?

Com sua habitual sinceridade, levanta as sobrancelhas e diz:

— Não.

— É horrível — resmunga Flyn.

Não me rendo. Evito responder ao menino e, toda carinhosa, olho meu menino grande.

— Nem gosta se eu disser que é nossa árvore dos desejos?

— Árvore dos desejos? — pergunta Eric.

Faço um gesto afirmativo, e Flyn responde, enquanto toca um dos desejos que eu já pendurei na árvore:

— Ela quer que a gente escreva cinco desejos pra pendurar aí. Depois, no fim das festas, que a gente leia pra que aconteçam. Mas eu não quero fazer isso. Isso é coisa de menina.

— Seria novidade se você quisesse — falo demasiado alto.

Eric me repreende o comentário com um olhar. O menino, disposto a chamar a atenção, grita:

— Além do mais, as árvores de Natal são verdes e são decoradas com bolas. Não são vermelhas nem são enfeitadas com desejos bobos.

— Pois eu gosto dela vermelha e enfeitada com desejos, veja só.

Eric e Flyn se olham. Em seus olhos vejo que se comunicam. Desgraçados! Mas, consciente de que quero minha árvore vermelha e do quanto vou ter de lutar com estes dois resmungões, tento ser positiva:

— Olha, meninos, é Natal, e um Natal sem árvore não é um Natal!

Eric me olha. Eu o olho e faço um biquinho. Por fim, ele sorri.

Ponto pra Espanha!

Flyn, emburrado, vai se afastar quando Eric o pega pelo braço e diz, apontando o caderno:

— Escreva cinco desejos, como Jud pediu.

— Não quero.

— Flyn...

— Droga, tio! Não quero.

Eric se agacha. Fica cara a cara com a criança.

— Por favor, eu gostaria muito que fizesse isso. Este Natal é especial pra todos nós e seria um bom começo com Jud aqui em casa, né?

— Detesto que ela tenha de cuidar de mim e me mandar fazer coisas.

— Flyn... — insiste Eric com dureza.

A batalha de olhares entre eles é velada. Por fim meu Iceman vence. O menino, furioso, pega o caderno, rasga uma folha e agarra uma das canetas. Quando está para sair, digo:

— Flyn, pegue a fita verde pra amarrar na árvore.

Sem me olhar, pega a fita e vai até a mesinha em frente à tevê, onde começa a escrever. Com discrição me aproximo de Eric e, ficando na ponta dos pés, cochicho:

— Obrigada.

Meu alemão me olha. Sorri e me beija.

Ponto pra Alemanha!

Por um momento falamos sobre a árvore e tenho que rir com seus comentários. Eric é tão clássico para certas coisas que é impossível não rir. Um tempo depois, Flyn volta, pendura na árvore os desejos que escreveu e, sem nos olhar, vai para a poltrona. Pega o comando do Play, e a música barulhenta começa a soar. Eric, que não tira os olhos de mim, pega o caderno no assoalho e a caneta e pergunta em meu ouvido:

— Posso anotar qualquer desejo?

Sei onde quer chegar. Sei o que quer dizer. Melosa, murmuro mais pertinho dele:

— Sim, senhor Zimmerman, mas lembre que no fim da festa leremos os desejos todos juntos.

Eric me observa por uns instantes, e eu só penso em sexo... sexo... sexo. Deus meu! Olhar para Eric me excita tanto que estou me transformando numa escrava do sexo! Por fim, o gato do meu namorado concorda com um gesto, se afasta uns metros e sorri.

Uau! Como me deixa, quando me olha assim. Adoro essa mistura de desejo, intimidação e mau-humor. Sou pra lá de masoquista!

Fico olhando Eric escrever apoiado na mesinha da sala de jantar. Gostaria de saber seus desejos, mas não me aproximo. Devo esperar até o dia marcado para ler. Quando Eric acaba, dobra o papel e pega a fita prateada que lhe estendo. Depois de pendurá-lo na árvore, me olha com malícia e vem pôr alguma coisa no bolso da frente de meu moletom. Me beija na ponta do nariz, dizendo:

— Não vejo a hora de realizar este desejo.

Sorrio, feliz, excitada. Deus meu, que tesão! Ficando na ponta dos pés, dou um beijo na boca de Eric enquanto meu coração vai a trocentos por hora. Depois de uma palmadinha cúmplice no meu traseiro, que me faz perceber o quanto ele me deseja, ele se senta com seu sobrinho. Eu aproveito, tiro a pequena caixa que pôs em meu bolso junto com um papel e leio:

— Meu desejo é ter você nua esta noite em minha cama pra usar este brinquedo.

Sorrio. SEXO!

Curiosa, abro a caixinha e observo algo metálico com uma pedra verde. Que incrível! Para que será? Minha cara é de espanto quando leio no papel: "Joia anal Rosebud".

Puxa, não sabia que havia joias para o cu!

Desato a rir.

Alegre, vou até a janela, o rosto afogueado, e continuo lendo: "Joia anal de aço cirúrgico com cristal de Swarovski. Ideal para enfeitar o ânus e estimular a região anal."

Que diferente!

Excitada, percebo que Eric me olha com expressão sacana. Comicamente, levanto o polegar em sinal de que gostei, e ambos rimos. Esta noite vai ser o máximo!

Depois do jantar, proponho uma partida de Monopoly da Wii. Lance a lance vamos nos entusiasmando. Por fim, deixamos que Flyn ganhe e ele vai dormir todo prosa. Quando ficamos sozinhos na sala, Eric me olha. Seu olhar diz tudo: impaciência. Beijo-o e murmuro em seu ouvido:

— Quero você em cinco minutos no quarto.

— Chegarei em dois — responde autoritário.

— Melhor!

Dito isto, saio da sala. Corro escada acima, entro em nosso quarto, tiro o edredom, me dispo, deixo a joia anal ao lado do lubrificante sobre o travesseiro e me atiro na cama para esperá-lo. Não há tempo para mais nada.

A porta se abre, e meu coração bate com força. Excitação. Eric entra, fecha a porta, e seus olhos já estão sobre mim. Caminha até a cama, e o observo tirar a camiseta cinza.

— Teu desejo está esperando onde você o queria.

— Perfeito — responde com voz rouca.

Me olha como um lobo faminto. Vejo que dá uma olhada na joia anal e sorri. O desejo me consome. Ele joga a camiseta no assoalho e fica aos pés da cama.

— Dobra e abre as pernas.

Meu Deus, meu Deus, que calor!

Faço o que me pede e sinto que começo a respirar com dificuldade. Eric sobe na cama e leva sua boca até a parte interna das minhas coxas. Beija-as — beija-as com delicadeza, e eu me desmancho toda. Ele, com seu erotismo costumeiro, continua sua corrente de beijos. Agora sobe. Me beija o quadril, depois o umbigo, depois um dos seios, e quando sua boca está sobre a minha e me olha nos olhos, sussurra com voz carregada de desejo e erotismo:

— Peça-me o que quiser.

Meu Deus!

Ai, meu Deus!

Minha respiração se acelera. A vagina se contrai e sinto frio na barriga. Eric, meu Eric, chupa o lábio superior, depois o inferior. Antes de me beijar, dá sua mordidinha característica no lábio, o que me faz abrir a boca para lhe facilitar o acesso. Adoro seus beijos. Adoro sua exigência. Adoro como me toca. Eu o adoro.

Depois do beijo, me olha à espera de que lhe peça algo. Então, como sei o que desejo, murmuro:

— Me chupa.

Sua corrente de beijos agora desce pelo meu corpo. Quando beija o púbis, passa com sensualidade seu dedo na tatuagem.

— Vamos, querida, se abra com as mãos. Feche os olhos e fantasie. Sim, se ofereça como quando estivemos com outras pessoas.

"Se ofereça! Outras pessoas!"

Deus do céu, que tesão!

Suas palavras provocam uma tremenda excitação, e minhas mãos se apressam. Me abro, me expondo totalmente a Eric, ansiosa para que me lamba enquanto imagino que não estamos apenas nós dois neste quarto. Sem demora, sua língua toca meu clitóris. Minha nossa, eu morro de prazer!

O fogo abrasador de minhas fantasias e a excitação que Eric provoca me deixam sem forças. Deitada nua na cama, as lambidas ávidas me deixam louca, e suas mãos sobem por meu traseiro. Meu homem, cheio de tesão, me agarra pelos quadris para chegar mais fácil dentro de mim.

— Vamos, Jud, se ofereça.

Instigada, provocada, estimulada e louca pelo que imagino e pelo que ele me diz, aproximo minha vagina molhada de sua boca. Sem nenhum pudor, me aperto contra ela e me ofereço extasiada, desejosa de sentir e dar todo o prazer. Sua boca me chupa rapidamente, seus dentes se lançam ao meu clitóris, e eu, ofegante, quero mais e mais.

Minha pele arde e um prazer louco e selvagem toma meu corpo. Me retorço em sua boca a cada toque de sua língua e exijo mais.

Meu clitóris, inchado, está a ponto de explodir. Isso provoca Eric. Eu sei. Quando ele ergue a cabeça para me olhar, levanto rápido e beijo seus lábios molhados com meus fluidos. Seu gosto é meu gosto. Meu gosto é seu gosto.

— Me fode — exijo.

Eric sorri, morde o queixo e volta a me dominar. Me deita com brutalidade, e dessa vez meu corpo cai pela lateral da cama enquanto abre de novo minhas pernas, me dá uma palmadinha e continua seu ataque devastador. Noto algo úmido em meu ânus. Sim, o lubrificante. Eric me abre com um dedo, e instantes depois sinto que ele introduziu o brinquedinho. Aquela joia.

— Lindo — diz Eric enquanto beija minha bunda.

De minha posição, não posso ver seu rosto. Mas sua respiração e sua voz rouca me indicam que gosta do que vê e do que faz. Durante vários minutos, as paredes de meu ânus se contraem. Que delícia! Depois, Eric mete primeiro um dedo na vagina e depois dois.

— Olha pra mim, Jud.

Com a cabeça virada de lado, viro os olhos para ele, que murmura, a voz rouca de emoção:

— A joia é bonita, mas tua bunda é espetacular.

Isso me faz sorrir.

— Prefiro carne em vez de aço cirúrgico.

— É mesmo?

Confirmo.

— Prefere que eu te coma com outras pessoas?

Confirmo de novo. Seus dedos mergulham em mim. Que loucura! Arrebatado de paixão, insiste:

— Tem certeza, pequena?

— Sim — digo ofegante.

Seus dedos entram e saem de mim, enquanto com a outra mão aperta a joia. E eu fico louca. Após um gemido, abro os olhos, e Eric está me olhando.

— Logo seremos dois a te foder, pequena. Primeiro um, depois o outro, e depois os dois. Vou te prender entre meus braços e abrir tuas coxas. Deixarei que o outro te foda enquanto eu te olho, e só permitirei que você goze pra mim, certo?

— Sim, sim — digo ofegante de novo, extasiada com o que diz.

Eric sorri, e eu tenho um espasmo de prazer. Minha vagina se contrai, e seus dedos percebem. Com rapidez, troca os dedos pelo pênis, e sufoco um grito ao sentir sua impressionante ereção.

Santo Deus, como é bom!

Com mãos experientes, me agarra pela cintura e me levanta. Me senta sobre ele na cama, me abraça e diz baixinho, perto da minha boca:

— Seremos três na próxima vez.

Aceno que sim, entre gemidos.

— Sim, sim, sim...

Eric me beija. Sentir sua respiração descontrolada me deixa louca.

— Se mexa, pequena.

Meus quadris obedecem com um ritmo lento e profundo. Acho que vou explodir. A fricção do brinquedo anal é tremenda. Eric e eu nos olhamos nos olhos, enquanto afundo cada vez mais.

— Me beije — peço.

Meu Iceman me satisfaz, e eu aumento o ritmo, deixando-o louco. Uma vez depois da outra, entro e saio até que ele me para. Com um movimento, me deita na cama, faz eu me virar e me bota de quatro.

— Tá fazendo o quê? — pergunto.

Eric não responde, apenas mete o pênis em mim, e depois de duas enfiadas que me fazem gemer, sussurra em meu ouvido:

— Querida, quero teu cuzinho lindo. Posso?

Tesão, muito tesão. Excitada ao extremo, mostro o anel em minha mão.

— Sou toda sua.

Com cuidado, ele pega a joia e me passa mais lubrificante. Estou impaciente e ansiosa por sexo. Quero mais. Preciso de mais. Eric, ao ver minha impaciência, enquanto passa o lubrificante no pênis, me morde as costas. Nervosismo. Meus sentimentos são contraditórios. Não fiz mais sexo anal desde aquele último dia com ele e aquela mulher. Mas Eric sabe o que faz e, pouco a pouco, entra em mim. Me dilato. Minha mente fica louca, e o tesão toma conta de mim quando sinto que Eric me preenche:

— Fundo, fundo, querido.

Mas ele não obedece. Não quer me machucar. Mete devagarinho, e quando está totalmente dentro de mim, se agacha sobre minhas costas e, me abraçando com amor, sussurra em meu ouvido:

— Minha nossa, pequena, como você é apertadinha!

Me acostumo à nova situação, feliz com o prazer que sinto, enquanto ele entra e sai de mim. Eu gemo. Ardo. Queimo. Mas curto, entregue à delícia do sexo anal. Me sinto depravada. Praticar sexo selvagem com Eric me torna depravada. Louca. Desinibida. Estou de quatro para ele, com a bunda empinada, desesperada para que me foda, para que me faça sua infinitas vezes.

— Eric... eu gosto — afirmo, enquanto empurro meu corpo contra o seu, desejando que Eric entre mais fundo.

Continuamos nossa brincadeira por vários minutos. Ele me penetra, me agarra pela cintura, e eu me mostro receptiva. Uma, duas, três vezes. Paixão! Quatro, cinco, seis. Prazer! Sete, oito, nove. Desejo! Dez, onze, doze. Eric!

Mas meu Iceman já não pode mais se conter e seu lado selvagem faz com que penetre mais fundo ainda, enquanto caio com o rosto na cama. Deixo escapar um grito sufocado pelo colchão, e meu alemão sabe que meu prazer foi ao máximo. Então, ele crava seus dedos em meus quadris e me come por trás num ataque infernal.

Oh, sim! Oh, sim!

— Mais, mais, Eric! — suplico, estimulada.

O prazer que isso me dá e o desejo que ele vê em mim o deixam louco. Quando não pode mais, dá um gemido selvagem e cai sobre mim.

Ficamos assim por uns segundos. Unidos, alegres, excitados. O sexo entre nós é eletrizante, e gostamos disso.

Um pouco depois, Eric sai de dentro de mim. Nos permitimos ficar na cama, felizes, cansados e suados.

— Minha nossa, pequena! Você vai me matar de prazer.

Seu comentário me faz rir. Abraço Eric, e ele me abraça. Não precisamos falar — nosso abraço diz tudo. Lá fora, chove com vontade. De repente se ouve um trovão, e Eric se mexe.

— Vamos levantar e nos vestir, pequena.

— Nos vestir?

— Sim, botar qualquer coisa, um pijama, sei lá.

— Por quê? — pergunto, querendo continuar brincando com ele.

Mas Eric parece ter pressa.

— Vamos, pegue a calcinha na mesinha — exige.

Penso em protestar, mas desisto. Pego minha calcinha e um pijama. Mas não quero me vestir. Que coisa mais brochante!

Eric, ao ver minha cara amarrada, me beija todo animado, guarda o lubrificante na mesinha e pega a joia anal. Depois, se levanta, e justamente aí, quando me pega pelo braço, a porta do quarto se abre pouco a pouco. Flyn, de pijama listrado e com cara de sono, nos olha boquiaberto. Me cubro com minha roupa do jeito que posso e resmungo:

— Ei, não sabe bater na porta?

O menino não sabe o que responder.

— Flyn, já voltamos — diz Eric.

Na hora, entramos no banheiro. Olho para Eric, à espera de uma explicação. Ele diz baixo:

— Desde pequeno tem medo de trovão, mas não diga que te contei. — Me beija. — Sabia que ia vir pra nossa cama quando ouvi o trovão. Sempre faz isso.

Agora quem o beija sou eu. Minha nossa, como amo e gosto dele! Quando abandono sua boca, com preguiça, pergunto:

— Vem sempre pra tua cama?

— Sempre — garante, brincalhão.

Sua expressão me faz rir. Que lindo que é o meu alemão!

Um novo trovão nos traz de volta à realidade. Eric me solta, deixa a joia no balcão do banheiro e se lava. Depois, se seca, bota as cuecas e diz, antes de sair:

— Não demore, pequena.

Quando fico sozinha, pego a joiazinha e abro a torneira para lavá-la. Penso no Susto. Pobrezinho. Toda esta chuva e ele na rua. Depois me lavo, boto o pijama e olho no espelho. Enquanto penteio minha cabeleira rebelde, sorrio.

Que viagem essa história em que estou me metendo!

Então, segundos depois, lembro que eu era igual a Flyn quando era pequena. Os trovões me davam medo, esses barulhos infernais me faziam pensar que demônios feios e de unhas longas percorriam os céus para levar as crianças. Foram muitas noites dormindo na cama dos meus pais, embora, no final, minha mãe tenha conseguido me tirar o medo, com paciência e alguma ajuda extra.

Quando saio do banheiro, Eric está deitado na cama falando com Flyn. O menino me segue com o olhar; disfarçadamente, guardo a joia na gaveta da mesinha. Depois, quando me meto na cama, o baixinho pergunta ao tio:

— Ela tem que dormir com a gente?

Eric faz um gesto afirmativo, e eu digo, me tapando com o edredom:

— Mas é claro. Eu tenho medo de temporais, principalmente dos trovões. Vocês gostam de cachorros, né?

— Não — respondem em uníssono.

Vou dizer alguma coisa, mas Flyn explica:

— São sujos, mordem, cheiram mal e têm pulgas.

Boquiaberta, respondo:

— Você se engana, Flyn. Os cachorros não costumam morder e com certeza não fedem nem têm pulgas se são bem cuidados.

— Nunca tivemos animais em casa — explica Eric.

— Pois isso é muito ruim — cochicho, e vejo que Eric sorri. — Ter animais em casa dá outra perspectiva da vida, em especial às crianças. Olha, sinceramente, acho que um animalzinho de estimação cairia muito bem a vocês dois.

— Nem pensar — se nega Eric.

— O cachorro do Leo me mordeu e doeu — diz o menino.

— Um cachorro te mordeu?

O menino confirma, levanta a manga do pijama e me mostra a cicatriz no braço. Guardo a informação e imagino o pavor que deve ter dos animais. Preciso acabar com isso.

— Nem todos os cachorros mordem, Flyn — digo com carinho.

— Não quero um cachorro — insiste.

Sem dizer mais nada, me deito de lado para olhar Eric nos olhos. Flyn está entre nós e rapidamente me dá as costas. Só faltava esta! Eric me pede desculpa com o olhar, e eu lhe pisco um olho. Minutos depois, meu menino apaga a luz e, mesmo na escuridão, sei que sorri e me olha. Eu sei.

18

Hoje é dia 5, véspera do Dia de Reis. A ceia será na casa da mãe de Eric.

Durante estes dias meu alemão tem trabalhado em casa, nem fala em ir ao escritório. Gostaria de conhecer o lugar. Mas prefiro que seja ele a propor a visita.

Flyn continua sem me dar trégua. Tudo o que faço o incomoda, e isso faz com que eu e Eric tenhamos alguns atritos. Reconheço, porém, que é sempre ele a dar o braço a torcer para que a discussão não desande. Sabe que o menino não está se comportando direito e tenta me entender.

Com Susto as coisas só melhoraram. Ele já não foge quando me vê. Viramos amigos: ele entendeu que sou de confiança e deixa que o acaricie. Está com uma tosse horrível que não me agrada, e fiz um cachecol para proteger o pescoço dele. Ficou muito fofo!

Susto é uma graça. Tem uma cara de bonzinho que me derrete, e cada vez que saio para refazer sua casinha e levar comida — sem que Eric perceba — o pobre me agradece do jeito que sabe: rabo abanando, lambidas e piruetas.

À noite, quando chegamos à casa de Sonia, Marta nos recebe com um sorriso maravilhoso.

— Que bom, vocês chegaram!

Eric fecha a cara. Não gosta desse tipo de festinhas que a mãe organiza, mas sabe que não deve faltar. Não por ele, mas por Flyn.

Eric me apresenta às pessoas que estão na sala como sua namorada. Vejo orgulho em seu olhar e em como me segura, possessivo.

Minutos depois, começa a falar com vários homens sobre negócios e decido procurar Marta. Mas quando vou me afastando, um cara me cumprimenta.

— Oi. Sou Jurgen. Você é Judith, né? Sou primo de Eric. — E cochichando: — O que faz motocross.

Minha cara se ilumina. Empolgada, começamos a conversar. Menciona vários lugares para praticar o esporte, e prometo aparecer. Me incentiva a usar a moto de Hannah. Sonia comentou com ele que pratico motocross, o que o entusiasmou. Com o canto do olho vejo que Eric me observa e, pela cara, deve imaginar sobre o que estamos falando. Em dois segundos, já está do meu lado.

— Jurgen, há quanto tempo! — diz Eric, enquanto me agarra pela cintura de novo.

O primo sorri.

— Não será porque você não costuma dar as caras?

— Estive muito ocupado.

Jurgen não volta a mencionar o lance do motocross, e quase de imediato eles mergulham numa conversa muito chata. Outra vez decido procurar Marta. Está na cozinha, fumando.

Me oferece um cigarro. Não costumo fumar, mas, com ela, sempre tenho vontade e aceito.

Assim, todas glamorosas para a festa, fumamos e conversamos.

— Como vai com Flyn?

— Nossa! Me declarou guerra — zombo, fazendo piada.

Marta cochicha, aproximando-se de mim:

— Se te serve de consolo, declarou guerra a todas nós, mulheres.

— Mas por quê?

Ela sorri.

— Segundo o psicólogo, é por ter perdido a mãe. Flyn pensa que nós, mulheres, somos pessoas que estamos só de passagem na sua vida. Por isso tenta não demonstrar afeto. Com mamãe e comigo se comporta do mesmo jeito. Nunca é carinhoso e, se pode, nos rejeita. Mas, enfim, já nos acostumamos com isso. A única pessoa que ele ama acima de todas é Eric. Sente um amor especial por ele. Às vezes, para meu gosto, doentio.

Nos calamos por uns segundos, até que já não me seguro mais:

— Marta, gostaria de comentar uma coisa sobre isso, mas talvez te chateie. Não sou ninguém pra dar opinião num assunto desses, mas é que, se não falo, vou explodir!

— Continue — responde, sorrindo. — Prometo que não fico chateada.

Antes dou uma tragada no cigarro e solto a fumaça:

— Acho que o menino é agarrado demais a Eric porque é o único que nunca o abandona. E antes que me diga qualquer coisa, já sei que você e sua mãe não o abandonaram, mas Eric talvez seja o único que briga com ele e tenta fazer com que raciocine e, nas datas importantes, como por exemplo no Natal, não vai embora. Flyn é uma criança, e as crianças só querem carinho. E se para ele, por causa do que aconteceu com a mãe, é difícil gostar de uma mulher, são vocês que têm que fazer todo o possível pra que ele se dê conta de que a mãe dele partiu, mas que vocês continuam aqui. Que não vão abandoná-lo.

— Judith, te garanto que eu e mamãe fizemos de tudo.

— Não tenho dúvida, Marta. Mas talvez devessem mudar de tática. Não sei... Se uma coisa não funciona, podiam tentar algo diferente.

O silêncio que se forma me deixa arrepiada.

— A morte de Hannah partiu o coração de todos nós — diz finalmente Marta.

— Imagino. Deve ter sido terrível.

Seus olhos se enchem de lágrimas, e pego Marta pelo braço. Ela sorri.

— Ela era o motor e o centro da família. Era cheia de energia, alegre e...

Vejo uma lágrima escorrer pelo seu rosto.

— Marta...

— Você a teria adorado, Jud. Tenho certeza de que vocês teriam se dado muito bem.

— Claro que sim.

Fumamos.

— Nunca esquecerei a cara de Eric naquela noite. Ele não só viu Hannah morrer como também perdeu o pai e a namorada.

— Tudo no mesmo dia? — pergunto, curiosa.

Nunca falei muito sobre esse assunto com Eric. Não consigo. Não quero obrigá-lo a lembrar.

— Sim. O pobre, quando não conseguiu falar com o pai pra contar o que tinha acontecido, foi na casa dele e o encontrou na cama com aquela imbecil. Foi terrível. Terrível.

Me arrepio.

— Juro que pensei que Eric nunca ia se recuperar, Jud. Muitas coisas ruins demais em tão poucas horas. Depois do enterro de Hannah, durante duas semanas não soubemos dele. Desapareceu. Ficamos muito preocupadas. Quando voltou, sua vida era um caos. Teve que enfrentar o pai e Rebeca. Foi terrível. E pra completar, Leo, o homem que vivia com minha irmã Hannah e Flyn, claro, outro imbecil!, nos disse que não queria tomar conta dele. Assim, de um dia pro outro, não o considerava mais seu filho. O menino sofreu muito. Foi então que Eric retomou as rédeas de sua vida. Disse que ele se encarregaria de Flyn e, como você tem visto, é o que ele faz. Quanto ao Natal, sei que você tem razão, mas quem quebrou a tradição foi Eric, levando Flyn ao Caribe no primeiro ano. No ano seguinte, disse à mamãe e a mim que preferia que não fizéssemos muita festa nessa noite, e assim foram correndo os anos. Por isso, mamãe e eu fazemos nossos próprios planos.

— Sério?

Estou surpresa.

Justo nesse momento, a porta da cozinha se abre e Flyn nos observa com olhar acusador. Instantes depois, se vai.

— Merda! — protesta Marta. — Prepare-se.

— Como assim?

Sorri, apoiada no marco da porta de vidro.

— Vai nos dedurar pro Eric. Estamos fumando.

Começo a rir. Dedurar? Por favor, somos adultas.

Mas antes que possa contar até dez, a porta se abre outra vez, e meu alemão, seguido pelo sobrinho, pergunta, enquanto se aproxima com um jeito intimidador:

— Estão fumando?

Marta não responde, mas eu faço que sim com a cabeça. Como e por que mentir? Eric olha minha mão. Fecha a cara e me tira o cigarro. Isso me irrita e digo, num tom de voz nada calmo:

— Que seja a última vez que você faz isso.

A frieza dos olhos de Eric me perfuram.

— Que seja a última vez que você faz isso.

Dá para cortar o ar com uma faca.

Espanha versus Alemanha. Isto vai acabar mal.

Não compreendo a irritação de Eric, mas entendo muito bem minha indignação. Ninguém me trata assim. Então, sem pensar duas vezes, pego na mesinha o maço de cigarros, tiro um e acendo. Insolência? É comigo mesma!

Atônito, Eric me olha enquanto Marta e Flyn nos observam. Instantes depois, ele de novo me tira o cigarro das mãos e o joga na pia. Mas não, essa não. Não vou deixar barato. Pego outro cigarro e acendo. Eric o pega de novo.

— Bom, querem acabar com todos os meus cigarros? — protesta Marta e pega o maço.

— Tio, Jud fez uma coisa errada — insiste o menino.

Sua voz como de uma criança fantasma me encolhe o coração, e ao ver que nem Marta nem Eric dizem nada, eu o olho, irritada.

— E você, por que é dedo-duro?

— Fumar é errado — diz.

— Olhe, Flyn. Você é uma criança e deveria fechar essa boquinha. E...

Eric me corta:

— Não se meta com o menino, Jud. Ele só fez o que tinha de fazer.

— Dedurar era o que tinha de fazer?

— Era — responde sem hesitar. E depois, voltando-se para Marta, declara: — Acho o cúmulo que você fume e incentive Jud a fumar. Ela não fuma.

Ah, não, essa não! Eu fumo quando me dá na telha, e incapaz de ficar calada, atraio o olhar de Eric e, muito puta da vida, deixo claro:

— Está muito enganado, Eric. Você não sabe se fumo ou não.

— Pois nunca vi você fumar em todo esse tempo — garante, mal-humorado.

— Se não me viu fumar é porque não fumo muito. Mas te garanto que em certos momentos gosto de fumar um cigarrinho. Este não é o primeiro de minha vida e com certeza não será o último, queira você ou não.

Ele me olha. Eu o olho. Ele me desafia. Eu o desafio.

— Tio, você disse que ninguém pode fumar, e ela e Marta estavam fumando — insiste o pequeno monstrinho.

— Para com isso, Flyn! — protesto, diante da passividade de Marta.

Com o olhar muito sério, meu menino, nada latino, explica:

— Jud, você não vai fumar mais. Eu não permito.

Uau, olha só o que ele acaba de dizer!

Meu coração bate num ritmo que anuncia que isso não vai acabar bem.

— Chega, cara, não enche! Você não é meu pai nem eu tenho 10 anos.

— Jud... não me irrite!

Esse "não me irrite!" me faz sorrir.

Nesse instante meu sorriso avisa, como um grande cartaz luminoso: CUIDADO! Em tom de gozação, olho Eric e respondo diante da cara de incredulidade da Marta:

— Eric, você já me irritou.

Então aparece a mãe de Eric, que pergunta:

— Que está acontecendo, hein? — De repente vê o maço de cigarro nas mãos da filha e exclama: — Ai, Marta, que bom! Me dê um cigarrinho, querida. Estou louca pra fumar.

— Mamãe! — protesta Eric.

Mas Sonia ergue a sobrancelha e, olhando o filho, diz:

— Ora, filhinho, um pouco de nicotina vai me relaxar.

— Mamãe! — protesta Eric de novo.

Um sorriso me escapa, quando Sonia explica:

— A insuportável da mulher de Vichenzo, meu filho, está me tirando do sério.

— Sonia, fumar é proibido! — recrimina Flyn.

Marta e Sonia trocam um olhar. Por fim, Marta, sem vontade de continuar ali na cozinha, pega a mãe pelo braço e sugere, enquanto puxa Flyn, que não quer ir com elas:

— Vamos beber alguma coisa. Precisamos.

Já a sós, Eric e eu, estou disposta a encarar a batalha:

— Nunca mais fale comigo dessa maneira na frente das pessoas.

— Jud...

— Nunca me proíba nada de novo.

— Jud...

— Jud, Jud. Que Jud que nada! — explodo, furiosa. — Fez eu me sentir uma garotinha diante da tua irmã e do dedo-duro. Quem você pensa que é pra me falar assim? Não percebe que entra no jogo do Flyn pra que a gente brigue? Pelo amor de Deus, Eric, teu sobrinho é um pequeno demônio. Se você não o deter, amanhã será uma pessoa insuportável.

— Não passe da conta, Jud.

— Não estou passando, Eric. Pra quem tem só 9 anos, esse menino é um velho prematuro. Eu... eu é que, no fim...

Ele se aproxima de mim, pega meu rosto entre as mãos e diz:

— Escute, querida, eu não quero que você fume. É só isso.

— Tudo bem, Eric, isso eu posso entender. Mas por que não me diz isso quando estamos sozinhos em nosso quarto? Ou é preciso deixar Flyn ver que briga comigo porque ele decidiu assim? Que merda, Eric, sendo tão esperto como é, parece mentira que às vezes você seja tão trouxa.

Viro e olho pela porta de vidro, chateada, muito chateada. Durante uns segundos estou irritada com todo mundo, até que Eric fica atrás de mim e me pega pela cintura e me abraça, pousando seu queixo no meu ombro.

— Sinto muito.

— Sinta por ter se comportado como um babaca!

Essa palavra faz Eric rir.

— Adoro ser o *teu* babaca.

Tenho vontade de rir, mas me seguro.

— Sinto ter sido tão idiota e não ter me dado conta do que você disse. Tem razão, agi mal, me deixei levar pelo Flyn. Me perdoa?

Essas palavras e principalmente seu jeito de me abraçar me acalmam. Me dominam. Tudo bem, sou mesmo mole demais, mas é que amo tanto Eric que sentir que precisa que o perdoe acaba com minha irritação e tudo o mais.

— Claro que perdoo. Mas repito: não me proíba mais nada, e muito menos na frente dos outros. Entendido?

Ele mexe o rosto em meu pescoço e então sou eu que viro e o beijo. Beijo com ardor, paixão, loucura. Eric me levanta em seus braços e me prende contra o vidro da porta, enquanto as mãos procuram a barra do meu vestido. Quero que continue. Sim, quero que continue, mas, quando vou me desintegrar de prazer, me afasto uns milímetros e murmuro pertinho de sua boca:

— Querido, estamos na cozinha da sua mãe e ali do outro lado estão os convidados. Acho que não é hora nem lugar pra continuar a fazer o que estamos pensando.

Eric sorri. Me solta. Ajeito a barra do meu bonito vestido de festa e, enquanto nos dirigimos para a sala de mãos dadas, cochicha, me fazendo sorrir:

— Pra mim qualquer lugar é bom, se estou com você.

Voltamos de madrugada para casa. Chove, troveja. E apesar da vontade incessante de transar com Eric, me contenho. Sei que o menino, aquele velhinho prematuro, dormirá com a gente. Diante disso, não posso fazer nada.

19

Acordo às nove. Bem, o despertador me acorda. Botei o despertador porque sou do tipo que dorme até o meio-dia, se ninguém me chama. Como sempre, estou sozinha na cama, mas sorrio ao lembrar que é a manhã do feriado de Reis.

Que bela manhã!

Vestida com o pijama e um roupão, pego meus presentes, que estão guardados no armário, e desço a escada pronta para distribuí-los.

Vivam os Reis Magos!

Passo pela cozinha e convido Simona e Norbert para ficarem conosco. Tenho presentes para eles também. Quando entro na sala de jantar, Eric e Flyn jogam Wii. O menino, quando me vê, fecha a cara. Eu, feliz como uma criança, paro a música com o controle de Eric, olho para eles e anuncio feliz:

— Os Reis Magos deixaram presentes pra vocês.

Eric sorri e Flyn diz:

— Espere que a gente acabe a partida.

Puta que pariu!

A falta de alegria desse menino me leva a nocaute. Puxa, igualzinho à minha Luz, que com certeza está gritando e pulando de felicidade ao ver os presentes embaixo da árvore! Mas decidida a não dar bola para ele, levanto Eric da poltrona quando Norbert e Simona entram.

— Vamos, vamos nos sentar perto da árvore. Tenho que dar os presentes de vocês.

Flyn protesta de novo, mas desta vez Eric o repreende. O menino se cala e vem sentar com a gente perto da árvore. Então Eric tira quatro envelopes do bolso de sua calça e dá um para cada um de nós.

— Feliz Natal!

Simona e Norbert agradecem e guardam os envelopes no bolso sem abrir. Eu não sei o que fazer com o meu e observo Flyn abrir o dele.

— Dois mil euros! Obrigado, tio!

Incrédula, alucinada, estupefata e boquiaberta, olho Eric e pergunto:

— Está dando um cheque de dois mil euros a uma criança no Dia de Reis?

Eric balança a cabeça concordando.

— Esse negócio de presentes é uma besteira — diz o menino. — Eu já sei quem são os Reis Magos.

Essa explicação não me convence e, olhando meu Iceman, protesto.

— Pelo amor de Deus, Eric! Como pode fazer isso?

— Sou prático, meu amor.

Neste instante, Simona entrega a Flyn uma pequena caixa. O menino a abre e grita com entusiasmo ao encontrar um novo jogo do Wii. Fico animada com sua felicidade, embora seja por outro joguinho que o manterá preso à televisão. Dou a Simona e a Norbert meus presentes. São uma jaqueta de lã para ela e um par de luvas e cachecol para ele. Ambos me olham com alegria e não param de me agradecer, enquanto se desculpam por não terem nenhum presente para mim. Coitados, como ficam constrangidos!

Continuo tirando pacotes da minha enorme sacola. Entrego um a Eric e vários a Flyn. Eric rapidamente abre o seu e sorri ao ver o cachecol azul e a camisa Armani. Adorou! Flyn nos observa com seus pacotes na mão. Decidida a assinar o tratado de paz com o menino, olho para ele com carinho.

— Vamos, querido. Abra tudo. Espero que goste.

Durante uns instantes, o menino contempla os pacotes e a caixa que deixei diante dele. Se fixa na caixa enorme embrulhada com papel vermelho. Olha para mim e para a caixa alternadamente, mas não a toca.

— Garanto que não morde — digo afinal em tom cômico.

Receoso como sempre, Flyn pega a caixa. Simona e Norbert incentivam-no a abrir logo. Por uns segundos, ele fica olhando como se não soubesse o que fazer com ela.

— Rasgue o papel. Vamos, puxe — digo.

Em seguida começa a desembrulhar o presente. Eric e eu sorrimos. Quando, por fim, tira o papel bonito, dá com a caixa fechada.

— Vamos, abra!

Ele obedece. Quando vê o que há na embalagem, exclama:

— Nossa!

Sim, sim, sim, ele gostou!

Eu sei. Dá para perceber.

Sorrio triunfal e olho Eric. Mas a expressão dele mudou. Já não sorri. Simona e Norbert também não. Todos olham o skate verde com seriedade.

— O que foi? — pergunto.

Eric tira o skate das mãos do garoto e o mete na caixa.

— Devolva isso, Jud.

Então lembro o que Marta me disse. Problemas! Mas me recuso a tentar entender o que há de errado e respondo:

— Devolver? Por quê?

Ninguém responde. Pego de novo o skate verde da caixa e o mostro a Flyn.

— Não gosta?

O menino, pela primeira vez desde que o conheço, me olha ansioso. O presente o impressionou. Sei que ele gostou. Seus olhos me dizem, mas, claro, Flyn não quer admitir isso por causa da expressão séria de Eric. Decidida a brigar pela causa, deixo o skate de lado e peço que Flyn abra os outros presentes. Em seguida, surgem o capacete, as joelheiras e as cotoveleiras. Então pego de novo o skate e me dirijo a meu Iceman:

— Qual o problema com o skate?

Eric, sem olhar para o que tenho nas mãos, diz:

— É perigoso. Flyn não sabe usar. Em vez de se divertir com ele, vai é se machucar.

Norbert e Simona concordam com a cabeça, mas não vou dar o braço a torcer:

— Comprei todos os acessórios para que Flyn tenha o mínimo de problema até que aprenda. Não se preocupe, Eric. Vai ver que em quatro dias ele será um craque.

— Jud — diz com voz muito tensa —, Flyn não vai andar nessa coisa.

Incrédula, respondo:

— Tenha dó, vamos, é apenas um brinquedo. Eu posso ensinar Flyn.

— Não.

— Ensinei Luz a andar. Precisa ver como ela anda.

— Já disse que não.

— Meu amor, escuta, não é difícil aprender. Basta pegar o jeito e manter o equilíbrio. Flyn é um menino esperto, tenho certeza de que aprenderá rapidamente.

Eric se levanta, pega o skate de minhas mãos e explica, alto e claro:

— Quero isto longe de Flyn, entendido?

Santo Deus, tenho vontade de matá-lo, quando fica assim! Me levanto, pego de volta o skate e resmungo:

— É o meu presente para Flyn. Não acha que deveria ser ele quem diz se quer ou não?

O menino só nos observa. Mas, finalmente, diz:

— Não quero. É perigoso.

Simona, com o olhar, pede que me cale. Que pare de insistir. Mas me recuso!

— Olha, Flyn...

— Jud — intervém Eric, pegando de novo o skate —, ele acaba de dizer que não quer. O que mais você precisa ouvir?

Irritada, arranco a droga do skate das mãos dele.

— O que ouvi é o que você queria que ele dissesse. Deixe que ele responda.

— Não quero — insiste o menino.

Me aproximo dele com o skate e me agacho.

— Flyn, se você quiser, eu posso te ensinar. Prometo que você não vai se machucar, porque não vou deixar e...

— Chega! Já disse que não e é não — grita Eric. — Simona, Norbert, levem Flyn daqui. Tenho que falar com Judith.

Quando os outros saem da sala, Eric sussurra:

— Escuta, Jud, se não quer que discutamos diante do menino ou dos empregados, fique calada. Já disse que não ao skate. Por que insiste?

— Porque é uma criança, merda! Não viu os olhos dele quando abriu o pacote? Ele adorou. Você não reparou?

— Não.

Louca para xingá-lo de tudo, protesto:

— Ele não pode ficar o dia todo jogando Wii e Play ou sei lá o quê. Que tipo de criança você está educando? Não vê que Flyn vai acabar um menino retraído e medroso?

— Prefiro que seja assim a acontecer alguma coisa.

— Claro, alguma coisa vai acontecer com ele com a educação que você está dando. Não pensou que chegará o momento em que ele vai querer sair com os amigos ou com uma garota, e não saberá fazer nada, fora jogar Wii e obedecer o tio? Vocês dois, hein? Tal tio, tal sobrinho.

Eric me olha, me olha e me olha, antes de responder:

— Você morar comigo e Flyn nesta casa é a melhor coisa que me aconteceu em anos, mas não vou pôr o garoto em perigo porque você acha que ele deve ser diferente. Aceitei que você armasse essa árvore pavorosa na sala, obriguei o menino a escrever os desejos absurdos como enfeites, mas não vou ceder no que se refere à educação dele. Você é minha namorada, se ofereceu pra cuidar do meu sobrinho quando eu não estiver, mas Flyn é minha responsabilidade, não sua. Não se esqueça disso.

Essas palavras duras numa manhã tão bonita como é a do Dia de Reis me apertam o coração. Quanta babaquice! Sua casa. Seu sobrinho. Mas estou determinada a não chorar como uma imbecil. Recorro ao meu mau gênio e digo, enquanto junto todos os presentes do menino e os guardo na sacola:

— Muito bem. Farei um cheque pro *seu* sobrinho. Com certeza ele vai gostar mais.

Sei que minhas palavras e em especial meu tom de voz incomodam Eric, mas estou disposta a incomodá-lo muito, muito mesmo.

— Disse que o quarto vazio deste andar era pra mim, não?

Eric concorda, e eu saio. Abro a porta da sala e me deparo com Simona, Norbert e Flyn. Olho a criança e, com os presentes dele ainda em minhas mãos, digo:

— Já pode voltar. O que *seu* tio e eu tínhamos pra falar já falamos.

Apressada, me encaminho para o quarto e deixo cair no assoalho o skate e todos os acessórios. Com a mesma determinação, volto para a sala. Simona e Norbert desapareceram. Eric e Flyn me olham. Meio sem jeito, digo ao menino, que me observa:

— Depois te dou um cheque. Agora, não espere que seja uma quantia tão alta como o do teu tio, pois, em primeiro lugar, não estou de acordo com dar tanto dinheiro a uma criança, e em segundo, eu não sou rica.

O menino não responde. O clima na sala de jantar está péssimo, e não serei eu a mudar. Por isso, pego o envelope que Eric deu e o abro. Ao ver um cheque em branco, eu o devolvo.

— Obrigada, mas não. Não preciso de dinheiro. Além do mais, me dou por bem presenteada com todas as coisas que você me comprou outro dia.

Ele não responde. Me olha. Ambos me olham, e, como um furacão arrasador, aponto a árvore, disposta a encerrar o "momento Natal".

— Vamos, garotos, continuemos esta bela manhã. Que tal lermos os desejos em nossa árvore? Talvez algum tenha se realizado.

Sei que os estou levando ao limite. Sei que faço mal, mas não me importo. Eric e Flyn me tiraram do sério em poucos dias.

De repente, o menino grita:

— Não quero ler esses desejos idiotas!

— E por que não?

— Porque não — insiste.

Eric me olha. Compreende que estou muito chateada e se desconcerta por não saber como me parar. Mas estou enlouquecida de raiva por estar aqui com esses dois babacas e tão longe da minha família.

— Vamos, quem é o primeiro a ler um desejo?

Ninguém fala nada. Então, comicamente, pego um papel.

— Muito bem, eu serei a primeira e lerei um de Flyn!

Tiro a fita verde e, quando estou desdobrando o papel, o menino se lança sobre mim e o pega. Olho surpresa para ele.

— Odeio Natal, odeio esta árvore e odeio esses desejos! — exclama. — Você chateou meu tio e por sua culpa o dia de hoje está sendo horrível.

Olho Eric em busca de ajuda, mas nada, ele nem se mexe.

Quero gritar, desencadear a terceira guerra mundial na sala, mas por fim faço a única coisa que posso: agarro a droga da árvore de Natal e a arrasto para enfiá-la no quarto onde já tinha acabado de deixar o skate.

— Tudo bem, senhorita Judith? — pergunta Simona, toda atrapalhada.

Pobre mulher! Que péssimo momento está passando!

— Calma — continua antes que eu possa responder, e me segura as mãos. — O senhor, às vezes, é meio rígido com as coisas do menino. Mas age assim pelo bem dele. Não se chateie, senhorita.

Dou um beijo no seu rosto. Coitada! Enquanto subo a escada, digo:

— Não se preocupe, Simona. Está tudo bem. Vou dar uma espairecida, ou isto vai terminar pior que a *Loucura esmeralda*.

Sorrimos. Quando chego a meu quarto e fecho a porta, meu pescoço coça. Droga, a alergia! Me olho no espelho. Meu pescoço está todo empipocado. Merda!

Com vontade de dar o fora agora mesmo, seja como for, tiro o pijama. Me visto, coloco o casacão e tudo e volto à sala, onde os dois estão jogando Wii. Que legal! Com grandes passadas, me aproximo e tiro o cabo do Wii, desconectando-o. A música para. Ambos me olham.

— Vou dar uma volta. Preciso dar uma volta! — Quando Eric vai responder, digo com o dedo na cara dele: — Nem pense em me proibir. Pro seu próprio bem, nem pense nisso!

Saio da casa. Ninguém me segue.

A pobre Simona tenta me convencer a ficar, mas, sorrindo, explico que estou bem, que não se preocupe. Quando chego à grade e saio pelo pequeno portão lateral, Susto vem me fazer festinha. Caminho um pouco com ele a meu lado. Conto meus problemas, minhas frustrações, e o pobre animal me olha com seus olhos grandões como se entendesse algo.

Depois de um longo passeio, quando volto à frente da grade da casa, não tenho vontade de entrar e ligo para Marta. Ela vem em vinte minutos. Quase já não sinto mais meus pés quando entro no seu carro. Me despeço de Susto — preciso falar com alguém que me responda, ou vou ficar doida.

20

Quase passando mal de tão tensa que estou, bebo uma cerveja diante da cara séria de Marta. Por minhas palavras e meu jeito irritado, ela faz uma ideia do que aconteceu.

— Calma, Jud. Vai ver, quando voltar, tudo vai estar mais tranquilo.

— Sim, claro! Claro que vai estar mais tranquilo. Não vou dizer uma palavra a nenhum dos dois. Eles se merecem. Smurf Ranzinza e Smurf Bipolar. Se um é cabeça-dura, o outro é mais ainda. Mas, por Deus, como Eric pode dar um cheque de presente de Natal a uma criança de 9 anos? E como uma criança de 9 anos pode ser um velho antes do tempo?

— Eles são assim — zomba Marta.

Toca o celular dela. Marta fala com alguém e, quando desliga, me diz:

— Era mamãe. Comentou que meu primo Jurgen ligou pra ela e disse que vai ter uma corrida de motocross não muito longe daqui, caso você queira ir... Vamos lá?

— Claro!

Pouco mais de meia hora depois, em um descampado cheio de neve, estamos rodeadas de motos. Eu me sinto com toda a corda, a mil. Quero saltar, correr. Mas Marta me freia. Assisto à corrida entusiasmada. Aplaudo como louca. No final, vamos falar com Jurgen. Ele me recebe todo animado.

— Liguei pra tia Sonia porque não tinha o seu telefone. Não queria ligar pra casa de Eric. Sei que ele não gosta nada de motocross.

Eu o entendo. Trocamos os números de nossos celulares. Depois olho a moto.

— Como ela se sai com os pneus cheios de pregos?

Jurgen não pensa. Me entrega o capacete.

— Faça um teste.

Marta não quer, fica preocupada que me aconteça alguma coisa. Mas insisto. Boto o capacete de Jurgen e ligo a moto.

Uau! Adrenalina.

Feliz, entro na pista gelada e dou uma volta. É uma agradável surpresa notar a aderência na neve dos pneus com pregos. Mas não abuso. Não estou com as proteções necessárias e sei que se cair vou me machucar. Quando volto, Marta respira. Devolvo o capacete pra Jurgen:

— Obrigada. Foi muito legal.

Jurgen me apresenta a vários pilotos, e todos eles me olham surpresos. Rapidamente todos dizem aquele negócio de "olé, touros e sangrias" ao saberem que sou espanhola. Como assim, que ideia os estrangeiros fazem dos espanhóis?

Depois da corrida, nos despedimos, e Marta e eu vamos beber alguma coisa. Ela escolhe o lugar. Quando nos sentamos, ainda estou emocionada pela voltinha com a moto. Sei que, se Eric ficar sabendo, vai armar o maior barraco, mas para mim tanto faz. Eu me diverti. De repente, me dou conta de como Marta olha disfarçadamente o garçom. Esse loiro já veio várias vezes nos trazer os pedidos e, sem dúvida, é muito gentil.

— Então, Marta, o que há entre você e o garçom bonitão? — pergunto, rindo.

Ela se surpreende.

— Nada. Por que, hein?

Certa de que minha intuição não me engana, me estico confortavelmente na cadeira.

— Primeiro: o garçom sabe seu nome, e você o dele. Segundo: pra mim perguntou que tipo de cerveja eu queria, e pra você trouxe sem perguntar nada. Terceiro, ponto de vital importância: notei como vocês se olham e sorriem.

Marta ri. Olha de novo para ele e me diz baixinho:

— A gente se viu umas duas vezes. Arthur é muito legal. Fomos beber e...

— Hum, já vi tudo — zombo, e Marta cai na risada.

Examino o tal de Arthur. É jovem, da minha idade, alto, bonitinho, usa óculos. Ao perceber que o olho, me sorri, mas seu olhar voa de novo para Marta, enquanto recolhe uns copos da mesa ao lado.

— Ele gosta muito de você — cochicho.

— Estou sabendo, mas não pode ser — Marta ri.

— E não pode ser por quê? — pergunto, curiosa.

Primeiro Marta toma um gole da cerveja.

— Tá na cara, né? É mais jovem que eu. Arthur tem só 25 anos. É uma criança.

— Olha, ele tem a mesma idade que eu. E você, quantos?

— Vinte e nove.

A gargalhada que dou chama atenção de várias pessoas.

— E você desiste assim por quatro anos? Por favor, Marta, tem dó. Eu achava que você fosse mais moderna e não se preocupasse com uma besteira dessas. Desde quando o amor tem idade? Não, não me diga nada. Quero que saiba que se teu irmão fosse mais novo que eu e eu gostasse dele, nada ia me impedir. Absolutamente nada. Porque, como diz meu pai, a vida é pra ser vivida!

Rimos. Quando Marta vai me responder, ouvimos por trás da gente:

— Marta, que bom ver você por aqui.

Viramos e nos deparamos com dois homens e uma mulher. Eles, muito simpáticos, aliás. Marta sorri, se levanta e os abraça. Depois, olhando para mim, diz:

— Judith, estes são Anita, Reinaldo e Klaus. Eles trabalham comigo no hospital. E Anita tem uma maravilhosa e exclusiva loja de roupas.

Sentam com a gente. Esquecendo dos meus problemas, me concentro em conhecer esses rapazes, que rapidamente nos fazem rir. Reinaldo é cubano e adoro suas expressões, tão latinas.

Meu celular toca. É Eric. Sem querer evitá-lo, atendo e, o mais séria que posso, falo:

— Diga, Eric.

— Onde você está?

Como não sei realmente onde estou, respondo:

— Estou com Marta e uns amigos num bar.

— Que amigos? — pergunta Eric com impaciência.

— Sei lá, Eric. Uns caras aí.

Ouço que respira fundo. Isso de não controlar onde estou e principalmente com quem estou chateia Eric, mas quero que me deixe curtir o momento.

— O que você quer?

— Volte pra casa.

— Não.

— Jud, não sei onde está nem com quem está — insiste, a voz tensa. — Estou preocupado com você. Por favor, me diga onde está e vou aí buscar você, pequena.

Silêncio — um silêncio sepulcral. Mas antes que ele me diga mais alguma coisa que me faça fraquejar, falo:

— Vou desligar. Quero curtir o belo Dia de Reis e acho que com essas pessoas aqui vou conseguir. Com certeza, espero que você também curta em companhia do *teu* sobrinho. Foram feitos um pro outro. Tchau.

Dito isso, desligo.

Nossa, o que acabo de fazer!

Desliguei na cara do Iceman!

Isto deve tê-lo irritado muito.

O celular toca mais uma vez. Eric. Corto a ligação e, quando insiste, desligo o aparelho. Não me importo que fique furioso. Por mim, pode bater a cabeça na parede. Entro na conversa e tento esquecer meu alemão.

Os amigos de Marta são divertidíssimos, e do bar vamos para um restaurante. Como sempre, tudo é muito bom. Ou, como sempre, minha fome é atroz. Na saída do restaurante, Reinaldo propõe ir a um lugar cubano, e vamos logo.

No Guantanamera, Reinaldo nos apresenta a muitos conterrâneos que vivem em Munique também. Minha nossa, a quantidade de cubanos que vivem aqui! Meia hora depois, já sou cubana com sotaque e tudo, e digo isso de *ya tú sabes mi amol.*

Marta e eu nos encharcamos de *mojitos*. Que figura, Marta! É o oposto do irmão em matéria de diversão. É mais espanhola que a tortilha de batatas, e me demonstra isso pelo seu jeito tão animado de ser. Ela é das minhas, e juntas formamos um belo time. Anita também não fica atrás. Quando tocam *Quimbara*, da maravilhosa Celia Cruz, Reinaldo me convida para dançar, e aceito.

Quimbara quimbara quma quimbambá.
Quimbara quimbara quma quimbambá.
Ai, si quieres gozar, quieres bailar. Azúcar!
Quimbara quimbara quma quimbambá.
Quimbara quimbara quma quimbambá.

Minha nossa, que batida maravilhosa!

Reinaldo dança superbem, e eu me deixo levar. Requebro. Levanto os braços. Passinho pra frente. Passinho pra trás. Dou piruetas. Mexo os braços e grito "*azúcar*"!

As horas passam, e meu humor melhora a cada instante! Viva Cuba!

Pelas 11 da noite, Marta, mais pra lá do que pra cá com tudo que já bebemos, me olha e diz, me entregando seu celular:

— É Eric. Tenho mil chamadas não atendidas. Quer falar com você.

Suspiro e, diante do olhar dela, atendo.

— Diga, seu chatinho, o que você quer?

— Chatinho? Você me chamou de chatinho?

— Sim, mas, se quiser, posso te chamar de outra coisa — respondo com uma risadinha.

— Por que desligou o celular?

— Pra que você não me enchesse. Às vezes, você é pior que Carlos Alfonso Halcones de San Juan, quando tortura a pobre Esmeralda Mendoza.

— Você bebeu? — pergunta sem entender bem do que estou falando.

Sabendo que nesse momento tenho mais *mojitos* que sangue no corpo, exclamo com sotaque cubano:

— Você já sabe, *mi amol*!

— Jud! Está bêbada?

— Nãooooooooo! — zombo. A fim de continuar com a gozação: — E então, Iceman, o que quer?

— Jud, quero que me diga onde está pra eu ir te buscar.

— Nem pensar, que já está me cortando o barato — respondo, divertida.

— Pelo amor de Deus! Você saiu de manhã e já são 11 da noite, e...

— Câmbio e desligo, seu metido.

Passo o celular para Marta, que, depois de ouvir alguma coisa que o irmão diz, desliga. Me afastando do grupo, cochicha:

— Olha, meu irmão me deu duas opções. A primeira: que te leve de volta pra casa. A segunda: se o irritar mais, quando voltarmos, o mundo virá abaixo.

Acho graça e respondo, só querendo continuar me divertindo:

— Então que o mundo venha abaixo, *mi amol*!

Marta dá uma risadinha. Sem mais, nós vamos dançar *Bemba Colorá*, enquanto gritamos:

— "*Azúcar*"!

Voltamos de madrugada, um tantinho bem bêbadas. Quando Marta para diante da grade preta, pergunto baixinho:

— Quer entrar? Com certeza o Smurf Ranzinza tem alguma coisa a dizer.

— Nem pensar — ri Marta. — Vou fazer as malas agora mesmo e fugir do país. Se Eric me pega, vai me escalpelar.

— Que eu não saiba, senão o mato! — exclamo rindo.

Mal desço do carro, a grade preta se abre e surge Eric com uma cara daquelas horrorosas. Em grandes passadas, se dirige ao carro e, debruçando-se na janela para ver sua irmã, sussurra:

— Já venho falar com você, irmãzinha.

Marta concorda e, sem mais, arranca e vai embora. Nós ficamos no meio da rua, sozinhos, cara a cara. Eric me agarra pelo braço, me apressando.

— Vamos pra casa.

De repente, um grunhido corta o silêncio da rua, e antes que aconteça algo que possamos lamentar, me solto de Eric e digo com tranquilidade:

— Calma, Susto. Está tudo bem.

O animal se aproxima de mim e anda à minha volta. Eric pergunta:

— Conhece esse vira-lata?

— Sim, é Susto.

— Susto? Você o chama de Susto?

— Pois é. Ele não é mesmo muito simpático?

Sem acreditar no que vê, Eric fecha a cara.

— O que ele tem no pescoço?

— Fiz um cachecol pra ele. O coitado está resfriado— esclareço, animada.

O cachorro pousa sua cabeça ossuda em minha perna. Faço um carinho nele.

— Não toque nele. Vai te morder! — grita Eric, zangado.

Começo a rir. Tenho certeza de que Eric o morderia antes dele.

— Não toque nesse bicho sujo, Jud, pelo amor de Deus!

Um ruidozinho sai da garganta do animal. Achando graça, me abaixo.

— Não dê bola pro que esse aí diz, Susto. Ok? E agora vamos, vá dormir. Tá tudo bem.

O cachorro, depois de dar uma última olhada a um Eric deslocado, se afasta e entra na casinha desmantelada. Eric, sem dizer mais nada, começa a andar, e pergunto:

— Posso levar Susto pra casa?

— Não, nem pensar.

Eu sabia. Mas insisto:

— Pobrezinho, Eric. Não vê o frio que está fazendo?

— Esse bicho não vai entrar na minha casa.

Estou por aqui com *sua* casa.

— Anda, *mi amol. Pleaseee!*

Não responde. Por fim, decido segui-lo. Outra hora insisto de novo. Enquanto caminho atrás de Eric, deslizo meu olhar por seu traseiro e suas pernas fortes.

Uau! Essa bunda firme e essas pernas fortes me fazem sorrir. Sem poder me conter, zás!, lhe dou um tapa.

Eric para, me olha com uma raiva daquelas, não diz nada e continua andando. Sorrio. Não me dá medo. Não me assusta, eu estou a fim de fazer graça. Me abaixo, pego um punhado de neve e atiro bem no meio do belo traseiro dele. Eric para. Xinga algo em alemão e continua andando.

Aiii, que falta de senso de humor!

Pego outro punhado de neve e, desta vez, atiro na cabeça dele. Pega bem na nuca, e caio na risada. Eric se vira, fixa seus olhos frios em mim e diz:

— Jud, está me enchendo mais do que pode imaginar.

Deus, meu Deus, que sexy! Olha como me deixa!

Continua seu caminho, e eu o sigo. Não posso afastar meus olhos dele e nem me importo com o frio todo. Sorrio ao imaginar tudo o que faria com ele nesse exato instante. Quando entramos na casa, ele vai para o escritório sem me dizer nada. Está muito chateado. Um calorzinho maravilhoso toma todo o meu corpo. Agora sim me dou conta do frio que faz lá fora. Pobre Susto. Quando tiro o casaco, decido ir para o escritório também. Desejo Eric. Mas, antes de entrar, tiro as botas ensopadas e os jeans. Estico a camiseta, que vai até metade das minhas coxas, e abro a porta. Quando entro, Eric está sentado a sua mesa diante do computador. Não me olha.

Vou até ele e então, sem me importar com sua cara fechada, sento no seu colo. Nesse momento, se dá conta de que tirei as calças. Seus olhos me dizem que não quer esse contato; mas eu quero, sim. Exigente, lhe beijo a boca. Ele não se mexe, não me devolve o beijo. Me castiga. Eric, justificando o apelido de Iceman mais do que nunca, é um bloco de gelo; mas eu, com minha fúria espanhola, resolvi descongelá-lo. Beijo-o de novo e, quando sinto que ele não corresponde, murmuro pertinho da sua boca:

— Vou te foder agora. E vou te foder porque você é meu.

Me olha, surpreso, piscando. Beijo-o de novo. Desta vez sua língua está mais receptiva, mas Eric segue sem querer colaborar. Mordo o lábio inferior dele, puxo-o e, olhando nos olhos, o solto. Depois, enfio meus dedos em seus cabelos e rebolo um pouco sobre suas pernas.

— Eu quero você, querido, e você vai realizar minhas fantasias.

— Jud, você bebeu...

Rio e concordo, no meu cubano improvisado:

— Claro que sim, tomei uns *mojitos*, *mi amol*, que estavam de *muelte*. Mas olha, sei muito bem o que faço, por que faço e com quem faço. Tá bom?

Não fala, só me olha. Me levanto. Estou quase fazendo o que se fazem nos filmes: jogar no chão tudo que há sobre a mesa. Mas penso melhor e desisto. Acho que isso vai chatear Eric ainda mais. Por fim, empurro o laptop para um lado e me sento na escrivaninha. Eric me observa. O gato comeu a língua dele. Eu, disposta a conseguir o que quero, pego uma das suas mãos e a passo por cima da minha calcinha. Já estou molhada e sinto que Eric engole com dificuldade.

— Quero que me chupe. Desejo que meta sua língua dentro de mim e me faça gemer, porque meu prazer é seu prazer. Nós somos donos dos nossos corpos.

Quando acabo de falar, Eric respira de forma entrecortada. Homens! Está ficando excitado, sim. Mas como quero é deixá-lo bem louco, tiro minha camiseta, enquanto ordeno:

— Me acaricie. Vamos, Iceman, você deseja tanto quanto eu. Vamos!

Meu Iceman descongela por uns segundos. Ótimo. Para de resistir e beija meus seios, me chupa.

Ai, *mi amol*! Que coisa tão boa.

Seus olhos frios agora são selvagens e provocadores. Eric continua chateado, mas o desejo que sente por mim é igual ao que sinto por ele. Quando abandona meu mamilo, se reclina na cadeira. O tesão toma conta dele.

— Levante daí e se vire — murmura.

Fico de pé e, vestida apenas com a calcinha, viro de costas para ele. Ele empurra a cadeira para trás, se levanta e aproxima sua ereção de meu traseiro, enquanto suas mãos, firmes em minha cintura, me puxam para ele. Gemo. Me dá uma palmada. Me belisca. Depois me dá outra palmada. Quando estou quase protestando, Eric diz no meu ouvido:

— Você tem sido uma menina muito má. No mínimo merece umas palmadas.

Sorrio. Tudo bem, se ele quer brincar, brinquemos!

Fico de frente pra ele e, sem deixar de olhar Eric bem nos olhos, meto a mão dentro das calças dele, pego os testículos e, enquanto os acaricio, pergunto:

— Quer que te mostre o que faço com os meninos maus? Você também foi mau esta manhã, meu amor. Muito, muito mau.

Isso o paralisa. Não acha muita graça de eu estar manuseando seus testículos. Tenho certeza de que acha que posso machucá-lo.

— Jud...

Com um puxão, baixo as calças e depois a cueca. Sua ereção enorme surge esplendorosa na minha frente. Uau! Nossa! Empurro Eric, que cai sobre a cadeira. Volto a montar nele e peço:

— Me arranque a calcinha.

Dito e feito. Eric a puxa, rasgando-a, e minha vagina molhada descansa sobre sua forte ereção. Não lhe dou tempo para pensar; me ergo e o meto dentro de mim. Estou tão molhada... tão excitada, que ele entra totalmente. Quando fico bem encaixada em Eric, exijo:

— Olha pra mim.

Ele obedece. Santo Deus, isso é demais!

— Assim, assim... É assim que quero você. Assim sempre estamos de acordo.

Meus quadris se contraem, e faço movimentos de sucção com minha vagina, enquanto Eric acaba de tirar as calças, que ficam largadas de qualquer maneira pelo chão. Eric geme depois de um novo movimento. Então o beijo. Dessa vez sua boca me devora e me exige que continue beijando-o. Paro de mexer. Apenas ficamos encaixados, curtindo a excitação do momento, excitação que está no máximo. É plena. Então meu alemão se levanta comigo encaixada, me leva até a escada das estantes e me encosta contra ela.

— Segure no meu pescoço.

Obedeço de imediato. Ele se agarra a um dos degraus da escada acima de minha cabeça e mergulha totalmente em mim. Grito.

Uma, duas, três vezes. Tensão.

Quatro, cinco, seis. Gemidos.

Meu Iceman me faz sua, enquanto eu o faço meu. Ambos temos prazer. Ambos gememos. Ambos nos possuímos.

Várias vezes ele me penetra, e eu o recebo, até que meu grito de prazer lhe indica que cheguei ao clímax. Ele também goza, quando mete uma última e poderosa vez.

Por uns segundos, permanecemos nessa posição, contra a escada, apertados um no outro, até que Eric solta o degrau e me pega pela cintura. Voltamos para a cadeira. Ele me beija, quando se senta, ainda dentro de mim.

— Ainda estou brabo contigo — me diz.

Sorrio.

— Ótimo!

— Ótimo?

Está surpreso.

Beijo-o. Olho-o. Pisco um olho.

— Mmm! Essa brabeza vai fazer você ter uma noite interessante pela frente.

21

Três dias depois chega uma van do aeroporto com as coisas de minha pequena mudança de Madri.

São só vinte caixas, mas estou vibrando! O resto vai continuar lá em casa. Nunca se sabe.

Ter minhas coisas é importante, e durante dias me dedico a distribuí-las pela casa toda. Eric e eu estamos bem. Depois daquela noite esplendorosa de sexo, no dia da discussão, não conseguimos parar de nos beijar. Eu o surpreendi. Eu o tentei e o deixei louco. É só nos vermos e já queremos nos tocar. É ficarmos sozinhos e nos despimos com a maior paixão.

A estas alturas, posso garantir que fui fisgada pela *Loucura esmeralda*. Que novela genial! Quando começa, Simona me avisa, e sentamos juntinhas na cozinha para ver Esmeralda Mendoza sofrer. Pobre garota!

Uma manhã toca o telefone. Simona me passa o aparelho.

— Papai! — grito, entusiasmada.

— Oi, moreninha. Como está?

— Bem, mas morta de saudade de você.

Falamos um pouco, e lhe conto o problema que tenho com Flyn.

— Calma, querida. Esse menino precisa de paciência e carinho. Observe-o e tente surpreendê-lo. Com certeza, se você o surpreender, o menino vai te adorar.

— A única maneira de surpreendê-lo assim é indo embora desta casa. Pode crer, papai, esse menino é...

— Um menino, filha. Com 9 anos é só um menino.

Dou um suspiro profundo.

— Papai, Flyn parece um velho. Não tem nada a ver com nossa Luz. Reclama de tudo, me odeia! Pra ele sou um pé no saco. Você precisa ver como me olha.

— Moreninha, moreninha. Esse menino sofreu muito pra idade dele. Tenha paciência. Ele perdeu a mãe, e mesmo que o tio cuide dele, tenho certeza que se sente perdido.

— Não nego isso. Tento me aproximar dele, mas não deixa. Só o vejo feliz quando está grudado no Wii e no PlayStation, sozinho ou com o tio.

Meu pai ri.

— É porque ainda não te conhece. Tenho certeza de que quando conhecer minha moreninha não poderá mais viver sem você.

Desligo com um enorme sorriso. Meu pai é o melhor. Ninguém como ele para levantar minha autoestima e me dar força em tudo.

No domingo, Eric propõe que o acompanhe ao campo de tiro. Flyn e eu vamos com ele. Me apresenta a todos os seus amigos e, como sempre, quando ficam sabendo que sou espanhola, tenho de ouvir "olé, touro e paella", claro. Chatos demais!

Surpresa, vejo que Eric é um perfeito atirador. Com o problema nos olhos nunca teria pensado que pudesse praticar um esporte desses.

Não gosto de armas. Nunca gostei, e quando Eric me propõe atirar, me recuso.

— Eric, já te disse que não gosto.

Sorri. Me olha e diz, me beijando nos lábios:

— Experimente. Talvez se surpreenda.

— Não. Já disse que não. Se você gosta, vá em frente. Eu não serei estraga-prazeres. Mas eu não quero atirar, me recuso! E tem mais, não me parece aceitável que Flyn veja isso com tanta naturalidade. As armas são perigosas, mesmo que façam parte das Olimpíadas.

— Em casa, estão trancadas à chave. Ele não toca nelas. Está proibido — se defende.

— É o mínimo que você pode fazer. Manter as armas trancadas.

Meu alemão sorri e desiste. Já me conhece, e se digo não, é não.

Alguns dias depois, decido tornar a casa mais alegre. Levo Simona às compras. A mulher adora e ri quando vê as cortinas cor de pistache com forro branco que compro para a sala. Segundo ela, o senhor não vai gostar; mas, segundo eu, ele tem que gostar. É sim ou sim.

Não consigo que Norbert e Simona me chamem de Judith. É impossível. O "senhorita" parece meu primeiro nome. Afinal desisto.

Durante dias compramos tudo o que me dá na telha. Eric está feliz por me ver tão motivada e me dá carta branca para tudo o que quero fazer na casa. Só quer que eu seja feliz, e isso é um alívio.

Depois de decidir sozinha, sem dizer nada, transfiro Susto para a garagem. Faz muito frio e sua tosse miserável me preocupa. A garagem é enorme, e o pobre animal não passará tanto frio. Troco o cachecol dele por outro azul que fiz. Ficou divino. Simona, ao ver o cão, protesta, leva as mãos à cabeça. "O senhor vai se chatear. Nunca quis animais em casa." Mas digo que não se preocupe. Eu me ocupo do senhor. Sei que vou encrencá-la quando ele souber, mas já não dá para voltar atrás.

Susto é superbonzinho. Não late. Não faz nada, fora dormir sobre o cobertor limpo e seco que pus num lugar discreto da garagem. Inclusive, quando Eric chega com o carro, espio e sorrio ao ver que Susto é muito esperto e que sabe que não deve se mexer. Com a ajuda de Simona, eu o tiro para fora do pátio para que faça suas necessidades. Poucos dias depois, Simona já adora o cachorro tanto ou mais que eu.

Uma manhã, depois do café, Eric por fim me chama para ir ao escritório da empresa. Animada, boto um terninho escuro e uma camisa branca, para passar uma imagem profissional. Quero que os empregados do meu namorado tenham uma boa impressão de mim.

Nervosa, chego à empresa Müller. Um enorme edifício e dois anexos compõem os escritórios centrais em Munique. Eric está lindo com seu casaco azulão de executivo e seu terno escuro. Como sempre, é uma delícia olhar para ele. Transpira sensualidade pelos poros, e autoridade. Isso da autoridade me excita. Quando entramos no impressionante hall, a loira da recepção nos olha, e os seguranças cumprimentam o chefão. Meu namorado! A mim olham com curiosidade, e quando vou passar pela roleta, me param. Eric, rapidamente, com voz de comando, diz que sou sua namorada, e me deixam passar sem o crachá com o V de visitante.

Uau, meu gato!

Eu sorrio, mas o rosto de Eric é sério, profissional. No elevador, entramos com uma bela morena. Eric e ela se cumprimentam. Disfarçando, observo como essa mulher o olha e sei que o deseja. Estou para pisar no pé dela, mas me contenho. Não devo ser assim. Tenho que me controlar. Quando saímos do elevador no andar presidencial, me escapa um "nossa!". Isto não tem nada a ver com os escritórios de Madri. Tapete preto. Paredes cinza. Móveis brancos. Modernidade absoluta. Enquanto ando ao lado de meu Iceman, observo a expressão séria das pessoas. Todas me olham e especulam, principalmente as mulheres, que me examinam atentamente. Estou meio intimidada com a situação.

Quando paramos diante de uma mesa, Eric diz a uma loira muito elegante e bonita:

— Bom dia, Leslie, essa é minha namorada, Judith. Por favor, venha a minha sala e me atualize.

A jovem me olha e me cumprimenta, surpresa.

— Prazer, senhorita Judith. Sou a secretária do senhor Zimmerman. Quando precisar de algo, não hesite em me chamar.

Sorrio:

— Obrigada, Leslie.

Sigo os dois até o escritório impressionante. Como era de esperar, é como o resto do prédio, moderno e minimalista. Admirada, me sento na cadeira que Eric me oferece e, durante um bom tempo, presto atenção na conversa deles.

Eric assina vários papéis que Leslie lhe entrega e, quando por fim ficamos a sós, ele me olha e pergunta:

— Que achou?

— É tudo sensacional. Nem se compara aos escritórios na Espanha.

Eric sorri, se mexendo na cadeira.

— Prefiro os de lá. Aqui não tem arquivo.

Começo a rir, levanto, me aproximo e falo baixinho:

— Melhor. Se eu não estou aqui, não quero que você tenha arquivo.

Rimos alegres. Eric me senta em suas pernas. Tento levantar, mas ele me segura com força.

— Ninguém entra sem avisar. É uma norma importantíssima.

Rio e o beijo. Mas então ergo a sobrancelha.

— Importantíssima desde quando?

— Desde sempre.

Toc, toc! — o ciúme batendo. Antes que eu pergunte, Eric confessa:

— Sim, Jud, é verdade o que você está pensando. Tive uma ou outra relação neste escritório, mas isso acabou faz tempo. Agora só desejo você.

Tenta me beijar. Me afasto.

— O que é isso, está virando a cara pro meu beijo de novo? — pergunta, divertido.

Dou de ombros. Estou com ciúme. Muito ciúme.

— Querida — murmura Eric —, quer parar de pensar bobagem?

Me livro das mãos dele. Contorno a mesa.

— Com Betta, né?

Um instante depois de mencionar esse nome, me dou conta de que não devia ter falado. Saco! Mas Eric responde com sinceridade:

— Sim.

Depois de um silêncio incômodo, pergunto:

— Teve alguma coisa com Leslie?

Eric se estica todo na cadeira e suspira.

— Não.

— Mesmo?

— Claro que não.

Mas enervada pelos ciúmes, insisto. E meu pescoço começa a comichar, e eu me coço.

— E com a morena que subia com a gente no elevador?

Pensa um pouco antes de responder:

— Não.

— E com a loira que estava na recepção?

— Não. E não se coce, ou a alergia piora.

Não dou a mínima, mas, insatisfeita com as respostas, pergunto:

— Mas você disse que fez sexo neste escritório?

— Sim.

Que ardência no pescoço! Não acredito e digo, fora de mim:

— Está me dizendo que jogou com alguém que trabalha na empresa.

— Não.

Eric se levanta e se aproxima.

— Mas se acaba de dizer quê...

— Espera lá, Jud — me corta, tirando minha mão do pescoço. — Não fui um monge e transei com várias mulheres da empresa e fora da empresa. Sim, querida, não vou negar. Mas jogar, o que nós chamamos de jogar, não. Ninguém aqui entrou em brincadeira nenhuma, fora Betta e Amanda.

Ao lembrar essas megeras, meu coração bate descompassado.

— Claro, Amanda, a senhorita Fischer.

— Que, por sinal — esclarece Eric enquanto me sopra o pescoço —, se mudou pra Londres pra desenvolver a Müller lá.

Fico feliz. Tê-la longe me agrada. Eric, divertindo-se com minhas perguntas, me abraça e me beija na testa.

— Para mim, atualmente, a única mulher que existe é você, pequena. Confie em mim, querida. Lembre: entre a gente não há segredos nem desconfianças. Precisamos que tudo seja assim para nossa relação funcionar.

Nos olhamos.

Nos desafiamos.

Eric chega perto da minha boca:

— Se tento te beijar, vai virar a cara de novo?

Não respondo.

— Você confia em mim? — digo.

— Totalmente. Sei que não me esconde nada.

Concordo, mas a verdade é que escondo várias coisas. O sentimento de culpa me golpeia. Que mal me sinto! Nada que tenha a ver com sexo, mas escondo coisas, entre elas um cachorro na garagem, que dei uma volta na moto de Jurgen, e que sua mãe e Marta estão num curso de paraquedismo.

Minha nossa, olha só quantos segredos!

Eric me olha. Sorrio e depois suspiro:

— Olha como ficou meu pescoço. Por sua culpa!

Eric ri e me abraça.

— Acho que vou mandar fazer um arquivo aqui no escritório pra quando você vier me visitar. Que acha, hein?

Solto uma gargalhada. Depois o beijo e, esquecendo das culpas e dos ciúmes, digo baixinho:

— É uma excelente ideia, senhor Zimmerman.

22

Nos fins de semana consigo desgrudar o Smurf Ranzinza e o Smurf bipolar do sofá. Esses dois, minha nossa! Vamos ao cinema, ao teatro, comer hambúrgueres, e eles se divertem, claro. Por que lhes custa tanto sair de casa? Às vezes, à noite, Eric me surpreende e me convida para jantar num restaurante. Depois me leva a uma boate fenomenal, e aproveitamos muito esse tempinho ali bebendo, nos beijando e conversando.

Não comentou mais nada sobre nosso complemento sexual. Quando estamos transando na nossa cama, sussurramos nossas fantasias sacanas no ouvido um do outro, o que nos deixa loucos, mas por ora não compartilhamos sexo com ninguém. Me quer só para ele? Tanto assim?

Num domingo, consigo que saiam para um passeio. Deixamos o carro num estacionamento e caminhamos até o Jardim Inglês, um lugar maravilhoso no centro de Munique. Flyn não fala comigo, mas me meto o tempo todo na conversa. Ele se chateia, mas no fim das contas não tem outro jeito a não ser aceitar.

À tarde, eu os obrigo a entrar no estádio do Bayern de Munique. A ideia os horroriza. Gostam é de basquete. O lugar é enorme, grandioso. Como se fosse eu a alemã, explico a eles que esse time é o que ganhou mais vezes a Bundesliga. Me escutam, concordam, mas não dão a mínima. Por fim sorrio ao ver suas caras de tédio e, pelas sete e meia da noite, sugerem irmos jantar. Rio. Eu, a essa hora, faço um lanchinho. Mas, levando em conta que Flyn, especialmente, segue o horário alemão, me adapto.

Me levam a um restaurante típico, onde provo diferentes tipos de cerveja. A Pilsen é loira, a Weissbier é branca e a Rauchbier, escura. Eric me olha, degusto todas e, afinal, concluo, fazendo-o rir:

— Como a Mahou cinco estrelas, não tem nenhuma!

A base dos pratos alemães é a farinha. Usam farinha para fazer absolutamente tudo. Isso me explica Eric, enquanto devoro uma *weissburst* ou salsicha branca. É feita de picadinho de vitela, temperos e manteiga. Está de matar de tão bom! Flyn, mais animado com a atenção que seu tio e eu lhe damos, mordisca uma rosquinha salgada em forma de oito chamada *brenz*. O clima entre mim e Flyn melhorou, e Eric curte esse momento. Vão nos trazendo diferentes pratos. Como o jantar dos alemães é leve, ainda estou com um pouco de fome e peço rabanete em fatias finas salpicadas de sal. Me dizem que isso se chama *radi*. Depois nos servem *obatzda*, que é um queijo à base de *camembert*, manteiga, cebola e pimentão doce. Na sobremesa fico louca com o *germknödel*, um bolo recheado de geleia de ameixa, feito com açúcar, fermento, farinha e leite quente, e servido com açúcar cristal e sementes de papoulas. Eu, hein? Tudo muito light.

À noite, quando voltamos para casa, estamos moídos. Andamos horrores, e Flyn cai na cama como um tronco. Largados no sofá da sala de jantar, vemos um filme, e então proponho um banho de piscina. Eric está com os olhos fechados e diz que não.

— O que há, meu amor?

— Nada — responde rapidamente.

— Está com dor de cabeça? — pergunto, preocupada.

Olho para ele. Ele me olha. De repente, brincalhão, me pega como um saco de batatas e me leva até a piscina. Ligamos apenas a luz interna. Quando Eric menos espera, eu o jogo n'água com roupa e tudo. Quando ele vem à tona, me olha. Levanto as sobrancelhas e pergunto, risonha:

— Não me diga que vai ficar chateado?

Minha risada o contagia. Mais ainda quando também me atiro n'água vestida. Eric me agarra e, enquanto me faz cosquinhas, diz:

— Moreninha, você é uma menina muito travessa.

Sei que minhas risadas aconchegam sua alma, o fazem feliz. Por um instante, brincamos de nos afogar enquanto vamos tirando as roupas. Nus, nos beijamos, nos provocamos. Por fim, fazemos amor.

Nunca, até agora, tinha feito numa piscina. Mas é excitante, sensual. E mais ainda com Eric cochichando no meu ouvido coisas que me deixam alucinada.

Já refeitos, sugiro uma disputa de natação, mas não rola. Eric só quer me beijar e me acariciar. Vinte minutos depois, saímos da água. Vou pegar as toalhas e volto para o lado dele. Enrolados, nos sentamos num bela e confortável rede cor de café. É do tipo que fica presa entre duas árvores. Aqui, na falta delas, está presa a duas colunas.

Eric se deixa cair a meu lado. Eu o abraço. Assim nos balançamos, como se estivéssemos flutuando. Beijos, carícias — e, quando me dou conta, estou sobre ele, chupando-o. Deitado de barriga para cima, ele curte minhas brincadeiras, os beijos ardentes e sacanas. Adoro seu pau. Adoro a sensação de tê-lo em minha boca. Adoro sua suavidade. Adoro como Eric me toca os cabelos e me anima a continuar chupando. Mas a impaciência o domina. Ele não se sacia nunca. Se ergue, com a rede entre as pernas e, me virando, murmura em minha orelha enquanto me penetra:

— Isto é por me jogar na piscina.

— Vou te jogar de novo.

— Pois vou te foder uma vez depois da outra por ser uma menina tão má.

Sorrio. Ele me morde de um lado, enquanto suas mãos apertam minha cintura com paixão e mete, mete, mete.

— Empine essa bunda! Mais, mais! — exige, me agarrando pelos cabelos. Me dá uma palmada que chega a ressoar. Gemo e faço o que me pede. Me arqueio, e ele mete mais fundo. Extasiada, meus gemidos ecoam pela sala. Enquanto isso, suspensa na rede, vou e venho com os fortes e maravilhosos movimentos do meu amor. Uma hora depois, saciados, vamos para nosso quarto. Precisamos descansar.

Pela manhã, quando me levanto e desço à cozinha, Simona informa que Eric não foi trabalhar e está no escritório. Surpresa, vou até lá e, pelo seu rosto, sei que está mal. Me assusto, mas, quando chego perto, ele diz:

— Jud, não me incomode, por favor.

Nervosa, não sei o que fazer. Sento diante dele e o olho, retorcendo as mãos.

— Ligue pra Marta — pede, finalmente.

Ligo com rapidez.

Tremo.

Estou assustada.

Eric, meu forte e duro Iceman, está sofrendo. Vejo na sua expressão contraída. Nos olhos avermelhados. Quero me aproximar. Quero beijá-lo. Fazer carinho. Quero lhe dizer que não se preocupe. Mas Eric não deseja nada disso. Eric só deseja que o deixe em paz. Respeito sua vontade e me mantenho em segundo plano.

Meia hora depois, Marta chega com sua maleta. Ao ver meu estado, me tranquiliza com seu olhar. Tento ficar calma, e ela examina cuidadosamente o irmão. Observo, atenta. Eric não é um bom paciente e protesta o tempo todo. Está insuportável.

Marta, sem se alterar com seus resmungos, senta diante dele.

— O nervo óptico está pior. Você vai ter que operar de novo.

Eric diz palavrões. Protesta. Não me olha. Só xinga.

— Eu te avisei que isso podia acontecer — explica Marta com calma. — Você sabe. Precisa começar o tratamento pra poder fazer o *microbypass* trabecular.

Ouvir uma coisa dessas me tira do sério. Nunca comentou absolutamente nada disso durante esse tempo todo. Mas não quero discutir. Não é a hora. Com o que está passando já tem o bastante. Mas faço questão de participar:

— Qual é o tratamento?

Marta explica. Eric não me olha, e quando ela termina, digo com segurança:

— Muito bem, Eric. Me diga quando começamos.

23

Como já imaginava, durante o tratamento Eric ficou ainda mais insuportável, um autêntico tirano com todos. Não demonstra interesse por nada do que precisa fazer e reclama todo santo dia. Como o conheço, não dou importância, embora às vezes sinta uma vontade enorme de mergulhar a cabeça dele na piscina.

Marta consultou vários especialistas durante esses dias. Claro, quer o melhor para o irmão e me mantém informada de tudo.

O colírio que Eric tem que pingar nos olhos acabam com ele. Dão dor de cabeça, lhe embrulham o estômago e não o deixam enxergar direito. São uma agonia para ele.

— De novo? — reclama Eric.

— Sim, querido. Está na hora de pingar outra vez — insisto.

Xinga, blasfema, mas, quando vê que não arredo pé, senta e me deixa pingar o remédio, depois de suspirar profundamente.

Seus olhos estão avermelhados. Demais. A cor azul está apagada. Me assusto. Mas procuro não demonstrar. Não quero que Eric se preocupe mais ainda. Ele também está assustado. Eu sei. Não diz nada, mas sua raiva já me diz tudo.

É noite, estamos envoltos pela penumbra do nosso quarto. Não consigo dormir. Nem Eric. Me pega de surpresa quando pergunta:

— Jud, minha doença está piorando. O que você vai fazer?

Sei a que ele se refere. Me dá uma coisa. Tenho vontade de lhe dar uma surra por pensar essas besteiras. Mas, me virando para ele, respondo:

— Por ora, beijar você.

Eu o beijo. Quando minha cabeça volta ao travesseiro, acrescento:

— E naturalmente continuar te amando como te amo agora, querido.

Permanecemos calados durante um tempo, até que ele insiste:

— Se eu ficar cego, não vou ser um bom companheiro.

Fico arrepiada. Não quero pensar nisso. Não, por favor. Mas ele volta ao ataque.

— Serei um esterro, alguém que vai limitar sua vida e...

— Chega! — grito.

— Precisamos falar, Jud. Por mais que nos doa, temos que falar disso.

Me desespero. Não tenho nada para falar com ele. Tanto faz o que aconteça. Eu o amo e vou continuar amando. Por acaso não se dá conta disso? Mas por fim, me sentando na cama, digo:

— Me dói ouvir você dizer isso. E sabe por quê? Porque faz eu sentir que, se acontecer alguma coisa comigo, devo te deixar.

— Não, querida — murmura, me atraindo.

— Sim, sim, querido — insisto. — Por acaso eu sou diferente de você? Não. Se eu tenho que pensar em te deixar, você deverá pensar em ter que me deixar, se eu adoecer. — Um tanto agitada, continuo falando: — Santo Deus! Espero que nunca me aconteça nada, porque, se além disso devo viver sem você, sinceramente, não saberia o que fazer.

Depois de um silêncio que me dá a entender que Eric compreendeu o que eu disse, ele me puxa e me beija na testa.

— Isso não vai acontecer porque...

Não o deixo continuar. Me levanto da cama, abro minha gaveta e tiro várias coisas, entre elas uma meia preta. Me sento montada nele e digo:

— Me deixa fazer uma coisa?

— O quê? — pergunta, surpreso com a mudança de rumo da conversa.

— Confia em mim?

Na penumbra de nosso quarto, posso ver que acena que sim.

— Levante a cabeça.

Obedece. Com delicadeza, passo a meia preta em volta de sua cabeça, sobre seus olhos, e amarro atrás.

— Agora você não enxerga absolutamente nada, né?

Não fala, apenas nega com a cabeça. Me deito sobre ele.

— Mesmo que algum dia você não possa me ver, continuarei adorando sua boca — beijo-a —, continuarei adorando seu nariz — beijo-o —, continuarei adorando seus olhos — beijo-os por cima da meia —, e continuarei adorando seu lindo cabelo e, principalmente, sua maneira de resmungar e se zangar comigo.

Me sento sobre ele, pego suas mãos e as levo até meu corpo.

— Mesmo que algum dia você não me veja, tuas mãos fortes poderão continuar me tocando. Meus seios continuarão se excitando com suas carícias. E seu pau. Deus do céu, esse duro, impressionante, excitante e enlouquecedor pau! — murmuro, excitada, enquanto me aperto contra ele. — Vai ser o que me fará gemer, enlouquecer e te dizer "Peça-me o que quiser".

Os cantos de seus lábios se curvam. Ótimo. Estou conseguindo que Eric sorria. Louca para continuar, boto em suas mãos a joia anal e murmuro, levando-a a sua boca:

— Chupe.

Faz o que peço. Depois guio sua mão até minha bunda e digo pertinho de seu rosto:

— Mesmo que algum dia você não me veja, vai poder colocar a joia no "meu lindo cuzinho", como você diz. E fará isso porque gosta, porque eu gosto e porque é parte de nossa brincadeira, querido. Vamos, coloque agora.

Tateando, Eric toca minha bunda e, quando localiza meu ânus, faz o que pedi. Meu corpo recebe a joia e ambos ofegamos.

Excitada pelo que estou fazendo, passeio minha boca por sua orelha.

— Gostou do que fez, querido?

— Sim, muito — ronrona, enquanto me aperta as nádegas.

Seu desejo cresce em segundos. Isto o excita muito, e enquanto mexe a joia em mim, digo, ansiosa para deixá-lo louco:

— Mesmo que algum dia você não veja, vai poder continuar me devorando à vontade. Vou abrir minhas pernas pra você e pra quem você quiser, e te juro que vou ter prazer e te darei prazer como sempre. Vai ser assim porque você vai me guiar, você vai me acariciar e dizer como devo fazer. Sou tua, querido, e sem você nada dessa brincadeira tem sentido pra mim.

Eric geme, e acrescento.

— Vamos, querido. Brinque comigo.

Saio de cima dele e deito a seu lado. Pego sua mão e a coloco sobre mim. Ele me toca, às cegas; sua boca, desesperada, passeia pelo meu corpo, pescoço, mamilos, umbigo, púbis. Então guio Eric até deixá-lo bem entre minhas pernas. Sem que ele precise pedir, me abro para ele.

— Mais abertas? — pergunto.

Eric me toca.

— Sim.

Sorrio e me abro mais.

Em segundos está me devorando. Sua língua entra e busca meu clitóris. Brinca com ele. Puxa-o com os lábios e, quando está estimulado, dá uns toquezinhos que me fazem gritar e arquear de tanto prazer. Me mexo, ofegante. Ele move a joia anal ao mesmo tempo que lambe meu clitóris, e fico louca. Excitado, me agarra as coxas e me movimenta como quer sob sua boca, enquanto eu coloco as mãos em seus cabelos e murmuro, deliciada:

— Não precisa ver pra me fazer gozar. Pra me fazer feliz. Pra me deixar descontrolada. Assim..., querido..., assim!

Por uns minutos, meu louco amor prossegue em seu ataque avassalador.

Que calor, minha nossa, que tesão, e é ele que me deixa assim.

Eu o observo, no escuro do quarto. Com movimentos elegantes, se move sobre mim como um felino devorando sua presa. Ele não pode me ver — a penumbra e a meia que vedam seus olhos não permitem. Sua respiração se acelera. Sua boca busca a minha e me beija. Instantes depois, sem falar, com uma das mãos segura o pau enquanto com a outra toca em minha vagina molhada.

— Estou molhadinha para você, querido — sussurro no ouvido dele. — Só para você.

Com desespero, vai buscando o caminho até mim e, com um movimento certeiro, entra em mim. Nós dois arquejamos. Eric me agarra, se aperta contra meu corpo enquanto mexe os quadris. Eu mal posso me mover, seu peso me imobiliza. Eric me dá um chupão no pescoço, e eu mordo um ombro dele.

— Mesmo que algum dia você não me veja, vai continuar me possuindo cheio de tesão e eu te receberei sempre, porque sou tua. Você é a minha fantasia. Eu sou a tua. E gozaremos juntos agora e sempre, querido.

Eric não fala, apenas se deixa levar pelo instante. E quando gozamos, ele me abraça e diz:

— Sim, querida. Agora e sempre.

24

Durante os dias de tratamento Eric não vai trabalhar. Não consegue. De casa eu o ajudo com os e-mails e, como uma boa secretária, faço tudo o que ele me pede. Quando recebo alguma mensagem de Amanda, tenho vontade de degolá-la. Bruxa! Curiosa, bisbilhoto as mensagens entre eles e arrebento de rir ao ler uma de meses atrás em que Eric exige que ela mude sua atitude em relação a ele. Explica que tem uma namorada e que ela é prioridade para ele. Uau, meu Iceman, uau! Gosto de ver que deixou as coisas bem claras para essa vagabunda.

Muitas vezes, quando age como um bobo resmungão, quero enfiar a cabeça dele na cesta dos papéis ou grampear suas orelhas na mesa. Fica insuportável! Mas quando fica calmo, eu o adoro e cubro de beijos!

Sua mãe vem visitá-lo e, quando Eric não está prestando atenção na gente, insiste que eu vá pegar a moto de Hannah. E vou mesmo. Depois desses dias de tensão com Eric, preciso relaxar. E, pra mim, saltar com uma moto é a melhor solução.

O dia da cirurgia se aproxima. A ansiedade de Eric aumenta e tento relaxá-lo da melhor forma que sei. Com sexo! Numa das noites em que meu Iceman está deitado na cama com uma máscara de gel fria sobre o rosto para descansar os olhos, decido surpreendê-lo para que não pense tanto na cirurgia. Carinhosa, me deito sobre ele e sussurro:

— Oi, senhor Zimmerman!

Eric vai tirar a máscara, mas seguro suas mãos.

— Não, não tire.

— Não te vejo, querida.

Vou pertinho de seu ouvido e murmuro para deixá-lo arrepiado:

— Você não precisa ver o que vou fazer.

Sorrimos.

— Vamos fazer várias brincadeiras, queira você ou não.

— Tudo bem... eu quero — diz bem-humorado.

Eu o beijo. Ele me beija. Que paixão gostosa.

— Vou te explicar como se brinca, tá bem? — Eric concorda. — A primeira brincadeira se chama "A pena". Eu a passo pelo teu corpo, e se você aguentar mais de dois minutos sem rir, sem falar e sem se queixar, farei o que me pedir, combinado?

— Combinado, pequena.

— A segunda brincadeira se chama "A caixa dos desejos e dos castigos".

— Nome sugestivo. Acho que vou gostar dessa — garante, rindo, enquanto me agarra com força pela cintura.

Brincalhona, afasto suas mãos.

— Concentre-se, querido. Numa caixinha, botei cinco desejos e cinco castigos. Você pega um desejo, eu leio, e se você não fizer o que diz, te darei um castigo. — Eric ri. — A terceira brincadeira é sobre você deixar que eu te faça coisas. Então, quietinho aí, e deixe comigo. Que tal?

— Perfeito — diz, alegre.

— Ótimo. Se não ficar quietinho, vou te amarrar, viu?

Eric dá uma gargalhada e concorda.

— Muito bem, senhor Zimmerman. A primeira coisa que vou fazer é tirar sua roupa.

Com delicadeza lhe tiro a camiseta branca e a calça de algodão preta que está usando. Quando vou tirar a cueca, uau!, já está pronto, e minha boca seca imediatamente. Eric é tentador, muito, muito tentador. Sem dizer nada, ligo a câmera de vídeo. Quero que depois ele se veja. Tenho certeza de que vai gostar e achar graça.

Com Eric nu, pego uma pena que encontrei na cozinha. Começo a passá-la pelo seu corpo. Delicadamente roço o pescoço, depois baixo a pena até os mamilos, que ficam logo duros. Sorrio. A pena continua pelo abdômen. Contorno o umbigo e, quando chego ao pênis, a respiração de Eric se altera, abafada. Continuo me divertindo, os minutos passam, sigo passando a pena pelo seu corpo maravilhoso. Finalmente, ele me segura a mão.

— Senhorita Flores, acho que ganhei. Já se passaram mais de dois minutos. Não seja trapaceira.

Olho o relógio, surpresa. Me dou conta de que se passaram sete minutos. Puxa, como o tempo passa rápido enquanto aproveito o meu vício! Sorrio e largo a pena.

— Tem razão, senhor. Que deseja que eu faça?

Me chama com um dedo. Sorrio e me inclino.

— Quero que tire a roupa. Toda.

Tiro o pijama e a calcinha.

— Desejo realizado, senhor.

Como não pode me ver por causa da máscara de gel, me procura com as mãos. Uma delas me toca a barriga e sobe lentamente até o seio. Ela o contorna, depois aperta o mamilo.

— Muito bem. Já satisfiz seu desejo. Passemos à brincadeira seguinte.

— A de desejo ou castigo? — pergunta.

— Ahã!

Pego a caixinha onde botei vários papeizinhos e a coloco diante dele. Pego uma de suas mãos e a enfio na caixa.

— Pegue um desejo, que eu leio.

Eric obedece. Largo a caixa e, inventando o que está escrito, digo:

— Desejo uma moto. O senhor se importa que eu traga a minha da Espanha?

Sua expressão muda.

— Me importo, sim. Não quero que você se mate.

Caio na risada. Mas, como não quero discutir, digo rapidamente:

— Muito bem, senhor Zimmerman. Como não vai satisfazer meu desejo, agora é a hora de escolher um castigo.

Sorri. Tira mais um papel, e leio:

— Seu castigo por não querer satisfazer meu desejo é ficar quieto e não me tocar enquanto faço o que quero com seu corpo.

Concorda. Sei que o negócio da moto cortou um pouco o barato dele, mas assim sei por onde pegá-lo, quando trouxer a moto da sua irmã.

Com um pincel e chocolate derretido, começo a pintar o corpo de Eric. A câmera registra tudo. Eric sorri, quando contorno seus mamilos com chocolate. Depois, faço um caminho que contorna seu abdômen, passa pelo umbigo e acaba pelos lados. Molho o pincel de novo e chego, enfim, até sua ereção. Eric sorri e o mexe. Eu o pinto com delicadeza e noto o seu nervosismo. Sua impaciência. Então largo o pincel e aproximo a boca devagarinho de seus mamilos e os chupo. Saboreio o chocolate junto com o gosto delicioso de Eric. Me deleito. Sigo o caminho que tracei com chocolate. Desço minha língua pelo abdômen, e ele não resiste e quer me tocar. Afasto suas mãos e me queixo:

— Não, não, não! Lembre-se, não pode me tocar!

Eric se mexe, nervoso. Eu o estou provocando. Com minha língua, contorno seu umbigo e depois, ansiosa, o lambo pelos lados. E quando, finalmente, ela chega a seu pênis, Eric geme. Com grande prazer, passo e repasso a língua onde sei que fica louco. Ele se contrai. Com delicadeza, minha boca o toma e morde de levinho tudo aquilo que me faz loucamente feliz. Faço isso um bom tempo, até que Eric não aguenta mais e me exige, ainda com a máscara nos olhos:

— Fim da brincadeira, pequena. Vamos, me foda. Agora.

Feliz da vida, obedeço. Monto em Eric e, enquanto me sento em seu duro, ardente e maravilhoso pênis, suspiro. O cheiro de sexo e chocolate nos rodeia. Delicada, subo e desço em busca de nosso prazer enquanto me abro, pouco a pouco, para receber Eric. Mas a impaciência de meu Iceman o domina. Joga a máscara de gel no chão e, antes que perceba, me deitou na cama. Me olhando nos olhos, murmura:

— Agora eu estou no comando. Passamos pra terceira etapa da brincadeira. Já sabe, meu amor: fique quietinha ou vou ter que te amarrar.

Sorrio. Ele me beija e me abre as pernas com suas pernas e, sem piedade, me penetra de novo, e eu gemo. Tento me mover, mas seu peso me mantém imobilizada enquanto ele se aperta com força dentro de mim.

— Uma gravação muito excitante — diz, ao ver a câmera diante de nós.

Não posso falar. Não me deixa. Mete de novo a língua na minha boca e mexe seus quadris sem parar, e gemo enlouquecida. Superexcitado com a brincadeira, Eric esqueceu da operação, e botando minhas pernas em seus ombros, começa a bombear dentro de mim com paixão. Com prazer.

Nessa noite, dormimos abraçados. Assistimos à gravação e rimos um bocado. Surpreendi Eric com minhas brincadeiras e, antes de dormir, me diz ao ouvido:

— Quero revanche.

Dois dias depois, acontece a cirurgia.

Marta e sua equipe fazem a tal *microbypass* trabecular. Só dizer este nome me dá medo. Com a mãe de Eric, aguardo na sala de espera do hospital. Estou nervosa. Meu coração bate acelerado. Meu amor, meu garoto, meu namorado, meu alemão está sobre a mesa de cirurgia e sei que não está lidando bem com a situação. Não falou nada, mas sei que está assustado.

Sonia me pega as mãos, me dá força, e eu a ela. Ambas sorrimos.

Espero, espero, espero. O tempo passa lentamente. E eu espero.

Quando penso que já transcorreu uma eternidade, Marta sai da sala de cirurgia e nos olha com um sorriso amplo. Foi tudo bem, espetacularmente bem. Ainda que a alta seja imediata, Marta mentiu para Eric e disse que ele tem de passar a noite ali. Concordo. Sonia relaxa. Nós três nos abraçamos.

Insisto em ficar essa noite com ele no hospital. Observo Eric na penumbra do quarto. Está dormindo, e eu não consigo dormir. Não imagino uma vida sem ele. Estou tão apaixonada pelo meu amor, que pensar que algum dia o que existe entre nós possa terminar me parte o coração. Fecho os olhos e, finalmente, esgotada, durmo.

Quando acordo, me deparo com o olhar fixo do meu namorado. Prostrado na cama, me observa e me sorri. Sorrio também.

Nessa manhã lhe dão alta, e voltamos para casa. Nosso lar.

25

Com o passar dos dias, a recuperação de Eric é impressionante. Ele tem uma saúde de ferro e, após as revisões de rotina, os médicos lhe dão alta. Felizes, retomamos nossas vidas.

Uma manhã, quando ele sai para o trabalho, peço que me leve à casa de sua mãe. Quero ver como está a moto de Hannah. Não digo nada a ele, ou viraria bicho. Quando ele vai embora, vamos à garagem. E depois de retirar várias caixas e ficarmos sujas de pó até as sobrancelhas, aparece a moto. É uma Suzuki amarela RMZ 250.

Sonia se emociona, pega um capacete também amarelo e me diz:

— Querida, espero que você se divirta tanto com ela como minha Hannah.

Abraço Sonia, acalmando sua tristeza. Quando me deixa sozinha na garagem, sorrio. Como era de esperar, a moto não pega. Depois de tanto tempo sem uso, a bateria morreu. Dois dias mais tarde, coloco uma nova e pega na hora. Entusiasmada por estar na moto, me despeço de Sonia e vou para minha nova casa. É o máximo dirigir a moto, estou quase gritando de felicidade. Quando chego, Simona e Norbert me olham, e ele vai me avisando:

— Senhorita, penso que o senhor não vai gostar.

Desço da moto e, tirando o capacete amarelo, respondo:

— Eu sei. Já conto com isso.

Quando Norbert sai resmungando, Simona se aproxima e cochicha:

— Hoje, em *Loucura esmeralda*, Luis Alfredo Quiñones descobriu que o bebê de Esmeralda Mendoza é seu e não de Carlos Alfonso. Viu no bumbunzinho dele, do lado esquerdo, um sinal de nascença igual ao que ele tem.

— Deus do céu, e eu perdi! — protesto, levando uma das mãos ao coração.

Simona sorri satisfeita:

— Gravei o capítulo.

Bato palmas, lhe dou um beijo e corremos para a sala para assistir.

Depois de ver o dramalhão mexicano que me fisgou, volto à garagem. Quero fazer uma revisão geral na moto antes de poder sair com ela regularmente e acompanhar Jurgen e seus amigos pelas trilhas de terra. A primeira coisa a ser feita é trocar o óleo. Norbert, contra a vontade, compra o óleo e, então, me posiciono num canto de difícil acesso da garagem e começo a revisão como meu pai me ensinou.

Após a visita à Müller e a cirurgia de Eric, decido que por ora não quero trabalhar. Agora posso escolher. Quero curtir essa sensação de plenitude sem pressa, sem problemas e fofocas empresariais. Há desconhecidos demais dispostos a me ferrar por ser a estrangeira namorada do chefe. Não, não, senhor! Prefiro passear com Susto, assistir a *Loucura esmeralda*, nadar na maravilhosa piscina coberta ou ir com Jurgen, o primo de Eric, correr de moto. Ela é um espetáculo e anda que é uma maravilha. Eric não está sabendo de nada. Escondo isso dele, e Jurgen guarda meu segredo. Por ora, é melhor que não saiba.

Numa quarta-feira pela manhã, vou com Marta e Sonia ao campo, onde fazem o curso de paraquedismo. Fico empolgada observando o instrutor dizer a elas o que devem fazer quando estiverem no ar. Elas me animam a participar, mas prefiro só olhar. Embora saltar de paraquedas deva ser muito legal, quando vejo a coisa de perto me borro toda. Elas vão fazer seu primeiro salto livre, e estão nervosas. Eu, histérica! Até o momento sempre saltaram com um monitor, mas desta vez é diferente.

Penso em Eric, no que ele diria se soubesse. Me sinto arrasada. Não quero nem imaginar que algo possa dar errado. Sonia parece ler meu pensamento:

— Calma, querida. Vai dar tudo certo. Pensamento positivo!

Tento sorrir, mas tenho o rosto congelado de frio e de nervoso.

Antes de embarcarem no aviãozinho, me beijam.

— Obrigada por guardar o segredo — diz Marta.

Elas embarcam; e eu aceno, nervosa. O avião decola, ganha altura e quase desaparece de vista. Um monitor ficou comigo e me explica centenas de coisas.

— Olha, elas já pularam.

Com o coração na mão, identifico uns pontinhos descendo. Angustiada, comprovo que os pontinhos se aproximam, se aproximam e, quando acho que vou gritar, vejo os paraquedas se abrirem e aplaudo, já a ponto de ter um infarto. Minutos depois, em terra, Sonia e Marta estão eufóricas. Gritam, pulam e se abraçam. Elas conseguiram!

Eu aplaudo de novo, mas sinceramente não sei se o faço porque conseguiram ou porque não aconteceu um desastre. Só de pensar no que Eric diria, meu sangue gela. Quando elas me veem, correm para mim e me abraçam. Como três meninas, damos pulos emocionadas.

À noite, quando Eric me pergunta onde estive com a mãe e a irmã, minto. Invento que estivemos num spa fazendo massagens de chocolate e coco. Eric sorri. Acha graça da mentira, e eu me sinto mal. Muito mal. Não gosto de mentir, mas Sonia e Marta me fizeram prometer que não contaria. Não posso decepcioná-las.

Uma manhã, Frida me liga e uma hora depois aparece em casa com Glen. Que lindinho está o bebê! Conversamos durante horas, e ela me confessa que está viciada em *Loucura esmeralda*. Rio. Essa é boa! Não sou a única da minha idade que virou fã. No fim das contas, Simona tem razão: essa novela mexicana é mesmo um fenômeno de público na Alemanha. Depois de várias confidências, mostro a moto e Susto para Frida.

— Judith, você gosta de chatear o Eric?

— Não — respondo, brincalhona. — Mas ele precisa aceitar as coisas de que gosto como eu aceito as dele, não acha?

— Acho.

— Odeio pistolas, e aceito que ele faça tiro olímpico — procuro me justificar.

— Sim, mas ele não vai achar graça nenhuma nesse negócio da moto. Ainda mais que era de Hannah e...

— Seja de Hannah ou do Grilo Falante, Eric vai se chatear do mesmo jeito. Sei disso e assumo. Logo encontrarei o melhor momento para contar. Tenho certeza de que, se falo com jeito e delicadeza, ele vai entender.

Frida sorri e, olhando Susto, que nos observa, comenta:

— Pobrezinho, mais feio não podia ser. Mas tem olhos lindos.

Deslumbrada, rio e dou um beijo na cabeça dele.

— É lindo e maravilhoso — afirmo.

— Ora, Judith, esta raça de cachorro não é das mais bonitas. Se quer um cachorro, tenho um amigo que tem um canil com raças sensacionais.

— Eu não quero um cachorro pra exibir, Frida. Eu quero um cachorro pra amar, e Susto é carinhoso e muito bom.

— Susto? — ela ri. — Você pôs o nome de Susto?

— A primeira vez que o vi me deu um susto desgraçado — explico animada.

Frida compreende. Repete o nome, e o bicho dá um salto no ar enquanto Glen sorri. Horas depois, quando está indo embora, promete me ligar outro dia para nos vermos.

À tarde, telefono para minha irmã. Faz tempo que não falo com ela e preciso ouvir sua voz.

— Fofa, o que foi? — pergunta, alerta.

— Nada.

— Nem vem, Jud. Algo deve estar acontecendo. Você nunca me liga — insiste.

Acho graça. Tem razão, claro, mas, a fim de curtir a tagarelice da minha louca Raquel, respondo:

— Pois é, mas agora, que estou longe, tenho muita saudade de você.

— Aiiiii, fofiiiiiiiinhhhhaaaaa! — se emociona.

Falamos um bom tempo. Me põe em dia sobre sua gravidez, seus vômitos e náuseas. Por estranho que pareça, não me fala de seus problemas conjugais. Isso me surpreende. Mas nem toco no assunto. É um bom sinal.

Quando desligo, depois de uma hora de papo, sorrio. Boto o casaco e vou para a garagem. Susto sai do esconderijo quando assobio. Animada, vou dar um passeio com ele.

Dois dias depois, pela manhã, quando Flyn e Eric vão para o colégio e para o trabalho respectivamente, começo a redecorar a sala. Passamos muito tempo ali e preciso lhe dar outro ar. Eu mesma me encarrego de fazer as mudanças. Norbert se horroriza, ao me ver em cima da escada. Diz que o senhor brigaria comigo se me visse. Mas eu estou acostumada a essas coisas, tiro e boto cortinas feliz da vida. Substituo as almofadas de couro escuro pelas minhas cor de pistache, e a poltrona agora parece moderna e atual, não mais sem graça.

Sobre a bela mesa redonda coloco um vaso de vidro verde com uns maravilhosos antúrios vermelhos. Tiro as figuras escuras que Eric tem sobre a lareira e coloco várias fotografias emolduradas. São tanto de minha família como da de Eric, e fico comovida ao ver minha sobrinha sorrindo.

Como é linda! E quanta saudade sinto dela.

Substituo vários quadros, cada um mais feio que o outro, e ponho os que comprei. Num dos lados da sala, penduro um trio de quadros de umas tulipas verdes. Sensacional!

À tarde, quando volta do colégio e entra na sala, Flyn fecha a cara. O lugar mudou muito. De sombrio se transformou em colorido e cheio de vida. Ele se horroriza, mas pra mim tanto faz. Ele não gosta de nada que faço.

Quando mais tarde Eric chega, fica mudo de tão impressionado. Sua sala, sóbria e escura, desapareceu para dar lugar a um espaço cheia de alegria e luz. Ele gosta. Seu rosto, sua expressão me dizem que sim. Quando me beija, eu sorrio com a cara contrariada do baixinho.

No dia seguinte, Eric decide levar Flyn para o colégio. Em geral é Norbert que o leva e o menino aceita contente. Eu os acompanho no carro. Não sei onde fica, mas tenho vontade de dar um passeio por minha conta pela cidade.

Eric não acha muita graça que eu ande sozinha por Munique, mas minha teimosia acaba vencendo a dele. No caminho, damos carona a dois meninos, Robert e Timothy. São bem falantes e me olham com curiosidade. Reparo que ambos levam um skate colorido, justamente o brinquedo proibido. Quando chegamos ao colégio, os meninos desembarcam, Flyn por último, que fecha a porta.

— Puxa, não me deu um beijinho — zombo.

Eric sorri.

— Dê mais tempo pra ele.

Suspiro, viro os olhos e rio.

— E você, me dá um beijinho? — pergunto quando vou sair do carro.

Sorrindo, Eric me puxa.

— Todos os que você quiser, pequena.

Me beija, possessivo, e aproveito enquanto dura.

— Tem certeza de que sabe voltar sozinha pra casa?

Digo que sim, achando graça. Não tenho a menor ideia, mas sei a direção e tenho certeza de que não me perderei. Pisco um olho para ele.

— Claro. Não se preocupe.

Não está muito convencido de me deixar aqui.

— Tá com o celular, né?

Tiro-o do bolso.

— Bateria no máximo, caso eu tenha de pedir socorro! — respondo na gozação.

Por fim, meu louco amor sorri. Dou um beijo nele e saio do carro. Ele se vai, e sei que me olha pelo espelho retrovisor e dou um tchauzinho como uma idiota. Minha nossa, como estou apaixonada!

Quando o carro dobra à esquerda e o perco de vista, olho para o colégio. Há vários grupos de crianças na entrada e vejo que Flyn está parado num lado. Sozinho. Onde estão Robert e Timothy? Vou para trás de uma árvore e observo que Flyn olha disfarçadamente uma menina, loira e bonita, e me emociono.

Nossa, meu Smurf Bipolar tem um coraçãozinho!

Ele se apoia na grade do colégio e não tira os olhos de cima da menina, que brinca e fala com outros meninos. Sorrio.

Toca o sinal e as crianças começam a entrar. Flyn não se mexe. Espera que a menina e seus amigos entrem para segui-los. Curiosa, fico de olho. De repente vejo que Robert, Timothy e outros dois meninos com seus skates nas mãos se aproximam de Flyn, que para. Falam. Um deles lhe tira o gorro e o joga no chão. Quando ele se abaixa para pegá-lo, Robert lhe dá um chute no traseiro e Flyn cai de bruços no chão. Meu sangue ferve. Estou indignada! O que estão fazendo?

Meninos desgraçados!

Os garotos, morrendo de rir, se afastam. Flyn se levanta e olha a mão. Vejo que sangra. Ele se limpa com um lenço de papel que tira do casaco, pega o gorro e, sem levantar o olhar do chão, entra no colégio.

Desconcertada, penso no que aconteceu e me pergunto como posso falar disso com Flyn.

Assim que perco o menino de vista, vou embora. Logo estou no tumulto das ruas de Munique. Eric me liga. Digo que estou bem e desligo. Lojas, muitas lojas, e eu me divirto, parando diante de todas as vitrines. Entro numa loja de motocross e compro tudo o que preciso. Quando saio, mais feliz que pinto no lixo, observo os passantes. Quase todos têm uma expressão séria. Parecem chateados. Poucos sorriem. Não são nem um pouco parecidos com os espanhóis.

Passo por uma ponte, a Kabelsteg. Me surpreende a quantidade de cadeados coloridos que há ali. Com carinho, toco essas pequenas amostras de amor e leio nomes ao acaso: Iona e Peter, Benni e Marie. Inclusive há cadeados em que botaram cadeadinhos com outros nomes que imagino serem dos filhos. Sorrio. Acho super-romântico, e adoraria botar um cadeado com Eric. Tenho de falar com ele. Mas dou uma gargalhada. Com certeza pensará que além de idiota fiquei louca.

Depois de visitar uma área bonita da cidade, paro diante de uma sexshop. Toca meu celular. Eric. Meu louco amor está preocupado. Garanto a ele que nenhuma gangue de terroristas me raptou, e, depois de fazê-lo rir, me despeço. Animada, entro na loja.

Olho ao redor com curiosidade. Vendem todo tipo de brinquedos eróticos e lingerie sexy, e é decorada com bom gosto e refinamento. As paredes são vermelhas, e tudo o que há ali chama minha atenção. Posso bisbilhotar centenas de vibradores coloridos e brinquedos de formas incríveis. Vejo umas penas pretas e as pego. Vão me servir pra brincar outro dia com Eric. Também escolho umas lantejoulas pretas com pompom penduradas para cobrir os mamilos. A balconista me explica que são reutilizáveis e se prendem no mamilo por uma almofadinha adesiva. Rio. Acho graça ao me imaginar com estes enfeites na frente de Eric. Mas vai gostar, se bem o conheço. Quando vou pagar, noto um lado da loja e solto uma gargalhada ao ver umas fantasias. Sorrio ao escolher uma de policial durona. Compro. Esta noite surpreenderei meu Iceman. Quando saio da loja com minha sacola e um sorriso de orelha a orelha, passo diante de uma loja de ferragem. Lembro de uma coisa. Entro e compro um trinco para a porta. Quero sexo em casa sem convidados inesperados de olhos puxados.

Depois de três horas conhecendo cada pedacinho das ruas de Munique, pego um táxi para casa. Simona e Norbert me cumprimentam. Peço a ele umas ferramentas. Surpreso, concorda, mas não me pergunta nada.

Feliz da vida com as ferramentas que Norbert me trouxe, subo para o quarto que compartilho com Eric e boto o trinco na porta. Espero que Eric não se chateie, mas não quero que Flyn me pegue no flagra, vestida de policial durona ou fazendo sexo selvagem. O que a criança pensaria da gente?

À tarde, quando Flyn volta do colégio, está como sempre emburrado. Se tranca em seu quarto para fazer os deveres. Simona prepara um lanche para ele, e peço a ela que me deixe levá-lo. Quando entro no quarto, o menino está sentado a sua mesinha, concentrado nos deveres. Deixo o prato com o sanduíche e olho sua mão. A ferida está à vista.

— Que aconteceu, Flyn?

— Nada — responde sem me olhar.

— Como nada? E esse arranhão aí?

O menino levanta os olhos e me examina.

— Saia do meu quarto. Estou fazendo meus deveres.

— Flyn, por que está sempre chateado?

— Não estou chateado, mas você vai me chatear.

Acho graça. Esse baixinho é como seu tio, até responde do mesmo jeito! Por fim, desisto e me vou. Na cozinha, pego uma Coca-Cola. Quando estou bebendo, Flyn aparece e me olha. Ofereço a latinha:

— Quer?

Nega com a cabeça e se vai. Cinco minutos depois me sento na sala e ligo a tevê. Olho a hora. Cinco. Falta pouco para Eric chegar. Decido ver um filme e procuro um que me interesse. Não tem nada. Por fim, acho num canal um episódio dos *Simpsons* e fico assistindo.

Rio com as tiradas de Bart e, quando menos espero, surge Flyn ao meu lado. Me olha, se senta. Tomo mais um trago de Coca-Cola. Ele pega o controle com a intenção de mudar de canal.

— Flyn, se não se importa, estou vendo tevê.

Pensa. Deixa o controle sobre a mesa, se acomoda na poltrona e, de repente, diz:

— Agora quero uma Coca-Cola.

Meu primeiro impulso é responder: "Vamos, pentelho, você tem duas pernas muito bonitas que foram feitas pra andar." Mas como quero ser amável, me levanto e me ofereço para trazê-la.

— Num copo e com gelo, por favor.

— Mas é claro — concordo, animada com o tom educado.

Toda serelepe, vou à cozinha. Simona não está. Pego um copo, gelo e uma Coca-Cola na geladeira. Quando abro a latinha, zás!, o refrigerante explode na minha cara e me entra nos olhos. Eu e a cozinha ficamos encharchadas.

Largo a lata de qualquer jeito no balcão e procuro às cegas o papel-toalha. Santo Deus, estou ensopada! Mas então, pelo reflexo no micro-ondas, percebo o sorriso cruel de Flyn no vão da porta.

Puta que o pariu!

Claro que ele sacudiu a Coca-Cola! Por isso pediu tão amável.

Respiro..., respiro e respiro, me seco e limpo o chão da cozinha. Menino desgraçado! Quando termino, saio como um touro bravo, e quando vou falar com o baixinho, convencida de que é o culpado de tudo, me deparo com Eric na sala, com ele nos braços.

— Oi, querida! — me cumprimenta com um sorriso amplo.

Tenho duas opções: apagar o sorriso dele num piscar de olhos, contando o que seu maravilhoso sobrinho acaba de fazer, ou dissimular e não dizer nada do minidelinquente. Me decido pela segunda. Então meu Iceman larga o menino, se aproxima de mim e me dá um doce e gostoso beijo nos lábios.

— Está molhada? O que houve?

Flyn me olha, eu o olho, mas respondo:

— Fui abrir uma Coca-Cola. Ela estourou e me deixou toda suja.

Eric sorri e afrouxa a gravata.

— Acontece cada coisa com você.

Sorrio — não posso evitar. Neste momento entra Simona.

— O jantar está pronto. Podem vir quando quiserem.

Eric olha para o sobrinho.

— Vamos, Flyn. Vai com Simona.

O menino corre para a cozinha, e Simona vai atrás. Então Eric me dá um beijo pra valer, que me deixa zonza.

— Como foi teu dia em Munique?

— Ótimo. Mas você já sabe. Me ligou mil vezes, seu chatonildo!

Ele continua sorridente.

— Chatonildo, não. Preocupado. Você não conhece a cidade, e me preocupo que ande sozinha.

Suspiro, mas ele segue:

— Vamos, me conte, onde esteve?

Explico à minha maneira os lugares que visitei, todos grandiosos e sensacionais. Quando falo da ponte dos cadeados, me surpreende:

— Me parece uma ótima ideia. Quando quiser, vamos à Kabelsteg botar um cadeado. Mas Munique tem mais pontes dos apaixonados. A Thalkirchner, a Großhesseloher.

— Já botou um cadeado em alguma delas? — pergunto, surpresa.

Eric me olha, me olha, com um meio sorriso.

— Não, fofinha. Você é a primeira que conseguiu.

Agora me enlouqueceu. Meu Iceman é mais romântico do que eu imaginava. Encantada com sua resposta e bom humor, penso em minha fantasia de policial durona. Ele vai adorar!

— Que tal se eu e você fôssemos jantar esta noite na casa de Björn?

Uau!

Esqueço rapidamente da minha fantasia de tira durona. Meu corpo se aquece em zero vírgula um segundo, e fico sem fôlego. Sei o que significa esta proposta. Sexo, sexo e sexo. Sem tirar os olhos de Eric, concordo.

— Acho uma ideia sensacional.

Eric sorri, me solta e vai para a cozinha. Ouço que fala com Simona. Também ouço os protestos de Flyn. Ele se chateia com a saída do tio. Quando volta, meu louco amor me pega pela mão e diz:

— Vamos nos vestir.

Eric se espanta com o trinco na porta, quando o mostro. Prometo que só o utilizaremos em certos momentos. Ele entende e concorda.

— Comprei uma coisa que quero te mostrar. Sente-se e espere — digo, ansiosa.

Entro apressada no banheiro. Não digo nada sobre a fantasia de policial durona. Guardo essa surpresa para outro dia. Tiro a roupa e coloco os enfeites nos mamilos. Que lindos! Abro a porta do banheiro e, bancando a Mata Hari, me planto diante de Eric.

— Uau, baby! — exclama Eric. — Que foi que comprou?

— São pra você.

Divertida, mexo os ombros e os pompons pendurados se sacodem. Eric ri. Se levanta e fecha o trinco novo. Eu sorrio e me aproximo dele. Antes de me deitar na cama, meu lobo faminto murmura:

— Adorei, moreninha. Agora sou eu que vou me divertir com eles. Não, não os tire. Quero que Björn os veja também.

Com um sorriso, aceito seu beijo voraz.

— Ok, meu amor.

Uma hora depois, Eric e eu partimos em seu carro. Estou nervosa, mas isso me excita a cada segundo que passa. Meu estômago está contraído. Nem vou poder jantar. Quando chegamos à casa de Björn, meu coração bate como o de um cavalo desembestado.

Como era de esperar, o gato do Björn nos recebe com o melhor de seus sorrisos. É um cara muito sexy. Seu olhar já não é tão inocente como quando estamos com mais gente. Agora é cheio de malícia.

Me mostra sua casa espetacular e me surpreende quando, ao abrir uma porta, me explica que ali é o escritório onde trabalham seus cinco advogados, três homens e duas mulheres. Quando passamos por uma das escrivaninhas, Eric diz:

— Aqui trabalha Helga. Lembra dela?

Eric e Björn me olham. Sendo tão sincera como eles, explico:

— Claro, Helga é a mulher com quem formamos um trio aquela noite no hotel, né?

Meu alemão se mostra espantado com minha franqueza.

— Aliás, Eric, vamos ao meu escritório — diz Björn. — Já que estamos aqui, assine os documentos de que falamos outro dia.

Entramos num belo escritório. É clássico, tão clássico quanto o de Eric em casa. Por uns segundos, Björn e Eric folheiam uns papéis, enquanto me dedico a bisbilhotar. Eles estão calmos. Eu não — não posso deixar de pensar no que desejo. Observo-os e me excito. Os enfeites nos mamilos me endurecem os seios enquanto ouço Björn e Eric falarem. Desejo que me possuam. Quero sexo. Eles provocam em mim um tesão que anula minha razão. Quando não aguento mais, me aproximo de Eric e lhe tiro os papéis da mão. Com um descaramento de que nunca pensei que fosse capaz, eu o beijo.

Oh, sim! Sou uma predadora!

Mordo sua boca com excitação, e Eric corresponde num segundo. Com o canto do olho vejo que Björn nos olha. Mas não me toca. Não se aproxima. Apenas nos olha enquanto Eric, que já tomou as rédeas da situação, passeia suas mãos por meu traseiro, puxando meu vestido para cima.

Quando separa os lábios dos meus, sei o que despertei nele e sussurro, extasiada, disposta a tudo:

— Tira a minha roupa. Brinque comigo. — Eric me olha. Ansiosa por sexo, murmuro contra sua boca: — Entregue-me.

Sua boca toma a minha de novo, e sinto suas mãos no zíper do meu vestido. Sim, sim, ele o abre! Quando chega ao fim, me aperta a bunda. Calor.

Sem falar, me tira o vestido, que cai nos meus pés. Estou sem sutiã, e os enfeites em meus mamilos ficam expostos para ele e seu amigo. Excitação.

Björn não fala, só observa. Eric me senta sobre a escrivaninha, vestida apenas com a calcinha preta e os enfeites nos seios. Loucura.

Me abre as pernas e me beija. Aproxima sua ereção e se aperta contra mim. Desejo.

Me deita sobre a escrivaninha, se inclina e me lambe em volta dos enfeites nos mamilos. Depois sua boca desce até meu púbis e, após beijá-lo, enlouquecido, agarra a calcinha e a rasga. Exaltação.

Sem mais, vejo que olha seu amigo e lhe faz um sinal. Oferecimento.

Björn se aproxima dele, e os dois me observam. Me devoram com o olhar. Estou deitada na escrivaninha, nua, mas com os enfeites nos mamilos e a calcinha rasgada ainda vestida. Björn sorri e, depois de passear seu olhar excitado por meu corpo, murmura enquanto um de seus dedos puxa a calcinha:

— Tesão.

Exposta assim e ansiosa para ser o objeto da loucura deles, subo meus pés até a escrivaninha, tomo impulso e me ajeito melhor. Levo um de meus dedos à boca e o chupo. Depois, diante do olhar atento dos homens a quem estou me oferecendo sem nenhum pudor, eu o enfio em minha vagina. A respiração deles se acelera, e fico enfiando e tirando o dedo. Me masturbo para eles. Sim, sim!

Seus olhos me devoram. Seus corpos estão ansiosos para me possuir, e eu que comecem. Eu os provoco, os desafio com meus movimentos. Eric pergunta:

— Jud, tem na bolsa o...?

— Sim — interrompo.

Eric pega na bolsa o vibrador em forma de batom e se surpreende ao ver também a joia anal. Sorri e volta para mim.

— Se vire e fique de quatro na escrivaninha.

Obedeço — meu dono pediu e tenho prazer em obedecer. Björn me dá um tapa na bunda e depois a aperta, enquanto Eric coloca a joia em minha boca para que a umedeça com saliva. Eu os deixo loucos, eu sei. Então Eric retira a joia da minha boca, abre bem minhas pernas e introduz a joia no meu ânus. Entra de uma vez só. Gemo. E gemo mais ainda quando ele a gira, me dando um prazer maravilhoso, enquanto me acariciam.

Curiosa, olho para trás. Os dois olham minha bunda, enquanto suas mãos enlouquecidas passeiam por minhas coxas e minha vagina.

— Jud — diz Eric —, fique como antes.

Me deito de novo sobre a escrivaninha, sentindo a joia em mim. Eric me abre as pernas, me expõe a Björn também, e depois se mete entre elas e beija meu clitóris. Ardo.

Sua língua, exigente e firme, me toca, e eu me remexo.

— Não feche as pernas — pede Björn.

Me seguro com força à escrivaninha e faço o que me pede, enquanto Eric me pega pelos quadris e me encaixa em sua boca. Gemo de prazer e me deixo levar, mas ainda consigo ver que Björn tira a calça e bota uma camisinha.

De repente, Eric para, entrega a Björn o pequeno vibrador em forma de batom e sai de entre minhas pernas, dando lugar ao amigo. Eric fica a meu lado, afasta meu cabelo para trás e sorri. Me faz carinho, me beija. Björn, que entendeu a mensagem, liga o vibrador. Eric, com voz carregada de erotismo, murmura:

— Vamos brincar com você e depois vamos te foder, como você está desejando.

As mãos de Björn percorrem minhas pernas. Acaricia-as. Depois se coloca entre elas e passa um de seus dedos por meus grandes lábios molhados. Em seguida, dois e, quando deixa exposto meu estimulado clitóris, bota o vibrador sobre ele. Eu grito e mexo. Este contato tão direto me deixa louca.

— Não feche as pernas, minha linda — insiste Björn, e me impede de fazê-lo.

Eric me beija. Põe uma de suas mãos sobre meu abdômen para que eu não me mexa, enquanto Björn aperta o vibrador em meu clitóris, e eu grito cada vez mais. Isto é devastador. Incrível. Vou explodir. A joia ocupa meu ânus. Meu clitóris, enlouquecido. Meus mamilos, duros. Dois homens brincam comigo e não me deixam me mexer, e acho que não vou aguentar. Mas sim, meu corpo aceita os espasmos de prazer que tudo isto provoca e, depois que gozo, Björn me penetra, e Eric mete sua língua em minha boca.

— Assim, pequena, assim.

Ardo. Queimo. Me abraso.

Entregue a estes homens, ao que me pedem, me delicio, enquanto meu Iceman me beija a boca, e Björn não para de me penetrar.

Nunca havia imaginado que eu pudesse gostar tanto de uma coisa dessas.

Nunca havia imaginado que eu pudesse aceitar uma coisa dessas.

Nunca havia imaginado que eu iniciaria uma brincadeira tão sensual, mas sim, eu a comecei. Eu me ofereci a eles e desejo que brinquem, me chupem, façam o que quiserem comigo. Sou sua. Deles. Gosto dessa sensação, quero continuar. Desejo mais.

A excitação é abrasadora. Eric, entre um beijo e outro, me diz coisas sacanas e sensuais, e fico louca de tesão. Enquanto isso, Björn continua me penetrando e às vezes dá uns tapinhas no meu traseiro.

Enfim gozo e grito enquanto me abro para que Björn entre mais fundo. Eric me morde o queixo. Segundos depois, é Björn quem goza.

Respiro com dificuldade, excitada, exaltada, arrebatada. Mas quero continuar brincando. Eric me ergue em seus braços, eu ainda com a joia anal e a calcinha rasgada, e saímos do escritório. Passamos por outro, vazio, e entramos na casa de Björn. Vamos até um banheiro. Björn, que nos segue, não entra. Sabe quando e onde deve estar, e sabe que esse momento é íntimo entre mim e Eric.

No banheiro, Eric me larga e tira os enfeites de meus mamilos. Depois se agacha e, com delicadeza, retira os restos da calcinha. Eu sorrio e digo, quando ele se levanta com eles na mão:

— Você gosta mesmo de rasgar minha lingerie.

Eric sorri. Joga a calcinha na cesta de papéis e diz, enquanto tira a camisa:

— Gosto mais de você nua.

Com o olhar risonho, pergunto:

— E a joia?

Eric sorri e me dá um tapa na bunda.

— A joia fica onde está. Só vou tirar pra meter outra coisa lá, se você quiser.

Então liga o chuveiro, e entramos embaixo d'água. Meu cabelo molha, e Eric me abraça. Não me ensaboa.

— Tudo bem, querida?

Faço um gesto de concordância, mas ele, desejoso de ouvir minha voz, se separa de mim uns centímetros. Eu o olho e murmuro:

— Eu queria fazer, Eric, ainda quero.

Meu alemão sorri e levanta uma sobrancelha.

— Você me deixa louco, pequena.

Me agarro a seu pescoço e dou um salto para chegar a sua boca. Ele me pega no ar. Enquanto a água corre por nossos corpos, nos beijamos. A joia me pressiona por dentro.

— Quero mais — confesso. — Gosto da sensação que tenho quando você me oferece a outro e brinca comigo. Me excita que fale, que diga coisas sacanas. Ser compartilhada me deixa louca. Quero que faça isso de novo milhares de vezes.

Seu sorriso sedutor me faz tremer. Sua delicadeza, ao me abraçar, é extrema, e eu me sinto plena de felicidade.

Quando saímos do chuveiro, Eric me envolve com uma tolha macia, me pega no colo de novo e, ainda nu, sem se secar, sai do banheiro e me leva até um quarto cor de vinho e me pousa na cama. Acho que é o quarto de Björn, que neste momento sai de outro banheiro, nu e molhado. Também tomou uma chuveirada.

Eric e Björn se olham e, sem dizerem uma palavra, se entendem. A brincadeira continua. Björn se dirige a um lado do quarto, e me arrepio ao ouvir a canção *Cry me a river* na voz de Michael Bublé.

— Eric comentou que você gosta muito desse cantor. É verdade, né? — pergunta Björn.

— Sim, adoro — digo, depois de olhar para meu Iceman e sorrir.

Björn se aproxima.

— Comprei este CD especialmente pra você.

Como uma gata no cio e com vontade de excitá-los de novo, fico de pé. Tiro a toalha, acaricio os seios e brinco com eles ao compasso da música. Eles me devoram com o olhar. Sedutora, me remexo na cama e fico de quatro. Mostro a eles meu traseiro, onde ainda está a joia, e rebolo ao ritmo da canção. Eles me olham, e vejo suas ereções prontas para mim. Desço da cama e obrigo-os a se aproximarem. Quero dançar com os dois. Eric me olha enquanto o seguro pela cintura e faço Björn me agarrar por trás. Durante uns minutos — nós nus, molhados e excitados —, dançamos essa melodia doce e sensual. Enquanto Eric me devora a boca com paixão, Björn me beija o pescoço e aperta a joia em meu ânus.

Tesão. Tudo é tesão entre nós neste quarto. Os dois são mais altos que eu, e gosto de me sentir pequena entre eles. Suas ereções se chocam contra meu corpo, e eu as desejo, a boca me seca, e sorrio para Eric. Meu alemão, depois de me beijar, me vira, e vejo os olhos de Björn. Sua boca deseja me beijar, eu sei, mas ele se contém e se limita a me beijar os olhos, o nariz, as faces, e quando seus lábios roçam os meus, me olha com desejo.

— Brinque comigo, me acaricie — lhe sussurro.

Björn concorda, e uma de suas mãos desce para minha vagina. Toca. Explora. Enfia um de seus dedos nela, me fazendo gemer. Eric me morde o ombro enquanto suas mãos voam por meu corpo até terminar na joia. Ele a roda, e minhas pernas fraquejam. Eric me agarra pela cintura, e me entrego. Sou seu brinquedo. Quero que brinquem comigo.

Dançamos, nos lambendo, nos acariciamos, nos excitamos...

Gosto de ser o centro da atenção destes dois gigantes. Adoro. Me sentir sacana, enquanto eles me acariciam e me desejam é sensacional. Fecho os olhos, e eles me apertam contra seus corpos, e suas ereções me indicam que estão preparados para mim. Essa sensação me deixa louca. Adoro ser o objeto de desejo deles.

A canção acaba, e começa *Kissing a fool*, e minha excitação está nas nuvens. Eric e Björn estão como eu. Por fim, Eric exige com a voz carregada de tensão:

— Björn, me ofereça Jud.

Björn se senta na cama, me faz sentar diante dele, passa seus braços por baixo de minhas pernas e as abre. Meu Deus, que tesão! Fico totalmente aberta para meu amor. Eric se agacha entre minhas pernas, morde meu púbis, depois meus grandes lábios. Tremo. Sua língua ávida me acaricia e logo encontra meu clitóris. Brinca com ele. Tortura-o. Me enlouquece, e pra completar seus dedos rodam a joia dentro de mim. Grito.

— Gosto de ouvir você gritar de prazer — cochicha Björn em meu ouvido.

Eric se levanta. Está enlouquecido. Me come. Assim... seus movimentos são firmes e devastadores. Björn continua dizendo:

— Vou te foder, gostosa. Não vejo a hora de enfiar em você.

As penetrações sensuais maravilhosas de Eric me fazem gritar de prazer, conseguindo me arrancar a cada vez uma centena de gemidos deliciados. Indecentes. Então Eric para e, sem sair de mim, me agarra pela cintura, me levanta e me aperta mais contra ele. Björn se levanta da cama, e suspensa, como se eu estivesse numa cadeira invisível, Eric continua me comendo enquanto os braços fortes de Björn me seguram e me lançam contra meu Iceman, uma vez depois da outra.

Sou uma boneca. Me descabelo entre seus braços e meu grito de prazer faz com que Eric saiba que cheguei ao orgasmo e sai de dentro de mim. Björn me deita na cama. Eric se aproxima, o membro ereto, me agarra pela cabeça e o enfia na minha boca com brutalidade. Chupo — chupo enlouquecida. Ouço uma embalagem de preservativo se rasgar e imagino que Björn está colocando a camisinha. Segundos depois, ele abre minhas pernas sem hesitar e me penetra. Sim! Extasiada com o momento que estes dois estão me proporcionando, me deleito com a ereção de Eric. Santo Deus, eu adoro! Dali a pouco, ele tira o pau da minha boca e goza entre meus seios.

Björn está muito excitado com o que vê e então me agarra pelos quadris e começa a me comer com toda a força. Oh, sim!

Uma, duas, três, quatro, cinco, seis...

Meus gemidos de prazer saem descontrolados enquanto os dois homens tomam meu corpo. Me possuem como bem entendem, e eu consinto. Eu quero. Eu me abro para eles, até que Björn goza, e eu com ele. Eric, tão enlouquecido como nós, espalha seu sêmen pelos meus seios, e vejo em seus olhos vidrados como aproveita o momento. Todos nós aproveitamos.

A música vai *in crescendo*, e nossos corpos seguem o ritmo. Eric me beija e eu me derreto. Depois de sair de dentro de mim, Björn põe a cabeça entre minhas pernas e procura o clitóris. Deseja mais. Aperta-o entre os lábios e o puxa. Me contorço. Björn mexe a joia dentro de mim. Grito. Ele me morde a face interna das coxas, enquanto Eric me massageia a cabeça e me olha. Excitação. Estou tão excitada que vou gozar de novo. Mas quando estou quase gozando, ouço Eric:

— Ainda não, pequena. Vem cá.

Senta na cama, me pega uma das mãos e me puxa. Faz eu me sentar montada nele, e outra vez me penetra. Quero gozar. Preciso gozar. Me mexo como louca em busca do prazer e grito:

— Não pare, Eric! Quero mais! Quero vocês dois dentro.

Vejo que Eric concorda. Björn abre uma gaveta e pega lubrificante. Eric, ao me ver tão enlouquecida, interrompe seus movimentos.

— Olha, meu amor, Björn vai colocar lubrificante pra facilitar. — Meu olhar diz que sim. — Fica calma, jamais eu permitiria que te machucasse. Se doer, me avise e paramos, tá?

Digo que sim, e ele me beija. Me aperto contra ele, suspiro.

Eric me aproxima mais de seu corpo, enquanto sua ereção continua me dando prazer. Björn, por trás, me dá um de seus tapas na bunda. Sorrio. Ele tira a joia e me sussurra, enquanto sinto algo frio e molhado no ânus:

— Você não sabe o quanto te desejo, Jud. Não via a hora de comer este cuzinho lindo. Vou brincar com você. Vou te foder. Você vai me receber agora.

Concordo. É isso que quero. Eric continua:

— Você é minha, pequena, e eu te ofereço. Me faça gozar com teu orgasmo.

Com um dedo, Björn brinca dentro de mim, enquanto Eric me come e me diz coisas sacanas. Muito sacanas. *Calientes*. Eles me conhecem e sabem que isso me excita. Segundos depois, Björn pede a Eric que me abra para ele. Meu Iceman, sem retirar seus maravilhosos olhos de mim, me agarra pelas nádegas e me morde o lábio inferior. Eric não me solta, e sinto a a cabeça do pau de Björn entrando por trás, me pressionando, centímetro a centímetro.

— Assim, querida, devagarinho... — murmura Eric depois de soltar meu lábio. — Não tenha medo. Dói? — Nego com a cabeça. — Divirta-se, meu amor. Aproveite.

— Sim, linda, sim... Você tem um cuzinho fantástico — diz Björn entre dentes, me penetrando. — Minha nossa, eu adoro isso! Sim, menina, sim...

Abro a boca e gemo. A sensação dessa dupla penetração é indescritível, e ouvir o que cada um deles me diz me excita cada vez mais. Eric me olha com olhos brilhantes de expectativa e, diante de meus gemidos, me pede:

— Não deixe de me olhar, querida.

Obedeço.

— Assim, assim... Junte-se a nós... Devagar... curtindo...

Estou entre dois homens que me possuem.

Dois homens que me desejam.

Dois homens que eu desejo.

Quatro mãos me seguram em diferentes lugares, e Eric e Björn me preenchem com delicadeza e paixão. Sinto que quase se tocam dentro de mim, e gosto de estar entregue a eles. Eric me olha, toca minha boca com a sua e toma para ele cada um de meus gemidos, enquanto me diz palavras de amor, doces e excitantes. Björn, me possuindo por trás, me belisca os mamilos e cochicha em meu ouvido:

— Estamos te fodendo... Sinta nossos paus dentro de você.

Calor. Sinto um tesão fortíssimo e, de repente, noto como se todo o meu sangue me subisse para a cabeça. Grito, extasiada. Estou sendo penetrada pelos dois e fico enlouquecida de tanto prazer. Eric e Björn me apertam contra eles, me exigindo mais, e de novo grito até que me arqueio e começo a gozar. Eles não param. Eric, Björn. Eric, Björn. Suas respirações descontroladas e seus movimentos me fazem trepidar entre os dois, até que soltam uns gemidos fortes, e sei que a brincadeira acabou por ora.

Com cuidado, Björn sai de dentro de mim e se deita na cama. Eric não, e fico estendida sobre ele, que me abraça. Por uns segundos, nós três respiramos com dificuldade, enquanto a voz de Michael Bublé ressoa no quarto, e recuperamos o controle de nossos corpos.

Cinco minutos depois, Björn pega minha mão, beija-a e sussurra com um meio sorriso:

— Se me permitem, vou tomar uma chuveirada.

Eu e Eric continuamos abraçados. Quando ficamos sós na cama, eu o olho. Tem os olhos fechados. Mordo o queixo dele.

— Obrigada, amor.

Surpreso, abre os olhos.

— Por quê?

Dou um beijo na ponta de seu nariz. Ele sorri.

— Por me ensinar a brincar e a gostar mais de sexo.

Sua gargalhada me faz rir e, mais ainda, quando diz:

— Você tá começando a ficar perigosa. Muito perigosa.

Meia hora mais tarde, banho tomado, vamos os três para a cozinha de Björn. Lá, sentados em uns bancos, comemos e conversamos. Admito que o comando e a rudeza deles em certos momentos me excitam, e rimos. Duas horas depois, já estou nua de novo, agora no balcão da cozinha, enquanto eles voltam a me possuir. Eu, deliciada, me entrego.

26

A vida com Iceman vai de vento em popa apesar das nossas discussões. Quando estamos a sós, vivemos momentos loucos, doces e apaixonados, e, sempre que visitamos Björn, os encontros são *calientes,* com muitos joguinhos. Eric me entrega a seu amigo, e eu aceito, morrendo de tesão. Não há ciúme. Não há reprovação. Apenas sexo, brincadeira e loucura. Nós três fazemos um trio maravilhoso e curtimos nossa sexualidade plenamente a cada encontro. Nada é sujo. Nada é obscuro. Tudo é absolutamente sensual.

Flyn é outra história. O garoto não facilita minha vida. A cada dia que passa ele se mostra mais resistente a ser amável comigo e a aceitar minha felicidade com Eric. Nós dois só discutimos por causa da criança. Ela é a fonte de nossas brigas, e parece gostar disso.

Agora tenho acompanhado Norbert algumas manhãs ao colégio. O que Flyn não sabe é que, quando o motorista dá a partida no carro e vai embora, eu o observo sem ser vista. Não entendo o que acontece. Não consigo compreender por que Flyn é motivo de piada para seus supostos amigos. Eles batem nele, o empurram, e a criatura nem reage. Sempre acaba no chão. Preciso dar um jeito nisso. Quero que ele sorria, que tenha confiança em si mesmo, mas não sei o que fazer.

Uma tarde, estou no meu quarto cantando *Tanto*, de Pablo Alborán, e vejo pela janela que voltou a nevar. Mais neve em cima da camada que já caiu e isso me deixa alegre. Que linda é a neve! Empolgada, vou ao quarto de brinquedos onde Flyn faz os deveres e abro a porta.

— Quer brincar na neve?

O menino olha para mim e responde, com sua cara séria de sempre:

— Não.

Seu lábio está machucado. Isso me enfurece. Eu o pego pelo queixo e pergunto:

— Quem fez isso contigo?

O moleque me olha e, mal-humorado, responde:

— Não te interessa.

Penso duas vezes antes de responder e decido ficar quieta. Fecho a porta e vou atrás de Simona, que está na cozinha preparando uma sopa.

— Simona.

A mulher seca as mãos no avental e me olha.

— Diga, senhorita.

— Aiiii, Simona, por favor, me chama pelo nome, Judith!

Simona sorri.

— Eu bem que tento, senhorita, mas é difícil me acostumar com isso.

Compreendo que realmente não deve ser nada fácil para ela.

— Há algum trenó na casa? — pergunto.

A mulher pensa um pouco e diz:

— Sim. Tem um guardado na garagem.

— Ótimo! — digo, animada. E olhando para ela acrescento: — Preciso te pedir um favor.

— Fique à vontade.

— Preciso que você vá lá fora comigo e a gente brinque de atirar bolas de neve.

Incrédula, arregala os olhos, sem entender nada. E eu, achando graça, seguro suas mãos e cochicho:

— Quero que Flyn veja o que está perdendo. É uma criança e deveria brincar com a neve e com o trenó. Vem, vamos mostrar pra ele como existem coisas divertidas além do videogame.

De início, a mulher fica reticente. Não sabe o que fazer, mas, ao ver que estou esperando, ela tira o avental.

— Me dê uns segundinhos pra eu calçar minhas botas. Com o sapato que estou usando, não dá pra ir lá fora.

— Ótimo!

Já na porta de casa, visto meu casaco vermelho e as luvas, e logo Simona aparece e pega seu casaco azul e um gorro.

— Vamos brincar! — digo, puxando seu braço.

Saímos de casa. Caminhamos pela neve até chegar em frente ao quarto de brinquedos de Flyn, e ali começamos nossa guerra de bolas de neve. No início, Simona fica um pouco tímida, mas acaba se animando depois que eu a acerto algumas vezes. Pegamos montinhos de neve e, em meio a risadas, atiramos uma na outra.

Surpreso com o que estamos fazendo, Norbert vem até nós. Primeiro resiste um pouco a participar, mas alguns minutos depois ele acaba brincando conosco. Flyn nos observa. Vejo pelo vidro que ele está olhando e grito:

— Vamos, Flyn... Vem brincar com a gente!

O garoto nega com a cabeça, e nós três continuamos. Peço a Norbert para pegar o trenó na garagem: é vermelho. Empolgada, subo nele e deslizo por uma ladeira coberta de neve. Dou uma derrapada de respeito, mas a neve acumulada acaba me detendo e solto uma gargalhada. A próxima a se aventurar no trenó é Simona, e depois vamos as duas juntas. Terminamos a brincadeira cobertas de neve, mas felizes, apesar da expressão contrariada de Norbert. Não confia em nós duas. De repente, e quando menos esperávamos, vejo Flyn saindo da casa e nos olhando.

— Vamos, Flyn, vem!

O menino se aproxima e eu o chamo para sentar no trenó. Me olha com receio, então digo:

— Vem, eu sento na frente e você atrás, tá bom?

Incentivado por Simona e Norbert, o menino obedece e com extremo cuidado deslizo pela ladeira. Dou gritinhos de empolgação, e eles logo fazem o mesmo. Quando o trenó para, Flyn me pergunta, radiante:

— Podemos repetir?

Feliz por ver nele uma expressão que eu nunca tinha visto, concordo logo. Nós dois corremos até Simona e repetimos a descida.

A partir desse momento, é só diversão. Pela primeira vez desde que estou na Alemanha, Flyn se comporta como uma criança. Quando consigo convencê-lo a ir sozinho no trenó e ele enfim vai, sua cara de satisfação me enche de alegria.

Ele está sorrindo!

Seu sorriso é envolvente, encantador e maravilhoso, até que de repente ele muda a cara e, assim que olho na mesma direção, vejo Susto correndo até nós. Norbert deixou a garagem aberta e, ao ouvir nossos gritos, o bicho não se conteve e quis vir brincar também. Apavorado, o menino para e eu assobio. Susto vem até mim, afago a cabeça dele e murmuro:

— Não se assuste, Flyn.

— Cachorros mordem — sussurra, paralisado.

Me lembro do que o menino contou aquele dia na cama e, acariciando Susto, tento acalmar Flyn:

— Não, meu amor, nem todos os cachorros mordem. E tenho certeza de que Susto não vai te machucar. — Mas o garoto não se convence e insisto enquanto estendo a mão para ele. — Vem. Confia em mim. Susto não vai te morder.

Não se aproxima. Apenas me olha. Simona o incentiva, Norbert também, e Flyn dá um passo à frente mas logo para. Está com medo. Sorrio e digo outra vez:

— Te prometo, querido, que ele não vai fazer nada de mau.

O menino me olha com receio, até que de repente Susto se atira na neve e põe as patas para cima. Achando graça, Simona faz carinho na barriga do cão.

— Tá vendo, Flyn? Susto só quer que a gente faça cosquinha. Vem...

Faço o mesmo que Simona, e o cachorro põe a língua para fora num sinal de alegria.

De repente, o menino chega mais perto, se agacha e, morrendo de medo, toca o cãozinho com um dedo. Tenho certeza de que é a primeira vez em muitos anos que ele encosta num animal. Como Susto continua sem se mexer, Flyn se anima e toca nele de novo.

— E aí, o que achou?

— Macio e molhado — diz o garoto, que já encosta nele com a palma da mão.

Meia hora depois, Susto e Flyn já estão amigos e, quando entramos no trenó e deslizamos pela neve, Susto corre ao nosso lado enquanto gritamos e rimos.

Todos estamos cobertos de neve e nos divertindo à beça, até que ouvimos um carro se aproximar. Eric. Eu e Simona nos olhamos. Ao ver que é seu tio, Flyn fica imóvel. Isso me espanta. Não corre na direção dele. Quando o veículo chega ainda mais perto, percebo que Eric está nos observando e, pela cara, parece estar de mau humor. Ok, nenhuma novidade. Sem conseguir evitar, murmuro perto de Simona:

— Oh, oh! Ele pegou a gente no flagra!

A mulher faz que sim. Eric para o carro. Desce e bate a porta com força, e isso é mais uma prova de que ele está atacado hoje. Caminha na nossa direção de um jeito que intimida.

Meu Deus! Que recaída meu Iceman está tendo!

Quando quer fazer cara feia, é imbatível. Deixa todo mundo assustado. Olho para ele. Ele me olha de volta. E, quando já está perto de nós, grita num tom de reprovação:

— O que esse cachorro está fazendo aqui?

Flyn não diz nada. Norbert e Simona estão paralisados. Todos olham para mim e eu respondo:

— Estávamos brincando na neve, e ele estava com a gente.

Eric puxa Flyn pela mão e diz, rosnando:

— Eu e você precisamos ter uma conversa séria. O que você aprontou no colégio?

O tom de voz que ele usa com a criança me deixa revoltada. Por que tem que falar com ele assim? Mas, quando penso em dizer alguma coisa, eu o ouço dizer:

— Me ligaram de novo do colégio. Pelo visto, você voltou a se meter em encrenca, e dessa vez foi das brabas!

— Tio, eu...

— Cala a boca! — grita. — Você vai direto pra um colégio interno. No fim das contas, é o que vai acabar acontecendo. Entra no meu escritório e me espera lá.

Após o olhar duro que Eric lhes dirige, Simona, Norbert e o garoto vão embora.

A mulher olha para mim com expressão de tristeza. Pisco um olho para ela, apesar de saber que vai sobrar para mim nessa história. Já estou até vendo a bronca que vou levar desse alemão. Quando ficamos a sós, Eric repara no trenó e nas marcas na ladeira e reclama:

— Quero esse cachorro fora da minha casa, está me ouvindo?

— Mas Eric... escuta...

— Não, não vou escutar, Jud.

— Mas deveria — insisto.

Nos encaramos por um tempo, até que ele grita:

— Eu disse "fora"!

— Olha só, se você se aborreceu com alguma coisa no escritório, não vá descontar em mim. É o fim da picada!

Solta o ar bufando, passa a mão pelo cabelo e diz:

— Já tinha te falado que não queria ver esse cão aqui e, que eu saiba, não te dei permissão pra que meu sobrinho subisse num trenó, e menos ainda ao lado desse animal.

Fico surpresa com o surto de mau humor, mas, como estou disposta a entrar na briga, protesto:

— Não sabia que tinha que te pedir permissão pra brincar na neve, ou tinha? Se você me disser que é assim, a partir de hoje vou pedir sua autorização até pra respirar. Que merda, só me faltava essa!

Eric não responde, e continuo, mal-humorada:

— Quanto a Susto, quero que fique aqui. Essa casa é grande o suficiente pra que você não o veja se não quiser. Tem um jardim que é quase um parque. Posso construir uma casinha pra ele morar dentro dela e ao mesmo tempo proteger nossa casa. Não sei por que você insiste em botá-lo pra fora, mesmo com o frio que está fazendo. Você não percebe? Não tem pena? Tadinho, deve sentir o maior frio. Está nevando, e você quer deixá-lo na rua. Ah, Eric, por favor.

Meu Iceman, que está lindo com seu terno e seu sobretudo azul, olha para Susto. O cachorro abana o rabo para ele. Fofinho!

— Mas, Jud, você acha que sou idiota? — diz, surpreendendo-me. Não respondo e ele continua: — Esse animal mora na garagem há um tempão.

Meu coração quase para de bater. Será que ele também viu a moto?

— Você sabia?

— Acha que sou tão imbecil a ponto de não me dar conta de uma coisa dessas? Claro que eu sabia.

Fico sem palavras e, antes que eu possa responder, ele insiste:

— Eu te disse que não o queria na *minha* casa, mas mesmo assim você o trouxe pra dentro e...

— Se você voltar com essa história de *sua* casa..., vou me irritar — digo, sem mencionar a moto. Já que ele não disse nada, o melhor é não tocar no assunto por enquanto. — Você vive me dizendo pra considerar essa casa como minha, e agora, só porque dei abrigo a um pobre animal na sua maldita garagem pra ele não morrer de frio nem de fome na rua, você está se comportando como um... um...

— Babaca — ele completa.

— Isso — confirmo. — Você mesmo já disse: um babaca!

— Você e meu sobrinho estão aprontando...

— O que houve com Flyn no colégio? — interrompo.

— Ele se meteu numa briga, e o outro garoto teve que levar pontos na cabeça.

Isso me espanta. Não imagino Flyn envolvido numa situação dessas, apesar de estar com o lábio machucado. Furioso, Eric passa a mão pela cabeça, olha para Susto e grita:

— Quero ele fora daqui!

Tensão. O frio que faz nem se compara com o frio que sinto em meu coração e, antes que ele volte a dizer alguma coisa, ameaço:

— Se Susto for embora, eu vou junto.

Eric levanta as sobrancelhas com frieza e, deixando-me com a boca aberta, diz antes de dar meia-volta:

— Faz o que você quiser. No fim das contas, sempre faz.

E, sem dizer mais nada, sai. Me deixa ali plantada, com cara de idiota e vontade de discutir mais. Dez minutos passam e continuo fora da casa ao lado do cachorro. Eric não aparece. Não sei o que fazer. Por um lado, entendo que errei ao colocar Susto na garagem, mas por outro não posso deixar na rua esse pobre animalzinho.

Vejo Flyn se aproximar pela porta de vidro do quarto de brinquedos e aceno para ele. O garoto acena de volta e me parte o coração. Ele gostou de brincar, de andar de trenó e de fazer carinho em Susto, mas não posso deixar o cachorro dentro dessa casa. Sei que isso traria mais problemas.

Simona sai e vem em minha direção.

— A senhorita vai se resfriar. Está ensopada e...

— Simona, preciso encontrar um lar para Susto. Eric não quer que ele fique aqui.

A mulher fecha os olhos e, triste, balança a cabeça num gesto afirmativo.

— Sabe que eu o levaria pra minha casa, mas o senhor não iria gostar. A senhorita sabe disso, né? — Faço que sim e ela acrescenta: — Se quiser, podemos ligar pra associação protetora de animais. Eles com certeza arrumarão um abrigo pra ele.

Peço para ela descobrir o telefone deles. Não há outra saída.

Não entro na casa. Me recuso. Se eu vir Eric, vou partir para cima dele, no mau sentido. Caminho com Susto pela trilha até chegar ao enorme portão. Saio para a rua e brinco com o bichinho, que está feliz ao meu lado. Meus olhos se enchem de lágrimas e eu as deixo rolarem. Tentar segurá-las seria pior. Então choro. Choro copiosamente enquanto jogo pedrinhas ao cachorro para ele ir pegar. Tadinho!

Vinte minutos depois, Simona aparece e me entrega um papel com um telefone anotado.

— Norbert disse pra ligarmos pra esse número. Pra mandarmos chamar Henry e dizer que estamos falando da parte dele.

Agradeço e pego meu celular do bolso. Com o coração apertado, faço o que Simona sugere. Falo com o tal de Henry e ele diz que em uma hora vão passar para buscar o animal.

Já é noite. Obrigo Simona a entrar na casa para que Eric e Flyn possam jantar, e eu fico do lado de fora com Susto. Estou congelando. Mas isso não é nada comparado ao frio que o coitado do bicho deve ter passado esse tempo todo. Eric liga para o meu celular, mas rejeito a ligação. Não quero falar com ele. Sem chance!

Dez minutos depois, algumas luzes aparecem no fundo da rua e sei que é o carro que vem buscar o animal. Começo a chorar. Susto olha para mim. Um furgão se aproxima e para bem na nossa frente. Me lembro de Trampo. Ele foi embora e agora Susto também está indo. Por que a vida é tão injusta?

Desce um homem que se identifica como Henry, olha para o bichinho e afaga sua cabeça. Assino uns papéis e, enquanto abre as portas traseiras do furgão, ele diz:

— Despeça-se dele, senhorita. Já estamos indo. E, por favor, tire isso do pescoço dele.

— É um cachecol que fiz pra ele. Está resfriado.

O homem olha para mim e insiste:

— Por favor, retire. É melhor assim.

Resmungo. Fecho os olhos, tiro o cachecol e suspiro fundo. Uffff, que momento mais triste! Contemplo Susto, que me olha com seus olhões esbugalhados. Me agacho e murmuro, tocando sua cabeça ossuda:

— Desculpa, querido, mas essa casa não é minha. Se fosse, pode ter certeza de que ninguém tiraria você daqui. — O cão aproxima seu focinho úmido, me dá uma lambida e continuo: — Vão achar um lar maravilhoso pra você, um abrigo quentinho onde você vai ser muito bem tratado.

Não consigo dizer mais nada. Fico desfigurada de tanto chorar. É como se eu estivesse me despedindo de Trampo outra vez. Dou um beijo na cabeça de Susto, e Henry o pega e o mete no furgão. O bichinho resiste, mas Henry está acostumado e é mais forte do que ele. Em seguida fecha as portas, despede-se e vai embora.

Sem me mover, vejo o furgão se afastando, com Susto dentro dele. Tapo o rosto com o cachecol e caio no choro novamente. Por um momento, sozinha nessa rua escura e gelada, eu choro como havia tempo não chorava. Tudo é difícil em Munique. Flyn não facilita minha vida, e Eric às vezes é frio como gelo.

Quando me viro para entrar em casa, me surpreendo ao perceber Eric parado atrás do portão. A escuridão não me permite ver seu olhar, mas sei que está me observando. Estou com frio. Começo a andar e ele abre a porta. Passo a seu lado e não digo nada.

— Jud...

Com raiva, me viro na direção dele.

— Pronto. Não se preocupe. Susto não está mais na *sua* maldita casa.

— Escuta, Jud...

— Não, não quero escutar. Me deixa em paz.

Sem dizer mais nada, volto a caminhar. Ele me segue, mas andamos em silêncio. Entramos na casa, tiramos nossos sobretudos e ele pega minha mão. Me solto depressa e subo as escadas. Não quero falar com ele. Lá em cima, topo com Flyn. O menino me olha, mas passo por ele e entro no quarto, batendo a porta com força. Tiro as botas e minha calça jeans molhada e me meto no chuveiro. Estou congelada e preciso de um pouco de calor.

A água quente me faz recuperar a energia, mas logo estou chorando de novo.

— Merda de vida! — grito.

Um gemido escapa de dentro de mim e caio em prantos. Estou muito chorona hoje. Ouço a porta do banheiro se abrindo e, pelo vidro do boxe, vejo que é Eric. Por alguns minutos nós nos olhamos, até que ele sai do banheiro e me deixa sozinha. Sou grata por isso.

Saio do banho, me enrolo numa toalha e enxugo o cabelo. Depois visto o pijama e me enfio na cama. Estou sem fome. Pego no sono rapidamente, mas acordo sobressaltada ao sentir que alguém me toca. Eric. Mas estou chateada com ele e me limito a murmurar:

— Me deixa. Não encosta em mim. Quero dormir.

Suas mãos se afastam da minha cintura e eu me viro. Não quero que me toque.

27

De manhã, quando me levanto, Eric está tomando café na cozinha. Flyn está com ele. Assim que entro, os dois olham para mim.

— Bom dia, Jud — diz Eric.

— Bom dia — respondo.

Não vou até ele. Não lhe dou um beijo de bom-dia, e Flyn nos observa. Simona me oferece um café e sorrio ao ver que ela fez churros para mim. Feliz com seu gesto, agradeço e me sento para comer. O silêncio na cozinha é sepulcral, já que em geral sou eu quem e tento puxar conversa com os outros.

Eric me olha, me olha e me olha; sei que está aborrecido com minha atitude. Mas não estou nem aí. Quero mesmo é fique aborrecido, tanto quanto ele me aborrece ou até mais.

Norbert entra na cozinha e diz a Flyn para se apressar ou então chegará tarde ao colégio. Meu celular toca. É Marta. Sorrio, me levanto e saio da cozinha. Subo as escadas e entro no meu quarto.

— Oi, doida! — eu a cumprimento.

Marta ri.

— Como estão as coisas por aí?

Respiro fundo, olho pela janela e respondo:

— Tudo bem. Sabe como é, né? Estou com vontade de matar seu irmão.

Ouço a risada de Marta outra vez.

— Então isso significa que está tudo bem.

Marta fica de passar para me pegar. Quer que eu vá com ela fazer compras. Quando fecho o celular, me viro e vejo Eric bem atrás de mim.

— Combinou alguma coisa com minha irmã?

— Combinei.

Passo por ele, e Eric, estendendo a mão, me para.

— Jud... você não vai mais falar comigo?

Olho para ele e respondo com cara séria:

— Que eu saiba, estou falando.

Eric sorri. Eu não. Então ele fica sério também. E eu rio por dentro.

Me agarra pela cintura.

— Escuta, querida. Sobre o que aconteceu ontem...

— Não quero falar disso.

— Você me ensinou a falar dos problemas. Agora não pode mudar de opinião.

— Olha só — respondo desaforada —, desta vez sou eu que não quero falar de problema nenhum. Você me cansou.

Silêncio. Tensão.

— Querida, desculpa. Ontem não foi um dia bom pra mim e...

— E você descontou no coitado do Susto, né? E de quebra ainda fez questão de me lembrar que esta é *sua* casa e que Flyn é *seu* sobrinho. Quer saber, Eric? Vai à merda!

Eu o encaro. Ele me encara de volta. Ficamos assim um tempo, até que ele murmura:

— Jud, essa é sua casa e...

— Não, lindinho, não. É sua casa. Minha casa é na Espanha, um lugar de onde eu nunca deveria ter saído.

Me puxa para si e sussurra:

— Não diz isso, por favor.

— Então cala a boca e não fala mais sobre o que aconteceu ontem.

Tensão. O ar está tão pesado que dá para cortar com uma faca. Penso na moto. Quando descobrir, ele vai me matar. Nos olhamos e, por fim, meu alemão diz:

— Vou ter que viajar. Eu ia te contar ontem, mas...

— O quê? Você vai viajar?

— É.

— Quando?

— Agora.

— Pra onde?

— Londres. Preciso resolver uns assuntos, mas volto depois de amanhã.

Londres. Isso me deixa preocupada. Amanda!!

— Vai ver a Amanda? — pergunto, incapaz de me controlar.

Eric faz que sim, e me desvencilho dele com raiva. Sou dominada pelo ciúme. Não gosto dessa bruxa e não quero que eles fiquem sozinhos. Mas Eric, sabendo muito bem o que estou pensando, me puxa para si novamente.

— É uma viagem de negócios. Amanda trabalha pra mim e...

— E com Amanda você também brinca? Com ela você satisfaz seus vícios nessas viagens, e é isso que você vai fazer agora, né?

— Querida, não... — sussurra.

Mas meu ciúme é mais forte e grito, fora de mim:

— Ah, que ótimo! Pode ir, e que vocês se divirtam muito juntos! E não tenta negar isso, porque não sou otária. Meu Deus, Eric, a gente se conhece! Mas tudo bem, não se preocupa, vou estar te esperando na *sua* casa quando você voltar.

— Jud...

— Quê?! — berro, totalmente descontrolada.

Eric me pega nos braços, me deita na cama e diz, segurando meu rosto:

— Por que você acha que vou fazer alguma coisa com ela? Ainda não se deu conta de que só desejo você e só quero você?

— Mas ela...

— Mas ela nada — me corta. — Preciso viajar a trabalho, e ela trabalha comigo. E, querida, isso não significa que tenha que rolar alguma coisa entre a gente. Vem comigo. Arruma uma mala e me acompanha. Se você realmente não confia em mim, faz isso, mas não me acusa de coisas que não faço nem vou fazer.

De repente me sinto ridícula. Estou tão chateada com a história de Susto, que não consigo raciocinar direito. Sei que Eric não mentiria para mim e, após suspirar, eu digo:

— Desculpa, mas eu...

Não chego a completar a frase. Eric me agarra e beija minha boca. Me devora, e então eu o abraço de um jeito desesperado. Não quero continuar chateada. Odeio quando a gente não se entende. Aproveito seu beijo. Aperto Eric contra mim até minha boca pedir...

— Me come.

Eric se levanta. Passa o trinco que coloquei na porta e, enquanto desfaz o nó da gravata, murmura:

— Com prazer, senhorita Flores. Tire a roupa.

Sem perder tempo, tiro o roupão e o pijama. Quando estou completamente nua, e Eric também, ele senta na cama e diz:

— Vem...

Chego mais perto dele. Eric põe a cara no meu púbis e beija. Passa as mãos pelo meu corpo, depois sussurra enquanto me sento nele e com as mãos abre os lábios da minha vagina:

— Você... é a única mulher que eu quero.

Ele entra em mim até o fundo.

— Você... é a coisa mais importante da minha vida.

Me mexo em busca do meu prazer e, quando vejo que ele respira ofegante, eu acrescento:

— Você... é o homem que eu amo e em quem quero confiar.

Meus quadris vão para a frente e para trás. Quando solto um gemido, Eric se levanta, me coloca na cama, deita em cima de mim e penetra fundo.

— Você... é minha como eu sou seu. Não duvida disso, pequena.

Um movimento forte faz seu membro entrar até meu útero e eu me contorço.

— Olha pra mim — ordena.

Obedeço e, enquanto se move cada vez mais fundo e solto gemidos, Eric diz:

— Só com você eu posso transar desse jeito, só desejo você e só quero brincar com você.

Calor... tesão... empolgação.

Eric me agarra pela cintura, me come e diz coisas maravilhosas. Excitada, gosto de ouvi-las enquanto ele está dentro de mim. Por vários minutos ele entra e sai, forte... rápido... intenso, até que pede:

— Diz que confia em mim tanto quanto eu em você.

Entra de novo e me dá um tapa, esperando minha resposta. Olho para ele. Não respondo, e ele volta a se enfiar enquanto segura meus ombros para o movimento ser mais forte.

— Diz! — exige.

Seus quadris se movem antes que ele me penetre outra vez. Quando me contraio de prazer, Eric me aperta ainda mais contra ele. Enlouquecida, eu murmuro:

— Confio em você... sim... confio em você.

Ele abre um sorriso malicioso. Me pega pela cintura e me levanta. Me tem a seu bel-prazer. Adoro isso! Me apoia contra a parede e, cheio de tesão, entra com força várias vezes, enquanto cruzo minhas pernas na sua cintura e me arqueio para recebê-lo.

Isso, assim, assim, assim!

Controlo meu gemido ao morder seu ombro, mas Eric percebe meu orgasmo chegando e então, só então, ele goza também. Nus e suados, nos abraçamos, ainda colados à parede. Amo Eric. De todo o coração.

— Te amo, Jud... — afirma, me trazendo para o chão. — Por favor, não duvida disso, querida.

Cinco minutos depois estamos debaixo do chuveiro. Transamos de novo. Somos insaciáveis. O sexo entre nós dois é maravilhoso. Incrível.

Quando Eric vai embora, eu dou tchauzinho com a mão. Confio nele. E preciso disso. Sei o quanto sou importante na sua vida e tenho certeza de que ele não vai me decepcionar.

Marta passa para me buscar. Sorrio ao vê-la. Entro no carro e mergulhamos no trânsito de Munique.

Paramos o carro em frente a uma loja superchique. Assim que entramos, vejo que é a loja de Anita, a amiga de Marta que estava com a gente no bar cubano. Marta escolhe vários vestidos, todos eles lindos e caríssimos. Entramos juntas no provador espaçoso e iluminado, e ela cochicha:

— Preciso comprar uma roupa bem sexy para o jantar de depois de amanhã.

— Tem um encontro?

— Tenho — diz Marta, rindo.

— Uau! E posso saber com quem?

Achando graça, Marta murmura:

— Com Arthur.

— Arthur, o garçom gato?

— É.

— Que beleza, hein! — digo.

— Resolvi seguir seu conselho e dar uma chance a ele. Talvez dê certo, talvez não, mas pelo menos assim não vou poder dizer que nunca tentei.

— Isso aí! É assim que se fala, garota! — exclamo.

Prova um monte de vestidos e acaba se decidindo por um azul. Marta fica linda com ele. De repente, uma voz chama minha atenção. Onde foi que já ouvi essa voz? Saio do provador e fico sem palavras. A poucos metros de mim, vejo a pessoa que nesses meses todos eu gostaria de ter esganado: Betta. Está conversando com uma mulher. Meu sangue ferve e sou dominada pela sede de vingança.

Sem poder controlar meus impulsos mais violentos, vou até Betta e, antes que ela possa reagir, já estou segurando seu pescoço e dizendo bem na sua cara:

— Oi, Rebeca! Ou prefere que eu te chame de Betta?

Ela fica branca como papel, e sua amiga mais ainda. Está assustada. Não esperava me ver aqui, e muito menos que eu a tratasse dessa forma. Sou pequena, mas estou pronta para uma briga, e essa idiota vai saber direitinho com quem está lidando. Ao nos ver, Anita se aproxima. Mas, como não estou a fim de largar minha presa, eu a enfio num provador.

— Tenho que falar com ela. Você nos dá um minutinho?

Fecho a porta do provador, e Betta me olha horrorizada. Não tem escapatória. Sem pensar duas vezes, dou uma bofetada nela que faz seu rosto virar para o lado.

— Isso é pra você aprender, e isso — digo, dando-lhe outro tapa com a mão bem aberta — é só por precaução, para o caso de você ainda não ter aprendido.

Betta grita. Anita grita. A amiga de Betta grita. Todas gritam e batem na porta. E eu, disposta a dar a essa sem-vergonha o que ela merece, torço seu braço e ela cai de joelhos na minha frente. Em seguida digo:

— Não sou uma pessoa agressiva nem má, mas, quando agem assim comigo, eu retribuo em dobro. Viro um bicho muito... muito feroz. E sinto muito, sua idiota, mas você sozinha conseguiu despertar o monstro que há dentro de mim.

— Me solta... me solta que você está me machucando — grita Betta, do chão.

— Machucando? — repito com sarcasmo. — Isso não é machucar, sua nojenta! Isso é apenas um aviso de que comigo não se brinca. Essa foi a última vez que você levou vantagem na brincadeira. Você sabia quem eu era, mas eu, em compensação, nem te conhecia. Jogou sujo comigo, e eu, boba, não percebi. Mas repito: comigo não se brinca. E, se você fizer isso, vai ter troco.

Assustada pelos gritos, Marta se junta às outras e começa a esmurrar a porta. Não entende o que está acontecendo. Não entende por que estou me comportando desse jeito. Isso me deixa agoniada, me desconcerta e, antes de soltar Betta, sussurro em seu ouvido:

— Que seja a última vez que você se aproxima de mim ou de Eric, porque te juro que, se você fizer isso outra vez, não vou ficar só no aviso. Pelo seu bem, fica bem longe de Eric. Não se esqueça.

Em seguida eu a solto, mas dou um chute no seu traseiro e ela cai de bruços no chão. Ai, meu Deus! Surtei! Depois abro a porta e saio. Marta me olha assustada. Não entende nada, e então vê Betta e aí sim compreende tudo. Assim que a outra se levanta, Marta chega perto dela e, cheia de raiva, lhe dá uma bofetada.

— Essa é pelo meu irmão. Como você foi capaz de dormir com o pai dele, sua vadia?

Nesse momento, Anita para de pedir explicações e entende do que Marta está falando. Horrorizada, a amiga de Betta a ajuda.

— Chama a polícia, por favor.

— Por quê?

— Essas mulheres atacaram Rebeca, você não viu?

Anita nega com a cabeça.

— Desculpa, mas não vi nada. Só vi uma cadela no chão.

Radiante com o que acabo de fazer, me apoio na lateral da porta e olho para Betta. Me controlo. Eu queria mesmo era lhe dar uma boa surra, mas me seguro, por mais que ela mereça. Betta está desorientada, não sabe o que fazer. Por fim, de braços dados com sua amiga, diz:

— Vamos.

Quando as duas somem da loja, Anita e Marta olham para mim.

— Sinto muito. Desculpa, meninas, mas eu tinha que fazer isso. Essa mulher trouxe muitos problemas pro Eric e pra mim. Quando a vi, não consegui me controlar. Meu gênio explosivo me dominou e eu, eu...

Anita faz que sim com a cabeça e Marta responde:

— Não precisa se desculpar. Ela merecia.

Segundos depois, nós três já estamos rindo, enquanto minha mão ainda dói pelas bofetadas que dei em Betta. Ah, mas como foi bom!

Quando saímos da loja, decidimos parar num lugar para beber umas cervejas. Estamos precisando. Topar com Betta foi algo que ninguém esperava e nos tirou um pouco dos eixos. Quando enfim conseguimos relaxar, Marta me fala do seu encontro.

— Depois de amanhã é Dia dos Namorados?

— É — responde Marta. — Não sabia?

— Não... Estou com tanta coisa na cabeça que sinceramente me esqueci disso. Se bem que, conhecendo seu irmão, sei que ele também não vai dar a menor importância. Se ele esquece o Natal, nem imagino o que deve pensar de um dia tão romântico e consumista.

— Mulher, de cara ele te disse que vai voltar de viagem bem nesse dia.

— Sim, mas não mencionou que faríamos nada de especial. Se bem que há pouco tempo sugeri a ele que a gente colocasse um cadeado na ponte dos namorados e ele concordou.

— Meu irmão?

— Aham.

— Eric? O Senhor Resmungão aceitou colocar um cadeado do amor?

— Foi o que ele disse — confirmei, rindo. — Comentei com ele que os cadeados tinham chamado minha atenção e ele disse que, quando eu quisesse, podíamos colocar o nosso. Mas também não é assim, vai, ele nem voltou a falar disso.

Damos umas risadas incrédulas e Marta cochicha:

— Cá entre nós, meu irmão nunca foi muito romântico pra essas coisas. E, que eu me lembre, quando ele estava com a vaca da Betta, nunca fizeram nada especial no Dia dos Namorados.

Tocar no nome dela nos deixa irritadas novamente.

— Imagino que você ficou assim por alguma coisa além do que essa sem-vergonha fez com meu irmão, né? — pergunta Marta.

— É.

— Pode me contar?

Minha cabeça começa a funcionar a mil por hora. Não posso lhe contar a verdade, porque ela não sabe dos nossos jogos eróticos.

— Na Espanha ela se meteu na nossa relação, e eu e seu irmão discutimos e terminamos.

— Meu irmão terminou contigo por causa dessa nojenta? — pergunta Marta, boquiaberta.

— Bom... é algo complicado.

— Ele quis voltar com ela? Porque, se foi isso, eu mato ele!

— Não... não foi isso. Foi um mal-entendido que essa maldita acabou gerando, e ele acreditou mais nela do que em mim.

— Jura? Meu irmão é idiota?

— É, além de babaca.

Nós duas rimos, decidimos encerrar o assunto e comer alguma coisa. Eric me liga. Já chegou a Londres. Não conto o episódio com Betta. Melhor assim.

28

Marta me deixa na casa de Eric. Simona avisa que Flyn está fazendo os deveres no quarto de brinquedos e que ela vai ao supermercado com Norbert. Gravou o capítulo de *Loucura esmeralda* e mais tarde vamos assistir. Subo para o quarto e troco de roupa. Visto uma camiseta e uma calça de algodão cinza de ficar em casa e decido ir ver como está o menino.

Quando abro a porta, ele olha na minha direção. Está sempre emburrado. Vou até ele e mexo no seu cabelo.

— Como foi hoje na escola?

O garoto move a cabeça para se desvencilhar de mim e responde:

— Bem.

Reparo que seu lábio está melhor que ontem. Balanço a cabeça de um lado para outro, num gesto de desaprovação. Isso não pode continuar assim. Agachando-me para ficar da sua altura, murmuro:

— Flyn, você não pode deixar que os meninos continuem fazendo o que fazem contigo. Tem que se defender.

— É, mas quando eu me defendo meu tio fica bravo comigo — responde ele, furioso.

Me lembro do que Eric me contou e faço que sim com a cabeça.

— Olha, Flyn, entendo o que você diz. Não sei bem o que aconteceu ontem para aquele menino precisar levar pontos.

Flyn não me olha, mas pela tensão do seu corpo dá para perceber que o que digo o incomoda.

— Escuta, você não pode permitir que...

— Cala a boca! — grita enfurecido. — Você não sabe de nada!

— Ok. Vou ficar quieta. Mas quero que você saiba que sei o que está acontecendo. Eu vi. Vi como esses seus supostos amiguinhos te empurram e debocham de você quando Norbert vai embora.

— Não são meus amigos.

— Isso você nem precisa me dizer — digo, brincando. — Já percebi. O que não entendo é por que você não conta tudo isso pro seu tio.

Flyn se levanta. Me empurra para que eu saia do quarto e me expulsa. Quando fecha a porta na minha cara, minha vontade é abri-la e lhe dar uma bela de uma bronca, mas penso melhor e acabo desistindo. Já o avisei de que estou a par de tudo. Agora é só esperar que ele me peça ajuda.

Meu celular toca. É Eric. Falo com ele por mais de uma hora. Ele pergunta do meu dia, e eu do dele, e depois trocamos palavras carinhosas e *calientes*. Eu o amo e estou morrendo de saudades. Antes de desligar, ele diz que vai me ligar de novo quando chegar ao hotel. Eba!

Depois, entediada e sem saber o que fazer, entro no quarto que Eric diz que é meu e tiro meus CDs de música. Ao ver o de Malú, aquele que me traz ótimas lembranças, decido colocá-lo no meu sonzinho.

Sé que faltaron razones... sé que sobraron motivos.
Contigo porque me matas... y ahora sin ti ya no vivo.
Tú dices blanco... yo digo negro.
Tú dices voy... yo digo vengo.

Cantarolando essa música tão importante para mim e para meu amor, continuo tirando as coisas das caixas. Olho com carinho para meus livros e começo a arrumá-los nas prateleiras que comprei.

De repente, a porta do quarto se abre devagarzinho e Flyn diz, muito irritado:

— Desliga essa música. Está me incomodando.

Olho para ele surpresa.

— Está te incomodando, é?

— É.

Solto o ar bufando. Impossível a música estar incomodando. Não está tão alta a esse ponto, mas tento ser boazinha, me levanto e abaixo um pouco o volume. Volto para perto das prateleiras e pego os livros que deixei no chão. Vejo de relance que o garoto vai até o aparelho de som, desliga com um solo e sai.

Filho da mãe! Está procurando encrenca e vai encontrar.

Deixo os livros em cima de uma mesa, me aproximo do som e ligo a música de novo. O menino, que está passando pela porta nesse instante, para, olha para mim como se quisesse me matar e grita:

— Por que não vai pra sua casa?

— Quê?!

— Vai, e para de encher o saco.

Me seguro para não responder. Melhor me segurar porque, se eu me deixar levar pelo meu temperamento, esse moleque resmungão vai saber direitinho como uma mulher espanhola se comporta quando se irrita. De cara amarrada, anda até o aparelho de som novamente. Desliga. Tira o disco e, sem dizer nada, abre a porta envidraçada e joga o CD no lado de fora.

Ai, Deus, meu CD de Malú!

Vou matá-lo, matá-lo, matáááááá-lo!

Sem pensar duas vezes, saio para buscar o disco. Eu o pego da neve como se fosse um bebê, limpo-o com minha camiseta enquanto vou xingando todos os antepassados desse pestinha. Quando me viro, ouço o clique da porta sendo trancada.

Fecho os olhos e murmuro:

— Por favor, meu Deus, dai-me paciência!

Está frio, muito frio, e bato na porta do lado de fora.

— Flyn, abre agora, por favor!

O pequeno demônio me olha. Sorri com maldade, vira-se e, depois de jogar no chão vários livros que coloquei na estante e pisotear uma porção de CDs, sai do quarto. Tento abrir a porta, mas está trancada por dentro.

— Merda!

Com vontade de estrangulá-lo, caminho até a outra porta envidraçada, e meu tênis fica encharcado e atolado na neve. Meu Deus, que frio! Chego bem em frente ao quarto onde ele faz os deveres e o vejo entrando ali. Bato no vidro e digo:

— Flyn, por favor, abre a porta!

Nem me olha. Me ignora totalmente!

Estou tremendo. Faz um frio terrível e insisto que ele abra a porta. Mas nada. Não fica com pena de mim. Dez minutos depois, quando estou batendo os dentes, meu cabelo molhado já está congelado e sinto gotículas de gelo debaixo do nariz, grito enfurecida ao mesmo tempo que esmurro a porta.

— Puta que pariu, Flyn! Abre essa maldita porta!

A criatura me olha finalmente. Acho que vai sentir pena de mim. Levanta, caminha até a porta e fecha as cortinas. Perplexa, continuo esmurrando a porta enquanto solto um milhão de palavrões em espanhol.

Está nevando. Estou na rua usando apenas umas míseras roupas de algodão e um par de tênis. Estou morrendo de frio. Esfrego as mãos e penso no que fazer. Corro até a porta da cozinha. Fechada. Lembro que Simona não está. Tento entrar pela porta da sala. Fechada. A porta da rua. Fechada. A porta do escritório de Eric. Fechada. A janela do banheiro. Fechada.

Estou congelando e meu cabelo molhado me faz espirrar. Vou acabar pegando uma pneumonia. Volto aonde sei que Flyn está atrás das cortinas. Que vontade de matá-lo! Olho para cima. A varanda de um dos quartos. Sem pensar no perigo, subo num banco de pedra para tentar chegar à varanda, mas estou tão congelada e o banco está tão escorregadio, que acabo caindo no chão. Levanto e insisto. Sento num muro congelado, me estico outra vez e, antes de alcançar a varanda, meu tênis escorrega e acabo me esborrachando no chão, mas antes bato no muro. O golpe foi forte e meu queixo dói horrores.

Deitada na neve, resmungo e, quando me levanto com a cara cheia de gelo, solto um berro:

— Abre essa maldita porta! Estou congelando.

Flyn abre as cortinas e sua expressão já está diferente. Diz alguma coisa que não consigo ouvir. Quando enfim abre a porta, grita:

— Você está sangrando!

— Onde?

Mas já não preciso que ele diga. Ao olhar para o chão, vejo a neve tingida de vermelho aos meus pés. Minha blusa cinza está vermelha também e, quando toco no queixo, sinto a ferida e minhas mãos se enchem de sangue. Flyn me olha apavorado. Não sabe o que fazer. Enquanto vou entrando em seu quarto, digo:

— Me dá uma toalha ou algo assim, corre!

Sai disparado e volta com uma toalha, mas o chão já está manchado de sangue. Ponho a toalha no queixo e tento me acalmar. Sinto na boca o sabor metálico do sangue. Mordi meu lábio também. Estou sozinha com Flyn. Simona e Norbert não estão, e preciso ir urgentemente a um hospital. Sem hesitar, me viro para Flyn, que está desconcertado, e pergunto:

— Sabe onde fica o hospital mais próximo?

O menino faz que sim com a cabeça.

— Vamos, coloca o casaco e o gorro.

Corremos até a porta e pegamos nossos casacos. Gotas de sangue caem no chão e não tenho tempo de limpá-las. Quando vou vestir meu casaco, retiro a toalha do queixo e o sangue jorra dali. Me assusto. Flyn também. Coloco a toalha novamente e, encharcada de água e sangue, pergunto:

— Me ajuda a vestir o casaco?

Ele obedece imediatamente. Protegidos do frio, entramos na garagem. Pego o Mitsubishi e Flyn segura a toalha no meu queixo para eu poder dirigir. Ele vai me indicando por onde devo ir. Minhas mãos e joelhos tremem, mas tento manter a calma enquanto estou ao volante.

O hospital não fica longe. Quando chegamos e os funcionários veem meu estado, sou logo atendida. Flyn não sai do meu lado. Diz a alguns médicos que é sobrinho de Marta Grujer e pede que por favor telefonem para ela vir ao hospital. Fico surpresa com a capacidade que esse pirralho tem para dar ordens, mas estou com tanta dor que para mim isso não faz diferença. Se ele quiser, pode chamar até o Mickey Mouse, que não estou nem aí.

Somos levados a outra sala. Quando o médico vê minha ferida, diz que a do lábio vai cicatrizar logo, mas no queixo vou ter que levar cinco pontos. Fico assustada. Estou quase chorando. Tenho horror a pontos. Quando eu era pequena, levei cinco no joelho e fiquei traumatizada. Olho para Flyn. Está branco como a neve. Tomou um susto horrível. E me dou conta de que não choro por vergonha dele, mas, assim que me dão anestesia no queixo, uma lágrima escorre dos meus olhos. Flyn repara.

De repente se levanta do banco, pega minha mão e aperta. O médico o obriga a sentar de novo, mas o garoto se nega. Por fim, eu ouço o médico dizer a Flyn:

— Você é igualzinho ao seu tio.

Isso me deixa espantada. Ou não?

— Seu nome é...?

— Judith Flores.

— Espanhola?

Ai, meu Deus, só espero que ele não venha com aquele papo de “olé, paella, touro e castanholas”. Não quero ouvir isso. Mas, assim que confirmo, o homem diz:

— Olé, touro!

Me seguro para não partir pra cima dele. Malditos gringos. Minha cabeça, minha boca e meu queixo estão doendo, e o idiota só fica dizendo “Olé, touro!”.

— É a namorada do meu tio Eric.

Arregalo os olhos. Me surpreende que o garoto admita isso.

— Bom, Judith, vou dar os pontos no seu queixo — avisa o médico. — Não se preocupe com as cicatrizes. Vão diminuir com o tempo e ninguém vai nem reparar. Mas talvez nos próximos dias sua cara fique meio roxa. Você levou uma pancada feia e já está com hematomas.

— Ok.

Instintivamente, aperto a mãozinha de Flyn. Sua energia me acalma. Quando o médico termina de botar um enorme curativo no meu queixo, aplica um creme no meu lábio e diz que tenho que voltar em uma semana. Faço que sim com a cabeça. Em seguida pergunto como devo pagar a consulta, e ele diz que depois acertará com Marta.

Como não estou com muita vontade de falar e meu rosto está doendo, aceito sem me opor. O médico me entrega um relatório e, quando saio, vejo a cara angustiada de Marta.

— Meu Deus, o que houve contigo, Judith? — pergunta horrorizada ao ver minha aparência.

Sem querer dar muitas explicações, olho para Flyn, que não soltou minha mão ainda, e murmuro:

— Eu estava correndo na neve e acabei escorregando. Dei o azar de cair de queixo no chão.

— Deixa seu carro aqui — diz Marta, solícita. — Norbert vem buscar depois. Vamos, vou levar vocês no meu.

Preciso fechar os olhos e esquecer a dor que estou sentindo. No caminho começa a chover e, quando chegamos em casa, cai um dilúvio. Simona e Norbert nos esperam em pânico. Ao voltarem do supermercado e toparem com sangue no chão, imaginaram mil coisas. Eu os acalmo, e eles ficam mais tranquilos ao verem o menino e a mim, apesar de ainda me olharem meio assustados. Flyn não sai de perto de mim. Parece que grudaram uma cola nele. Gosto disso, mas ao mesmo tempo estou irritada. Tudo o que aconteceu foi culpa dele.

Minha cabeça está me matando. Dói à beça e resolvo ir para a cama. Tomo o remédio que o médico passou, tiro a roupa manchada de sangue e me deito. Marta avisa que dormirá no quarto de hóspedes, para o caso de eu precisar de alguma coisa. No meio da madrugada, acordo com barulho de trovão. Cheia de dor, me viro na cama e encosto no lado de Eric. Estou com saudades dele. Quero que volte logo. Fecho os olhos novamente, relaxo, até que ouço mais uma trovoada. Abro os olhos. Flyn!

Me levanto e ando até seu quarto. Minha cabeça está explodindo. Assim que entro, vejo que o abajur está aceso e que ele está acordado, sentado na cama, tremendo e muito assustado. Me aproximo dele e pergunto:

— Posso dormir contigo?

O garoto me olha surpreso. Devo estar parecendo uma bruxa com esse cabelo todo desgrenhado.

— Flyn — insisto —, tenho medo de trovão.

Ele balança a cabeça concordando e eu me enfio na cama. Põe o travesseiro no meio de nós dois. Marcando distância, como sempre. Sorrio. Quando consigo fazê-lo deitar, sussurro:

— Fecha os olhos e pensa em alguma coisa bonita. Você vai dormir rapidinho e nem vai ouvir as trovoadas.

Por um instante ficamos deitados em silêncio no quarto, enquanto a tempestade cai com força lá fora. Mais um trovão ecoa, e Flyn dá um pulo na cama. Nesse momento, tiro o travesseiro que está no meio de nós dois, pego sua mão e o puxo para mais perto de mim. Está congelando, tremendo e apavorado. Quando eu o aproximo de mim, ele não reclama. Ao contrário, até sinto que ele se aperta mais ainda. Com carinho e cuidado para não esbarrar no meu queixo, dou um beijo na sua testa.

— Feche os olhos, pense em coisas bonitas e durma. Juntos, vamos nos proteger dos trovões.

Dez minutos mais tarde, nós dois, exaustos, dormimos abraçados.

Um golpe no meu queixo me faz acordar. Está doendo. Flyn se mexeu e acabou esbarrando ali. Me sento na cama e passo a mão no machucado. O curativo é enorme e eu resmungo. A chuva e o trovão já pararam. Olho o relógio em cima da mesinha de cabeceira. São 5h27.

Nossa, está muito cedo!

Morrendo de dor, me deito de novo, até que vejo Eric sentado numa cadeira num canto do quarto. Eric! Ele se levanta rápido e vem até mim. Seus olhos demonstram preocupação e seus lábios estão contraídos. Me dá um beijo na testa, me pega entre seus braços e me tira do quarto.

Estou tão chapada que não sei se é sonho ou realidade. Ele me coloca em nossa cama e murmura:

— Não se preocupa com nada, querida. Voltei pra cuidar de você.

Pisco os olhos surpresa e, após receber um beijo doce nos lábios, pergunto:

— Mas... o que você está fazendo aqui? Não ia voltar só amanhã?

Ele faz que sim e ao mesmo tempo olha para o curativo no meu queixo.

— Liguei pra falar contigo, e Simona me contou o que houve. Voltei imediatamente. Desculpa não estar aqui, pequena.

— Não tem problema, estou bem. Não está vendo?

Eric me observa.

— Está bem mesmo?

Dou de ombros.

— Sim, com um pouco de dor, mas estou bem. Não se preocupe.

— O que houve?

Fico tentada a lhe contar a verdade. Seu sobrinho é uma peste. Mas sei que isso traria mais dor de cabeça para ele e problemas para Flyn. Acabo dizendo:

— Saí pro jardim, escorreguei e caí de queixo no chão.

Seus olhos não acreditam em mim. Desconfiam de alguma coisa. Mas me esforço para que ele aceite minha versão.

— Você sabe como sou estabanada na neve. Mas, sério, estou bem. O chato é a cicatriz que vai ficar. Espero que não dê pra notar.

— Vaidosa — diz Eric, sorrindo.

Também sorrio.

— Tenho um namorado muito gato e quero que sinta orgulho de mim — explico.

Eric deita ao meu lado e me abraça. Seu corpo está tremendo.

— Sempre me orgulho de você, pequena. — Apoia a cabeça junto ao meu pescoço e acrescenta: — Não vou me perdoar por não ter estado aqui. Não vou me perdoar.

Esse seu drama todo me surpreende. Ele não suporta imaginar o que poderia ter acontecido. Fecho os olhos. Estou cansada. Me aconchego nele e durmo nos seus braços.

29

Quando acordo na manhã seguinte, me surpreendo ao ver Eric dormindo ao meu lado. São oito e meia e é a primeira vez que acordo antes dele. Sorrio. Observo-o com curiosidade. É lindo. Vê-lo relaxado e dormindo é uma das coisas mais bonitas que já presenciei na vida. Não me mexo. Quero que esse momento dure para sempre. Curto a cena por um tempo, até que ele abre seus maravilhosos e impactantes olhos azuis e me vê.

— Bom dia, meu amor.

Surpreso, Eric pergunta:

— Que horas são?

Olho o relógio e respondo:

— Quase nove.

Eric me olha, me olha e me olha e, ao reparar na sua expressão, digo:

— O que houve?

Passa a mão pelo meu cabelo e o retira do meu rosto.

— Você está bem? — ele pergunta.

Me espreguiço e respondo:

— Estou, querido, não se preocupe.

Eric senta na cama e eu faço o mesmo. Depois, ele vai até o banheiro. Me espreguiço novamente e vou atrás. Mas, ao entrar ali e ver minha imagem no espelho, grito:

— Meu Deus, estou um monstro!

Minha cara é uma paleta de cores. Embaixo dos olhos, tenho círculos roxos e verdes que me deixam sem palavras. Meu lindo me segura pela cintura e me faz sentar na tampa do vaso. Minha aparência horrível me assustou, e eu murmuro horrorizada:

— Ai, meu Deus! Mas se eu só caí de cara na neve.

— Você deve ter levado um belo de um tombo, pequena.

Eu sei. Bati contra um muro antes de cair na neve. Agora recordo com mais clareza.

Eric me acalma, dizendo várias palavras carinhosas. Mas acabo lembrando o que o médico avisou: hematomas. Consciente de que não há nada que possa fazer contra isso, levanto e me olho no espelho. Eric está ao meu lado. Não me solta. Movo a cabeça para os lados e reclamo:

— Estou horrível.

Eric beija meu pescoço. Me agarra por trás e diz:

— Você não consegue ficar horrível. Nem com muito esforço, querida.

Seu comentário me faz sorrir. Minha aparência é um desastre. Sou o oposto da beleza, e o cara mais bonito do mundo acaba de demonstrar seu carinho e amor por mim. No fim das contas, decido ser prática e dou de ombros.

— A parte boa disso tudo é que daqui a alguns dias vai passar.

Meu Iceman sorri, e eu escovo os dentes enquanto ele toma banho. Quando termino, me sento no vaso e fico olhando para ele. Adoro seu corpo. Grande, forte e sensual. Observo suas coxas, seu traseiro, e suspiro ao ver seu pau. Ao sair do banho, pega a toalha que lhe dou e se enxuga. Estendo minha mão e o toco. Eric me olha, me afasta um pouco para trás e diz:

— Pequena, hoje você não está para muitas estripulias.

Solto uma gargalhada. Ele tem razão. Fico olhando para ele por um tempo, enquanto minha mente assanhada imagina mil fantasias. Pela minha cara, Eric percebe e diz:

— Em que você está pensando?

Sorrio...

— Fala, sua safadinha, está pensando em quê?

Achando graça de seu comentário, pergunto:

— Nunca teve nenhuma experiência com um homem?

Ergue a sobrancelha, olha para mim e diz:

— Não sou chegado, querida. Você sabe disso.

— Também não sou chegada em mulher — afirmo. — Mas reconheço que não me importo que brinquem comigo de vez em quando.

Meu Iceman sorri e, enxugando-se, avisa:

— Mas eu me importo, sim, que um homem brinque comigo.

Nós dois rimos.

— E se eu quiser te oferecer a um homem?

Eric para, me encara com o olhar e responde:

— Eu me negaria.

— Por quê? É só um jogo. E você é meu.

— Jud, já te disse que não curto homem.

Balanço a cabeça e sorrio, mas não estou disposta a desistir.

— Você fica excitado quando vê uma mulher metendo a boca entre as minhas pernas, né?

— Sim, muito, pequena.

— Pois eu gostaria de ver um homem com a boca entre as suas pernas.

Surpreso com meu comentário, ele pergunta:

— Você está bem?

— Ótima, senhor Zimmerman. — Vendo como ele me olha, continuo: — Não curto mulher, mas por você, pelo seu prazer em assistir, acabei experimentando a sensação de uma mulher brincando comigo, e reconheço que achei excitante. E, sério, eu gostaria que um homem fizesse o mesmo com você. Que botasse a cabeça entre suas pernas e...

— Não.

Me levanto e o abraço pela cintura.

— Não se esqueça, querido: seu prazer é meu prazer, e nós somos os donos de nossos corpos. Você me mostrou um mundo que eu não conhecia. E agora eu quero, anseio e desejo te beijar enquanto um homem te...

— Bom, a gente fala disso outra hora — me corta.

Fico na ponta dos pés, beijo seus lábios e murmuro:

— Claro que a gente vai falar disso outra hora. Não tenha dúvida.

Eric sorri e balança a cabeça. Prende a toalha em torno da cintura e depois me pega nos braços.

— Sabe, moreninha, você está começando a me assustar.

Depois do almoço, Eric vai ao escritório. Promete voltar em duas horas. Antes de ir, me proíbe de sair na neve e eu rio. Marta, que ainda está aqui, também vai embora. E Sonia, ao saber o que aconteceu, me liga angustiada, mas depois de falar comigo fica mais calma.

Simona está preocupada. Assistimos juntas à nossa novela, mas volta e meia ela olha para mim. Tento convencê-la de que estou bem. Nesse dia, o vilão Carlos Alfonso Halcones de San Juan, ao não conseguir o amor da jovem Esmeralda Mendoza, rouba o bebê dela e dá a uns camponeses, mandando-os desaparecer com a criança. Horrorizadas, Simona e eu nos entreolhamos. O que será que vai acontecer com o bebezinho Claudito Mendoza? Que situação!

Estou no quarto quando Flyn volta do colégio. Sentada num tapete felpudo, conversando pelo Facebook com um grupo de amigas. Nos chamamos Guerreiras Maxwell. Todas temos uma dose de loucura e diversão que adoramos.

— Posso entrar?

É Flyn. Fico surpresa, já que ele nunca pergunta. Faço que sim com a cabeça. O garoto entra e fecha a porta. Quando levanto meu rosto na direção dele, vejo que ficou pálido de repente. Está apavorado. Não esperava ver uma cara tão colorida como a minha, cheia de hematomas.

— Você está bem?

— Estou.

— Mas sua cara...

Me lembro do meu estado e sorrio, tentando minimizar a importância disso. Em seguida cochicho:

— Não se preocupe. É uma aquarela de cores, mas estou bem.

— Está doendo?

— Não.

Fecho o notebook, e o menino pergunta novamente:

— Posso falar contigo?

Suas palavras e seu interesse me comovem. É um grande avanço, e eu respondo:

— Claro. Vem. Senta aqui comigo.

— No chão?

Achando graça, dou de ombros.

— Daqui eu te garanto que a gente não vai cair.

Ele sorri. Um sorriso! Quase aplaudo.

Senta-se na minha frente e olhamos um para o outro. Por alguns minutos nos observamos sem falar nada. Isso me deixa nervosa, mas estou decidida a suportar seu olhar intimidador pelo tempo que for necessário, assim como às vezes suporto o olhar do tio. Ao fim, o menino diz:

— Desculpa. — Seus olhos se enchem de lágrimas e ele murmura: — Me perdoa?

Seu gesto me sensibiliza. O severo e independente Flyn está chorando! Não aguento ver ninguém chorando. Sou uma manteiga derretida. Não aguento!

— Claro que te perdoo, meu amor, mas só se você parar de chorar, tá bom? — Ele confirma com a cabeça, engole o choro e, para que ele se sinta menos culpado, digo: — Também foi culpa minha. Não deveria ter subido no muro e...

— A culpa foi só minha. Fechei as portas e não te deixei entrar. Estava chateado, e eu... eu... o que fiz foi muito errado, e vou entender se o tio Eric me mandar pro colégio interno. Ele me avisou da última vez, e eu o decepcionei de novo.

A dor e o medo que vejo em seus olhos me deixam arrasada. Flyn não vai a nenhum colégio interno. Não vou permitir. Sua insegurança me parte o coração, e eu respondo:

— Ele não vai ficar sabendo, porque nem eu nem você vamos contar, combinado?

Minha reação pega Flyn de surpresa.

— Você não contou ao meu tio o que aconteceu?

— Não, meu amor. Apenas disse que eu estava na neve, escorreguei e caí.

De repente me lembro do meu pai. Acabo de surpreender Flyn e de certa forma isso o fragiliza. Sorrio. Ele relaxa os ombros, lhe tirei um peso de cima.

— Obrigado, eu já estava me imaginando no colégio interno.

Sua sinceridade me faz sorrir.

— Flyn, você tem que me prometer que não vai mais se comportar desse jeito. Ninguém quer que você vá pra um colégio interno. Mas você, com suas atitudes, é que parece querer, não percebe? — Ele não diz nada e eu pergunto: — O que houve outro dia na escola?

— Nada.

— Ah, não, rapazinho! Os segredos acabaram! Se você quer que eu confie em você, precisa confiar em mim e me contar que diabo está acontecendo na escola e por que dizem que você começou uma briga, quando na verdade eu não acredito que seja assim.

Ele fecha os olhos, medindo as consequências do que vai me dizer.

— Robert e os outros meninos começaram a me xingar. Como sempre, me chamaram de chinês de merda, fracote, cagão. Eles riem de mim porque eu não sei fazer nada do que eles fazem com skate, bicicleta e patins. Como sempre, tentei não dar bola, mas, quando George me jogou no chão e começou a me dar socos, peguei seu skate e bati na cabeça dele. Sei que não deveria ter feito isso, mas...

— Esses sem-vergonha te dizem essas coisas?

Flyn confirma com a cabeça.

— Eles têm razão. Sou um desengonçado.

Xingo Eric em silêncio. Com o medo que tem de que ocorram várias coisas, é ele quem está provocando isso tudo. Flyn sussurra:

— Os professores não acreditam em mim. Sou o cara esquisito da sala. E, como não tenho amigos pra me defender, sempre acabo levando a culpa.

— E seu tio também não acredita em você?

Flyn dá de ombros.

— Ele não sabe de nada. Acha que eu me meto em confusão porque sou briguento. Não quero que ele saiba que os outros garotos riem de mim porque sou covarde. Não quero decepcioná-lo.

Isso me deixa triste. Não é justo que Flyn passe por isso tudo e Eric nem fique sabendo. Preciso falar com ele. Mas me concentro no garoto, passo a mão no contorno do seu rosto e murmuro:

— Isso de dar com o skate na cabeça do colega não está certo, querido. Você sabe disso, né? — Flyn balança a cabeça num gesto afirmativo e, disposta a ajudá-lo, acrescento: — Mas não vou deixar mais ninguém debochar de você.

Seus olhinhos de repente ganham vida. Me lembro da minha sobrinha.

— Coloca seu polegar no meu. E, assim que se tocarem, damos um tapinha na mão. — Ele faz o que digo e volta a sorrir. — Esse é o código de amizade que tenho com minha sobrinha. Agora vai ser nosso também, que tal?

Faz que sim, sorri, e estou quase pulando de alegria. Uma trégua. Finalmente consegui uma trégua com Flyn. E, como se não bastasse, ele diz:

— Obrigado por dormir comigo ontem.

Dou de ombros para mostrar a ele que isso não tem muita importância.

— Nada disso! Eu é que te agradeço por me deixar ficar na sua cama.

Ele sorri e comenta:

— Você não tem medo de trovão. Eu sei. Você é adulta.

Dou uma risada. Que garoto esperto!

— Sabe, Flyn? Quando eu era pequena, também tinha medo de raio e trovão. Cada vez que caía uma tempestade, eu era a primeira a me enfiar na cama dos meus pais. Mas minha mãe me ensinou que não devemos ter medo de nada dessas coisas.

— E como ela te ensinou isso?

Sorrio. Pensar na mamãe, no seu olhar carinhoso, nas suas mãos quentinhas e no seu sorriso constante, me leva a dizer:

— Me dizia pra fechar os olhos e pensar em coisas bonitas. E um dia me comprou um bicho de estimação. Dei o nome de Calamar. Foi meu primeiro cãozinho. Meu superamigo e supermascote. Quando havia tempestade, Calamar ficava comigo na cama, e sua companhia me deixou mais corajosa. Não precisei mais ir pra cama dos meus pais. Calamar me protegia e eu o protegia também.

— E onde ele está?

— Morreu quando eu tinha 15 anos. Está com minha mãe no céu.

Essa revelação sobre minha mãe o pega de surpresa. Evito mencionar Trampo, ou tudo isso vai parecer muito cruel.

— É, Flyn, minha mãe também já morreu. Mas sabe? Ela e Calamar no céu me dão forças pra que eu não tenha medo de nada. E tenho certeza de que sua mãe faz o mesmo contigo.

— Você acha?

— Claro que acho!

— Eu não me lembro da mamãe.

Sua tristeza me comove e eu respondo:

— Normal, Flyn. Você era muito pequeno quando ela se foi.

— Gostaria de ter conhecido ela.

Seu sofrimento me faz sofrer também. E, querendo conversar mais sobre o assunto, murmuro:

— Acho que você pode conhecê-la através dos olhos das pessoas que a amaram, como sua avó Sonia, a tia Marta e o tio Eric. Falar com eles sobre sua mãe é uma forma de se lembrar dela e saber coisas a respeito dela. Tenho certeza de que sua avó adoraria te contar milhares de coisas sobre sua mãe.

— Sonia?

— É.

— Ela está sempre muito ocupada — reclama o garoto.

— Claro, Flyn. Se você não a deixa cuidar de você nem ser carinhosa, ela tem que seguir a vida dela. As pessoas não podem ficar sentadas esperando que outras gostem dela; têm que continuar vivendo, mesmo que lá no fundo sintam saudades todo dia. Aliás, por que você a chama pelo nome e não se refere a ela como "vó"?

Ele encolhe os ombros e pensa um pouco antes de responder.

— Não sei. Acho que é porque o nome dela é Sonia.

— E você não gostaria de chamá-la de "vó"? Tenho certeza de que ela ficaria superfeliz. Liga um dia e convida ela pra lanchar, almoçar ou jantar. Pede pra ela contar coisas sobre sua mãe. Assim certamente você vai perceber o quanto você é importante pra ela e pra sua tia Marta.

O garoto faz que sim com a cabeça. Silêncio. Mas de repente diz:

— Eu agitei a Coca-Cola outro dia pra que espirrasse na sua cara.

Lembrar o episódio me faz rir. Que pestinha! Mas, determinada a não levar isso em conta, afirmo:

— Eu já imaginava.

— Sério?

— Sério.

— E por que não disse nada pro tio Eric?

— Porque não sou dedo-duro, Flyn. — Vendo como ele me olha, toco em seu cabelo escuro e acrescento: — Mas isso já não tem importância. O importante é que a partir de agora a gente vai tentar se dar bem e ser amigos, tá legal?

Ele concorda. Coloca seu polegar no meu e fazemos nossa saudação. Abro um sorriso.

Seus olhos percorrem o quarto com curiosidade e vejo que volta e meia se detêm em alguma coisa que está à direita. Disfarçadamente, me viro e reparo que sua atenção é atraída pelo skate e meus patins. Sem pensar duas vezes, pergunto:

— Você tem vontade de aprender a andar de skate ou patinar, né? — Flyn não responde, e cochicho: — Vai ser um segredo nosso. Por enquanto, seu tio não precisa ficar sabendo, combinado? Apesar de que mais cedo ou mais tarde a gente vai ter que contar, e ele é capaz de matar a gente. Quer que eu te ensine?

Sua expressão se transforma e ele aceita. Eu sabia!

Sabia que Flyn queria aprender coisas novas. Me levanto do chão depressa. Ele faz o mesmo. Pego o skate e mostro ao garoto que sei como usar.

— Posso fazer isso também?

Paro, desço do skate e digo:

— Mas é claro, querido. — E, piscando um olho para ele, murmuro: — Vou te ensinar a fazer coisas que, quando uma certa menina loura do colégio te vir, não vai conseguir parar de olhar pra você.

O garoto fica vermelho.

— Como ela se chama? — pergunto num tom de cumplicidade.

— Laura.

Radiante pelo ótimo momento que estou vivendo com Flyn, seguro seus ombros e afirmo:

— Te garanto que daqui a alguns meses Laura e esse bando de mal-educados da sua escola vão cair pra trás, quando virem como você domina o skate.

O pequeno balança a cabeça concordando. Olho para ele e digo:

— Vamos... experimenta. Primeiro, coloca um pé no skate e sente como ele se move.

Flyn me obedece. Pego suas mãos e o menino escorrega ao pôr o pé no skate. Assustado, olha para mim e tento acalmá-lo.

— Número um: nunca ande nele sem que eu esteja por perto. Dois: pra não se machucar, tem que usar joelheira, tornozeleira e capacete. Número três, e muito importante: confia em mim?

Ele faz que sim e fico emocionada.

De repente, ouvimos o barulho de um carro. Olho pela janela e vejo Eric entrando na garagem. Sem eu precisar dizer nada, o garoto desce do skate e se senta ao meu lado no chão outra vez. Disfarçamos. Minutos depois, a porta do quarto se abre. Ao nos ver no chão, Eric pergunta, surpreso:

— Está acontecendo alguma coisa?

Flyn se levanta e abraça o tio.

— Jud me ajudou com algumas coisas do colégio.

Eric se vira para mim. Concordo. O garoto sai do quarto. Eu me levanto, chego mais perto do meu alemão favorito e, agarrando-o pela cintura, murmuro:

— Como você pode ver, daqui a pouco vou conseguir um beijo do seu sobrinho.

Assombrado como nunca vi antes, Eric sorri. Me aninha em seus braços e, tomando cuidado para não esbarrar no meu queixo, sussurra:

— Por enquanto, pequena, o meu beijo você já tem.

30

De manhã, a cor do meu rosto está mais para verde. Me olho no espelho e me desespero. Como posso estar com essa cara? Fala sério, estou parecendo o Incrível Hulk!

Tudo bem... nem é só pela beleza, mas, convenhamos, me ver desse jeito é horrível, deprimente. Coitado do Eric. Olha a namorada que ele tem. Estou igualzinha à Noiva Cadáver, do desenho. Isso me faz rir. Como sou boba!

Quando volto ao quarto, está tocando no rádio *Satisfaction*, dos Rolling Stones, e começo a cantar. Essa música sempre me lembra meus amigos de Jerez. Canto alto e danço ao mesmo tempo. Eric sobe para me dar um beijo antes de ir para o trabalho e, surpreso, me observa da porta, até que me dou conta do meu espetáculo ridículo e paro, apesar de meus ombros continuarem se movendo enquanto caminho na direção dele.

— Adoro te ver assim, tão feliz.

Sorrio e lhe dou um beijo.

— Essa música me traz ótimas lembranças da minha galera.

— De alguém em especial?

Com um sorriso maquiavélico, faço que sim com a cabeça. Eric muda a expressão do rosto e, dando-me um tapinha de um jeito sensual, exige possessivo:

— De quem?

Achando graça do que estou prestes a dizer, respondo:

— De Fernando... — Reparo na tensão dos seus olhos e continuo: — De Rocío, Laura, Alberto, Pepi, Loli, Juanito, Almudena, Leire...

Me dá outro tapa e mais um. Ficam ardendo, mas eu rio. Sua expressão agora é divertida, e ele murmura enquanto massageia meu traseiro, que está vermelho pelos seus golpes:

— Não brinca com fogo, pequena, ou você vai se queimar.

— Hummmm, adoro me queimar. — E, insinuando-me toda, sussurro: — Quer me queimar?

Eric me afasta dele e bufa. Ficou tentado com minha proposta. Sei que ele está a fim. Mas depois balança a cabeça de um lado para outro, rejeitando a ideia..

— Primeiro você se recupera. Quando já estiver boa, prometo te queimar.

— Uau! — grito e ele sorri.

Me dá um beijo e diz:

— Bom dia, querida.

Depois vai embora. Está a 5 metros de mim e eu já estou sentindo sua falta. Mas combinei de almoçar com Frida e sei que vou me divertir. Debruçada na janela, vejo o carro de Eric se afastando. De repente o telefone toca. Minha irmã.

— Oi, fofaaaa!

— Oi, gordinha! Tudo bem? — pergunto, rindo, e deito na cama para falar com ela.

— Tudo. Cada dia mais enrolada, mas tudo bem. E você, como estão as coisas?

Sua voz parece triste, mas eu, me lembrando do episódio na neve, respondo:

— Olha, Raquel, não se assusta. Estou bem, mas estou a cara do Incrível Hulk. Anteontem caí na neve. Pareço um quadro de Picasso e levei pontos no queixo. Basicamente isso.

— Fofaaaa, não me assusta!

Ao perceber seu alarme, acrescento:

— Mas não estou aqui conversando contigo numa boa? Foi uma pancadinha de nada. Não exagera, que eu te conheço.

Falamos por mais de uma hora. Ela parece bem, mas alguma coisa estranha me deixa intrigada... não sei bem o quê. Depois me visto e desço para a sala de jantar. Simona está passando o aspirador. Assim que me vê, para e pergunta:

— Como está hoje, senhorita?

— Melhor, Simona. Já começou *Loucura Esmeralda*?

A mulher olha o relógio e diz:

— Meu Deus! Temos que correr senão vamos perder a novela.

Hoje Luis Alfredo Quiñones persegue Esmeralda Mendoza a cavalo pelo campo, depois a beija e, enquanto contemplam juntos o horizonte, ele promete a ela recuperar o filho deles. Emocionadas com a cena, eu e Simona nos olhamos e suspiramos.

Ao meio-dia aparece Frida com a encomenda que eu lhe pedi quando soube que viria. Quando me vê, fica apavorada. Apesar de eu ter avisado por telefone, não consegue deixar de se impressionar com o estado do meu rosto.

Sentadas na sala, comemos o que Simona preparou e batemos papo.

— Preciso te contar uma coisa, Frida.

— Fala.

Divertindo-me com o que vou falar, olho nos seus olhos e murmuro:

— Outro dia encontrei Betta e dei dois tapas na cara dela e um chute na bunda. Tá, antes que você diga qualquer coisa, reconheço que foi errado da minha parte. Sou adulta e não posso me comportar como uma delinquente, mas preciso admitir que me senti bem fazendo isso e, não fosse pela cara das mulheres em volta, eu teria continuado.

O garfo cai de suas mãos e nós duas começamos a rir. Conto exatamente o que houve e Frida lamenta não ter estado lá para aproveitar a oportunidade e lhe dar uma bofetada também, como fez Marta. Quando terminamos de comer, decidimos ir para meu quarto em vez de ficar na sala. Ela se surpreende ao ver como está ficando bonito e, assim que repara na árvore de Natal vermelha num canto do cômodo, meu comentário é:

— Melhor nem perguntar.

Animadas, sentamos num confortável sofá vermelho que Eric me deu de presente e, depois de fofocar sobre nossa novela preferida, ela pergunta:

— Então, está tudo bem com Eric?

— Está. Discutimos, fazemos as pazes e discutimos de novo. Bem.

— Fico feliz — diz, rindo. — E no sexo, tudo bem também?

Olho para cima, numa expressão de encantamento, e digo que sim. Damos risadas.

— Incrível. Sempre que encontramos Björn e brincamos a três, é maravilhoso. Fico louca vendo a paixão de Eric. O jeito como me oferece... Ai, meu Deus, adoro como os dois transam comigo ao mesmo tempo. Nunca imaginei que curtiria tanto uma coisa que antes me parecia escandalosa.

— Sexo é sexo, Judith. Não tem o que discutir. Se vocês, como casal, gostam desse esquema e se divertem com isso, vão em frente!

— Agora eu aproveito muito, Frida. Só que antes eu pensava que as pessoas que faziam essas coisas eram umas depravadas. Ah, mas a sensação que eu tenho ao me sentir tão desejada e ao ver como eles me possuem...

— Para... para porque assim você me deixa excitada. Sou uma depravada! — Caímos na gargalhada e Frida acrescenta: — Aliás, por falar em depravação, Eric te falou alguma coisa sobre a festinha particular de hoje à noite? — Nego com a cabeça. — Heidi e Luigi dão umas festas maravilhosas. Tenho certeza de que eles convidaram vocês, mas no seu estado imagino que Eric tenha recusado o convite.

— Normal. Com essa minha aparência... Melhor não me tirar de casa mesmo, ou então vou assustar os outros — digo, debochando de mim mesma, e nós duas rimos de novo. Mas acabo ficando curiosa e pergunto: — Vai muita gente a essa festinha?

— Vai, sim, bastante gente. Eles costumam organizá-la na casa de suingue deles, e te garanto que ali acontece o que há de melhor. — Abaixa a voz e murmura: — No ano passado, nessa festa, eu e Andrés realizamos uma de nossas fantasias.

Ao ver minha cara, Frida ri e cochicha:

— Fiz um *gangbang*, e Andrés um *boybang*. — Pisco os olhos, sem entender, e ela sussurra: — Andrés escolheu seis mulheres da festa, e eu escolhi seis homens. Entramos num dos quartos da boate, e eu me entreguei a eles e Andrés a elas. Foi o máximo, Judith! Eu era o centro dos meus homens e ia experimentando diferentes posições com todos eles. Cara, você não imagina o quanto eu curti, e te garanto que Andrés também se divertiu à beça com as garotas. No fim, os dois grupos se juntaram e a gente fez uma orgia. Como te disse, as festas de Heidi e Luigi sempre guardam ótimas surpresas.

Parece excitante mesmo, mas um pouco exagerado para o meu gosto. Dois homens já são suficientes para mim, mas realmente imaginar o que ela disse é algo que me excita.

Frida fica um tempo me contando suas experiências. Todas são cheias de loucura e despertam meu desejo. Adoro conversar abertamente com ela sobre sexo. Nunca tive uma amiga com quem pudesse falar disso com tanta sinceridade, e isso me agrada. Às cinco ela vai embora. Tem que se arrumar para a festa.

Sonia liga para saber como estou, e logo em seguida Marta. Está empolgada com o encontro de hoje à noite. Eu lhe dou força e peço para me telefonar amanhã e me contar como foi.

À tarde, Flyn volta do colégio. Depois de fazer seus deveres, eu o espero no meu quarto. Assim que ele entra, mostro os patins que mandei Frida trazer para ele. Fica todo feliz. Coloca as joelheiras, tornozeleiras e o capacete, e começamos suas aulas de skate. Como era de se esperar, no início ele fica nervoso. Primeiro tem que aprender a encontrar o centro de equilíbrio do skate. Tem um pouco de dificuldade, mas no fim consegue, ainda que de forma meio precária.

Assim que ouvimos o carro de Eric, largamos tudo rapidamente. Não pode saber que estamos usando essas coisas. Flyn corre para seu quarto de estudo e nós dois conseguimos disfarçar muito bem. Tiro um chiclete de morango do bolso da minha calça e ponho na boca.

Eric vem até o quarto para me procurar e me vê sentada no chão, olhando para a tela do computador.

— Por que não senta numa cadeira? — pergunta.

— Porque adoro sentar nesse tapete felpudo e caríssimo. Tem problema?

Ele se agacha e me dá um beijo. Está muito gato com seu sobretudo azul e seu terno escuro. Seu visual de executivo é imponente e eu adoro. Me estende a mão e eu me levanto com sua ajuda. Em seguida ele me surpreende com um lindo buquê de rosas vermelhas.

— Feliz Dia dos Namorados, pequena.

Estou passada! Sem palavras e estarrecida.

Que romântico!

Meu Iceman me comprou um buquê maravilhoso pelo Dia dos Namorados e eu nem lhe dei parabéns nem nada. Sou um desastre! Eric sorri. Parece saber o que estou pensando.

— Meu melhor presente é você, moreninha. Não preciso de mais nada.

Nos beijamos e eu sorrio.

— Estou te devendo um presente. Mas por enquanto tenho uma coisinha pra você.

Ele me olha surpreso e eu pego o pacote de chiclete do meu bolso. Mostro a ele. Eric sorri. Tiro um, abro e enfio na sua boca. Achando graça disso, ao se lembrar do que significa para nós dois, ele pergunta:

— Agora as brotoejas vão aparecer e sua cabeça vai rodar como a da menina de *O exorcista*?

Damos uma gargalhada deliciosa.

— A nova modalidade é minha cara verde e meus pontos. Pode haver algo mais sexy para o Dia dos Namorados?

Eric me beija e, quando se separa de mim, digo:

— Frida comentou comigo que hoje à noite vai rolar uma festa numa casa de suingue. Está sabendo?

— Estou. Luigi me ligou e nos chamou pra Natch. Mas recusei o convite. Você não está muito pra festas, não acha?

— Tem razão... mas, olha, se eu estivesse minimamente apresentável, gostaria de ir.

Eric me beija e morde meu lábio inferior.

— Sua taradinha... está tão necessitada assim, é? — Eu rio e nego com a cabeça, e ele comenta enquanto me aperta contra si: — Vai haver outras festas. Te prometo. — Ao ver meu olhar, Eric acrescenta: — Diz aí, moreninha, o que você quer me perguntar?

Abro um sorriso. Impressionante como ele me conhece cada vez mais. Chego mais perto e digo:

— Você já fez *boybang*?

— Já.

— Sério? Uau!

Eric ri.

— Querida, estou há mais de catorze anos fazendo um tipo de sexo que pra você agora é novidade. Fiz muitas coisas e pode ter certeza de que muitas delas eu não gostaria que você fizesse. — Vendo minha cara de espanto e curiosidade, continua: — Sado.

— Ah, não! Isso eu não quero mesmo — digo. Eric dá uma risada e eu pergunto: — O que você acha de *gangbang*?

Eric me olha, me olha, me olha... e, quando estou quase perdendo a paciência, responde:

— São homens demais entre nós dois. Acho melhor não.

Seu comentário me faz rir e, antes que eu diga algo, ele muda de assunto.

— Estou com sede. Quer beber alguma coisa?

Eufórica, segurando meu buquê, caminho de mãos dadas com Eric pelo enorme corredor da casa. Assim que chegamos à cozinha, Simona me olha sorrindo e grito diante do que vejo:

— Susto!

O bichinho corre na minha direção e Eric o detém, preocupado que me machuque. Mas o cachorro está radiante de alegria, e eu mais ainda. Dou um abraço em Susto e faço carinho nele. Depois me viro para meu homem de olhos azuis e, sem me importar com a presença de Simona, me jogo nos braços dele e digo:

— Que *gangbang* que nada! Você é a coisa mais linda do mundo e juro que eu casava contigo agorinha e de olhos fechados.

Eric sorri. Está agitado. Me beija.

— Você que é a coisa mais linda. E quando quiser a gente pode casar.

Ai, meu Deus! O que foi que eu disse?! Eu realmente o pedi em casamento? Merda, vou me matar!

Susto dá pulinhos ao nosso redor. Eric tenta pará-lo e comenta, divertindo-se:

— Como você pode ver, coloquei nele o cachecol que você fez. Por falar nisso, ele está afônico.

— Ai, Iceman, você não existe! — exclamo, rindo, e lhe dou um beijo.

Emocionada, faço carinho em Susto, que não para de se mexer de tão contente que está. Até que vejo algo nas mãos de Simona. É um filhote branco.

— E essa fofura? — pergunto, olhando para ele toda boba.

Sem soltar minha cintura, Eric comenta:

— Estava na mesma gaiola que Susto. Pelo visto é o único da ninhada que sobreviveu, e me disseram que deve ter um mês e meio. Susto não queria vir comigo se eu não trouxesse o filhote junto. Você tinha que ver como ele o segurou pela boca e saiu da jaula quando o chamei. Então não consegui devolver o cãozinho.

— O senhor é muito humano, senhor Zimmerman — Simona murmura comovida.

— Ele é maravilhoso — confirmo, feliz. E em seguida, olhando para Susto, afirmo:

— E você, um paizão.

Meu Iceman sorri com nossos comentários e diz, olhando para o filhote:

— Só não sei qual é a raça.

Com cuidado, pego o cãozinho. É gordinho e macio. Uma graça.

— É um vira-lata.

— Um vira-lata? Como assim? — pergunta Simona.

Eric entendeu o que eu disse e sorri. E eu, com o filhote nas mãos, explico a Simona:

— É um cachorro que tem um pouco de todas as raças e nenhuma em especial.

Nós três rimos. Simone sai para contar a novidade a Norbert. Deixo o bichinho no chão, e Eric diz enquanto segura Susto para que não avance em mim:

— Gostou dos presentes?

Radiante de alegria e apaixonada, dou um beijo nele e digo:

— São os melhores presentes do mundo, querido. Você é maravilhoso.

Eric está feliz. Percebo em seu olhar.

— Por enquanto eles podem ficar na garagem, até a gente construir uma casinha do lado de fora.

Olho para ele. Ele está falando sério?!

— Tá bom... hoje eles podem ficar aqui dentro. Está muito frio.

— Aqui dentro?

— É.

Nesse exato momento, o filhote se mija. Que bela mijada ele dá! Eric me olha e pergunta, com cara séria:

— Aqui dentro?

Dou uma piscada para ele e cochicho:

— Fique sabendo que você acaba de aumentar a família. Já somos cinco.

Meu alemão fecha os olhos e entende perfeitamente o que acabo de dizer. Antes que ele solte alguma de suas pérolas, eu me antecipo:

— Vem, Eric — digo, pegando o cãozinho. — Vamos fazer uma surpresa a Flyn.

— Ele não vai ter medo do Susto?

Faço que não com a cabeça.

Sem fazer barulho, andamos até o quarto de brinquedos. Abro a porta com cuidado e faço o bichinho entrar.

— Susto! — grita o menino e o abraça.

As risadas de Flyn são maravilhosas. Uma delícia! E o cachorro deita de barriga para cima para Flyn acariciá-lo. Por um tempo o garoto fica eufórico de tanta alegria, até que me vê segurando algo que chama sua atenção. Com os olhos arregalados, pergunta:

— E esse, quem é?

Todo orgulhoso e principalmente surpreso com a felicidade do sobrinho, Eric explica:

— Quando fui buscar Susto, estava com ele na gaiola. Susto não quis deixá-lo sozinho e ele veio com a gente.

O garoto olha espantado para o tio. Dois cachorrinhos. Dois! E eu, radiante, deixo o filhote nas suas mãos.

— Esse bichinho vai ser seu superamigo e seu supermascote. Então você é que vai escolher o nome dele.

Flyn olha para o tio e, quando o vê acenando com a cabeça num gesto afirmativo, sorri. Em seguida olha para o filhote branco e diz, depois de piscar para mim:

— Vai se chamar Calamar.

Uma enxurrada de emoções invade a minha garganta ao escutar isso. Abro um enorme sorriso. Flyn encosta o polegar no meu e fazemos nossa saudação. Eric beija meu pescoço e sussurra no meu ouvido ao ver seu sobrinho feliz:

— Quando quiser, já sabe... caso contigo.

31

Com o passar dos dias, meu rosto vai voltando ao normal. Quando o médico tira os pontos do meu queixo diante do olhar atento de Eric, sorri ao ver sua obra de arte. Não dá para notar nada, o que me deixa superfeliz.

A chegada de Susto e Calamar transformou a casa num lugar repleto de risos, latidos e loucura. Nos primeiros dias, Eric reclama. Deparar-se com o xixi do Calamar no chão o irrita, mas no fim das contas ele acaba cedendo. Susto e Calamar o adoram, e a recíproca é verdadeira.

Às vezes quando acordo gosto de me debruçar na janela, e lá fora está meu Iceman jogando uma vareta para Susto, para ele ir buscar. O animal já se acostumou com a brincadeira. Antes de Eric sair para o trabalho, o bichinho leva a vareta aos seus pés, e Eric joga e sorri. Em alguns fins de semana convenço Eric e Flyn a passear no campo nevado com os animais. Susto adora, e Eric brinca com ele enquanto Flyn corre ao nosso redor com o filhote. Tudo isso me emociona. Principalmente quando vejo Eric se agachar e abraçar Susto. Meu frio e rígido Iceman vai se descongelando aos poucos, e a cada dia estou mais apaixonada por ele.

Também acompanhei Eric várias vezes ao campo de tiro esportivo. Continuo não gostando desse lance de armas; mesmo assim, curto ver como ele é hábil no esporte. Me sinto orgulhosa. Uma das manhãs em que estamos ali, Eric me apresenta a alguns amigos, e um deles pergunta se sou espanhola.

— Não — digo logo. — Brasileira!

Imediatamente o homem diz: “Samba, caipirinha!” Concordo e rio. Está provado que, dependendo de qual seja seu país, uma cantilena vai te perseguir. Eric me olha surpreso e acaba sorrindo. Nessa noite, quando transamos, ele cochicha de brincadeira no meu ouvido:

— Vem, brasileira, dança pra mim.

Flyn avançou muito com o skate e os patins. O garoto é esperto e aprende rápido. Fazemos tudo isso às escondidas, quando Eric não está. Se nos visse, ia querer nos matar! Simona sorri e Norbert torce o nariz. Me avisa que o senhor Zimmerman vai se aborrecer, quando ficar sabendo. Sei que tem razão, mas não posso mais interromper nossas aulas. O comportamento de Flyn comigo mudou muito, e agora ele me procura e pede minha ajuda o tempo todo.

Eric às vezes nos observa e sabe que entre mim e Flyn aconteceu alguma coisa para que o garoto me trate assim. Quando pergunta, atribuo a mudança à chegada dos cachorrinhos. Ele faz que sim com a cabeça, mas sei que não está convencido. Depois não pergunta mais.

O primeiro dia que posso sair às escondidas com Jurgen para dar umas voltas com a moto é uma beleza. Estava quase enlouquecendo com tanto tempo ocioso dentro de casa. E por isso eu salto, cantando os pneus e gritando com Jurgen e os amigos dele pelas estradinhas de cabras nos subúrbios de Munique. Penso em Eric. Tenho que contar a ele. O problema é que nunca encontro o momento certo. Isso está começando a me incomodar. Nossa relação é baseada na confiança, e desta vez sei que estou pisando na bola.

Uma tarde, quando estou enrolada com a moto na garagem, Flyn chega do colégio. Ele me procura e olha alucinado para a moto. Ele se lembra dela. Quando digo que é a moto de sua mãe e peço para guardar segredo, o garoto pergunta:

— Você sabe dirigir?

— Sei — respondo com as mãos sujas de graxa.

— O tio Eric vai ficar bravo.

Seu comentário me faz rir. Todos, absolutamente todos, sabem que Eric vai ficar bravo. E respondo, olhando em seus olhos:

— Eu sei, querido. Mas o tio Eric, quando me conheceu, já sabia que eu praticava motocross. Ele precisa entender que gosto desse esporte.

— Ele sabe?

— Sabe — afirmo e sorrio ao lembrar como ele descobriu.

— E ele deixa?

A pergunta não me surpreende e, olhando para ele, explico:

— Seu tio não tem que deixar. Sou eu que decido se quero ou não quero praticar motocross. Os adultos fazem suas próprias escolhas, querido.

Não muito convencido, o garoto concorda com a cabeça e volta a perguntar:

— Sonia te deu de presente a moto da minha mãe?

Antes de responder, pergunto:

— Você ficaria chateado com isso?

Flyn pensa um pouco e, para minha surpresa, responde:

— Não. Mas vai prometer que vai me ensinar.

Sorrio, solto uma gargalhada e digo enquanto ele ri também:

— Você quer o quê? Que seu tio me mate?

Uma hora depois, Eric me liga. Tem um jogo de basquete e quer que eu vá ao ginásio assistir. Aceito na hora. Ponho uma calça jeans, minha bota preta e uma blusa da Armani. Visto o sobretudo por cima, chamo um táxi e, quando chego, abro um sorriso ao vê-lo me esperando encostado em seu carro.

Eric paga o taxista e, enquanto caminhamos até os vestiários, comento:

— Por que você não me falou antes sobre essa partida?

Meu lindo sorri, me beija e explica:

— Por incrível que pareça, eu tinha esquecido. Se Andrés não tivesse ligado pro escritório, eu não lembraria de jeito nenhum.

Quando chegamos aos vestiários, ele me beija.

— Vai ficar na arquibancada. Com certeza Frida está por lá.

Feliz da vida, vou andando até a quadra. Frida está ali com Lora e Gina. Minha relação com elas mudou. Me aceitam como namorada de Eric e fico aliviada por isso. Lora, que tem cabelos claros, sorri e diz:

— Chegou minha heroína.

Surpresa, arregalo os olhos e ela cochicha:

— Já fiquei sabendo que você deu a Betta o que ela merecia.

Faço uma cara de reprovação para Frida por ter espalhado a história, mas ela diz:

— Não olha para mim, porque não fui eu.

Lora sorri, aproxima-se de mim e comenta:

— Quem me contou foi a mulher que estava com Betta.

Balanço a cabeça, sorrindo.

— Por favor, não deixem Eric saber. Não quero lhe dar outro desgosto.

Todas concordam e pouco depois os rapazes surgem na quadra. Como era de se esperar, meu namorado me deixa louca. Adoro vê-lo assim, correndo, ágil e ativo. Mas, desta vez, apesar da sua garra, o time perde o jogo por três pontos.

Quando termina, descemos até a quadra e Eric vai logo me beijando. Está todo suado.

— Vou tomar banho, querida. Volto já.

Na salinha onde costumamos esperá-los, só estamos eu e Frida. Lora e Gina foram embora. Fofocamos, animadas, até que Eric e Andrés saem, e Andrés diz:

— Linda, mudança de planos. Vamos voltar pra casa.

Frida se surpreende e reclama:

— Mas tínhamos combinado com Dexter no hotel dele.

Andrés explica:

— Vou desmarcar o encontro. Surgiu um problema que preciso resolver.

Frida torce o nariz.

— Quem é Dexter? — pergunto.

A jovem me olha e, diante do olhar atento de Iceman, responde:

— Um amigo com quem jogamos quando vem a Munique. Eric o conhece também, né?

Meu lindo faz que sim.

— É um cara ótimo.

Brincar? Sexo? Fico excitada só de pensar. Chego mais perto de Eric e pergunto:

— Por que não vamos nós a esse encontro?

Ele me olha surpreso e insisto:

— Estou com vontade de brincar. Ah, por favor... vamos.

Meu Iceman sorri e se vira para Frida; depois me olha e avisa:

— Jud, não sei se você vai gostar das brincadeiras de Dexter.

Olho para Eric sem entender e, como não diz nada, pergunto a Frida:

— Ele curte sado?

— Não e sim — responde Andrés, e Eric ri.

Frida encolhe os ombros.

— Dexter gosta de dominar, brincar com as mulheres e dar ordens. Sado não é bem a dele. É exigente, meio tarado e insaciável. Sempre me divirto muito quando estamos com ele.

Eric acena para um de seus amigos que está indo embora e diz, agarrando-me pela cintura:

— Vem, vamos pra casa.

Eu o detenho e insisto:

— Eric, quero conhecer Dexter.

Meu Iceman me olha, me olha e me olha... e ao fim acaba cedendo.

— Tá bom, Jud. Vamos lá.

Andrés liga para ele e avisa da mudança de planos. Dexter aceita, animado.

Em meio a risadas, chegamos aos carros, nos despedimos, e cada casal segue seu caminho. Eu e Eric mergulhamos no trânsito de Munique. Está calado. Pensativo. Cantarolo uma música do rádio e, de repente, vejo que ele para numa rua. Vira-se para mim e pergunta:

— Está mesmo com tanta vontade de brincar?

A pergunta me pega de surpresa. Respondo:

— Olha, se isso te incomoda, a gente não precisa ir. Achei que você fosse gostar.

— Já te disse que pra mim os jogos sexuais são um complemento, Jud, e...

— Pra mim também, querido — afirmo. Olhando-o nos olhos, explico: — Você me mostrou que essa é uma coisa entre duas pessoas. Quando você me propõe, eu topo numa boa. Por que você não topa numa boa quando sou eu quem propõe?

Não responde, apenas me olha. Dando de ombros, continuo:

— No fim das contas, é um complemento que nós dois curtimos, não?

Após um silêncio em que ouço apenas sua respiração, ele diz num tom mais carinhoso:

— Dexter é um cara bacana. A gente se conhece há anos e costuma se ver quando ele vem a Munique.

— Pra jogar? — pergunto com sarcasmo.

— Pra jogar, jantar, sair pra beber ou apenas fazer negócios.

— Te excita que eu tenha pedido pra brincar com ele?

Meu alemão crava em mim seus olhos incríveis e confirma:

— Muito.

Descemos do carro. Está um frio dos diabos. Me encolho no meu casaco vermelho e ando de mãos dadas com Eric, que me segura com força. Sua mão se encaixa tão bem na minha que sorrio, alegre. Em seguida caminhamos direto para um hotel. Na fachada está escrito "NH Munchën Dornach".

Quando entramos, Eric pergunta pelo quarto do senhor Dexter Ramírez. Nos informam o número, ligam para ele avisando de nossa chegada, e eu e Eric pegamos o elevador. Estou nervosa. Esse Dexter é tão especial assim? Me segurando pela cintura, Eric sorri, me beija e murmura:

— Não se preocupe. Vai dar tudo certo. Prometo.

Paramos diante de uma porta entreaberta. Eric bate e ouço alguém dizer de dentro:

— Entra, Eric.

Começo a ficar excitada. Eric me pega pelo braço e nós entramos. Fecha a porta e escutamos:

— Já estou saindo. Só um minutinho.

Estamos numa sala ampla e bonita. À direita, há uma porta aberta de onde vemos a cama. Eric me observa. Sabe que estou olhando tudo com a maior curiosidade. Chega mais perto de mim e pergunta:

— Excitada?

Confirmo com a cabeça. Não vou mentir. Nesse momento, aparece um homem da idade de Eric numa cadeira de rodas.

— Eric, e aí? Beleza?

Bate sua mão na dele. Depois o homem diz enquanto passa os olhos pelo meu corpo:

— E você deve ser Judith, a deusa que deixa meu amigo todo bobo e apaixonado, não é?

Sorrio com seu comentário, embora esteja um pouco assustada de vê-lo nessa cadeira.

— Isso — respondo. — E saiba que eu adoro que ele esteja bobo e apaixonado.

O homem troca um olhar divertido com Eric, pega minha mão e fala com malícia:

— Deusa, eu sou o Dexter, um mexicano que cai rendido aos seus pés.

Uau, mexicano! Como a novela *Loucura esmeralda*. Isso me faz sorrir, apesar de ter pena de vê-lo assim. Tão jovem para estar numa cadeira de rodas! Mas, depois de cinco minutos de conversa com ele, percebo sua energia e seu bom humor.

— Quer beber o quê?

Dexter abre um minibar e prepara os drinques que pedimos. Me observa com curiosidade, e Eric me beija. Quando nos entrega as bebidas, dou um grande gole na minha cuba-libre.

— Adorei as botas da sua mulher.

Fico surpresa com seu comentário e toco nas minhas botas. Eric sorri e diz, após beijar meu pescoço:

— Tira a roupa, querida.

Assim? Do nada?

Nossa, que direto!

Mas obedeço sem nenhuma vergonha. Quero brincar. Eu mesma que pedi. Dexter e Eric não tiram os olhos de cima de mim, enquanto vou me despindo e me divirto ao vê-los excitados. Quando estou completamente nua, Dexter diz:

— Quero que você calce as botas de novo.

Eric me olha. Bem que Frida me avisou que o que ele gosta é de dar ordens. Sigo seu jogo, pego as botas e volto a calçar. Nua e com botas pretas que vão até a metade da coxa, me sinto sexy e depravada.

— Anda até a outra ponta do quarto. Quero te ver.

Enquanto caminho, sei que os dois estão olhando minha bunda; requebro um pouco. Chego ao fundo do quarto e volto. O homem fica olhando meu púbis.

— Linda tatuagem! Extraordinária!

Eric dá um gole no uísque e responde sem tirar os olhos de mim e concorda:

— Maravilhosa.

Dexter estende a mão, passa pela minha tatuagem e, olhando para Eric, diz:

— Leva ela pra cama. Estou louco pra brincar com sua mulher.

Eric me pega pela mão, levanta-se e me conduz ao quarto ao lado. Me põe de quatro na cama, abre minhas pernas e diz enquanto se despe:

— Não se mexe.

Excitante. Acho tudo isso excitante.

Olho para trás e vejo Dexter vindo com sua cadeira. Chega até a cama. Toca minhas coxas, a parte de dentro das minhas pernas, e suas mãos alcançam minhas nádegas: ele aperta e dá um tapa. Depois outro, outro e outro, e então diz:

— Gosto de bundas vermelhinhas.

Passa a mão pela abertura da minha vagina e brinca com meus lábios molhados.

— Senta na cama e olha pra mim.

Obedeço.

— Deusa... meu aparelhinho não funciona, mas fico excitado e adoro tocar, dar ordens e olhar. Eric sabe o que gosto. — Os dois sorriem. — Sou um pouco mandão, mas espero que a gente se divirta muito, apesar de seu namorado já ter me avisado que sua boca é só dele.

— Isso mesmo. Só dele — confirmo.

O mexicano sorri e, antes que ele diga alguma coisa, acrescento:

— Eric sabe do que você gosta, mas eu quero saber de que maneira você gosta das mulheres.

— *Calientes* e pervertidas. — Sem deixar de me olhar, pergunta: — Eric, sua mulher é assim?

Meu Iceman me olha de cima a baixo e garante.

— Ela é, sim.

Sua segurança me faz gemer. Disposta a ser tudo isso que ele diz que sou, eu o incentivo:

— O que você quer de mim, Dexter?

O homem se vira para Eric — que faz que sim com a cabeça — e especifica:

— Quero te tocar, te amarrar, te chupar e te masturbar. Eu é que vou comandar as brincadeiras, vou pedir que fiquem em determinadas posições e vou delirar com o que fizerem. Topa?

— Topo.

Dexter pega uma bolsa que está pendurada na cadeira e diz, estendendo-a para mim:

— Tenho uns brinquedinhos que ainda não usei e gostaria de experimentar contigo.

Abro a bolsa. Vejo uma nova joia anal. Um cristal rosa. Me surpreendo e sorrio. Será que isso está na moda na Alemanha? Com curiosidade, abro uma caixinha onde há uma corrente com uma espécie de pinça em cada ponta. Quando a fecho, vejo um par de pênis de borracha. São macios e rugosos. Um deles vem numa cinta e tem vibração. Toco neles e Dexter diz:

— Quero enfiar em você; se você deixar, claro.

Eric me aperta contra si e afirma com voz rouca:

— Você vai deixar, né, Jud?

Concordo com a cabeça.

Calor... estou morrendo de calor.

Dexter pega a bolsa, tira a caixinha que abri há alguns segundos, me mostra a corrente e murmura:

— Me dá seus peitos. Vou colocar esses *clamps*.

Não sei o que é isso. Olho para Eric e ele me explica:

— Não se preocupa, não vai doer. Essas pinças são suaves.

Aproximo meus seios daquele homem e tenho calafrios ao sentir aquela espécie de pinça escura prendendo um mamilo e depois o outro. Meus seios ficam unidos por uma corrente e, quando ele puxa, meus mamilos se alargam e solto um gemido enquanto sinto um formigamento excitante.

Dexter sorri. Está curtindo a situação e, sem tirar seus olhos escuros de mim, sussurra:

— Quero te ver amarrada na cama pra te masturbar e depois quero ver como Eric te fode.

Estou ofegando e, disposta a tudo, me levanto, pego as cordas na bolsa, entrego ao meu amor e murmuro:

— Me amarra.

Eric me olha, pega as cordas e diz baixinho:

— Tem certeza?

Olho bem em seus olhos e, totalmente excitada pelo que está acontecendo ali, respondo:

— Tenho.

Me deito na cama. Quando me estico, meus mamilos se contraem. Eric amarra minhas mãos e passa a corda pela cabeceira. Depois, prende um dos meus tornozelos com um nó de um lado da cama, e em seguida o outro. Estou com as pernas escancaradas e imobilizada para eles.

Com habilidade, Dexter passa da cadeira para a cama e me olha. Puxa a corrente dos meus mamilos e isso me faz gemer.

— Eric... você tem uma mulher muito *caliente*.

— Eu sei — diz, olhando para mim.

Estou totalmente excitada, e Dexter quer saber:

— Gosta de sado, deusa?

Eric sorri e eu respondo:

— Não.

Dexter balança a cabeça concordando e faz outra pergunta:

— Te excita que a gente use seu corpo em busca do nosso próprio prazer?

— Sim — respondo.

Volta a puxar a corrente e meus mamilos se arrepiam como nunca. Respiro ofegante e solto gritos.

— Você fica louca com o que eu faço?

— Fico.

Passa um dos objetos pela minha vagina molhada.

— Quer que eu te use e desfrute do seu corpo?

Cheia de tesão, olho para Eric. Seu olhar diz tudo. Ele está adorando. E com voz sensual sussurro:

— Sim. Quero tudo.

Da boca de Eric sai um gemido. Ele enlouqueceu com o que eu disse. Segura a correntinha dos meus peitos e puxa. Respiro ofegante e ele me beija. Mete a língua no fundo da minha boca enquanto meus mamilos sentem cócegas a cada puxada.

Fascinado com o que vê, o mexicano acaricia a parte interna das minhas coxas com suas mãos suaves. Eric para com os beijos e nos observa. Suas perguntas me excitaram e ele chega bem perto da minha boca e ordena:

— Abre.

Faço o que ele manda e ele enfia o brinquedinho azul na minha boca.

— Chupa — exige.

Por alguns minutos Dexter se delicia com as lambidas que dou, até que o retira da minha boca.

— Eric... agora quero que ela te chupe.

Meu alemão enfia seu pau duro na minha boca, e chupo com prazer. Eu o deixo foder minha boca, até que escuto:

— *Stop*.

Fico frustrada. Meu Iceman retira sua ereção maravilhosa. Dexter molha a ponta do pênis de borracha com bastante lubrificante e diz enquanto coloca na abertura da minha vagina.

— Agora por aqui.

Eric senta no outro lado da cama, me abre com seus dedos para lhe facilitar o acesso, e Dexter lentamente o enfia.

— Gosta disso? — pergunta Dexter.

Solto um gemido, me mexo e faço que sim com a cabeça, enquanto Eric, meu amor, me olha e me oferece ao amigo.

— Que delícia! — murmura o mexicano.

Por alguns segundos o homem move o objeto dentro de mim. Enfia... tira... gira... puxa a corrente dos meus mamilos, e solto gemidos. Fecho os olhos e me deixo levar pelo momento. Meu corpo amarrado começa a ficar desconfortável. Tento me mexer e grito. Mas, ao mesmo tempo excitada por estar presa desse jeito, abro os olhos e vejo meu amor. Ele sorri e se masturba. Está duro, prontinho para brincar.

— Adoro seu cheiro de sexo — murmura Dexter e enfia o objeto de um jeito que me faz gritar novamente e arquear as costas. — Assim... vamos, deusa, goza pra mim!

O objeto entra e sai de mim, arrancando-me gemidos incontroláveis. Quando minha vagina estremece e envolve o brinquedinho, Dexter o retira. Eric se coloca entre minhas pernas e sua ereção me preenche. Grito de tanto prazer.

Dexter volta à sua cadeira. Puxa a corrente dos meus mamilos e eu me mexo como posso. Estou com os pés e mãos atados e só posso gemer e receber o meu amor, enquanto Dexter tira os *clamps* dos meus mamilos doloridos e sussurra:

— Deusa, levanta os quadris... Vamos... Assim... Isso.

Faço o que ele manda. Me delicio com os movimentos quando ouço ele sussurrar:

— Eric, cara... Forte... Mete forte.

Eric me beija. Devora minha boca e, entrando com força, me faz gritar. Dexter pede. Exige. Damos o que ele quer. Desfrutamos o momento e, quando não dá mais para segurar, gozamos.

Com as respirações entrecortadas, Eric me desamarra as mãos enquanto sinto que Dexter me desamarra os pés. Eric me abraça e sorri. Faço o mesmo.

— Deusa, você é gostosa demais. Tenho certeza que vai me dar muito prazer. Vem. Levanta.

Obedeço. Dexter me agarra pela bunda, me aperta e aproxima a boca do meu encharcado púbis e o morde. Seus olhos se detêm na minha tatuagem e ele sorri. Eric se ergue, fica atrás de mim e com seus dedos me abre para seu amigo. Meu Deus, que delícia!

Dexter mete a lingua bem dentro de mim e exige que eu me mova sobre sua boca. Faço o que ele manda. Subo em seus ombros para lhe dar mais acesso ao meu corpo, enquanto Eric me segura pelas costas. Meus quadris oscilam para a frente e para trás. Dexter me aperta com força contra sua boca e pressiona minha bunda, deixando-a vermelha como ele gosta.

Em silêncio sou deles durante vários minutos. Não há música. Só escutamos nossos corpos, nossos gemidos e o barulho das lambidas deliciosas de Dexter. Enlouquecido pelo que vê, Eric me toca os mamilos enquanto Dexter brinca com o clitóris, e murmuro deliciada:

— Isso... aí... aí.

Sexo... Isso é sexo selvagem em estado puro.

Meus gemidos aumentam. Vou gozar de novo, mas então Dexter para, dá um beijo no meu púbis, me faz descer dos seus ombros e sussurra enquanto joga a cadeira de rodas para trás:

— Ainda não, deusa... ainda não.

Estou acalorada. Ardendo. Eric senta na cama, beija meu pescoço e diz, assumindo o controle da situação:

— Apoia em mim e abre as pernas da mesma forma que você faz quando eu te entrego a um homem.

Meu estômago se contrai. Estou com calor, molhada e morrendo de vontade de gozar. Quando me coloco na posição que ele pediu, apoia seu queixo no meu ombro direito, toca um dos meus mamilos com o polegar e, diante do olhar atento de Dexter, pergunta:

— Gosta de ser nosso brinquedinho?

Minha resposta, mesmo num fio de voz, é clara e determinada:

— Gosto.

A risada de Eric no meu ouvido me deixa excitada, ainda mais quando ele diz depois de beijar meu ombro:

— Na próxima vez vou compartilhar você com um homem, ou talvez dois, que tal?

Olho direto para Dexter. Ele sorri. Respiro ofegante, mas consigo responder:

— Acho ótimo. Eu quero.

Eric me expõe totalmente ao seu amigo e avisa:

— Quando estivermos com eles, abrirei tuas pernas assim...

Faz um movimento com minhas pernas, mostrando o que está dizendo, e solto um gemido, enquanto Dexter nos olha com luxúria.

— Vou te oferecer. Vou convidá-los a te saborear. Eles vão te possuir da forma que eu deixar e você vai obedecer. — Concordo com a cabeça. — Quando eu já estiver satisfeito com teus orgasmos, vou te comer enquanto eles observam e, depois que eu terminar, vou mandar eles te comerem. Vão te foder, vão te possuir e você vai gritar de prazer. Quer brincar disso, Jud?

Tento responder, mas não consigo. Sinto um nó na garganta que me impede de falar qualquer coisa, então ele repete:

— Quer brincar disso ou não?

— Quero — consigo responder.

Um zumbido me deixa arrepiada. Eric está segurando o vibrador em formato de batom que carrego na bolsa. Quando ele pegou? Depois, me mostra a joia anal de cristal rosa e o lubrificante.

— Agora você vai até o Dexter — diz. — E vai pedir pra ele enfiar a joia no seu bonito cuzinho e depois vai voltar pra cá.

Pego a joia e o lubrificante que Eric me entrega e, excitada, faço o que ele pede. Totalmente nua, exceto pelas botas, ando até Dexter. Lhe passo a joia e o lubrificante. Alucinado, ele olha para meu púbis. Minha tatuagem o excita.

— Quero encostar nela. É tão maravilhosa...

Chego mais perto. Ele passa a mão pelo meu púbis e me devora com o olhar. Em seguida me viro, empino a bunda na frente dele e, sem falar nada, ouço-o destampando o lubrificante. Segundos depois, sinto uma pressão no meu ânus, até que ele enfia a joia anal.

— Lindo — eu o escuto murmurar.

Quando me ergo, Dexter me segura pelos quadris e, movendo a joia dentro de mim, diz:

— Sua tatuagem vai me fazer pedir mil coisas, deusa; não se esqueça disso.

Volto para perto de Eric, que me senta sobre ele, e Dexter murmura com voz rouca:

— Me oferece ela, Eric.

Meu Iceman passa seus braços por baixo das minhas pernas e as abre. Minha vagina molhada fica exposta e latejante bem diante da cara de Dexter.

O homem respira com dificuldade e não tira os olhos dali. Minha entrega o enlouquece.

Eu também respiro com dificuldade. Estou muito excitada. Exaltada. À beira do orgasmo. Solto gemidos e balanço os quadris em busca de algo, de alguém, e é meu próprio dedo que afinal passa pelo meu sexo encharcado. Sem nenhum pudor, eu mesma o enfio dentro de mim enquanto Eric me estimula a continuar com a brincadeira e sei que Dexter está louco de prazer. Dá para ver no seu rosto. Arreganhada, do jeito que ele quer, sinto-o retirar meu dedo para meter um dos pênis de borracha.

Grito de excitação enquanto, com o objeto, Dexter entra e sai de dentro de mim. Mas quero mais. Preciso de mais. Quando, além desse brinquedinho, ele põe o vibrador no meu clitóris inchado, grito outra vez. Com habilidade, enquanto Eric segura minhas pernas, Dexter aproxima e afasta o vibrador do meu ponto exato de prazer. Tenho espasmos e solto gemidos. Até que o escuto dizer:

— Deusa... goza agorinha pra gente.

— Sim — grito enlouquecida.

Toca meu clitóris com o dedo e reajo com gritos. Estou molhada, completamente molhada. Para a surpresa dele, peço:

— Dexter... me chupa, por favor.

Meu pedido o excita. Eric se inclina para trás a fim de facilitar o trabalho do amigo, que instantes depois coloca a boca sobre minha vagina. Dexter me chupa, me lambe e me estimula até chegar ao meu clitóris. É só ele tocá-lo e já começo a gemer. Ele o puxa com os lábios e me deixa louca. Quando gozo na sua boca, murmura:

— Você é uma delícia.

Exausta, sorrio quando Eric me agarra com força, me põe de quatro na cama e, de forma brusca e sem falar nada, me penetra.

Superexcitado pelo que viu, enlouquecido, ele enfia em mim e eu me abro com prazer para recebê-lo. Uma, duas, três..., mil vezes entra fundo, me agarrando pela cintura e me comendo por trás sem pena. Depois um tapinha, dois, três. Grito. Puxa meu cabelo.

— Empina os quadris.

Faço o que ele manda.

— Mais — exige em meu ouvido.

Me sinto dominada enquanto Eric me penetra várias vezes diante do olhar atento de Dexter. De repente, Eric para, tira a joia do meu ânus e enfia seu pênis. Desabo na cama e respiro ofegante, agarrando-me nos lençóis. Sem lubrificante é mais difícil, dói muito... mas é uma dor que me agrada. Me faz pedir mais. Eric me aperta contra seu corpo, me dá outro tapa e diz:

— Mexa-se, Jud... Mexa-se.

Me mexo. Seu ritmo é devastador. Quente. Me enfio algumas vezes nele, até que Eric me pega pela cintura e entra tão fundo que me faz gritar, e nós dois enlouquecemos com um devastador orgasmo ao mesmo tempo.

Estamos esgotados. Dexter nos observa de sua cadeira. Ele está adorando tudo que vê. Eric sugere um banho e, quando estamos a sós, pergunta num tom carinhoso:

— Tudo bem, pequena?

— Tudo.

Adoro essa preocupação dele comigo. A água escorre pelos nossos corpos e rimos. Pergunto a Eric por que Dexter está numa cadeira de rodas e ele comenta que foi por causa de um acidente com seu parapente. Fico morrendo de pena. É tão jovem... Mas Eric, exigente, me beija. Não quer falar disso e me faz voltar à realidade quando enfia de novo a joia na minha bunda. Saímos do banheiro e Dexter continua onde o tínhamos deixado, com o vibrador na mão. Ele o está cheirando e, assim que me vê, diz:

— Adoro cheiro de sexo.

Pelos seus olhos, vejo o quanto me deseja. Sem pensar duas vezes, aproximo meu rosto do seu e falo baixinho:

— Agora é você quem vai me comer, Dexter.

Eric me olha surpreso. Dexter fica boquiaberto. Do que estou falando?

Nenhum dos dois entende. O membro de Dexter não funciona. Como ele vai fazer? Depois de explicar a Eric meu objetivo, ele abre um sorriso. Com sua ajuda, sentamos Dexter numa cadeira sem braços e acoplamos nele um dos vibradores que vêm com cinta. Zombando, Dexter olha para a borracha dura diante dele e ri.

— Meu Deus, há quanto tempo não me via assim!

Sem esperar mais, beijo Eric e coloco minha bunda na altura de Dexter. Eric me abre e mexe na joia anal. Dexter entra no jogo e belisca minha bunda, avermelhando-a. Eric me beija e sussurra para mim:

— Você me deixa louco, querida.

Sorrio. Eric também. Olha para seu amigo e pede:

— Dexter, me oferece pra minha mulher.

O homem me pega pela mão, me faz sentar sobre ele e abre minhas pernas. Toca na joia e murmura na minha orelha:

— Deusa... você é muito *caliente*. Estou adorando esse seu jeito de se entregar.

Quando Eric põe a boca na minha vagina, eu me contraio. Dexter me segura, e me mexo gemendo e gritando pelas coisas maravilhosas que meu amor está fazendo. Mas quero estimulá-los mais ainda, então falo baixinho:

— Isso... Aí... Assim... Continua... Mais... Ah, tá muito bom... Não para... Assim.

Eric toca meu clitóris várias vezes com sua língua. Descreve pequenos círculos e o aperta com os lábios, enquanto Dexter me oferece e apalpa meus seios. Com a ponta dos dedos ele os endurece e belisca. Meu Iceman, com a boca no meio das minhas pernas, me arranca gemidos enlouquecidos. A respiração de Dexter se acelera em alguns momentos e, quando Eric me ergue e me come, nós três ofegamos. Meu amor me apoia contra a parede para enfiar várias vezes com força, até que nós dois finalmente gozamos. Tomada pelo prazer e excitação olho para Dexter, que está ardendo de desejo. Me aproximo dele:

— Agora você.

Monto em Dexter e introduzo em mim o brinquedo que está preso à sua cintura. Ligo e ele começa a vibrar. Sorrio. Dexter também. Como uma estrela do cinema pornô, rebolo em cima dele em busca do meu próprio prazer, enquanto me esfrego em seu corpo e meus seios balançam perto da sua boca. Dexter me segura pela cintura e começa a se movimentar no mesmo ritmo que eu. Mete com força e eu grito enlouquecida.

Eric está ao nosso lado, atento ao que fazemos. Não diz nada. Apenas observa enquanto Dexter me agarra e entra em mim várias vezes. Excitada, digo bem alto:

— Assim... Me come assim... Isso, vai!

Estou totalmente aberta em torno da cinta, e solto gemidos, olhando Dexter nos olhos.

— Vem, Dexter, me mostra o quanto você me deseja.

Minhas palavras o estimulam. Seu desejo cresce e sinto que ele está quase tendo vertigens, tamanho é seu prazer. Dexter me enfia fundo aquela objeto. Está adorando. Dá para ver. Sua respiração está entrecortada.

— Não para... Não para! — grito.

Dexter não poderia parar nem se quisesse. E, quando me aperta uma última vez contra o brinquedinho e solta um grunhido de satisfação, sei que atingi meu objetivo. Dexter aproveitou tanto quanto eu e Eric.

32

Numa tarde em que eu e Flyn patinamos de mãos dadas na garagem, a porta automática começa a abrir de repente. Eric chega antes da sua hora habitual. Ficamos paralisados.

Que flagra desgraçado... E que bela bronca ele vai nos dar!

Reajo depressa, puxo o garoto e saímos da garagem. Mas Eric está chegando bem perto e não sei o que fazer. Não dá nem tempo de a gente tirar os patins ou entrar em algum lugar.

Desesperada, abro a porta que dá na piscina coberta. O menino me olha e pergunto:

— Bronca ou piscina?

Não há o que pensar. Vestidos e de patins, pulamos na água. Assim que botamos a cabeça para fora, a porta se abre e Eric nos vê. Disfarçadamente, nos apoiamos na beira da piscina. Não dá para ver os patins nos nossos pés, já que estão no fundo.

Assustado, Eric se aproxima e pergunta:

— Desde quando alguém entra na piscina de roupa?

Eu e Flyn nos entreolhamos, rimos e enfim respondemos:

— Foi uma aposta. Estávamos jogando PlayStation e combinamos que o perdedor teria que pular na piscina.

— E por que os dois estão na água? — insiste, rindo.

— Porque Jud é uma trapaceira — queixa-se Flyn. — E, como eu ganhei dela, logo depois que ela se jogou na piscina, me jogou também.

Eric ri. Adora ver como eu e o sobrinho estamos nos entendendo ultimamente. Com doçura, deixo que ele me beije, mas com o cuidado de não mostrar meus pés.

— Como está a água? — pergunta.

— Uma delícia! — dizemos Flyn e eu ao mesmo tempo.

Eric toca a cabeça molhada de seu sobrinho e, antes de sair, diz:

— Coloquem roupa de banho se quiserem continuar na água.

— Venha, querido. Anime-se e venha!

Iceman me olha e, antes de desaparecer pela porta, responde com ar cansado:

— Tenho um monte de coisa pra fazer, Jud.

Depois que Eric sai, eu e Flyn nos sentamos na beira da piscina. Tiramos os patins e escondemos num armário que fica num canto.

— Foi por pouco — comento, ensopada.

O garoto ri, eu também, e logo voltamos à piscina. Uma hora depois, quando saímos, Flyn se agarra à minha cintura.

— Promete que não vai embora nunca?

Emocionada pelo carinho do garoto, beijo sua cabeça.

— Prometo.

Nessa tarde, Flyn vai para a casa de Sonia. Disse que tem umas coisas para fazer lá. Seus segredinhos me fazem rir. Eric está sério. Não ficou aborrecido, mas vejo pela sua expressão que está acontecendo alguma coisa. Tento falar com ele e por fim consigo saber que está com dor de cabeça. Fico alarmada! Seus olhos! Sem dizer nada, vai até nosso quarto para descansar. Não vou atrás. Ele quer ficar sozinho.

Lá pelas seis, Susto, entediado porque Flyn levou Calamar, me pede à sua maneira para levá-lo para passear. Eric saiu do quarto e agora está no escritório. Sua aparência melhorou. Sorri. Fico mais tranquila. Tento convencê-lo a ir comigo, a tomar um ar. Mas ele recusa o convite. Acabo desistindo.

Abrigada com meu casaco vermelho, meu gorro, minhas luvas e o cachecol, saio de casa. Não está frio. Susto corre e eu vou atrás. Quando atravessamos o portão, começo a atirar bolas de neve na direção dele. O cachorro se diverte e corre, dando voltas ao meu redor.

Passeamos um pouco pela estrada. O bairro onde moramos é enorme e decido aproveitar a tarde e caminhar, apesar de já estar anoitecendo. De repente, vejo um carro parado no acostamento. Me aproximo com curiosidade. Um homem de terno, de uns 40 anos, fala ao telefone, franzindo as sobrancelhas.

— Estou há mais de uma hora esperando esse maldito reboque. Manda logo!

Desliga o telefone e olha para mim. Sorrio e pergunto:

— Está com algum problema?

O homem confirma com a cabeça e, sem muita vontade de falar, responde:

— As lanternas do carro.

Curiosa, olho para o automóvel. Um Mercedes.

— Posso dar uma olhada nele?

— A senhorita?

Esse "senhorita" com um risinho de superioridade não me agrada nem um pouco, mas suspiro e respondo:

— Sim, eu. — E, ao ver que não se move, insisto: — Não tem nada a perder, né?

Ele fica meio desconfiado, mas acaba aceitando. Susto está ao meu lado. Peço para o homem abrir o capô. Pego a haste e ajusto para mantê-lo aberto. Meu pai sempre me disse que a primeira coisa que tenho que ver quando as luzes dão defeito são os fusíveis. Procuro a caixa onde ficam guardados, dou uma olhada dentro dela e descubro o que está havendo.

— Tem um fusível queimado.

O cara me olha como se eu estivesse falando chinês.

— Está vendo isso aqui? — digo, mostrando o fusível de cor azul. O homem faz que sim com a cabeça. — Se você olhar bem, vai reparar que está queimado. Não se preocupe, a lanterna do carro está boa. Só tem que trocar o fusível pra lâmpada do carro voltar a funcionar.

— Incrível — diz o homem, observando a peça que eu lhe mostro.

Ai, meu Deus! Como gosto de deixar os homens boquiabertos por essas coisas. Valeu, pai! Agradeço muito por ele me ensinar a ser mais que uma princesa.

Me afasto um pouco do homem e pergunto:

— Tem outros fusíveis?

Novamente percebo que ele não faz ideia do que estou falando e, achando graça, insisto:

— Sabe onde fica a caixa de ferramentas?

O bonitão de terno abre a porta de trás do carro e me entrega o que pedi. Diante do seu olhar atento, procuro o fusível da amperagem que preciso e enfio no lugar correspondente. Segundos depois, a lanterna dianteira volta a funcionar.

A cara do sujeito é impagável. Acabo de deixá-lo sem palavras. É surreal para ele o fato de que uma completa desconhecida, uma mulher, se aproxime e conserte seu carro num piscar de olhos.

— Muito obrigada, senhorita.

— De nada — digo, sorrindo.

Crava seus olhos claros em mim, estende a mão e diz:

— Meu nome é Leonardo Guztle, e a senhorita é...?

— Judith. Judith Flores.

— Espanhola?

— Sim — respondo, fascinada.

— Adoro os espanhóis, seus vinhos, a *tortilla* de batata.

Suspiro. Pelo menos ele não disse "*olé!*".

— Posso chamá-la de "você"?

— Claro, Leonard.

Por alguns segundos, sinto que ele me observa de cima a baixo com seus olhos claros, até que pergunta:

— Gostaria de te convidar pra tomar alguma coisa. Depois do que você fez por mim, é o mínimo que posso fazer pra te agradecer.

Uau, ele está dando em cima de mim?

Mas, disposta a cortar o mal pela raiz, sorrio e respondo:

— Obrigada, mas não. Estou com pressa.

— Posso te dar uma carona? — insiste.

Nesse momento, Susto late e corre na direção de um carro que se aproxima de nós. É Eric. Nossos olhares se cruzam e, caramba, como está sério... Para o carro, desce, vem até mim, me beija, me agarra pela cintura e murmura:

— Fiquei preocupado. Você estava demorando muito. — Depois, olha para o cara, que nos observa, e diz: — Oi, Leo! E aí?

Caraca, eles se conhecem!

Surpreso com a presença de Eric, o homem nos olha e meu lindo esclarece:

— Estou vendo que você conheceu minha namorada.

Um silêncio tenso toma conta da situação, e fico sem entender nada, até que Leonard faz que sim e dá um passo para trás.

— Não sabia que Judith era sua namorada. Mas você não imagina: ela sozinha acabou de consertar meu carro.

— Ah, bobagem... só troquei um fusível.

Leonard sorri e murmura, tocando com o dedo a ponta congelada do meu nariz:

— Você conseguiu fazer uma coisa que eu jamais conseguiria. E isso, mocinha, me deixou surpreso.

Tensão. Eric não sorri.

— Como está sua mãe? — pergunta o homem.

— Bem.

— E Flyn?

— Ótimo — responde Eric num tom frio.

O que está acontecendo? O que houve com eles? Não estou entendendo nada.

Nos despedimos dele. Leonard dá partida na sua Mercedes, acende os faróis e vai embora. Eu, Eric e Susto entramos no carro. Eric liga o motor, mas, sem sairmos do lugar, ele quer saber:

— O que você estava fazendo sozinha com Leo?

— Nada.

— Como nada?

— Ele estava sem luzes no carro e eu troquei um fusível. Só isso. Não tem por que ficar chateado.

— E por que você precisava fazer isso?

Espantada com a pergunta absurda, respondo:

— Porque, Eric... porque eu sou assim, ué. Meu pai me educou dessa forma. Aliás, de onde você conhece esse cara?

Eric me olha.

— Esse idiota, dono do carro que você consertou, era o namorado de Hannah quando ocorreu tudo aquilo, e foi ele que se afastou de Flyn sem pensar nele.

Estou passada!

Esse é o babaca que não quis saber do garoto quando Hannah morreu? Se eu soubesse disso, iria deixá-lo na mão, e ele que arrumasse algum trouxa para consertar seu fusível.

Os olhos de Eric estão injetados de raiva. Está muito irritado. Triste pelas lembranças que isso traz, ele dá um soco no volante.

— Parecia muito à vontade com ele.

Não quero discutir. Tento manter o controle e digo:

— Olha, querido, eu não sabia quem era o cara. Apenas fui simpática e...

— Então não seja — me corta. — Você tem que se tocar que, quando é tão *simpática*, os homens ficam achando que você está dando mole pra eles.

Isso me faz rir. Os alemães são meio esquisitos em muitas coisas, e essa é uma delas.

— Está com ciúme?

Eric não responde. Crava em mim seus olhos enormes que me deixam louca. Por fim, diz:

— É pra eu estar?

Nego com a cabeça. Ligo o CD do carro e me surpreendo ao descobrir que Eric está ouvindo minhas músicas. Enquanto Eric reclama e eu sorrio, Luis Miguel canta:

Tanto tiempo disfrutamos de este amor, nuestras almas se acercaron tanto así, que yo guardo tu sabor, pero tú llevas también, sabor a mí.

Nossa, que bolero mais romântico!

Olho para Eric. Sua testa contraída me faz suspirar e, sem deixá-lo continuar resmungando, pergunto:

— Melhorou da dor de cabeça?

— Melhorei.

Preciso fazer alguma coisa. Preciso fazê-lo relaxar e sorrir. Então digo:

— Sai do carro.

Ele me olha surpreso e pergunta:

— Como assim?!

Abro a porta e repito:

— Sai do carro.

— Pra quê?

— Sai do carro e você vai saber — insisto.

Ele sai e bate a porta com força. Antes de sair também, coloco a música no volume máximo e deixo minha porta aberta. Susto desce junto. Depois caminho até meu resmungão preferido, dou-lhe um abraço e digo diante da sua cara emburrada:

— Dança comigo.

— Quê?!

— Dança comigo — insisto.

— Aqui?

— É.

— No meio da rua?

— Sim... E debaixo da neve. Não acha romântico e perfeito?

Eric resmunga. Eu sorrio. Faz menção de dar meia-volta, mas eu puxo seu braço e exijo:

— Dança comigo!

Duelo de titãs. Alemanha contra Espanha. No fim, quando faço uma careta e sorrio, ele acaba cedendo.

Dá-lhe, fúria espanhola!

Me abraça. É um momento mágico. Uma cena inesquecível. Dança comigo. Relaxa. Fecho os olhos abraçada com meu amor, enquanto a voz de Luis Miguel diz:

Pasarán más de mil años, muchos más.
Yo no sé si tendrá amor la eternidad.
Pero allá, tal como aquí, en la boca llevarás
sabor a mí.

— Acho bonitinho te ver com ciúme, mas você não tem razão pra isso. Você é único e insubstituível pra mim — murmuro sem olhar para ele e aninhada em seus braços.

Percebo que está sorrindo. Eu também estou. Dançamos em silêncio. Quando a música termina, olho para ele e pergunto:

— Está mais calmo? — Não responde. Apenas me observa. E eu digo: — Te amo, Iceman.

Eric me beija. Devora meus lábios e balbucia:

— Eu é que te amo, fofinha.

33

Hoje é meu aniversário. Quatro de março. Faço 26 aninhos. Falo com minha família e todos me dão parabéns. Estou com saudade. Queria vê-los e apertá-los, e prometo que logo vou fazer uma visita. Sonia, mãe de Eric, oferece um jantar na casa dela para comemorar a data. Chamou Frida, Andrés e uns amigos. Estou feliz.

Flyn me deu um pingente de cristal muito lindo que estou usando com orgulho. Achei uma gracinha da parte dele procurar um presente para mim. Eric me dá uma pulseira de ouro branco maravilhosa, com nossos nomes gravados nela. Fico emocionada. Mas o que mais me deixa arrepiada é quando meu amor me pede para eu tirar o anel que tinha me dado e ler o que está escrito dentro: "Peça-me o que quiser, agora e sempre."

— Quando foi que você colocou isso? — pergunto surpreendida.

Eric ri. Está feliz.

— Uma noite enquanto você dormia. Tirei do seu dedo, Norbert levou a um joalheiro amigo meu, trouxe de volta algumas horas depois e recoloquei em você. Eu sabia que você não tiraria e não veria.

Me jogo em seus braços. Esse é o tipo de surpresa que adoro: completamente inesperada. Ele me beija e murmura com voz rouca:

— Não se esqueça, pequena. Agora e sempre.

Uma hora mais tarde, acabo de me arrumar e me olho no espelho. Fico satisfeita. O vestido de chiffon preto que Eric comprou para mim caiu superbem. Olho meu cabelo e resolvo deixá-lo solto. Eric gosta de tocá-lo, cheirá-lo, e isso me excita.

A porta do quarto se abre, e aparece o homem que me mata de tanto prazer. Está gatíssimo num smoking escuro com gravata-borboleta.

"Hummm, gravata-borboleta, que sexy! Quando voltarmos, quero que fique só de gravata e totalmente nu", penso. Mas não conto a ele meus planos. Em vez disso, pergunto:

— Estou bonita?

Eric me olha de cima a baixo e dá para perceber o quanto ele está me achando gostosa. Ele aperta os lábios e murmura com um sorriso malicioso:

— Sexy. Irresistível. Maravilhosa.

Ai, assim ele me mata!!!

Fogosa, deixo que ele me abrace. Suas mãos tocam minhas costas nuas e sorrio quando ele encosta os lábios nos meus. Calor. Por alguns segundos, nos beijamos, curtimos o momento, ficamos excitados e, quando estou a ponto de arrancar o smoking, ele se afasta de mim.

— Vamos, moreninha. Minha mãe está esperando a gente.

Olho o relógio. Cinco horas.

— Vamos tão cedo pra casa da sua mãe?

— Melhor cedo que tarde, né?

Quando me solta, sorrio. Maldita pressa alemã!

— Me dá cinco minutinhos e eu já desço.

Eric concorda. Me beija de novo e desaparece do quarto. Sem tempo a perder, calço os sapatos de salto alto, me olho no espelho outra vez e retoco o batom. Pego a bolsa que faz jogo com o vestido e, empolgada e ansiosa para me divertir, saio do quarto.

Quando desço a escada, Simona vem falar comigo.

— Está linda, senhorita Judith.

Feliz com o elogio, abro um sorriso e lhe dou um abraço. Adoro abraçá-la. Susto e Calamar vêm me receber. Depois que solto Simona, ela me olha de um jeito carinhoso e diz, levando os cachorros com ela:

— O senhor e o Flyn estão na sala esperando a senhorita.

Com um sorriso de orelha a orelha, vou ao encontro deles. Assim que abro a porta, quase caio para trás com o que vejo. Contraio bem os olhos para ter certeza de que não estou delirando, levo a mão à boca e, emocionada como poucas vezes na vida, começo a chorar.

— Fofinhaaaaaaaaa — grita minha irmã.

Bem na minha frente estão meu pai, minha irmã e minha sobrinha.

Não consigo falar nada. Não consigo me mexer. Só o que posso fazer é chorar enquanto meu pai corre e me abraça. É tão aconchegante tê-lo por perto! E finalmente consigo dizer:

— Papai! Papai, que bom que você está aqui!

Minha sobrinha me enche de beijos e minha irmã também. Todos me abraçam e por alguns minutos uma confusão de risos, choros e gritos toma conta da sala, e ao mesmo tempo observo a cara séria de Flyn e a emoção de Eric.

Quando me refaço dessa surpresa maravilhosa, enxugo as lágrimas e pergunto:

— Mas... mas... quando vocês chegaram?

Mais emocionado que eu, meu pai responde:

— Há uma hora. Que frio desgraçado faz aqui na Alemanha.

— Ai, fofa, você está linda com esse vestido!

Dou uma voltinha para minha irmã e respondo animada:

— Foi presente do Eric. Não é maravilhoso?

— Incrível.

Vendo que meu cunhado não está, pergunto:

— José não veio?

— Não, fofa... Sabe como é, né? O trabalho.

Concordo com a cabeça e minha irmã sorri. Luz, que está agarrada à minha cintura, grita:

— Muito legal o avião do tio Eric! A aeromoça me deu chocolate e milkshake de baunilha.

Eric se aproxima, pega minha mão e diz:

— Falei com seu pai e sua irmã há alguns dias e eles adoraram a ideia de passar o aniversário contigo. Está feliz?

Que vontade de enchê-lo de beijos!

Sorrio como uma menininha e respondo:

— Muito. É o melhor presente.

Nos olhamos nos olhos por alguns segundos. Amor. É isso que Eric me dá. Mas o momento se rompe quando Flyn exige:

— Quero ir logo pra casa da Sonia!

Surpresa, me volto para ele. O que esse menino tem? Mas, ao ver sua testa franzida, entendo logo. Está com ciúme. Tanta gente desconhecida ao mesmo tempo é algo que o assusta. Conhecendo o sobrinho, Eric se afasta de mim, faz carinho na cabeça dele e diz:

— Vamos já, já. Não se preocupe.

Flyn se vira e senta no sofá, dando as costas a nós dois. Eric bufa, e minha irmã, para desviar a atenção, intervém:

— Essa casa é linda.

Eric sorri.

— Obrigado, Raquel. — E, olhando para mim, diz: — Mostra a casa toda e os quartos que reservamos pra eles. Em duas horas temos que ir pra casa da minha mãe.

Sorrio animada e saio da sala junto com minha família. Vamos em grupo à cozinha, apresento Simona, Norbert e os dois cãezinhos. Depois seguimos para a garagem, onde eles assobiam ao verem os carrões parados ali.

Na sequência, mostro os banheiros e os escritórios. Como era de se esperar, minha irmã não para de soltar gritinhos de satisfação enquanto observa tudo. Assim que abro a porta que dá para a enorme piscina, ela quase enlouquece.

— Ai, fofaaaaaaaaaaa, isso é o máximo!

— Que maneiroooooooo! — grita Luz. — Caraca, tia, você tem piscina e tudo!

A menina vai até a beirada e põe a mão na água. Divertindo-se, seu avô avisa:

— Luz da minha vida... se afasta daí senão você vai cair.

Meu pai rapidamente a agarra pela mão, mas minha sobrinha se solta e, já junto de mim e de Raquel, cochicha com cara de sapeca:

— Vamos jogar alguém na piscina?

— Luz! — grita minha irmã, olhando meu vestido.

— Essa menina não pode ver uma poça d'água que já fica louca — brinca meu pai.

Todo mundo na família já sabe que ficar com a pequena perto da água é certeza de acabar encharcado. Começo a rir. Se ela molhar meu lindo vestido, vai ser um drama, então olho com cumplicidade para minha sobrinha e aviso:

— Se você me empurrar na piscina com o vestido que Eric me deu, vou ficar muito chateada contigo. E, se você não me empurrar, prometo que amanhã a gente fica um tempão na piscina. O que você prefere?

Imediatamente, minha sobrinha põe o dedo na frente do meu. É nossa maneira de selar um acordo. Coloco meu dedo junto ao dela e nós duas piscamos um olho e sorrimos:

— Tá bom, tia, mas amanhã vamos cair na água, tá?

— Prometo, querida — respondo, rindo.

Levantamos nossos polegares, juntamos os dois e depois batemos uma na palma da outra ao mesmo tempo.

— Luz, não se esquece que amanhã à tarde vamos voltar pra casa — lembra minha irmã.

Ao sairmos da área da piscina, subo com minha família ao primeiro andar. Preciso me controlar para não cair na gargalhada com a cara de admiração que Raquel faz diante de tudo o que vê. Ela se empolga até com o papel de parede. Incrível!

Depois de acomodá-los nos quartos, eu os apresso para se vestirem logo. Em uma hora temos que sair para jantar na casa da mãe de Eric. Quando volto à sala, Eric e Flyn estão jogando PlayStation, como sempre a todo volume. Nenhum deles percebe minha presença. Chego mais perto e escuto o garoto dizer:

— Não gostei daquela menina chata.

— Flyn... para com isso.

Sem fazer barulho, fico escutando a conversa.

— Mas eu não quero que ela...

— Flyn...

O garoto bufa enquanto mexe no controle do videogame e insiste:

— As meninas são um saco, tio.

— Não são, não — responde meu Iceman.

— São bobas e choronas. Só querem ouvir coisas bonitas e receber beijos, você não vê?

Incapaz de segurar o riso, me aproximo com cautela e murmuro na orelha de Flyn:

— Algum dia você vai adorar beijar uma menina e dizer coisas bonitas pra ela. Você vai ver só!

Eric solta uma gargalhada, enquanto Flyn abandona irritado o controle do PlayStation e sai da sala. Mas o que houve? Onde foi parar aquele clima bom entre nós dois? Quando eu e Eric ficamos a sós, desligo a música do jogo, chego perto do meu lindo e, sentando-me no seu colo com cuidado para não amassar o vestido, sussurro:

— Vou te beijar.

— Ótimo — diz meu Iceman.

Corro meus dedos pelos seus cabelos e digo com paixão:

— Vou te dar um beijo explosivo!

— Hummm... gostei da ideia — responde, sorrindo.

Encosto meus lábios nos seus, provocando-o, e murmuro:

— Hoje você me fez muito feliz trazendo minha família pra sua casa.

— Nossa casa, pequena — corrige.

Não digo mais nada. Agarro sua nuca e lhe dou um beijo. Enfio a língua na sua boca com voracidade. Ele corresponde. Depois de um beijo incrível, maravilhoso, excitante e delicioso, eu o solto.

— Uau, adoro seus beijos explosivos!

Rimos e digo num tom sensual:

— Nunca ouviu aquela história de que, quando a espanhola beija, ela beija de verdade?

Eric ri outra vez.

É muito bom vê-lo tão feliz. Quando estamos quase nos beijando de novo, Flyn aparece de braços cruzados e com cara emburrada. Atrás dele vem Luz num vestidinho azul. Ela pergunta:

— Por que o chinês não fala comigo?

Putz, olha o que ela acaba de dizer! Chamou Flyn de *chinês*!

Flyn contrai as sobrancelhas mais ainda e respira bufando. Tadinho! Me levanto depressa do colo de Eric e repreendo minha sobrinha.

— Luz, o nome dele é Flyn. E não é chinês, é alemão.

Ela olha para ele. Depois para Eric, que se levantou e está ao lado do sobrinho. Logo se vira para mim e, com sua franqueza de sempre, insiste:

— Mas ele tem olhos iguais aos dos chineses. Você não viu, tia?

Ai, meu Deus! Quero morrer! Que constrangedor!

Por fim Eric se agacha, olha nos olhos de Luz e explica:

— Querida, Flyn nasceu na Alemanha e é alemão. O pai dele era coreano e a mãe alemã como eu, e...

— Se ele é alemão, por que não é louro que nem você? — insiste a criatura.

— Ele acabou de explicar, Luz — intercedo. — O pai dele era coreano.

— E os coreanos são chineses?

— Não, Luz — respondo, olhando-a bem nos olhos para fazê-la ficar quieta.

Mas não funciona. Ela é perguntona demais.

— E por que os olhos dele são assim?

Vou esganar essa menina! Por sorte, bem nessa hora meu pai e Raquel entram na sala em seus melhores trajes. Que lindos eles estão!

Meu pai, ao ver meu olhar de "socorro!", logo intui que Luz está aprontando alguma. Ele a pega nos braços e tenta distraí-la com a paisagem da janela. Respiro aliviada. Olho para Flyn e ele fala baixinho em alemão:

— Não gosto dessa menina.

Eu e Eric nos olhamos. Faço cara de espanto e ele pisca um olho num gesto de cumplicidade. Dez minutos depois, estamos todos no Mitsubishi de Eric e partimos para a casa de Sonia.

Chegamos. A casa está iluminada e há vários carros estacionados de um lado. Surpreso com a suntuosidade daquela residência, meu pai me olha e cochicha:

— Esses alemães sabem o que é bom, hein?!

Acho graça de seu comentário, mas paro de sorrir quando vejo a cara de Flyn. Está muito incomodado.

Ao entrarmos na casa, Sonia e Marta recebem minha família com muito carinho, e as duas dizem que estou linda com esse vestido. Flyn se afasta e vejo Luz indo atrás dele. Essa garota não é mole. Dez minutos depois, sorrio ao me sentir a mulher mais realizada do planeta, cercada pelas pessoas que mais me amam e me importam no mundo. Sou feliz.

Conheço o homem com quem Sonia está saindo. Esse Trevor não é esse homem todo! Não é bonito. Nem atraente. Mas cinco minutos de conversa com ele me fazem perceber seu carisma. Até Raquel, que não fala alemão, sorri para ele como uma pateta. Eric se limita a observá-lo, encarando-o e tirando conclusões. Não digeriu muito bem a ideia de que sua mãe tem um novo namorado, mas respeita a decisão.

Frida e minha irmã ficam de papo. Lembram de quando se viram na corrida de motocross. As duas são mães e conversam sobre crianças. Escuto por um tempo e, quando Raquel se afasta, Frida diz no meu ouvido:

— Em breve vai rolar uma festinha particular no Natch.

— Sério? Interessante isso...

— Muito... muito interessante — brinca Frida, rindo.

O sangue me sobe à cabeça. Sexo!

Dez minutos mais tarde, estou rolando de rir com minha irmã. Ela é uma crítica feroz, e adoro ouvir os comentários que faz em relação a algumas coisas.

Em dado momento, Sonia, que está supercontente por ter organizado a festa para mim, me leva a um canto da sala.

— Filha, que alegria poder comemorar seu aniversário aqui em casa com sua família.

— Obrigada, Sonia. Foi muito gentil da sua parte receber todos nós.

A mulher sorri e, apontando para o menino, quer saber:

— Gostou do presente que ele te deu?

Toco meu pescoço e lhe mostro o pingente.

— É lindo.

Sonia abre um sorriso e cochicha:

— Preciso te contar que eu mal acreditei quando meu neto me ligou outro dia pra me pedir que o levasse a um shopping e ajudasse a comprar um presente de aniversário pra você. Pulei de alegria! Fiquei emocionada por ele pedir minha ajuda. É a primeira vez que faz isso. No caminho, conversou comigo de um jeito que nunca tinha feito. Até me perguntou pela mãe dele e quis saber se eu gostaria que ele me chamasse de "vó".

A mulher se emociona e, movendo a cabeça para segurar o choro, prossegue:

— Também me confessou que está superfeliz por você morar com eles.

— Sério?

— Sério, querida. Só não caí pra trás porque estava sentada.

Rimos, e Sonia comenta:

— Já te disse quando te conheci, mas repito: você é a melhor coisa que poderia acontecer a Eric.

— E seu filho é a melhor coisa que poderia acontecer na minha vida — digo.

Sonia balança a cabeça afirmativamente. Depois continua baixinho:

— Esse meu filho, mandão e cabeça-dura que é, teve muita sorte de te encontrar. E Flyn nem se fala. Você é perfeita pra eles. — Sorri e prossegue: — Aliás, Jurgen me disse que você é uma ótima corredora de motocross. Estou com vontade de te ver qualquer dia. Quando vai haver uma corrida?

Dou de ombros. Por enquanto não marquei nada. Não quero que Eric fique sabendo.

— Quando houver, pode deixar que eu te aviso. E obrigada pela moto. É maravilhosa!

Sorrimos.

— Mesmo correndo o risco de levar uma bronca de Eric quando ele ficar sabendo, acho ótimo que você esteja aproveitando. Tenho certeza que Hannah estará sorrindo ao ver sua querida moto em ação e bem-cuidada na tua casa.

"Minha casa." Como soam bem essas palavras! Não voltei a brigar com Eric por causa disso. Depois da última discussão, nunca mais me referi à casa dele como sendo só dele, e agora Sonia faz o mesmo. Emocionada, lhe dou um beijo.

— Já sabe, né? Se seu filho me expulsar quando descobrir, vou precisar de um abrigo.

— Pode ficar à vontade, querida. A casa é sua.

— Obrigada. Bom saber.

Estamos rindo quando Eric se aproxima.

— O que as mulheres mais importantes da minha vida estão tramando?

Sonia beija sua bochecha e, num tom bem-humorado, comenta enquanto vai se afastando:

— Pelo que te conheço, querido, você não vai gostar nadinha.

Eric olha para ela desconcertado, depois fica me olhando. Dou de ombros e afirmo com voz angelical:

— Não sei do que ela está falando. — E, para mudar de assunto, cochicho: — Frida comentou que vai rolar outra festinha particular no Natch.

Meu amor sorri, chega bem perto da minha boca e murmura:

— Estou sabendo, pequena.

Andamos até a mesa e, dando uma de romântico, Eric puxa a cadeira para mim, depois beija meu ombro nu. Sorrimos e ele se acomoda de frente para mim, ao lado do meu pai e de Flyn.

Minha irmã, que está sentada ao meu lado, sussurra de repente:

— Fofinha, posso te fazer uma pergunta?

— Quantas você quiser — respondo.

Raquel olha disfarçadamente à sua esquerda e, inclinando-se para perto de mim outra vez, afirma:

— Estou perdida com tanto garfo, tanta faca e tanta bobagem. Como é mesmo a regra dos talheres? Tem que usar de fora pra dentro ou de dentro pra fora?

Entendo perfeitamente essa dificuldade. Aprendi a etiqueta nos almoços da empresa. Na nossa casa, como na maioria das casas do mundo, só usamos um garfo e uma faca para a refeição inteira.

Sorrio e respondo:

— De fora pra dentro.

Raquel logo explica ao meu pai, que, aliviado, balança a cabeça. Ele é um fofo! Em seguida ela volta ao ataque:

— Qual é o meu pão?

Olho para os pequenos potes que estão na nossa frente e respondo:

— O da esquerda.

Raquel sorri de novo. Eric percebe a situação, me lança um olhar de cumplicidade e entorto meus olhos para a ponta do nariz, ficando vesga. Sua risada me anima e a gente se diverte.

Mais tarde, após uma noite maravilhosa, com direito a "Parabéns pra você" e um monte de presentes lindos, voltamos para casa. Estamos exaustos e felizes. Sonia sabe organizar festas como ninguém e isso ficou claro para todo mundo.

Todos vão se deitar. Eu e Eric entramos no nosso quarto e fechamos a porta. Sem acender as luzes, olhamos um para o outro. A iluminação da rua que entra pela janela nos permite ver nossos rostos. Incapaz de ficar mais tempo sem tocar nele, chego mais perto, passo os braços pelo seu pescoço e sussurro:

— Peça-me o que quiser, agora e sempre.

Eric me beija e repete:

— Agora e sempre.

34

Passo a manhã na piscina com Luz, como eu tinha prometido. À tarde minha família vai voltar à Espanha no jatinho de Eric. Fico triste de vê-los ir embora, mas ao mesmo tempo estou feliz por ter passado essas horas com eles.

— Ah, pequena, abre um sorriso — diz Eric, apertando meus pneuzinhos quando paramos num sinal. — Eles estão bem. Você está bem. Não tem por que ficar triste.

— Eu sei, mas sinto muita saudade deles — respondo.

O sinal fica verde e Eric arranca. Olho pela janela e, de repente, a música começa a tocar a todo volume. Fascinada, me viro para meu gatinho que está cantando a plenos pulmões *Highway to hell*, do AC/DC:

Living easy, living free,
Season ticket on a one-way ride
Asking nothing leave me be
Taking everything in my stride...

Deslumbrada, arregalo os olhos. É a primeira vez que o vejo cantar assim. Rio e ele exagera na cara de mau. Adoro seu lado selvagem! Eric movimenta a cabeça no compasso da música e me incentiva com a mão a cantar também. Cantamos juntos, nos olhamos e sorrimos. De repente ele para o carro. Continuamos cantarolando e, quando a música termina, soltamos uma gargalhada.

— Sempre gostei dessa música — diz Eric.

Fico de queixo caído ao saber que ele curte esse som.

— Você gostava do AC/DC?

Sorri, sorri... abaixa o volume da música e confessa:

— Claro. Nem sempre fui tão sério.

Por alguns minutos ele me conta sua vida de adolescente roqueiro e eu escuto surpresa. Mas, quando ele termina de falar, meu sorriso desaparece. Eric me olha e sabe que estou pensando de novo na minha família. Ele percebe a dor que estou sentindo por terem ido embora, e diz:

— Sai do carro.

— Quê?

— Sai do carro — insiste.

Obedeço e ele sorri. Sei o que vai fazer. No rádio está tocando *You are the sunshine of my life*, de Stevie Wonder. Eric coloca no volume máximo, desce do carro e vem até mim.

Meu Deus, ele vai mesmo fazer isso?

Vai dançar comigo no meio da rua?

Inacreditável!

Ele para na minha frente e murmura:

— Dança comigo.

Me jogo em seus braços. É maravilhoso ver que Eric é capaz de parar o carro no meio de uma rua supermovimentada e dançar comigo sem pudor algum.

— Como diz a música, você é o sol da minha vida e, se te vejo triste, não consigo ser feliz — sussurra em meu ouvido. — Te prometo, pequena, que vamos pra Espanha sempre que você quiser, que sua família vai vir à nossa casa sempre que quiser, mas, por favor, abre um sorriso. Se não te vejo feliz, não posso ser feliz.

Suas palavras me comovem. Me emocionam. Nos abraçamos. Danço com ele e aproveito esse momento mágico. As pessoas ao nosso redor nos olham. Não entendem o que estamos fazendo. Mas não me importo com o que pensam, e sei que Eric também não está nem aí. Quando a música termina, olho para ele e digo, toda boba:

— Te amo do fundo do coração, querido.

Dá para ver que minhas palavras o deixam feliz.

— Continuo esperando que você queira casar comigo.

Esse comentário me faz sorrir. E esclareço:

— Amor... aquilo foi um impulso. Não vai dizer que você levou a sério?

Meu Iceman me olha... me olha... e finalmente responde:

— Levei.

— Mas, Eric, do que você está falando? Não sou dessas que querem casar.

Ele me beija.

— Temos na geladeira de casa uma garrafa maravilhosa de Moët Chandon rosé. O que acha de a gente beber e conversar sobre essa ideia impulsiva?

Calor. Emoção. Nervosismo.

Ele realmente está falando em casamento?

Mas, controlando meus nervos, sorrio e pergunto toda carinhosa:

— Moët Chandon rosé?

— Aham! — diz com entusiasmo.

— Aquele de rótulo rosa que tem cheiro de morangos silvestres — brinco ao me lembrar da primeira vez que Eric levou essa garrafa à minha casa em Madri.

— Esse mesmo, pequena.

Dou uma risada e digo, sem me afastar dele:

— Por enquanto, vamos ficar só com a garrafa.

De repente o celular de Eric apita. Chegou uma mensagem. Ele me beija, devora minha boca. Quando nos damos por satisfeitos, entramos no carro. Faz frio. Eric olha para o celular e diz:

— Amor, tenho que dar um pulo no escritório, você se importa?

Loucamente apaixonada por esse homem, nego com a cabeça e abro um sorriso. Vinte minutos depois, já estamos na porta da empresa. São dez da noite e há pouca gente na rua. Ao passarmos pelo hall, os seguranças nos cumprimentam. Me olham com surpresa e eu sorrio. Eles não sorriem de volta.

Caramba, como é difícil fazer um alemão sorrir!

Chegamos ao andar da presidência — sem ninguém. O escritório está totalmente vazio. Preciso ir ao banheiro.

— Eric, onde é o banheiro?

Aponta à direita e corro nessa direção, enquanto ele diz:

— Te espero na minha sala.

Depois de fazer o que vim fazer, me olho no espelho e arrumo o cabelo. Minha aparência é suave e jovial. Usando o pulôver rosa que ganhei do meu pai e uma calça jeans, estou parecendo mais nova do que sou.

Penso no que Eric disse há alguns minutos. Casamento? Será que deveríamos mesmo nos casar?

Saio do banheiro sorrindo e ando até a sala de Eric. Assim que abro a porta, quase caio para trás ao ver Amanda bem na frente dele, com um vestido vermelho todo provocante e sexy. Vaca!

Por alguns segundos eles não notam minha presença. Observo Amanda se inclinando na direção de Eric e lhe mostrando uns papéis. Seus seios estão bem perto dele e dá para perceber que ela quer algo além de trabalho. Eric sorri. Ela toca no ombro dele, e Eric não diz nada. Mato os dois!

Continuo observando tudo por alguns minutos. Conversam. Consultam a papelada. Ao fim, Amanda senta na mesa, insinuando-se, e cruza as pernas diante do meu Iceman. Estou morrendo de ciúme. Morrendo! Quando não consigo mais me segurar, fecho a porta com força e os dois olham para mim.

Minha cara não é mais a da mocinha meiga do espelho do banheiro. Estou a ponto de gritar como a Shakira! Raivosa! Revoltada com o que acabo de presenciar. Essa mulher e suas artimanhas despertam o que há de pior em mim. A expressão de surpresa de Amanda diz tudo. Não esperava me ver aqui. Com determinação e certo ar de deboche, me aproximo dos dois. Eric me olha. Suas sobrancelhas estão arqueadas.

— Amanda, quanto tempo!

Ela desce da mesa, ajeita o vestido e se afasta um pouco de Eric. Toca em seus cabelos louros muito bem cuidados, me olha com seu olhar impessoal e responde com um sorriso falso:

— Judith, querida, que bom te ver!

Mas que mentirosa...!

Chega mais perto para me cumprimentar, mas prefiro deixar as coisas bem claras. Eu a detenho e digo num tom mal-humorado:

— Nem ouse encostar em mim, ok?

Eric se levanta. Já está prevendo problemas. Mas, antes mesmo que ele abra a boca, aponto o dedo na sua cara e digo:

— E você, calado. Estou falando com Amanda. Depois falo contigo.

A mulher sorri. Sente-se bem com o constrangimento estampado no rosto de Eric. Nos olhamos com ódio. Está claro que nunca seremos amigas. Tenho consciência de que nesse momento o visual dela dá de dez a zero no meu. Ela usa um vestido vermelho, todo sexy e decotado, e um sapato com um salto imenso. Já eu estou com um pulôver rosinha, calça jeans e botas sem salto. Cá entre nós, impossível competir.

Ela também sabe disso. Dá para perceber pelo modo como me olha. Mas estou disposta a deixar claro o que passa pela minha cabeça, então digo num tom confiante:

— Não preciso me vestir como uma vadia pra atrair um homem. Até porque já tenho namorado, que, olha só que coincidência!, é o mesmo cara em quem você estava dando em cima agorinha, sua cadela!

Amanda faz menção de protestar. Mas levanto um dedo e a faço ficar quieta.

— Você trabalha pro Eric. Pro meu namorado. Limite-se a isso, a trabalhar, e não tente mais nada.

— Jud... — diz Eric, grunhindo.

Não presto atenção nele e continuo:

— Se eu vir você tentando qualquer coisa com ele outra vez, juro que você vai se arrepender. E não vai ser como da última vez que nos encontramos.

Agora, não vou dar as costas e ir embora. Se alguém vai embora, esse alguém é você, entendido?

Eric se mexe na cadeira. Amanda nos olha e responde:

— Acho... acho que você está cometendo um engano, querida.

Empenhada em marcar meu território, coloco um dedo no seu decote acentuado e rebato:

— Não vem com "querida" e outras babaquices. Larga o Eric, sua vagabunda! Ouviu bem?

— Jud... — me repreende Eric, incrédulo.

Humilhada, Amanda pega suas coisas e sai, mas antes olha para trás e diz:

— Te ligo amanhã.

Eric concorda num gesto. Ela vai embora e eu, irritada, começo a chiar.

— Se você disser que não percebeu como essa sujeita estava se insinuando pra você, juro que pego essa escultura em cima da mesa e quebro na sua cabeça. — Não responde e continuo: — Você acabou de me decepcionar, seu imbecil! Essa idiota estava esfregando os peitos na tua cara e você deixou numa boa.

— Não é verdade.

— É, sim. Você e Amanda têm uma intimidade que você nem percebe, né? Então tá... continuemos por esse caminho! Na próxima vez que eu encontrar Fernando, vou sentar no colo dele e esfregar meus peitos na cara dele sem me importar com o que você pensa ou sente. Só porque tenho intimidade com ele. Que tal?

— Você está passando dos limites, Jud — reclama furioso.

— Merda nenhuma! — grito. — Quem passou dos limites foi você.

Sua cara é indescritível. Sei que estou exagerando, que o que vi foi um flerte da parte de Amanda e não de Eric, mas já não posso parar.

— Você deveria ter cortado logo as asinhas da Amanda. Eu vi vocês! Vi como ela te olhava e... e... se eu não tivesse entrado na sala, vocês acabariam deitados em cima da mesa como outras vezes, né?

— Se eu fosse você, parava por aqui... — insiste com frieza.

— Por que você teve que vir ao escritório a essa hora? — Não responde. — Mas... você não reparou como ela estava vestida? Só queria sexo. Nem mais nem menos. E você é tão idiota que nem percebe, né?

Eric continua em silêncio. Minhas palavras o incomodam. Revira os papéis que Amanda deixou na sua mesa e diz:

— Não existe absolutamente nada entre mim e Amanda. Não vou negar que ela continua tentando me seduzir, mas eu não dou a menor bola e...

— Babaca! — grito. — Você sabe que ela continua tentando, mas não dá bola. Ótimo, Eric! Da próxima vez que eu encontrar aquele tal de Leonard, o cara do carro que consertei, mesmo que ele tente me seduzir, vou deixar. Ah, mas não se preocupa, tá? Não vou dar a menor bola, por mais que ele insista. Você não liga, né?

Isso o enfurece. Enfia os papéis na pasta e sai da sala sem olhar para mim. Vou atrás. Descemos o elevador em silêncio. Eu o sigo até o carro. Não trocamos uma palavra durante todo o trajeto até nossa casa. O ciúme e a insegurança nos dominam. Quando chegamos, Eric para o carro na garagem e cada um de nós segue um caminho diferente. Ele se mete no seu escritório e eu vou para o quarto. Bato a porta com força e me sento no tapete felpudo.

Estou explodindo de raiva!

Olho pela janela. Tudo está escuro. Ligo meu computador, checo meus e-mails, falo com minhas amigas no Facebook e a conversa me relaxa.

As horas vão passando e a gente continua sem se falar. Eu não o procuro, nem ele a mim. Não pensamos naquela conversa diante de uma garrafa de Moët Chandon rosé. O relógio marca duas da manhã e nossos orgulhos estão feridos. De repente, a luz dos meus e-mails começa a piscar. Recebi uma mensagem.

Eric! Com o coração a mil, abro o e-mail e leio:

De: Eric Zimmerman
Data: 6 de março de 2013 02:11
Para: Judith Flores
Assunto: Não consigo mais ficar sem falar contigo

Querida, sei que você tem razão em tudo o que disse, mas NUNCA te trairia nem com Amanda nem com nenhuma outra.

Te amo loucamente.

Eric. O babaca.

Abro um sorrisinho bobo ao ler essas palavras.

Por que será que ele já me ganhou com esse e-mail?

Me seguro para não responder. Sei que é isso que ele está esperando. Mas não posso. Me recuso. Dez minutos depois, chega outra mensagem.

De: Eric Zimmerman
Data: 6 de março de 2013 02:21
Para: Judith Flores

Assunto: Peça-me o que quiser

Pequena, a confiança e a sinceridade são fundamentais na nossa relação. As palavras "Peça-me o que quiser, AGORA E SEMPRE" englobam absolutamente tudo que existe entre nós.

Pense nisso.

Te amo.

Eric. Um babaca atormentado.

Volto a sorrir.

Preciso admitir que nos últimos meses Eric tem estado mais afiado e divertido. Me preparo para responder, mas meus dedos parecem não querer. Até que chega outro e-mail.

De: Eric Zimmerman

Data: 6 de março de 2013 02:30

Para: Judith Flores

Assunto: Diz que sim

Está a fim de beber uma taça de Moët Chandon rosé? Te espero no escritório.

Eric. Um louco, apaixonado e atormentado babaca.

Solto uma gargalhada. Adoro quando ele me faz rir.

Passa mais de meia hora. Leio os e-mails mil vezes e em todas elas eu sorrio. Ele não manda mais nenhum. Minha barriga está roncando. Estou morrendo de fome. Ando até a cozinha e, ao entrar, vejo Eric sentado à mesa diante de uma garrafa de Moët Chandon e ao lado de Susto. O cachorro se aproxima para me receber, e eu afago sua cabecinha ossuda. Eric olha para mim. Sabe que li os e-mails e espera que eu dê o próximo passo. Viro o rosto. Não quero olhar para ele, porque senão vou acabar me atirando em seus braços.

Ando até a geladeira e, quando vou abri-la, sinto o corpo do meu amor atrás de mim. Fico arrepiada. Não me mexo. Não respiro. Ele passa as mãos pela minha cintura e cola o corpo no meu. Quando fecho os olhos e apoio a nuca em seu peito, Eric murmura em meu ouvido:

— Não quero. Não posso. Não quero ficar chateado contigo.

— Nem eu.

Silêncio. Estou tão emocionada por ele me abraçar que não consigo falar nada. Eric morde minha orelha.

— Eu jamais cairia no jogo de Amanda. Te amo demais pra te perder assim.

Suas palavras me enlouquecem. Continuo sem me mover e então ele me vira. Segura meu rosto e beija minha testa, meus olhos, minhas bochechas, a ponta do meu nariz, o queixo... Quando vai beijar minha boca, faz aquilo que eu adoro. Chupa o lábio de cima, depois o de baixo, dá uma mordidinha, e logo devora minha boca. Me pega pela nuca e me estico para ficar da sua altura. Me agarra com seus braços fortes e não me solta. Assim que afasta os lábios dos meus, olha nos meus olhos e diz:

— Agora e sempre. Não se esqueça disso, pequena.

Concordando, lhe dou um beijo. Sou louca por esse homem. Abraçados e sem dizer mais nada, chegamos ao nosso quarto. Meu amor tranca a porta, enquanto tiro a roupa sem deixar de olhar para ele. Instantes depois, nos jogamos na cama e fazemos sexo do jeito que gostamos. Forte e selvagem.

35

Não tocamos mais no assunto "casamento". Fico mais tranquila. Apesar do amor que sentimos um pelo outro, temos personalidades muito fortes e nossas brigas nos assustam. Nos desestabilizam. Eric me conta que Amanda voltou para Londres. Quanto mais longe estiver de mim, melhor.

Eu e Simona continuamos gostando de acompanhar *Loucura esmeralda*. Estou completamente viciada na novela. Quando fica sabendo disso, Eric ri de mim. Não consegue acreditar que me interesso tanto por algo assim. Para ser sincera, nem eu. Mas preciso admitir que estou torcendo para que Luis Alfredo Quiñones dê o troco em Carlos Alfonso Halcones de San Juan, e que Esmeralda Mendoza recupere seu bebê, se case com seu amor e seja feliz para sempre. Ai, vou morrer do coração!

Uma tarde, quando Eric chega em casa, estou mexendo na minha moto. Ao ouvir o carro, jogo o plástico azul por cima e saio da garagem. Lavo as mãos e corro para o quarto. Ele não desconfia de nada. A moto fica bem escondida e, apesar de eu respirar aliviada, cada dia é mais difícil guardar esse segredo. Minha consciência está pesada. Fico aflita, mas não sei como contar a ele.

No sábado, eu e Eric decidimos ir à festinha no Natch. Finalmente vou conhecer essa famosa casa de suingue. Assim que entramos, Eric me apresenta a Heidi e Luigi. Frida e Andrés vem ficar conosco e, pouco depois, Björn chega com uma amiga. Batemos papo e bebemos, quando vejo Dexter aparecer. Me cumprimenta e diz no meu ouvido:

— Deusa, você está deslumbrante! Adoraria te ver sendo possuída por dois homens.

Meu estômago se contrai. Eric sorri ao imaginar o que seu amigo me cochichou.

Várias bebidas depois, e o lugar já está lotado. Todos dão a impressão de se conhecer e conversam de forma animada. Proibi Eric de mencionar que sou espanhola. Não aguento mais aquele papo de "olé, paella, toureiro". Sorridente, Eric me chama para dançar. Topo imediatamente. Entramos num quarto escuro com uma luz violeta fraquinha.

— Não vou te soltar, fica tranquila.

Ao fundo está tocando *Cry me a river* na voz de Michael Bublé. Eric me beija e adoro estarmos assim pertinho. Dançamos quase no escuro. Noto sua excitação entre minhas pernas e pelo jeito como beija meu pescoço. De repente sinto mãos atrás de mim. Alguém toca na minha cintura. Não vejo o rosto da pessoa. Mas rapidamente descubro quem é, quando escuto bem perto do ouvido:

— Está tocando nossa música, linda.

Sorrio. É Björn. Dançamos no ritmo da canção, como fizemos naquele dia em sua casa, enquanto deixo suas mãos deslizarem por todo o meu corpo. Sexy. A música é sensual, excitante, e meus dois homens me deixam louca. Eric me beija e de forma possessiva mete a mão por baixo do meu vestido, chega até minha calcinha e arranca de uma só vez. Sorrio, ainda mais quando ele sussurra na minha boca:

— Aqui você não precisa disso.

Uau!

Me sinto sensual. *Caliente.*

Nesse momento, Björn me vira e meus seios ficam à sua disposição. Passa a boca pelo decote do vestido e morde os mamilos por cima do tecido. Estão arrepiados. Ele que deixou assim. Depois beija meu pescoço, minhas bochechas e meu nariz. Quando chega aos cantos da minha boca, ele para. Não ultrapassa o limite que Eric estabeleceu. Enquanto isso, meu amor levanta meu vestido e me toca na bunda. Me aperta contra ele. Excitado, Björn faz a mesma coisa. Eric me vira novamente, e agora é Björn quem aperta minha bunda.

Calor... estou morrendo de calor.

O quarto escuro começa a encher. E agora a voz de Mariah Carey cantando *My all* toma conta do ambiente. Björn retira suas mãos, enquanto Eric continua mordendo meus lábios. Escuto gemidos à nossa volta. Imagino o que as pessoas estão fazendo e fico mais excitada ainda. Meu Iceman, meu amor, meu homem, sussurra:

— Você é muito gostosa, querida. Estou tão duro que acho que vou te possuir aqui mesmo.

Sorrio e, sem ver quase nada por causa da escuridão, confirmo:

— Sou tua. Pode fazer o que quiser comigo.

Escuto sua risada na minha orelha.

— Cuidado, pequena. Ouvir você dizer uma coisa dessas é um perigo. Já percebi que o sexo, a loucura e as brincadeiras te atraem tanto quanto a mim, ou até mais, né?

Confirmo com um gesto. Ele tem razão.

— Hoje estou com muita vontade.

— Bom saber. Eu também — consigo dizer, respirando com dificuldade.

— Você é minha fantasia, moreninha. Minha louca fantasia.

Superexcitada pelo que ele diz, agarro sua bunda, o aperto contra mim e digo, ansiosa para começar com os joguinhos *calientes*:

— Adoro ser sua fantasia. O que você quer experimentar hoje comigo?

Seu pênis está duro, enorme. E latejando. Posso senti-lo no meu ventre. Ele me beija e em seguida diz, enquanto dançamos:

— Quero fazer de tudo. Está disposta? — Concordo com a cabeça e ele murmura, me deixando cada vez mais excitada: — Quero te ver com outra mulher. Vou ficar assistindo. Vou te observar. E, quando seus gemidos me deixarem completamente louco, vou te comer e depois vou fazer dois homens te comerem, enquanto eu olho e fodo a mulher. O que acha?

Respiro ofegante... e fecho os olhos.

Estou ficando molhada. Quando vou responder, sinto alguém passando as mãos pela cintura de Eric. São macias e bem cuidadas. Uma mulher. Toco nelas e percebo um anel grande que parece uma margarida.

Será essa a mulher com quem Eric pretende me ver hoje?

No escuro, deixo a desconhecida passar a mão no corpo do meu amor enquanto ele me beija. Eric fica excitado ao ter duas mulheres em volta dele. Seu prazer é meu prazer, e usufruo quando a mulher toca sua ereção. Pego sua mão e a faço apertar. Nós duas apertamos e Eric respira ofegante.

Ficamos assim por um bom tempo. Mas meu amor não se vira em momento algum. Permite que ela o toque, mas se delicia devorando minha boca e apertando minha bunda. Dedica-se apenas a mim. Quando a música termina, nos esquecemos da mulher, saímos do quarto escuro e entramos numa sala diferente da primeira.

Vejo Björn com sua acompanhante e sorrio ao perceber como ele e Dexter a fazem rir, enquanto os dois tocam em seus seios. Eric me leva até o balcão do bar. Dou uma olhada ao redor e não vejo nem Frida nem Andrés. Pedimos uma bebida. Minha boca está seca. Eric me olha com doçura. Passa seus dedos pelo meu rosto e consigo ler seus lábios dizendo "te amo". Depois traz um banquinho para perto dele e eu me sento.

Segundos mais tarde, várias pessoas se aproximam. Eric me apresenta a todos. Um deles, ao me escutar falar, percebe que sou espanhola e diz "olé!".

Mas que saco!

Num dado momento, uma das mulheres sorri em reação a um comentário de Eric, e meu amor me ordena:

— Abre as pernas, Jud.

Faço o que ele manda. A desconhecida toca minhas pernas. Passa a mão pelas minhas coxas até chegar à minha vagina, onde coloca a palma e sussurra:

— Adoro as depiladas.

Eric toma um gole da bebida e acrescenta:

— Está totalmente depilada.

A mulher passa a língua pela minha boca, sorri e, com a outra mão num dos meus seios, toca neles por cima do vestido e murmura enquanto os apalpa:

— Nós duas vamos nos divertir à beça.

A excitação me domina.

— Gosto muito... muito... das mulheres. E gostei de você — insiste ela.

Abro as pernas ainda mais e a mulher enfia um dedo em mim sem se importar com a sala cheia de gente. Levanto o queixo. Me inclino para a frente no banquinho e Eric diz no meu ouvido:

— Essa é a mulher que vai brincar contigo, que tal?

Dou uma olhada nela e concordo. Ela tira a mão do meio das minhas pernas, chupa o dedo que estava dentro de mim e sorri. Sorrio de volta e escuto quando diz a meu lindo:

— Esperamos vocês no quarto escuro.

Sem dizer nada, a mulher se afasta. Eric olha para mim e pergunta:

— Tá a fim de brincar?

Digo que sim. Estou tão excitada que meus lábios tremem quando abro um sorriso.

Caminhamos de mãos dadas.

Atravessamos uma porta, passamos por um corredor e vejo Frida e Andrés na cama de um quarto aberto. Frida não me vê, está totalmente entregue, deliciando-se entre as pernas de uma mulher, que faz sexo oral em Andrés enquanto outro homem come Frida.

Excitante.

Eu e Eric olhamos para eles, depois continuamos nosso caminho. Ele abre uma porta e entramos num quarto. Não consigo ver nada, e meu amor diz:

— Não se mexe.

Instantes depois, o lugar ganha uma tênue iluminação lilás ao se projetar um filme pornô numa das paredes. Curiosa, olho ao redor. Há uma cama redonda, um sofá, uma espécie de bancada e uma divisória com um chuveiro. Eric me abraça. Beija e chupa minha orelha, enquanto assistimos às imagens *calientes* na parede. Cinco minutos depois, a porta se abre. Surge a mulher que me tocou antes. Agora está nua e com um vibrador duplo nas mãos. Entra e diz:

— Podem vir.

Eric acena com a cabeça. Não sei quem irá além de nós dois, mas não me importo. Minha respiração entrecortada demonstra o quanto estou excitada quando Eric senta na cama.

— Diana, tira a roupa da minha mulher — diz.

Não me mexo.

Me deixo levar.

Essa sensação me excita.

Os olhos do meu amor ficam embaçados de tanto desejo, enquanto a mulher desabotoa meu vestido. As mãos dela deslizam por todo o meu corpo. Eric nos observa. Meu vestido cai no chão e fico apenas com a cinta-liga, os sapatos de salto e o sutiã. A calcinha, Eric já tinha arrancado minutos atrás.

A mulher me toca. Passa as mãos pelo meu corpo e pede que eu me sente na bancada. Eric se ergue, me pega nos braços e me levanta. Me coloca na bancada e separa minhas coxas. A boca da mulher vai direto à minha vagina e ela mete a língua dentro de mim de forma brusca.

Exige. Exige muito enquanto me abre com as mãos e me devora.

Eric nos observa. Olho para ele, solto gemidos e o vejo se despindo. Toca o pau já duro e grito de prazer pelo que a mulher faz comigo. Acaba de enfiar um dos lados do vibrador. Que calor!

Ela o movimenta com prática enquanto sua boca brinca com meu clitóris. Fecho os olhos e fico só me deliciando com o momento... Me abro para ela e mexo os quadris em busca de mais. A mulher sabe o que faz e eu estou adorando.

Abro os olhos. Eric está só assistindo. De repente, a mulher sobe na bancada e, sem tirar o objeto de dentro de mim, introduz nela a outra ponta. Com habilidade e técnica se deita sobre mim, me segura pelos quadris e começa a me comer. O vibrador duplo entra em mim e nela ao mesmo tempo, e nossos gemidos seguem um mesmo compasso. Seu ritmo se intensifica enquanto minha excitação cresce mais e mais. Como se fosse um homem, ela me possui, domina meu corpo, ao mesmo tempo que eu domino o seu. Até que nós duas nos contorcemos em espasmos e nossos orgasmos nos fazem gritar.

Olho para meu amor. Ele não se move. Com desenvoltura, Diana retira o vibrador de dentro de nós duas, desce da bancada e diz, abrindo totalmente minhas pernas:

— Goza pra mim... goza.

Ela me lambe com sua boca ansiosa. Quer meu orgasmo. Me chupa com destreza e enlouqueço novamente. Nunca vivi isso antes. Nunca poderia imaginar que uma mulher conseguiria me fazer gozar duas vezes em menos de dois minutos. Mas Diana consegue isso com facilidade, e eu me entrego a ela, disposta a ter mil outros orgasmos. Eric se aproxima. Estendo a mão e ele a beija enquanto a mulher saboreia meu corpo.

Me sinto uma boneca em seus braços quando meu amor me agarra e me desce da bancada. Seu pau duro encosta nas minhas pernas e eu sorrio. Me deita na cama e senta-se ao meu lado, enquanto a mulher se acomoda no outro. Os dois me tocam. Quatro mãos percorrem meu corpo e eu não consigo segurar meus gemidos. A porta se abre e entra um homem nu. Assiste aos nossos joguinhos enquanto observo sua ereção crescendo com as cenas que ele presencia.

Paramos. O recém-chegado se apresenta como Jefrey. Eric se agacha e pergunta:

— Gostou da Diana?

— Gostei... — sussurro.

Sorri. Me beija e, quando abandona minha boca, pergunto extasiada:

— Posso te pedir uma coisa?

Meu amor afasta o cabelo da minha testa e responde que sim.

— O que você quiser.

Cheia de tesão, me levanto da cama. Faço Eric deitar-se e, sentando-me sobre ele, murmuro:

— Quero que Jefrey te masturbe.

Jefrey topa na hora. Meu alemão não diz nada. Apenas me olha, deitado na cama. Pela sua cara, sei que não gostou muito do que eu disse. Então sussurro antes de beijá-lo:

— Sou sua mulher, não sou? — Eric faz que sim. — E você é meu marido, né?

Ele volta a confirmar com a cabeça. Dou-lhe um beijo cheio de sensualidade.

— Entregue-se a mim e às minhas fantasias, querido. Ele só vai te masturbar. Prometo.

Eric fecha os olhos e pensa na minha proposta. Em seguida balança a cabeça afirmativamente. Eu o beijo outra vez. Sei o que isso representa para ele e me agrada. Me sento a seu lado, acaricio seus mamilos e murmuro:

— Jefrey, dê prazer ao meu marido.

Sem hesitar, Jefrey se ajoelha na cama, segura o pênis duro de Eric e o massageia. Move para cima e para baixo, e Eric fecha os olhos. Não quer ver. A mulher vem para perto de mim e toca meus seios. Ela se sente atraída por mim e isso fica bem claro. Ao mesmo tempo, Jefrey continua masturbando meu amor. Toca-o, puxa-o, até que o enfia inteiro na boca. Eric arqueia as costas. Geme. Excitada com essa cena, me aproximo de seus lábios.

— Abre as pernas, querido.

Me obedece. Jefrey se acomoda entre as pernas de Eric para lamber, chupar e estimular o homem que amo. Indico à mulher que chupe os mamilos dele. Ela faz o que peço e eu me delicio por estar no controle da situação. Gosto de dar ordens, assim como gosto de receber. Com a boca ocupada, Jefrey passa suas mãos pelo traseiro do meu amor. Eric o contrai. Está curtindo as carícias. Fecha os olhos e eu exijo:

— Olha pra mim.

Ele fixa em mim seu olhar azulado e percebo que ele está arrepiado com o que Jefrey está fazendo. Eric se contorce, estimulado pelo prazer selvagem que o homem lhe proporciona e que ele nunca tinha experimentado. De repente, vejo que uma das mãos dele está na cabeça de Jefrey e com ela Eric o empurra para fazê-lo descer mais ainda sobre seu pênis. Quer mais. Eu sorrio. Meu amor geme e, louca de desejo, faço Jefrey parar, e sento sobre Eric.

Ele segura meus quadris e me aperta contra si em busca de seu orgasmo, enquanto Jefrey e a mulher observam. Quando meu alemão solta um gemido escandaloso, me aperto contra ele e então, só então, ele se permite gozar.

Estatelada sobre ele, eu o abraço e lhe dou um beijo. Depois pergunto:

— Tudo bem, querido?

Eric me olha e murmura:

— Sim, querida. Você finalmente conseguiu o que queria.

Seu comentário me faz rir. De repente a porta se abre. Dexter entra com um homem nu. Eric se levanta e se mete no chuveiro enquanto eu continuo sentada na cama. A mulher que está ao meu lado não consegue resistir e começa a me tocar. O mexicano sorri, chega mais perto e me mostra a correntinha dos mamilos. Sem que ele precise pedir, aproximo meus seios e ele os belisca com as pinças. Puxa a corrente e murmura:

— Deusa... me dê prazer.

Eric volta e se acomoda numa poltrona. Sei que ele está a fim de assistir. A mulher ao meu lado me sussurra dizendo que quer me chupar de novo. Aceito na hora. Deitada na cama, abro minhas pernas e guio sua cabeça até lá. Com decisão, agarro seu cabelo enquanto ela me chupa, e sou eu quem marca a intensidade dos movimentos. Ela segura a corrente que está presa entre meus seios e, cada vez que puxa meu clitóris com os lábios, puxa a corrente também. Eu grito.

Somos o espetáculo *caliente* de quatro homens. Gosto de desempenhar esse papel. Eles nos olham, e percebo que Jefrey e o outro cara colocam preservativos. A respiração de Dexter está entrecortada, e Eric me devora com o olhar. Os homens curtem o que veem entre nós duas, e eu adoro estar sendo observada.

Quando chego ao orgasmo e me contorço toda, a mulher volta a me chupar com avidez. Deseja o meu gozo. Eu deixo que ela tome tudo o que quiser. É maravilhoso o jeito como me chupa. Eric a chama, afasta-a de mim e lhe pede que monte nele.

Como um deus todo-poderoso, meu dono me olha. Eu olho de volta e o ouço dizer:

— Quero vê-los te comendo.

Dou uma olhada nos dois homens que me observam. Os dois sobem na cama e começam a me tocar enquanto Eric se deixa levar pela mulher.

Dexter se aproxima de mim, segura a corrente, puxa até esticar meus mamilos o máximo que dá, depois sussurra enquanto a retira:

— ... deixa eu fazer sua bunda ficar vermelha.

Me viro e ofereço minha bunda. Ele a beija e dá seis tapas. Três em cada lado. Aproxima o rosto e, ao sentir o calor do meu traseiro, murmura:

— Agora sim, deusa... agora sim você está preparada.

Jefrey me joga na cama. Deita em cima de mim e chupa meus mamilos doloridos. Por incrível que pareça, apesar da dor, o formigamento que sinto com suas lambidas me dá prazer. A voracidade de Jefrey em seus movimentos me deixa muito excitada. Depois ele me coloca em cima dele. Eu me deixo conduzir.

— Oferece teus seios a ele — pede Eric.

Me agacho sobre Jefrey e roço meus peitos na sua boca. Ele chupa, lambe e os endurece, enquanto o outro homem toca na minha cintura e morde minhas costas com suavidade. Ficamos assim durante alguns minutos, até que Jefrey me penetra, diante do olhar atento do meu amor. Ele me segura com força e eu não ofereço resistência. Solto gemidos. Agarrado à minha cintura, me move para a frente e para trás e seu pênis entra em mim sem piedade. Estou curtindo. Fico quase sem ar de tanto tesão, e Eric não tira os olhos de mim.

De repente, sinto o outro cara me dando um tapa, abrindo minha bunda e passando lubrificante lá dentro. Mete um dedo no meu ânus e começa a movê-lo enquanto Jefrey me penetra sem parar. Eric se levanta. Sobe na cama, aproxima-se de mim e murmura:

— Está preparada, querida?

Queimando de tesão, confirmo com a cabeça e então o desconhecido põe sua ereção no meu ânus e entra completamente em mim. Começo a arfar ao sentir que estão me comendo na frente do meu amor. Meu ânus está dilatado. Não sinto dor. Só prazer. Os homens entram e saem de mim várias vezes. Uma delícia! Diana deita na cama, segura o pênis de Eric e o mete na boca, chupando e saboreando.

— Assim, querida... assim... — murmura Eric, extasiado pelo que vê, até que solta um grito másculo e goza na boca da mulher.

Os desconhecidos continuam me penetrando e meu corpo está super-receptivo. Dexter pede para Jefrey morder meus mamilos e para o cara que está atrás me dar um tapa. Eles obedecem e continuam me comendo. Uma vez, depois outra e mais uma... até que eu acabo gozando e eles também.

Eric me beija em seguida. Faz os homens saírem de mim, me pega pela cintura e me leva em seus braços até o chuveiro. A água cai sobre nossos corpos e não falamos nada. Minha vagina e meu ânus ainda estão latejando. Tudo foi tão louco e excitante que mal consigo dizer alguma coisa. Meu Iceman passa a mão pelo meu rosto e murmura:

— Tudo bem, querida?

Faço que sim com a cabeça e sorrio. Foi indescritível.

Nossas bocas se encontram e se devoram. Eric já recuperou a energia e agora me penetra com fúria. Sua ereção precisa de mim. Me pega nos braços e, sob os jatos d'água, me possui. Imprensada contra a parede, meu amor entra e sai de mim enquanto minhas pernas entrelaçam sua cintura. Sussurramos palavras picantes e com isso aumentamos nosso desejo. Depois palavras sacanas, olhando nos olhos um do outro para enlouquecermos mais ainda. E, quando nossos orgasmos nos fazem gritar e continuamos apoiados na parede, Eric diz no meu ouvido:

— Assim você me mata, pequena...

Sorrio. Me mexo e Eric me coloca no chão. A água continua escorrendo pelos nossos corpos. Um pouco depois, quando saímos do chuveiro, dou uma olhada nas outras pessoas que estão no quarto. Ao ver que agora a mulher é quem está na cama com os dois caras e Dexter a toca enlouquecido, pergunto:

— É sempre assim?

Eric atrai meu corpo para mais perto do seu, murmura:

— Sempre. As pessoas realizam seus desejos. São fantasias. Não se esqueça disso.

Dez minutos mais tarde, Eric e eu já estamos vestidos e voltamos à segunda sala onde estivemos. Ele me beija, faz carinho em mim e curto sua companhia. Somos felizes. Estamos superenvolvidos. Que mais eu posso querer?

Bebemos umas cubas-libres e logo minha bexiga está quase explodindo. Preciso ir ao banheiro. Ele me diz onde fica e vou até lá. Assim que entro, vejo duas mulheres se beijando. Elas me olham, eu olho e sorrio. Me enfio numa cabine e suspiro aliviada enquanto faço xixi. Ouço mais gente entrando. Risadas. Umas mulheres cochicham e escuto:

— Na sexta tenho um jantar com Raimon Grüher e os pais dele. Finalmente consegui o que queria. Ele vai me pedir em casamento.

Gritinhos de satisfação. Eu rio. E outra voz diz:

— Onde você marcou com eles?

— Às sete na Trattoria de Vicenzo. Um lugar perfeito, né?

— Maravilhoso.

— E seleto.

— E caríssimo.

Novas risadas.

— Mas, cá entre nós, eu achava que o Raimon não fazia muito o seu tipo. Você curte os mais novinhos.

— Pois é, querida, mas o dinheiro dele faz meu tipo, sim. — As duas riem e eu solto o ar bufando. Que filha da mãe! — Convenhamos que não é um homem que me deixa louca na cama. Também, na idade dele, esperar o quê? Mas resolvi isso com o primo dele, Alfred, e com meus próprios amigos. No fim das contas, fica tudo em família, né?

— Ai, Betta! Você é terrível.

Betta?!

Ela disse "Betta"?

Meu coração começa a palpitar quando ouço:

— Olha quem fala! Como se você fosse uma santa vindo aqui fazer sacanagem sem teu marido. Se Stephen ficasse sabendo, ia te dar o troco.

A risada me confirma que é ela. Betta! Sua risada de porca é inconfundível. Abaixo o vestido, já que estou sem calcinha, pois Eric a arrancou, e abro a porta da cabine. As mulheres me olham e percebo que Betta nem se surpreende de me ver. Pela sua expressão, imagino que ela já soubesse que eu estava no local. E, antes que eu possa fazer alguma coisa, ela me dá um empurrão que me lança contra a parede. Mas eu sou rápida, seguro seu vestido e a puxo. Cai de bruços no chão. Sua amiga começa a berrar e sai em busca de ajuda. As duas mulheres que se beijavam saem correndo. Nos deixam sozinhas.

Chego mais perto e olho para sua mão. Vejo um anel em forma de margarida e grito furiosa:

— Você tocou nele, sua piranha desgraçada. Tocou em Eric?

Sorri com malícia.

— Vocês dois pareciam estar gostando, não?

Seu comentário me deixa sem palavras. Vou esganar essa mulher! Dou-lhe uma bela de uma bofetada e depois mais uma, diante do olhar horrorizado de uma mulher que entra no banheiro bem nessa hora. Betta se levanta do chão e vou atrás dela. É mais alta que eu, mas sou muito mais ágil e rápida. E, quando vai escapar, eu a jogo contra a parede e, imprensando-a, vocifero:

— Como você se atreve a tocá-lo?

Ela não responde. Apenas ri. E continuo:

— Eu te disse que não queria te ver perto dele.

— Não estou nem aí pro que você diz.

Ai, meu Deus, vou matar essa vadia! E, olhando bem nos seus olhos, digo cheia de ódio:

— Eu te disse que, se você me procurasse, me encontraria, sua vagabunda!

Betta grita e se assusta quando torço seu braço. De repente, Eric me segura, me separa dela e grita:

— Pelo amor de Deus, Jud! O que você está fazendo?

Com as feições contraídas e um olhar de reprovação, ela range os dentes.

— Sua namorada é uma assassina.

— Vagabunda! — grito transtornada.

— Me viu e partiu pra cima de mim.

— Você é uma sem-vergonha. Me agrediu primeiro.

— Mentirosa! — E, olhando para Eric, murmura: — Querido, não acredita nela, não. Eu estava no banheiro, ela chegou e...

— Cala a boca, Betta! — diz Eric, enfurecido.

— Querido?! Você o chamou de "querido"? — berro, desvencilhando-me dos braços de Eric. — Não o chame assim, sua cadela!

Eric volta a me segurar. Estou uma fera. Ele me olha e diz:

— Não entra no jogo dela, amor. Olha pra mim, Jud. Olha pra mim.

Mas, disposta a arrancar os olhos dessa mulher que me encara com deboche, eu grito:

— Como você teve coragem de tocar na gente? Como teve a cara de pau de se aproximar dele? De nós?

— Este é um lugar público, lindinha. Não é exclusivo de vocês dois.

— Chega, Betta! — grita Eric, sem entender do que estamos falando.

Eu mato! Eu mato!

Eric, furioso, tenta me acalmar. Não presta atenção em Betta, não se importa com ela, apenas comigo. Até que ela grita:

— Já é a segunda vez que ela me agride em Munique. O que sua namorada tem, hein? É um bicho?

Eric se espanta:

— Segunda vez?

Não respondo. Solto o ar bufando, e ela insiste:

— É. Na loja da Anita. Sua irmã Marta estava lá e também me agrediu. Elas me provocaram e me bateram e...

— Você fez isso? — Eric me pergunta.

Envergonhada ao reconhecer o que fiz e ao perceber o olhar irado dele, respondo:

— Fiz. Ela estava merecendo. Foi por causa dela que eu e você terminamos e...

Eric me solta e leva as mãos à cabeça.

— Pelo amor de Deus, Judith! Somos adultos. Como passou pela sua cabeça fazer uma coisa dessas?

Assustada com a reação de Eric, olho para ele e rosno:

— Quem me sacaneia tem que levar o troco. E essa vadia me sacaneou.

Sabendo da confusão, Frida entra no banheiro. Ao ver Betta, nem pensa duas vezes. Vai logo partindo para cima e lhe dando um tapa.

— Sua vagabunda! O que está fazendo aqui? — grita.

Betta olha ao redor. Ninguém a defende. Todo mundo conhece sua história com Eric, e ela nos ameaça gritando:

— Vou chamar a polícia e denunciar vocês duas.

— Pode chamar — gritamos em coro Frida e eu.

A idiota pega seu celular de última geração, tenta ligar, mas logo resmunga frustrada:

— Por que aqui não tem sinal?

Eu e Frida rimos. E logo digo debochada:

— Sai do bar. Com certeza lá fora tem sinal. Vai, chama a polícia. Será ótimo que seus futuros sogros e seu maridinho fiquem sabendo onde você estava.

Andrés chega, segura sua mulher e a repreende pela gritaria. Frida protesta e sai do banheiro irritada. Não suporta Betta. Björn, que até o momento estava apoiado no batente da porta, fala ao ver o amigo tão aborrecido:

— Acabou, gente. Vamos voltar pra festa.

Eric sai do banheiro sem falar comigo. Betta sorri. E eu, incapaz de controlar meu instinto, dou-lhe um empurrão que a lança contra a bancada das pias.

— Juro pelo meu pai que isso não vai ficar assim.

Quando saio do banheiro, terrivelmente irritada, Björn me agarra pelo braço, me faz olhar para ele e diz baixinho:

— As coisas não se resolvem assim, linda.

— Do que você está falando? Não quero resolver nada com essa vadia.

E, depois de lhe contar o que ela fez em Madri, ele diz:

— Agora estou entendendo tudo. E mais: estou com vontade de entrar e dar outro tapa nela eu mesmo.

Isso me faz rir. Ao ver minha expressão, Björn sorri e me abraça. Nesse momento, Eric chega perto de nós e, com raiva no olhar, avisa:

— Vou pra casa. Você vem comigo ou vai ficar com Björn pra continuarem brincando?

Seu comentário nos deixa surpresos. E eu digo:

— Seu babaca!

— Jud... — diz Eric.

— Jud coisa nenhuma. O que você está querendo insinuar com o que disse?

Eric não responde. Björn, achando graça, me empurra para Eric e diz:

— Parem já com isso, seus bobinhos! Terminem essa discussão em casa na cama de vocês!

No carro, ficamos em silêncio.

Nós dois estamos chateados e eu não entendo por que ele tem que ficar desse jeito. No fim das contas, Betta merecia. E ainda por cima teve a cara de pau de tocar em Eric. De tocar em nós dois. De se aproximar. Uma desgraçada, essa mulher!

No caminho, nossos celulares apitam. Chegaram várias mensagens. Não leio. Nem ele. Não há clima para isso. Com certeza são de Frida e Björn para saber como estamos. Quando chegamos em casa e botamos o carro na garagem, bato a porta com tanta força, que Eric me olha e eu, doida para armar um barraco, grito:

— Que foi?

Eric anda a passos largos na minha direção.

— Podia ser menos bruta e fechar a porta com mais cuidado.

— Não.

Ergue uma sobrancelha e repete:

— Não?!

— Exatamente. Não, não quero ter cuidado! E não quero porque estou muito chateada contigo. Primeiro, por você gritar comigo na frente da idiota da Betta, e segundo pela estupidez que você disse em relação a Björn.

Eric fecha os olhos.

— Por que não me contou aquela história da Betta?

— Porque não achei necessário. É assunto entre mim e ela.

— Entre você e ela?

— É. E, antes que você diga mais alguma coisa, fique sabendo que meu pai me ensinou a...

— O que seu pai tem a ver com essa história? Podemos deixá-lo fora disso?

Indignada com essa fúria de Eric, grito:

— Era só o que faltava... Por que não posso falar no meu pai quando me dá vontade?

— Porque estamos falando de Betta, não dele.

— Você é um idiota, sabia?

Eric não responde. E, quando não consigo mais segurar o que estou pensando, solto:

— Eu ia dizer que meu pai me ensinou a não me deixar atingir pelas pessoas de mau caráter. Essa imbecil, pra não falar coisa pior, me sacaneou. Foi uma filha da mãe e tentou complicar minha vida. Você quer o quê? Que eu seja toda simpática com ela? Olha só... nem ouse pensar uma coisa dessas. Nem você nem sua garrafa de Moët rosa!

Sem olhar para mim, ele põe a mão na testa.

— Não estou pedindo pra você tratá-la bem. Só quero que não se meta com ela. Afaste-se dela e assim vamos viver em paz.

— E o que você me diz sobre a noite de hoje? Essa... essa... vaca teve a cara de pau de se aproximar da gente no quarto escuro. Ela te tocou. Passou as mãos imundas pelo teu corpo, e eu a incentivei sem me dar conta que era ela. Ela te tocou na minha frente. Voltou a me provocar. De novo ela jogou sujo. Acha mesmo que devo perdoá-la outra vez?

Eric não responde. Fica muito surpreso com o que acaba de escutar.

— Ela foi a mulher que...

— Sim, ela. Essa nojenta. Ela era a mulher do quarto escuro! — grito desesperada.

Eu o ouço xingar. Caminha de um lado ao outro. Ao fim, murmura:

— Já está tarde. Vamos pra cama.

— Vamos porra nenhuma! Estamos conversando. Não importa a hora. Estamos discutindo como duas pessoas adultas e não vou te deixar interromper só porque você não quer mais falar do assunto. Acabei de te contar que essa vagabunda nos enganou de novo. Jogou sujo!

Nervoso, ele vai de um lado para outro na garagem, xingando.

De repente, seu olhar se fixa em algo. Vejo meu capacete amarelo da moto. Ah não! Fecho os olhos e sussurro palavrões. Meu Deus, agora não! Eric caminha até lá e grita ao tirar o plástico azul.

— O que essa moto está fazendo aqui?

Suspiro. A noite vai de mal a pior. Me aproximo dele e respondo:

— É minha moto.

Incrédulo, me olha, olha para a moto e rosna:

— É a moto de Hannah. O que está fazendo aqui?

— Sua mãe me deu. Ela sabe que faço motocross e...

— Isso é inacreditável! Inacreditável!

Sabendo bem o que ele pensa, suavizo meu tom de voz.

— Olha, Eric. Hannah gostava do mesmo esporte que eu, e não estou com minha moto aqui e...

— Você não precisa de moto porque aqui você não vai praticar motocross. Eu te proíbo!

Isso me tira do sério. Meu pescoço começa a coçar.

Quem é ele para me proibir alguma coisa? Disposta a comprar essa briga, contesto:

— Você está enganado, cara. Vou continuar praticando motocross. Aqui, lá e onde eu tiver vontade. Ah, e só pra sua informação: fui correr uma vez com seu primo Jurgen e os amigos dele. Aconteceu alguma coisa comigo? Nããããããããão... mas você, como sempre, é tão dramático.

Seus olhos chispam faíscas de tanta raiva. Não estou fazendo bem a ele. Sei que estou indo longe demais, mas não posso evitar. Sempre falo mais do que devo! Eric me olha. Balança a cabeça num gesto afirmativo. Morde o lábio.

— Você escondeu isso de mim?

— Sim.

— Por quê? Acho que a primeira coisa que prometemos um ao outro quando reatamos foi sinceridade. Não foi, Judith?

Não respondo. Não consigo. Ele tem razão. Foi horrível o que eu fiz! Meu pescoço está coçando. Malditas brotoejas! De repente, a porta da garagem se abre e aparecem Sonia e Marta. Sonia diz:

— Vocês dois aí, pra que têm celular?

Me surpreendo ao vê-las. Que horas são? Mas Eric grita:

— Mãe, como você pôde dar a moto pra Judith?

A mulher me olha. Eu suspiro.

— Filho, em primeiro lugar, fique calmo. Essa moto estava parada lá em casa, e, quando Judith me contou que também praticava motocross, pensei um pouco e decidi dar de presente pra ela.

Eric bufa e grita outra vez:

— Quando vocês vão entender que não é pra se meterem na minha vida? Quando?

— Desculpa, Eric... mas é *minha* vida! — esclareço ofendida.

Ao ver o estado do irmão, Marta olha para ele e grita na sua direção:

— Número um: não fala assim com a mamãe. Número dois: Judith já está bem crescidinha pra saber o que deve ou não deve fazer. Três: se você quer viver numa redoma de vidro, o problema é seu. Os outros não são obrigados a fazer o mesmo.

— Cala essa boca, Marta! — responde Eric.

Mas sua irmã se aproxima dele e acrescenta:

— Não vou calar. De dentro de casa deu pra ouvir a briga toda de vocês. E tenho que te dizer que é normal Judith não te contar sobre a moto nem sobre outras coisas. Como ela iria contar? Não dá pra falar contigo. Você é o Senhor Mandão. Todo mundo tem que obedecer às suas vontades senão você arma um escândalo. — E, olhando para mim, diz: — Contou a ele sobre mim e a mamãe?

Faço que não com a cabeça. Sonia, levando as mãos à boca, sussurra:

— Filha, pelo amor de Deus... fica quieta.

Eric nos olha. Sua expressão é cada vez mais sombria. Por fim tira o sobretudo. Está com calor. Deixa sobre o capô do carro, põe as mãos na cintura e, encarando-me de um jeito ameaçador, pergunta:

— Que história é essa de se me contou sobre elas duas? Que outros segredos você guarda de mim?

— Filho, não grita assim com Judith. Coitadinha.

Não consigo falar nada. Minha língua está colada ao céu da boca, e Marta diz curta e grossa:

— Pra sua informação, eu e mamãe estamos há meses fazendo um curso de paraquedismo. Pronto, falei! Agora já pode se irritar com a gente e gritar. Você faz isso muito bem, irmãozinho.

A cara de Eric é indescritível.

— Paraquedismo? Vocês enlouqueceram?

As duas fazem que não. Em seguida, Simona entra perturbada na garagem:

— Senhor, Flyn está chorando. Quer que o senhor suba.

Eric olha para ela e diz:

— O que Flyn faz acordado a essa hora? — Dá um passo, mas para de repente. Vira-se para a irmã e a mãe e pergunta: — O que houve? Por que vocês estão aqui a essa hora?

Não dá tempo de elas responderem. Sai em disparada até o quarto de Flyn. Sonia vai atrás. Marta olha para mim e, assustada, pergunto:

— O que houve?

Marta suspira.

— Querida, sinto dizer que meu sobrinho caiu do skate e quebrou um braço.

Minhas pernas fraquejam. Não! Não pode ser verdade.

— Quê?!

— Ligamos mil vezes pra vocês, mas ninguém atendeu.

Branca como a parede, olho para Marta.

— Onde a gente estava não havia sinal. Ele está bem?

— Está, mas repete o tempo inteiro que Eric vai ficar bravo contigo.

À medida que entramos na casa, meu coração bate cada vez mais forte. Eric não vai me perdoar por nada disso. Todos os segredos que me afligiam foram revelados ao mesmo tempo. Ele vai se enfezar muito. Sei disso. Eu o conheço.

Quando entro no quarto de Flyn, vejo que o garoto está engessado. Ele me olha e, quando vou me aproximar, Eric aparece na minha frente e rosna:

— Como você foi capaz de me desobedecer? Eu te disse que skate não podia.

Estremeço descontroladamente e sussurro com um fio de voz:

— Sinto muito, Eric.

Sua expressão é dura e ele me olha com desprezo.

— Não tenha dúvida, Judith. Você com certeza vai sentir muito.

Fecho os olhos.

Eu sabia que isso acabaria acontecendo algum dia, mas nunca pensei que Eric daria essa importância tão exagerada. Estou desorientada e não sei o que dizer. Apenas observo seu olhar frio. Chego perto do menino e dou um beijo em sua testa.

— Você está bem?

Flyn confirma com a cabeça.

— Me desculpa, Jud. Eu estava sem nada pra fazer, peguei o skate e acabei caindo.

Sorrio com carinho e murmuro:

— Sinto muito, meu amor.

O garoto balança a cabeça com cara triste. Eric me pega pelo braço, me tira do quarto junto com sua mãe e sua irmã e diz, fervilhando de raiva:

— Vão dormir. Depois converso com vocês. Eu fico com Flyn.

Nessa noite, quando entro em nosso quarto, não sei o que fazer. Me sento na cama e me desespero. Quero estar com Eric e com Flyn, fazer companhia a eles, mas Eric não deixa.

36

Na manhã seguinte, quando desço até a cozinha, Marta, Eric e Sonia estão sentados discutindo. Assim que entro, se calam e isso me faz sentir péssima.

Simona carinhosamente me prepara uma xícara de café. E com seu olhar me pede calma. Conhece Eric e sabe que ele está furioso e também já me conhece. Quando me sento à mesa, olho para Eric e pergunto:

— Como Flyn está?

Com um olhar duro que não me agrada nem um pouco, Eric grunhe:

— Graças a você, todo dolorido.

Sonia olha para o filho e reclama:

— Para com isso, Eric! Não é culpa da Judith. Por que você faz questão de jogar a culpa nela?

— Porque ela sabia que não era pra ensinar o Flyn a andar de skate. Por isso eu a culpo — responde irritado.

Minhas pernas tremem. Não sei o que dizer.

— Vem cá, você é burro ou apenas se faz de burro? — intervém Marta.

— Marta... — resmunga Eric.

— Que história é essa de que ela não deveria ensinar? Você não vê que o menino mudou graças a ela? Não vê que Flyn não é mais aquela criança introvertida que era antes da Judith chegar? — Eric não responde e Marta continua: — Você deveria agradecer por ver Flyn sorrir e se comportar como um moleque da idade dele. Porque, sabe, irmãozinho?, as crianças caem, mas levantam e aprendem, o que pelo visto você ainda não aprendeu.

Eric não responde. Levanta-se e sai da cozinha sem olhar para mim. Meu coração está apertado, mas, diante da cara das três mulheres me observando, murmuro:

— Não se preocupem, vou conversar com ele.

— Ele merece é uma bela de uma surra — brinca Marta.

Sonia pega minha mão e diz:

— Não se sinta culpada por nada, minha querida. Você não é responsável pelo que aconteceu. E não tem culpa por estar com a moto de Hannah e sair com Jurgen e os amigos dele.

— Eu deveria ter contado pra ele — digo.

— Sim, claro, como se fosse fácil contar alguma coisa pro senhor Resmungão! — protesta Marta. — Você tem paciência demais com ele. E deve amá-lo muito pra aguentar tudo isso. Eu o amo, é meu irmão, mas garanto que não tenho mais paciência.

— Marta... — pede Sonia —, não seja tão dura com Eric.

Levanta-se e acende um cigarro. Peço outro. Preciso fumar.

Vinte minutos depois, saio da cozinha e me dirijo ao escritório de Eric. Respiro fundo e entro. Ao me ver, ele fixa em mim seus olhos acusadores e diz, agressivo:

— O que você quer, Judith?

Chego perto dele.

— Desculpa. Desculpa não ter te contado que...

— Suas desculpas não adiantam nada. Você mentiu pra mim.

— Tem razão. Escondi algumas coisas de você, mas...

— Mentiu pra mim esse tempo todo. Escondeu coisas importantes e sabia que não deveria fazer isso. Será que sou um monstro assim a ponto de você não poder me contar as coisas?

Não respondo. Silêncio. Nos olhamos e por fim ele pergunta:

— O que significa pra você o nosso "agora e sempre"? O que significa pra você o compromisso de estarmos juntos?

Suas perguntas me desconcertam. Não sei o que responder. Ele quebra o silêncio novamente:

— Olha, Judith, estou muito chateado contigo e comigo mesmo. Melhor você sair e me deixar sozinho. Preciso pensar. Preciso relaxar ou, do jeito que estou, vou acabar dizendo ou fazendo alguma coisa da qual vou me arrepender depois.

Suas palavras me deixam revoltada e, ignorando-o, contesto:

— Já está me enxotando da sua vida, como faz sempre que se aborrece comigo?

Não responde. Me olha, me olha, me olha, e resolvo lhe dar as costas e sair.

Chego ao quarto com lágrimas nos olhos. Entro e fecho a porta. Sei que ele tem razão de estar chateado. Sei que estou tendo o que procurei, mas ele precisa se dar conta de que se eu não disse nada foi porque tinha medo da sua reação. Estou arrependida, muito arrependida. Mas não há nada a fazer.

Dez minutos depois, Marta e Sonia passam para se despedir. Estão preocupadas. Sorrio e lhes asseguro que podem ir tranquilas. Afinal, não vamos partir para a violência.

Quando elas saem, me sento no tapete do quarto. Fico horas pensando e me lamentando. Por que agi como agi? De repente, ouço um carro partindo. Me debruço na janela e fico sem palavras ao ver que é Eric. Saio do quarto, vou atrás de Simona, e, antes mesmo que eu pergunte, ela explica:

— Foi ver Björn. Disse que não demora.

Fecho os olhos e suspiro. Subo para o quarto de Flyn, que sorri ao me ver. Está com uma aparência melhor. Me sento na sua cama e pergunto, colocando a mão na cabeça do garoto:

— Como você está?

— Bem.

— Dói o braço?

Flyn confirma e abre um sorriso. Digo:

— Ai, meu Deus, querido! E você quebrou um dente, ainda por cima!

Meu espanto é tamanho que ele explica:

— Não se preocupe. A vó Sonia disse que é de leite. Desculpa por ter feito o tio ficar bravo. Não vou pegar mais no skate. Você me avisou que não era pra andar sem você por perto. Mas eu estava sem nada pra fazer e...

— Tranquilo, Flyn. Essas coisas acontecem. Sabe, quando eu era menor, uma vez quebrei a perna ao saltar de moto e, anos depois, um braço. As coisas acontecem porque têm que acontecer. Sério, não vale a pena sofrer por isso.

— Não quero que você vá embora, Judith!

Isso mexe comigo.

— E por que eu iria embora? — estranho.

Não responde. Me olha, e então respondo com um fio de voz:

— Seu tio te disse que eu vou embora?

O garoto nega com a cabeça, mas tiro minhas próprias conclusões.

Ai, meu Deus! De novo não!

Engulo o choro, respiro e tento consolá-lo:

— Escuta, meu amor, mesmo que eu vá embora, vamos continuar amigos, tá bem? — Ele concorda. E eu, com o coração apertado, mudo de assunto. — Que tal se a gente jogar cartas?

Flyn topa e seguro minhas lágrimas. Enquanto jogamos, não tiro da cabeça o que ele me disse. Será que Eric quer que eu vá embora?

Depois do almoço, Eric chega e vai direto para o quarto do sobrinho, e não vou atrás. Passo horas esparramada no sofá, vendo tevê, até que fico de saco cheio e saio com Susto e Calamar. Perambulo pela vizinhança e demoro para chegar em casa na esperança de que Eric saia à minha procura ou ligue para meu celular. Mas nada disso acontece e, quando volto, Simona aparece e diz que seu patrão foi dormir.

Olho o relógio. Onze e meia da noite.

Confusa por Eric ter ido se deitar sem me esperar, entro em casa, dou água aos cãezinhos e subo a escada com cuidado. Abro a porta do quarto de Flyn, que já está dormindo. Dou um beijo em sua testa e vou para meu quarto. Assim que entro, olho para a cama. A escuridão não me permite ver com nitidez, mas sei que o vulto que está ali é dele. Em silêncio, tiro a roupa e me enfio na cama. Meus pés estão congelados. Quero abraçá-lo, mas, assim que encosto nele, Eric me dá as costas.

Seu desprezo me magoa, mas decido falar com ele mesmo assim.

— Eric, sinto muito, querido. Por favor, me perdoa.

Sei que está acordado. E, sem se mexer, ele responde:

— Está perdoada. Agora dorme. É tarde.

Com o coração em frangalhos, me encolho na cama e tento dormir sem encostar nele. Minha cabeça fica remoendo tudo, mas acabo adormecendo.

37

No dia seguinte, acordo sozinha na cama. Não me espanto com isso, mas, quando desço até a cozinha e Simona avisa que seu patrão já saiu para o trabalho, fico indignada e dou um longo suspiro. Por que não acordei mais cedo hoje?

Passo o dia com Flyn, na medida do possível. O menino está irritado. Seu braço dói e ele não está simpático comigo.

Assisto com Simona à *Loucura Esmeralda*. No capítulo de hoje, Luis Alfredo Quiñones, o amor de Esmeralda Mendoza, acha que ela o está traindo com Rigoberto, o empregado do estábulo dos Halcones de San Juan. Quando termina, Simona e eu nos olhamos desesperadas. Como podemos ficar desse jeito só por causa de uma novela?

Eric não vem almoçar em casa. Quando volta do escritório, já no fim da tarde, me cumprimenta com um frio movimento de cabeça e vai atrás do sobrinho. Janta com ele e na hora de dormir se comporta como ontem. Me dá as costas e não diz uma palavra. Nem me abraça.

Aguento esse tratamento durante quatro dias. Ele não me dirige a palavra. Não olha para mim. Na quinta-feira me surpreende ao me procurar no quartinho e dizer num tom seco:

— Precisamos conversar.

Ih, essa frase não me cheira nada bem. É assustadora, mas concordo com um gesto.

Diz para eu esperá-lo no escritório. Primeiro vai ver Flyn. Faço o que ele pede. Espero por mais de duas horas. Está me provocando. Quando Eric aparece, já estou supernervosa. Ele senta. Me olha como há dias não olhava e se ajeita todo na sua poltrona.

— Fala.

Desconcertada, olho para ele e digo:

— Eu é que tenho que falar?!

— É, você. Te conheço e sei que você tem um monte de coisa pra dizer.

Minha expressão muda na hora. Seu sarcasmo às vezes me tira do sério e acabo explodindo:

— Como você pode ser tão frio? Por favor! Hoje é quinta e estamos desde sábado sem falar um com o outro. Meu Deus, eu estava quase enlouquecendo! Por acaso você pretende não falar comigo nunca mais? Ficar me torturando? Me pregar numa cruz e me ver sangrando na sua frente? Frio... frio... é isso que você é: um alemão frio. Todos são iguais. Vocês não têm senso de humor. Quando faço uma piada, vocês nem riem, e quando sou simpática vocês acham que estou dando mole. Fala sério, em que mundo a gente vive? Você me deixou irritada, muito irritada! Como pode ser tão... tão... babaca? — grito. — Chega! Estou de saco cheio! Nesses momentos não sei mais o que estamos fazendo juntos, você e eu. Sou fogo e você é gelo, e estou ficando cansada do esforço para não me deixar consumir pela sua maldita frieza.

Não responde. Apenas me olha e vou em frente:

— Sua irmã Hannah morreu e você cuida do filho dela. Acha que ela aprovaria o que você está fazendo com ele? — Eric bufa. — Eu não a conheci, mas, pelo que sei sobre ela, tenho certeza de que ensinaria Flyn a fazer tudo o que você proíbe. Como Marta disse outra noite, as crianças aprendem. Caem, mas depois levantam. Quando é que *você* vai se levantar?

— Do que você está falando? — pergunta com raiva.

— De você deixar de se preocupar com as coisas quando elas ainda nem aconteceram. De você deixar os outros viverem e de entender que nem todo mundo gosta das mesmas coisas. De você aceitar que Flyn é uma criança e que deve aprender mil coisas que...

— Chega!

Estou morrendo de raiva e, quando vejo sua cara contrariada, quero saber:

— Eric, você não sente minha falta? Não está com saudades?

— Estou.

— E por quê? Estou aqui. Pode me tocar, me abraçar, me beijar. O que você está esperando pra falar comigo e tentar me perdoar pra valer? Droga, não matei ninguém afinal! Sou humana e cometo erros. Tá bom, o lance da moto eu reconheço. Deveria ter te contado. Mas por acaso eu te proíbo de praticar tiro? Não, né? E por que não te proíbo apesar de eu odiar armas? A resposta é óbvia, Eric: porque eu te amo e respeito seus gostos, por mais que sejam diferentes dos meus. Sobre Flyn, realmente, você disse "não" ao skate, mas o garoto queria muito. Ele precisava fazer o que seus colegas fazem pra provar a esses moleques que o chamam de "chinês", "merdinha" e "cagão" que ele pode ser um deles e ter um maldito skate. Ah, e isso sem falar que o garoto está a fim de uma menina da turma dele e quer impressioná-la. Sabia disso? — Nega com a cabeça, e eu continuo: — Quanto à história da sua mãe e da sua irmã, elas me pediram pra não te dizer nada, pra guardar segredo. E a pergunta é: quando meu pai guardou o segredo de que você tinha comprado a casa de Jerez, eu deveria ter ficado chateada com ele? Deveria jogar pedras nele? Ah, por favor, convenhamos... Só fiz o que as famílias costumam fazer: guardar pequenos segredos e tentar se ajudar. E, quanto a Betta, ai meu Deus!... Cada vez que lembro que ela te acariciou na minha frente, fico fervendo de tanto ódio. Ah, se eu soubesse... Teria cortado as asinhas dela porque...

— Cala a boca! — grita Eric, enfurecido. — Já ouvi o suficiente.

Isso me revolta. E não consigo ficar quieta.

— Está esperando que eu vá embora, né?

Minha pergunta o surpreende. Eu o conheço e dá pra ver isso nos seus olhos. Mas, como estou histérica, não lhe dou trégua e insisto:

— Por que você disse a Flyn que talvez eu fosse embora daqui? Por acaso é isso que você vai me pedir e já está preparando o garoto?

Faz cara de surpresa.

— Eu não disse nada disso a Flyn. Do que você está falando?

— Não acredito em você.

Ele não responde. Me olha, me olha e me olha, mas acaba dizendo:

— Não sei o que fazer contigo, Jud. Te amo, mas você me enlouquece. Preciso de você, mas você me deixa desesperado. Te adoro, mas...

— Seu babaca...!

Levanta-se da mesa e exclama com expressão contraída:

— Chega! Para de me ofender!

— Babaca, babaca e babaca!

Meu Deus, como estou exagerando! Mas fazer o quê, né? Depois de três dias sem falar com ele, virei um tsunami.

Eric me olha furioso. Tomo ainda mais coragem e o recrimino desaforada:

— Você deveria mudar seu nome para Senhor Perfeito. Que foi? Você não erra nunca? Ah, não, o senhor Zimmerman é Deus!

— Quer calar a boca e me escutar? Preciso te dizer uma coisa e quero te pedir que...

— Quer me pedir pra eu ir embora, né? Só falta eu descumprir mais uma regra pra você me expulsar de novo da sua vida.

Não responde. Nos olhamos como rivais.

Meu desejo é beijá-lo. Mas não é o momento para isso. Então a porta do escritório se abre e Björn aparece com uma garrafa de champanhe. Olha para nós dois e, antes de dizer qualquer coisa, chego perto dele, seguro seu pescoço e beijo seus lábios. Enfio a língua na sua boca, e ele me olha com espanto. Não entende o que estou fazendo. Em seguida me viro para Eric e digo diante da expressão de incredulidade de Björn:

— Acabo de descumprir uma regra superimportante: a partir de agora, minha boca não é mais sua.

A cara de Eric é indescritível. Sei que não esperava isso de mim. E, diante do olhar assustado de Björn, explico:

— Vou facilitar para você. Não precisa me expulsar, porque agora quem decidiu ir embora fui eu. Vou juntar minhas coisas e desaparecer da sua casa e da sua vida pra sempre. Estou por aqui contigo. Cansei de ter que esconder as coisas de você. Cansei das suas regrinhas. Cansei! — grito. Mas, antes de sair e com a respiração entrecortada, digo: — Só vou te pedir um último favor: preciso que seu avião me leve pra Madri, junto com minhas coisas e Susto. Não quero colocar o Susto numa gaiola e no compartimento de carga de um avião e...

— Por que não cala a boca? — diz Eric, furioso.

— Porque não estou a fim.

— Crianças, por favor, acalmem-se — pede Björn. — Acho que vocês estão exagerando e...

— Fiquei calada — prossigo, ignorando Björn e olhando para Eric — durante quatro dias e você não estava nem aí pro que eu poderia estar pensando ou sentindo. Não se importou com a minha dor, minha raiva ou minha frustração. Então não vem agora me pedir pra calar a boca, porque não vou te obedecer.

Björn nos observa sem saber o que fazer e Eric murmura:

— Por que está falando tanta bobagem?

— Pra mim não é.

Tensão. Nos encaramos exasperados e meu alemão pergunta:

— Por que você vai levar o Susto?

Fervendo de raiva, me aproximo dele.

— Que foi agora? Vai querer lutar pela guarda do cachorro?

— Nem você nem ele vão embora. Esquece isso!

Depois do seu grito, levanto a cabeça, afasto o cabelo do rosto e esclareço:

— Tudo bem, então. Já vi que você não vai me emprestar seu maldito jatinho particular. Ótimo! Susto fica contigo. Logo, logo, eu encontro um jeito de buscá-lo, porque me recuso a deixá-lo junto com a carga do avião. Mas fique você sabendo que no domingo eu estou de partida.

— Então vai, sua desgraçada! Se manda! — grita descontrolado.

Sem dizer mais nada, saio do escritório sentindo meu coração dilacerado.

À noite durmo no quartinho. Eric não me procura. Não se preocupa comigo e isso me desanima completamente. Conseguiu o que queria. Facilitei sua vida ao decidir eu mesma ir embora. Deitada no tapete felpudo junto com Susto, fico olhando pela porta de vidro, enquanto me dou conta que minha linda história de amor com esse alemão chegou ao fim.

No dia seguinte, quando Eric sai para trabalhar, estou morta. O tapete é supermacio, mas minhas costas estão doendo à beça. Quando entro na cozinha, Simona, sem saber do meu sofrimento, me dá bom dia. Tomo o café em silêncio, até que lhe peço para sentar ao meu lado. Assim que conto que vou embora, seu rosto se contrai e, pela primeira vez desde que cheguei aqui, vejo a mulher chorar copiosamente. Nos abraçamos.

Passo horas recolhendo minhas coisas pela casa. Guardo fotos, livros, CDs, e cada vez que fecho uma caixa, meu coração fica mais apertado. À tarde, combino de encontrar Marta no bar de Arthur. Quando conto que estou de partida, ela diz, surpresa:

— Peraí... meu irmão é mesmo idiota?

Sua espontaneidade me faz sorrir. Tento acalmá-la e respondo:

— É melhor assim, Marta. Está bem claro que eu e seu irmão nos amamos, mas somos completamente incapazes de solucionar nossos problemas.

— Você e meu irmão, não. Meu irmão! — insiste ela. — Conheço esse cabeça-dura. Se você vai embora, com certeza é porque ele não tem sido nada fácil. Mas te juro pela minha mãe que ele vai me ouvir. Vou dizer umas poucas e boas. Como pode te deixar ir embora? Como?!

Frida também fica triste e conversamos por horas. Consolamos umas às outras, enquanto Arthur aparece para trazer bebidas geladas. Não tem ideia do que está acontecendo. A única coisa que sabe é que passamos do choro ao riso e do riso ao choro com a mesma facilidade.

De repente, me lembro de uma coisa. Olho o relógio. Hoje é sexta e são 19h20.

— Sabem onde fica a Trattoria de Vicenzo?

— Está com fome? — estranha Marta.

Comento que a esta hora sei que Betta vai estar lá.

— Ah, não! — diz Frida ao captar meu olhar. — Nem pense! Se Eric souber, vai ficar mais puto ainda contigo e...

— E o quê? — pergunto. — Que diferença faz agora?

Nós três nos entreolhamos e, como umas bruxas, desatamos a rir. Pegamos o carro de Marta e vinte minutos depois já estamos em frente à *trattoria*. Bolamos um plano. Desta vez Betta vai saber quem é Judith Flores e do que sou capaz.

Entramos no restaurante e dou uma olhada ao redor procurando por ela. Como imaginava, está numa mesa com várias pessoas. Fico observando por um tempo. Parece animada e feliz.

— Judith, se você quiser, podemos desistir — sussurra Marta.

Nego com a cabeça. Vou levar a vingança até o fim. Ando com determinação até a mesa, e, quando Betta nos vê, fica pálida. Sorrio e pisco para ela. Não presto! E então Frida diz:

— Betta, você por aqui!

— Caramba, que coincidência! — digo, rindo, e Betta fecha a cara.

As outras pessoas na mesa olham na nossa direção e eu me apresento.

— Meu nome é Judith Flores e sou espanhola também, como Betta. — Todos acenam e com um sorriso meigo e angelical, digo: — Prazer em conhecê-los.

Eles sorriem e, sem perder tempo, pergunto:

— Um passarinho me contou que hoje alguém ia te fazer uma pergunta importante. É verdade que te pediram em casamento?

Com um sorrisinho sem graça, ela faz que sim e seu noivo, um homem não exatamente jovem, afirma todo alegre:

— Sim, senhorita. E essa mulher linda aceitou. — Pegando a mão dela, continua: — De fato, minha mãe acabou de lhe dar o anel de compromisso da família, uma verdadeira joia.

Os convidados aplaudem. Eu, Marta e Frida também. Todos sorriem e nos oferecem taças de champanhe. Sorridentes, aceitamos e bebemos. Abrem espaço na mesa. Nos sentamos com eles, e Betta me observa. Eu sorrio e, olhando para seu futuro marido, digo:

— Raimon, ela sim é que é uma joia... uma autêntica joia.

O homem concorda, orgulhoso. Achando graça de tudo, me junto às minhas duas cúmplices e incentivamos todo mundo a gritar: "Beija, beija, beija!"

Betta me olha furiosa, enquanto aplaudo curtindo a situação, até que por fim eles se beijam. Faço um sinal de aprovação e digo com voz angelical:

— E quem é o primo Alfred?

Um cara da minha idade ergue a mão e, olhando para ele, solto:

— Contou ao Raimon que você também dorme com a Betta? Acho que ele merece saber, embora esteja tudo em família.

As caras de todos mudam. Raimon, o noivo, se levanta e pergunta:

— O que você disse, moça?

Apoio a mão no ombro do coitado do Raimon, me levanto e sussurro tristemente:

— Vamos, Alfred. Conta pra ele!

Todos olham para o rapaz envergonhado, e Frida insiste:

— Vamos lá, Alfred... é seu primo. É o mínimo que você pode fazer.

Betta está vermelha. Não sabe onde se enfiar, e os seus ex-futuros sogros exigem que ela devolva o anel da família. Radiante, viro para Raimon e observo:

— Sei que essa notícia deve ser um baque, mas com o tempo você vai me agradecer, Raimon. Essa mulher só ia se casar pelo dinheiro. Ela vai pra cama com metade da Alemanha. E, antes que você pergunte, sim, eu posso te provar.

Fora de si, Betta se levanta e grita enquanto a mãe de Raimon puxa seu dedo para recuperar o anel.

— Mentira, isso é mentira! Raimon, não dê ouvidos a ela!

Marta, que estava calada até agora, sorri com malícia e aponta:

— Betta... Betta... nós te conhecemos. — E, voltando-se para as outras pessoas da mesa, revela: — Meu irmão se chama Eric Zimmerman, saiu com Betta um tempo, mas terminou com ela quando a flagrou com o pai dele na cama. O que acham disso? Coisa feia, né?

Indignados, todos se levantam para pedir explicações. Frida murmura:

— Ai, Betta, quando é que você vai aprender?!

Raimon está furioso. Seus pais e os outros convidados não conseguem acreditar no que escutam. Alfred não sabe onde enfiar a cara. Todos gritam. Todos opinam. Betta não consegue dizer nada e então, sem tocá-la, chego perto dela e digo em espanhol:

— Te avisei. Te disse que comigo ninguém mexe, sua vadia! Volte a se aproximar de Eric, da família dele, dos amigos ou de mim, e eu juro que te escorraçam da Alemanha.

Em seguida, eu, Frida e Marta vamos embora do restaurante. Minha vingança está completa. Com a adrenalina a mil, decidimos ir dançar no Guantanamera. Não quero voltar para casa. Não quero ver Eric, e um pouquinho de salsa cubana vai me fazer bem.

38

Acordo no dia seguinte com uma ressaca monstruosa, pois a noite foi maravilhosa e só dormi algumas horas na casa de Marta. Quando chego à casa de Eric, e ele me vê entrar com os óculos escuros na cara, vem na minha direção e pergunta furioso:

— Posso saber onde você dormiu?

Surpresa, levanto a mão e respondo:

— No meio da rua eu te garanto que não foi.

Ele xinga e resmunga. Dá para perceber o quanto estava preocupado. Não dou bola. Caminho decidida, enquanto sinto seus passos atrás de mim. Está furioso. Assim que entro no meu quartinho, bato a porta na cara dele. Isso deve tê-lo irritado muito. Fico esperando que ele entre e grite comigo, mas não é o que acontece. Ótimo! Não estou a fim de ouvir seus chiliques. Hoje não.

Tento ser forte enquanto termino de arrumar minhas coisas nas caixas de papelão. Não vou chorar. Chega de ficar chorando e chorando por causa do Iceman. Se ele não me dá valor, não tenho motivo para sofrer por ele. Preciso acabar de arrumar tudo o quanto antes. Logo que fecho uma caixa de livros, decido subir até meu quarto. Tenho muitas coisas aqui. Por sorte, não encontro Eric. Quando entro no quarto, suspiro ao ver que ele também não está lá. Deixo algumas caixas e vou atrás de Flyn.

O garoto se alegra ao me ver, mas, quando se dá conta de que estou me despedindo, sua cara muda completamente. Me dirige um olhar duro e diz:

— Você tinha me prometido que não iria embora.

— Eu sei, meu amor. Sei que te prometi, mas às vezes as coisas entre os adultos não saem como o previsto e, no fim, se complicam mais do que você imaginava.

— A culpa é toda minha — diz, com a carinha triste. — Se eu não tivesse pegado o skate, não teria caído, e você e o tio não teriam brigado.

Eu o abraço, aninhando-o. Nunca poderia imaginar que ele choraria por minha causa. Tentando segurar as lágrimas, garanto:

— Escuta, Flyn. Você não tem culpa de nada, querido. Eu e seu tio...

— Não quero que você vá embora. Eu me divirto contigo, você é... é boa pra mim.

— Ouça, meu amor.

— Por que você tem que ir?

Sorrio com tristeza. Ele não quer me escutar, e eu não consigo lhe explicar por que estou partindo. No fim, enxugo as lágrimas do seu rosto e tento animá-lo:

— Flyn, você sempre me mostrou que é um rapazinho tão forte quanto seu tio. Agora vai precisar ser assim outra vez, combinado? — O garoto confirma com a cabeça e continuo: — Cuida bem do Calamar. Não se esquece que ele é seu superamigo e supermascote, e dá muito carinho pro Susto, promete?

— Prometo.

Seus olhos vidrados me partem o coração. Dou um beijo na sua bochecha e continuo:

— Escuta, querido. Prometo que venho te visitar logo, combinado? Vou ligar pra Sonia e ela vai ajudar a gente a se encontrar, você quer?

O garoto levanta o polegar, eu levanto o meu, juntamos os dois e batemos uma palma. Isso nos faz rir. Dou-lhe um abraço e um beijo e, com o coração apertado, saio do quarto.

Não consigo respirar direito. Levo a mão ao peito e por fim consigo que me entre um pouco de ar. Por que tudo tem que ser tão triste? Abro o armário e observo todas as coisas lindas que Eric comprou para mim. Penso um pouco e decido levar apenas o que trouxe de Madri. Ao pegar minhas botas pretas, vejo uma bolsa e, assim que abro, sorrio com melancolia ao encontrar minha fantasia de policial durona. Nem cheguei a estreá-la. Por um motivo ou outro, acabei não vestindo essa roupa para Eric. Eu a meto numa das caixas, junto com meus jeans e minhas camisetas. Depois entro no banheiro e pego minhas maquiagens e meus cremes. Nada mais ali é meu.

De volta ao quarto, ando até a mesinha de cabeceira. Esvazio uma gaveta e encontro os brinquedos sexuais. Toco na joia anal com a pedra verde. Nos vibradores. Nos enfeites para os mamilos. Não quero todo esse arsenal, que me faria lembrar dele. Fecho a gaveta. Deixo os objetos ali dentro. Meus olhos estão cheios d'água. Momento dramático! Tudo por causa do abajur que Eric me deu de presente há alguns meses na feirinha de Madri e com o qual não sei o que fazer. Fico só olhando, olhando e olhando. Foi ele que comprou os dois. Por fim, decido levar comigo. É meu.

Me viro e Eric está me observando da porta. Está lindo com sua calça jeans de cintura baixa e uma blusa preta. Está meio abatido. Preocupado. Mas imagino que estou igual. Não sei há quanto tempo estava ali. O que sei é que seu olhar é frio e impessoal. É como ele fica quando não quer demonstrar o que está sentindo. Não pretendo discutir, não estou com vontade. E, olhando para ele, comento:

— Convenhamos, esses abajures nunca combinaram com a decoração do seu quarto. Se você não se importar, vou levar o meu.

Concorda. Entra no quarto e diz ao tocar no seu abajur:

— Leva. É seu.

Mordo o lábio. Guardo o abajurzinho na caixa e o ouço dizer:

— Foi isso que sempre me chamou a atenção em você, o fato de ser totalmente diferente de tudo que me cerca.

Não respondo. Não consigo. Então, num tom mais calmo, Eric afirma:

— Judith, sinto muito que tudo acabe assim.

— Eu sinto mais ainda, pode ter certeza — digo.

Ele anda pelo quarto. Está nervoso. Até que finalmente pergunta:

— Podemos conversar um momento como adultos?

Engulo o choro engasgado na minha garganta e respondo que sim. Já não me chama de "pequena", nem "moreninha", nem "querida". Agora fala "Judith" com todas as letras. Cada um de nós está de um lado da cama. Nossa cama. É o lugar onde nos amamos, nos desejamos e nos beijamos. Eric começa:

— Escuta, Judith. Não quero que você fique sem trabalho por minha causa. Falei com Gerardo, o chefe do RH da Müller em Madri, e você vai poder assumir novamente a função que ocupava quando nos conhecemos. Como não sei quando você vai querer voltar, eu disse a ele que no prazo de um mês você vai entrar em contato pra pegar essa vaga outra vez.

Discordo com a cabeça. Não quero trabalhar de novo na sua empresa. Mas Eric continua:

— Judith, seja adulta. Uma vez você me disse que seu amigo Miguel precisava do emprego pra pagar as contas, ter o que comer e poder viver. Você tem que fazer a mesma coisa, e com o desemprego e a crise na Espanha vai ser muito difícil pra você conseguir um trabalho decente. Esse departamento está com chefe novo e tenho certeza de que você não terá problema algum com ele. Quanto a mim, não se preocupe. Você não vai precisar me encontrar. Já te aborreci o suficiente.

Essa parte final me dói. Sei que ele disse isso pelo que gritei naquela noite, mas não digo nada. Apenas escuto. Minha cabeça não para, fica remoendo tudo, mas sei que ele está certo. Novamente está certo. Contar com um trabalho hoje em dia não é algo que esteja ao alcance de todo mundo. Não posso me dar ao luxo de recusar a oferta.

— Está bem. Vou falar com Gerardo.

— Espero que você retome sua vida, Judith, porque eu vou retomar a minha. Como você mesma disse quando beijou Björn, não sou mais o dono da sua boca nem você da minha.

— E por que isso agora?

Com o olhar cravado em mim e mudando o tom de voz, ele diz:

— É que agora você pode beijar quem te der na telha.

— Você também. Espero que jogue muito.

— Não tenha dúvida — comenta com um sorriso frio.

Nos olhamos e, quando não estou mais aguentando, saio do quarto sem me despedir. Não consigo. As palavras não saem da minha boca. Desço a escada a todo o vapor e chego ao meu quartinho. Fecho a porta e então, só então, me permito desabafar com um monte de palavrões.

Essa noite, quando já está tudo encaixotado, aviso a Simona que um caminhão passará às seis da manhã para levar as coisas ao aeroporto. Vinte caixas chegaram de Madri. Vinte voltarão. Com tristeza, pego um envelope e uma caneta para fazer a última coisa me resta nessa casa. Escrevo "Eric", arranjo um pedaço de papel e, depois de pensar no que escrever, rabisco simplesmente "Adeus e se cuida". Melhor algo impessoal.

Solto a caneta e olho para minha mão. Está tremendo. Tiro o lindo anel que já lhe havia devolvido outra vez e leio o que está escrito na parte de dentro: "Peça-me o que quiser, agora e sempre."

Fecho os olhos.

O "agora e sempre" não foi possível para a gente.

Aperto o anel na palma da minha mão e por fim, com o coração partido, ponho no envelope. Meu celular toca. É Sonia. Está preocupada e me espera na sua casa. Dormirei lá minha última noite em Munique. Não posso nem quero dormir sob o mesmo teto que Eric. Quando chego à garagem e tiro a moto, Norbert e Simona vêm até mim. Com um sorriso forçado, eu os abraço e entrego a Simona o envelope com o anel para entregar a Eric. A mulher soluça e Norbert tenta consolá-la. Minha partida os entristece. Me acolheram com tanto carinho quanto eu a eles.

— Simona — me esforço para brincar —, daqui a alguns dias eu te ligo e você me conta como anda *Loucura Esmeralda*, ok?

Ela balança a cabeça e se esforça para sorrir, mas acaba chorando mais ainda. Dou-lhe um último beijo e me preparo para sair, quando, assim que ergo o olhar, vejo Eric nos observando da janela do nosso quarto. Olho para ele. Ele me olha. Meu Deus... como amo esse homem! Levanto a mão e dou tchau. Ele faz o mesmo. Instantes depois, com a frieza que aprendi com ele próprio, me viro, subo na moto e vou embora sem olhar para trás.

Nessa noite não consigo dormir. Fico olhando para o vazio e esperando o despertador tocar.

39

Chego a Madri e ninguém sabe que voltei. Ninguém para me receber. Não liguei para ninguém. Alugo uma caminhonete no aeroporto e enfio todas as minhas caixas ali. Quando saio do Terminal 4, tento sorrir. Estou de novo em Madri!

Ligo o rádio, e as vozes de Andy e Lucas cantam:

Te entregaré un cielo lleno de estrellas, intentaré darte una vida entera
en la que tú seas tan feliz, muy cerquita estés de mí.
Quiero que sepas..., lelelele.

Tento cantar, mas minha voz está embargada. Não consigo. Simplesmente não consigo. Ao chegar ao meu bairro, a alegria toma conta de mim. Mas em seguida, quando preciso carregar sozinha as vinte caixas, a felicidade logo se transforma em mau humor. O que eu botei ali dentro? Pedras?

Assim que termino, fecho a porta de casa e me sento no sofá. De volta ao meu lar. Pego o telefone, decidida a ligar para minha irmã. Acabo desistindo. Ainda não estou com vontade de lhe dar explicações, e minha irmã é osso duro de roer. Ligo a geladeira e desço para comprar alguma comida no mercado. Quando volto e guardo minhas compras, a solidão me domina. Me corrói.

Preciso ligar para minha irmã e meu pai.

Penso, penso, penso. Por fim decido começar pela minha irmã e, como era de se esperar, dez minutos depois de desligarmos, ela aparece na porta de casa. Abre com sua própria chave e, ao me ver sentada no sofá, diz:

— Fofaaaaaaaa. Caramba, o que houve contigo, querida?

Ver minha irmã, seu espanto, o jeito como me olha, é a gota d'água. Ela me abraça e eu caio em prantos. Passo duas horas chorando, e ela me consola e me diz várias vezes para eu não me preocupar com nada. Que tudo vai ficar bem. Quando enfim me acalmo, olho para ela e pergunto:

— E a Luz onde está?

— Na casa de uma amiga. Não contei que você está aqui, senão você já sabe...

Isso me faz sorrir e peço:

— Não diga nada. Amanhã quero ir a Jerez ver o papai. Quando eu voltar, vou visitá-la, tá?

— Tá.

Com carinho, passo a mão por sua barriga saliente e, antes que eu diga qualquer coisa, ela solta:

— Eu e José estamos nos separando.

Arregalo os olhos, espantada. Ouvi direito? E, com uma frieza que eu não sabia que existia em minha irmã, ela me explica:

— Eu pedi ao papai e a Eric que não contassem nada pra você não se preocupar. Mas, agora que você está aqui, acho que é hora de saber.

— Eric?!

— Sim, fofa... e...

— Eric sabia? — grito desconcertada.

Minha irmã, que não está entendendo nada, pega minhas mãos e murmura:

— Sabia, querida. Mas eu o proibi de te contar. Não fica chateada com ele por causa disso.

Não acredito. Não acredito!

Ele se aborrece comigo porque escondo coisas, quando na verdade ele próprio está escondendo também. Inacreditável!

Fecho os olhos. Tento me acalmar. Minha irmã está com um problemão e, me esforçando para esquecer Eric e minhas próprias questões, procuro entender:

— Mas... mas o que aconteceu?

— Ele estava me chifrando com metade de Madri — afirma num tom seco. — Já te falei isso há algum tempo, mas você não acreditou.

Ficamos horas conversando. Essa notícia foi um baque. Jamais poderia imaginar que o pateta do meu cunhado traía minha irmã. Isso é para aprender a não confiar nos patetas...! Mas o que me surpreende mesmo é minha irmã. Ela, que é tão chorona, de repente está centrada e tranquila. Será que é por causa da gravidez?

— E Luz? Como ela está com essa história toda?

Move a cabeça com resignação.

— Bem. Está aceitando. Ficou muito triste quando eu disse que ia me separar do pai dela, mas, desde que José saiu de casa, há um mês e meio, dá pra perceber que ela está bem. Demonstra isso todo dia pelo seu sorriso.

Falamos, falamos e falamos. Depois de ver com meus próprios olhos o quanto minha irmã é forte e o quanto está calma apesar do desgosto e da gravidez, pergunto:

— Meu carro está no estacionamento?

— Está, sim, querida. Funciona que é uma maravilha. Eu usei nos últimos meses.

Afasta uma mecha de cabelo do meu rosto. Em seguida ela sussurra:

— Não me conte o que houve entre você e Eric. Não quero saber. Só preciso ter certeza de que você está bem.

Fico aliviada por ela dizer isso e, emocionada, afirmo:

— Estou, sim, Raquel. Estou bem.

Nos abraçamos de novo e me sinto em casa. À noite, quando ela vai embora e fico sozinha, percebo que já consigo respirar. Desabafei. Chorei tudo o que tinha para chorar e me sinto muito melhor. Mas estou ainda mais chateada com Eric. Como ele pôde me esconder essa história?

Decido não ligar para o meu pai. Vou fazer uma surpresa. Às sete da manhã me levanto e entro na garagem. Vejo meu Leãozinho e sorrio. Como ele é lindo! Dou partida e sigo para Jerez. No caminho, há tempo para tudo. Para rir. Para chorar. Para cantar ou para xingar Eric à vontade.

Ao chegar a Jerez, vou direto à oficina do papai. Quando paro o carro na porta, eu o vejo conversando com dois amigos e, de repente, ao me ver, fica paralisado. Sorri e corre na minha direção. Ao receber abraço carinhoso, tenho a certeza de que ele vai me paparicar muito. Em seguida ele olha ao redor e pergunta:

— Cadê o Eric?

Não respondo. Meus olhos se enchem de lágrimas e, ao ver minha cara, ele sussurra:

— Ah, moreninha! O que aconteceu, minha vida?

Segurando o choro, volto a abraçá-lo. Preciso do carinho do meu pai.

Nessa noite, depois de jantar, estou contemplando as estrelas, quando meu pai senta no sofá.

— Por que não me contou sobre Raquel e José? — pergunto com tristeza.

— Sua irmã não queria te preocupar. Ela falou com Eric e pediu pra ele não te dizer nada.

— Ah, que ótimo! — exclamo, louca para arrancar a cabeça de Eric por ele ser tão falso comigo.

— Escuta, moreninha. Sua irmã sabia que, se te contasse alguma coisa, você iria até Madri. Só fiz o que ela pediu. Mas pode ficar tranquila, ela está bem.

— Eu sei, pai, já vi com meus próprios olhos e fiquei bastante surpresa.

— Fico muito triste com o que aconteceu, mas, se José não valorizava minha filha como ela merecia, melhor que a tenha deixado em paz. Aquele sem-vergonha desgraçado! — diz. — Torço pra que ela encontre um homem que lhe dê valor, que a ame e, principalmente, que a faça voltar a sorrir.

Olho para ele com ternura. Papai é um romântico incorrigível.

— Raquel é uma joia rara — prossegue e eu sorrio. — Ah, moreninha! Sinceramente, eu não esperava que José fosse capaz de fazer o que fez. Brincou com os sentimentos da minha filha e minha netinha, e isso eu não vou perdoar.

Concordo e abro uma lata de Coca-Cola que meu pai deixou na minha frente. Ele pergunta:

— E você? Vai me contar o que aconteceu com Eric?

Me sento ao seu lado e, após dar um gole na Coca, murmuro:

— Somos incompatíveis, pai.

Balança a cabeça de um lado para outro e cochicha:

— Você sabe, minha linda, que os opostos se atraem. E antes que você diga qualquer coisa: vocês não são como José e Raquel. Não têm nada a ver com eles. Quando estive na Alemanha no seu aniversário, vi que vocês estavam superbem. Você, feliz. E Eric, completamente apaixonado. Por que isso de repente?

Espera uma explicação e sei que não vai desistir até conseguir. Então respondo:

— Pai, quando eu e Eric reatamos, prometemos que nunca esconderíamos nada um do outro e que seríamos cem por cento sinceros. Mas eu não cumpri a promessa, e pelo visto ele também não.

— Você não cumpriu?

— Não, pai... Eu...

Conto a história toda: o curso de paraquedismo de Marta e Sonia, a moto, minhas saídas com Jurgen e os amigos dele, as aulas de skate e patins que dei a Flyn, o tombo que o menino levou e a surra que dei numa ex de Eric que azucrinava nossa vida.

Meu pai me escuta com os olhos arregalados e depois exclama:

— Você bateu numa mulher?

— Bati, pai. Ela mereceu.

— Mas, filha, isso é horrível! Uma moça como você não faz essas coisas.

Concordo e prometo a ele que isso não vai se repetir.

— Só dei o que essa cadela vadia mereceu.

— Moreninha, olha a boca suja! Vou ter que lavar sua boca com sabão?

Caio na gargalhada com seu comentário e ele também acaba rindo. Dando uns tapinhas de leve na minha mão, lembra:

— Não te ensinei a se comportar assim.

— Eu sei, pai, mas o que você queria que eu fizesse? Ela me provocou e você sabe que sou impulsiva demais.

Achando graça, ele toma um gole da sua cerveja e diz:

— Está bem, filha. Entendo o que você fez, mas ouça bem: que isso não volte a acontecer, ok? Você nunca foi barraqueira e não quero que comece a ser.

Suas palavras me fazem rir. Dou-lhe um abraço e ele sussurra na minha orelha:

— Conhece aquela frase que diz que, se você tem um pássaro, deve deixá-lo voar? Se ele voltar, é porque é seu; se não, é porque nunca te pertenceu. Eric vai voltar. Você vai ver, moreninha.

Não respondo. Não tenho forças para dizer nada nem para pensar em ditados.

Na manhã seguinte, saio com minha moto e libero minhas energias saltando como um camicase pelos campos de Jerez. É meu melhor remédio. Faço manobras arriscadas e no fim acabo me esborrachando. Levo um belo de um tombo! No chão, penso em como Eric se preocuparia comigo se visse isso e, quando me levanto, toco no meu traseiro dolorido e resmungo.

À tarde, estou vendo tevê quando meu celular toca. É Fernando. Seu pai, o Bichão, contou que estou em Jerez sem o Eric. Dois dias depois, ele aparece na cidade. Assim que me vê, nos abraçamos e ele me chama para almoçar. Conversamos. Comento que eu e Eric terminamos e Fernando sorri. Depois o idiota diz:

— Esse alemão não vai te deixar escapar.

Sem querer falar mais do assunto, pergunto sobre sua vida e me surpreendo quando ele conta que está saindo com uma garota de Valência. Fico feliz por Fernando, ainda mais quando ele admite que está completamente envolvido. Gosto de saber disso. Quero vê-lo bem.

Os dias passam e meu humor fica oscilando entre a alegria e a tristeza. Sinto falta de Eric. Não entrou em contato comigo, o que é uma novidade. Eu o amo demais para esquecê-lo tão depressa. Toda noite, quando já estou deitada na cama, fecho os olhos e quase consigo senti-lo ao meu lado, enquanto escuto no meu iPod as músicas que eu ouvia junto com ele. Meu nível de masoquismo aumenta cada dia mais. Trouxe uma camiseta dele e fico cheirando. Adoro seu cheiro. Preciso senti-lo para dormir. É um péssimo hábito meu, mas não estou nem aí. É um mau hábito assumido.

Quando já faz uma semana que estou em Jerez, ligo para Sonia. Ela fica supercontente com meu telefonema e eu me surpreendo ao saber que Flyn está ali com ela. Eric viajou. Fico tentada a perguntar se ele foi a Londres, mas decido não tocar no assunto. Já me torturei o bastante. Ela passa a ligação para Flyn e conversamos um tempinho. Nenhum de nós menciona seu tio. Depois ele devolve o telefone a Sonia e ela pergunta:

— Você está bem, querida?

— Estou. Vim visitar meu pai em Jerez e ele me paparica do jeito que estou precisando.

Sonia ri e diz:

— Sei que você não quer escutar, mas vou falar mesmo assim: está insuportável. Esse meu filho, com esse temperamento dele, é um sujeito intratável.

Sorrio com tristeza. Imagino como está. Sonia comenta:

— Não diz nada, mas sente muita saudade de você. Eu sei disso. Sou a mãe dele e, apesar de Eric não abrir a guarda e não me deixar cuidar dele, eu sei.

Conversamos durante quinze minutos. Antes de desligar peço que por favor não diga que liguei. Não quero que Eric pense que estou tentando colocar sua família contra ele.

Após passar dez dias em Jerez com meu pai e me sentir aconchegada no seu amor, decido voltar a Madri. Ele viaja comigo. Quer ver minha irmã e ter certeza de que nós duas estamos bem. A primeira coisa que fazemos ao chegar é visitar minha sobrinha. Assim que me vê, a garota me abraça e me cobre de beijos, mas logo pergunta por seu tio Eric.

Depois do almoço, e diante da sua insistência em saber onde está seu tio, decido conversar a sós com ela. Não sei como lhe pode afetar a separação de seus pais e agora a minha. Quando ficamos sozinhas, Luz me pergunta pelo "chinês". Repreendo-a por não chamar Flyn pelo nome, mas, quando ela não está olhando, dou uma risadinha. Essa menina é danada. Assim que conto que Eric e eu não estamos mais juntos, ela protesta e faz cara feia. Adora o tio Eric. Faço carinho nela e tento convencê-la de que Eric continua gostando dela. Por fim, Luz acaba aceitando. Mas de repente me olha nos olhos e pergunta:

— Titia, por que meus pais não se amam mais?

Que perguntinha difícil! O que posso responder?

Enquanto penteio seus lindos cabelos castanhos, respondo:

— Seus pais vão se amar a vida toda. O que acontece é que perceberam que são mais felizes vivendo separados.

— E, se eles se amam, por que brigavam tanto?

Dou um beijo carinhoso no alto de sua cabeça.

— Luz, as pessoas que se amam também podem brigar. Eu mesma, se fico muito tempo com sua mãe, acabo brigando, né? — A menina concorda e continuo: — Então nunca duvide que eu a amo muito, mesmo quando brigo com ela. Raquel é minha irmã e uma das pessoas mais importantes da minha vida. A questão é que os adultos têm opiniões diferentes sobre muitas coisas e acabam discutindo. E por isso seus pais se separaram.

— Por isso também que você não está mais com o tio Eric? Por terem opiniões diferentes?

— Pode-se dizer que sim.

Luz crava seus olhinhos em mim e pergunta de novo:

— Mas você ainda o ama?

Suspiro. Luz e suas perguntas! Mas, incapaz de deixá-la sem resposta, digo:

— Claro que sim. As pessoas não deixam de se amar de um dia para o outro.

— E ele ainda te ama também?

Penso, penso, penso e, após refletir sobre a resposta, digo:

— Ama. Tenho certeza que sim.

A porta se abre e minha irmã aparece. Está lindíssima com seu vestido de grávida. Em seguida entra meu pai. Que dor de cabeça ele foi arrumar com suas duas filhas!

— Estão prontas pra irmos tomar alguma coisa no parque?

— Siiiiim! — Luz e eu vibramos.

Meu pai pega a câmera fotográfica.

— Juntem-se aí, quero tirar uma foto. Estão lindas. — Assim que bate o retrato, exclama: — Que beleza! Como estou orgulhoso! Que três mulheres tão bonitas eu tenho!

40

Certa manhã, após muito tempo indecisa, telefono para o escritório da Müller e converso com Gerardo. Encantado de falar comigo, ele diz que estava mesmo esperando minha ligação. Pergunto por Miguel, e Gerardo responde que ele está viajando e volta na segunda-feira. Depois falamos de trabalho e ele me pergunta quando assumo minha função de novo. Hoje é quarta. Decido começar na segunda. Quando desligo, meu coração bate acelerado. Vou voltar ao lugar onde tudo começou.

Na sexta, passo no estúdio de tatuagens do meu amigo Nacho. Assim que me vê na porta, abre os braços e corro para ele. Mais tarde saímos para beber e ficamos conversando até altas horas.

No domingo, não consigo dormir. Volto à Müller no dia seguinte. O despertador toca, me levanto, tomo um banho, pego o carro e dirijo até a empresa. No estacionamento meu coração começa a bater com força. E parece que vai sair pela boca, de tão disparado que está, depois que passo pelo RH e entro na minha sala. Estou nervosa. Muito nervosa.

Assim que me veem, vários colegas vêm logo falar comigo. Todos parecem felizes por me reencontrar e sou grata pela forma gentil como me receberam. Quando fico sozinha, milhares de recordações atravessam minha mente. Me sento à minha mesa, mas meus olhos se voltam para a direita, para a sala de Eric, do meu louco e sexy senhor Zimmerman. Sem conseguir me segurar, vou até lá, abro a porta e olho ao redor. Está tudo como no dia em que fui embora. Passo a mão pela mesa onde sei que ele encostou e, assim que entro no arquivo, sinto vontade de chorar. Quantos momentos maravilhosos e excitantes já vivi com ele aqui...

Ao ouvir um barulho na sala ao lado, imagino que meu chefe tenha chegado. Saio do arquivo com cuidado, passando pela antiga sala de Eric, e volto à minha mesa. Ajeito o blazer do meu terninho azul e, de cabeça erguida, decido me apresentar. Bato à porta e, ao entrar, exclamo com os olhos arregalados:

— Miguel?!

Sem me importar com quem possa nos ver, lhe dou um abraço. Eu realmente não esperava por isso. Meu ex-colega, Miguel, o metido a sedutor, agora é meu chefe! Depois dos abraços calorosos, Miguel me olha e diz num tom de brincadeira:

— Nem sonhe, linda. Não me envolvo com minha secretária.

Isso me faz rir. Me sento na cadeira e ele se acomoda ao lado.

— Mas... desde quando você é o chefe? — pergunto, ainda sem poder acreditar.

— Há uns dois meses.

— Sério?

— Sério, linda. Depois de demitirem a chefe e, dois dias mais tarde, a retardada da irmã dela, me botaram aqui porque eu era o único que sabia como esse departamento funcionava. E, quando eu vi que eles estavam comendo na minha mão, pedi o cargo e pelo visto o senhor Zimmerman aceitou.

Isso me surpreende. Eric nunca comentou nada comigo. Mas fico contente por Miguel e digo:

— Meu Deus, Miguel, estou muito feliz por você!

Meu amigo olha para mim, passa a mão pelo meu rosto e comenta:

— Não posso dizer o mesmo de você. Sei que você foi viver em Munique com Zimmerman. — Isso me espanta. Não era para ninguém saber, e ele explica: — Calma. Encontrei sua irmã outro dia e ela me contou. Ninguém sabe. Mas... o que houve? O que você está fazendo de novo por aqui?

Sabendo que preciso lhe dar uma explicação, comunico:

— A gente terminou.

— Ah, sinto muito, linda — diz Miguel lamentando.

Dou de ombros.

— Não deu certo. Eu e o senhor Zimmerman somos muito diferentes.

Miguel me olha fixamente e opina:

— Diferentes vocês são mesmo. Isso é evidente. Mas você sabe que os opostos se atraem.

Seu comentário me faz rir. Ele disse a mesma coisa que meu pai.

Dez minutos depois, estamos na cafeteria. Miguel avisou a meus amigos doidos Raul e Paco sobre minha volta. E, como fazíamos há alguns meses, nós quatro ficamos de papo e trocamos confidências.

Passamos um bom tempo ali, colocando as fofocas em dia. Quando já estou na sala de Miguel e ele está me entregando uns documentos, ouço umas batidinhas na porta. Miguel e eu viramos para ver quem é, e um entregador com boné vermelho pergunta:

— Por favor, a senhorita Judith Flores?

Confirmo que sou eu e fico parada quando me entrega um buquê todo colorido. Sorrio. Olho para Miguel, que levanta os braços e diz:

— Não fui eu.

Abro o cartão e meu coração dispara quando leio:

Prezada senhorita Flores:
Bem-vinda à empresa.
Eric Zimmerman

Fecho os olhos. Miguel chega perto de mim e, depois de ler o cartão por cima do meu ombro, diz:

— Que chefão mais bem informado! Você terminou com o cara e ele já sabe que você voltou pra empresa.

Meu estômago se contrai. O coração palpita enlouquecido. O que Eric está fazendo?

41

Os dias passam e mergulho no trabalho. É uma delícia trabalhar com Miguel. Mais que como secretária, ele me trata como uma colega. Nos fins de tarde, preciso sair de casa. Passeio e às vezes fico agoniada de ver tanta gente. Sinto falta daquelas caminhadas na neve, no bairro solitário em meio às árvores de Munique.

Certo dia, na hora do almoço, meu chefe diz:

— Quer almoçar comigo? Gostaria de te mostrar uma coisa que tenho certeza que você vai adorar.

Vamos no seu carro e estacionamos no centro de Madri. Agarrada a seu braço, caminho pela rua e vamos conversando, até que entramos numa lanchonete meio suja. Achando graça, olho para ele e digo:

— Tá doido?

— Por quê? — pergunta, rindo.

— É sério que você está me convidando pra comer hambúrguer?

Miguel faz que sim, me olha com um sorriso estranho e diz:

— Claro. Você sempre gostou, não?

Dou de ombros e digo, por fim:

— Tem razão. Mas hoje, como é você quem vai pagar, quero meu sanduíche com o dobro de queijo e também uma porção dupla de batata.

Ele concorda e entramos na fila. Estamos de papo e, quando chega nossa vez, fico sem palavras ao ver a pessoa que vai anotar nosso pedido.

Minha ex-chefe! Aquela idiota de cabelo lindo que enchia meu saco na Müller. Agora trabalha naquela lanchonete. Minha cara de espanto é tão evidente que ela, chateada, diz:

— Se vocês não sabem o que vão pedir, por favor, deixem o próximo cliente passar.

Após me recompor do susto, Miguel e eu fazemos nossos pedidos. Quando andamos até a mesa com nossas bandejas nas mãos, em meio a risadas, ele comenta:

— Anda, joga esse hambúrguer fora e vamos comer outra coisa. Essa sujeita é tão mau caráter que pode muito bem ter cuspido ou colocado veneno aí.

Horrorizada com essa possibilidade, jogo o sanduíche no lixo e vamos embora. Às vezes a vida é justa e agora está dando uma boa lição nessa mulher.

Meus dias se resumem a trabalhar, passear e, de noite, pensar em Eric. Nunca mais tive notícias dele. Já passou um mês desde que voltei à Espanha e cada dia me sinto mais longe dele, apesar de ter a sensação de que ele está ao meu lado, quando me masturbo com o vibrador que me deu.

Já estou saindo de novo com meus amigos de sempre e saboreamos juntos os sanduíches de lula da Plaza Mayor. Mas, quando vamos para a balada, me descontrolo. Bebo além da conta para esquecer. Preciso.

Até agora nenhum homem chamou minha atenção. Nenhum mexeu comigo. E, quando algum tenta, eu corto na hora. Sou eu que escolho. Não estou no mercado de carne.

Certa manhã, num domingo, após uma noitada ótima, alguém toca a campainha da minha casa. Me levanto. A pessoa toca de novo. Minha irmã não pode ser, porque ela tem a chave. Quando espio pelo olho mágico, pisco várias vezes ao ver quem é. Abro a porta e digo:

— Björn?!

O homem me olha, solta uma gargalhada e brinca:

— Caramba, Jud, ontem deve ter sido uma farra e tanto, hein?

Abro os braços, ele dá um passo à frente e nos unimos num abraço carinhoso. Segundos depois, ele diz:

— Vai lá tomar uma ducha. Você precisa recuperar o raciocínio.

Corro até o banheiro. Ao me olhar no espelho, eu mesma me assusto. Estou uma verdadeira bruxa. A água me reanima e ativa minha circulação. Quando termino e apareço na sala com meu jeans, uma camisa e um coque alto, ele diz:

— Linda. Assim você está mil vezes mais atraente.

Rimos. Digo para ele se sentar e pergunto:

— O que você está fazendo por aqui?

Björn afasta uma mecha de cabelo do meu rosto, coloca atrás da orelha e responde:

— Não, linda. A pergunta é: o que *você* está fazendo aqui?

Não entendo. Pisco os olhos.

— Tem que voltar pra Munique.

— Quê?!

— Exatamente isso que você ouviu. Eric precisa de você, e precisa já.

Me endireito no sofá e digo:

— Não tenho nada pra fazer em Munique, Björn. Você mesmo viu, pelo que aconteceu naquela noite, que as coisas não estavam dando certo entre a gente. Você viu que...

— O que vi é que você me beijou pra deixá-lo com raiva. Foi isso que vi.

— Droga, Björn! Nem me lembre.

— Foi tão horrível assim? — zomba. E, quando vou responder, ele dá uma gargalhada e pergunta: — Mas, cá entre nós, querida, por que você fez isso?

Cada vez mais desconcertada, contraio as sobrancelhas e tento explicar:

— Te beijei porque Eric precisava apenas de um empurrãozinho pra me expulsar da vida dele. Tinha acabado de dizer isso minutos antes e eu só facilitei as coisas. Quando você chegou, me desculpa, mas te vi e tive que fazer aquilo. Te beijei pra que ele desse o último passo e me mandasse embora da vida dele.

— Mas ele disse pra você ir embora?

Penso, penso e por fim respondo:

— Disse.

— Não — corrige ele. — Você é quem estava gritando que ia embora, e ele acabou dizendo que, se você quisesse ir, que fosse. Mas foi você, minha cara Judith.

— Não... mas...

— Exatamente isso. Não! Não foi ele.

Meu sangue ferve. Não quero falar disso e, antes que Björn diga qualquer coisa, me levanto do sofá.

— Olha só, meu filho. Se você veio até aqui pra me enlouquecer falando do babaca do teu amigo, pode sair agora por essa porta, ok?

Björn sorri e observa:

— Uau...! Eric tem razão. Você é esquentada, hein?

Fecho os olhos. Solto o ar bufando. Coço o pescoço e ele diz:

— Para de se coçar, mulher, que não faz bem pras suas brotoejas.

Olho para ele, que faz cara de reprovação.

— Pois é, linda. Eric está me deixando louco. Não para de falar de você e eu já não aguento mais. Sei até das tuas brotoejas, teus ataques de mau humor. Sei que você adora trufas. Chiclete de morango. Por favor, já não aguento mais!

Seu comentário faz meu coração bater acelerado, mas não quero alimentar falsas esperanças. Em seguida, digo:

— Eric disse que ia voltar aos joguinhos sexuais. Me disse antes de eu ir embora.

— Ele disse isso?

— Disse.

Björn sorri e murmura:

— Mas, que eu saiba, linda, não o vi em nenhuma festinha. E mais: acho até que ele vai virar monge.

Fico em silêncio e ele esclarece:

— Naquele dia em que você perdeu as estribeiras, meu amigo idiota e cabeça-dura ia te pedir em casamento.

— Quê?!

— Pensa bem, Judith — insiste Björn —, por que você acha que eu cheguei com uma garrafa de champanhe? A questão é que ou ele não soube deixar isso claro ou você não quis ouvir.

Arregalo os olhos. Casamento?

Eric ia me pedir em casamento?

Definitivamente está louco, louco! E, quando vou dizer alguma coisa, Björn prossegue:

— Quando houve aquela história com Betta e ele descobriu todo o resto, ficou superchateado. A mãe e a irmã lhe deram uma bronca tremenda. Disseram que você não tinha culpa de nada. E que o maior culpado era ele próprio, por ser do jeito que é. Ele não se aborreceu contigo, querida, mas com ele mesmo. Não conseguia entender como era capaz de ser tão intolerante a ponto de as pessoas precisarem mentir pra ele e esconder várias coisas. — Pisco os olhos, mal consigo respirar, e Björn continua: — Quando foi lá em casa e me contou, eu disse o mesmo de sempre. A maneira dele de falar, tão fria, intimida as pessoas, as deixa inibidas pra contar as coisas. Ele custou a entender, mas finalmente a ficha caiu. Ficou dias pensando a respeito, e por isso não falava contigo e, quando se deu conta dos estragos que fez, quis consertá-los, mas tudo foi por água abaixo. Você me beijou. Ele ficou paralisado e você foi embora.

Björn me olha. Olho de volta, estarrecida. Estala os dedos e pergunta:

— Você está aqui?

Confirmo com a cabeça e ele conclui:

— A questão, linda, é que ele disse que você foi embora e você tem que voltar. É tão orgulhoso que, apesar de saber que errou, não consegue te pedir pra voltar, mesmo que esteja se corroendo por dentro. Então, querida, se você o ama, tome a iniciativa. Todos que convivemos com ele vamos te agradecer.

Penso, penso, penso e finalmente declaro:

— Não vou fazer isso, Björn.

Ele bufa, fica de pé e pergunta:

— Mas... como vocês dois podem ser tão cabeças-duras?

— Com a prática — digo ao me lembrar da resposta que Eric me deu uma vez.

— Vocês se amam. Sentem saudades um do outro. Por que não resolvem logo essa situação? Da primeira vez vocês terminaram porque ele te largou. Agora é porque você foi embora. Um dos dois vai ter que ceder na terceira vez, não acha?

Me levanto e, atordoada por tudo o que ouvi, digo:

— Preciso sair daqui. Vem, vamos tomar alguma coisa.

Nessa noite eu e Björn saímos por Madri. Falamos muito. Em momento algum tenta alguma coisa. Comporta-se como um autêntico cavalheiro e como melhor amigo de Eric. Me deixa em casa às nove e vai embora. Precisa pegar um voo de volta a Munique.

No dia seguinte, no escritório, estou escrevendo um e-mail quando o homem que me deixa enlouquecida passa na minha frente como um furacão e diz, dando um soco na minha mesa:

— Senhorita Flores, vá até a minha sala.

Meu coração sobe pela garganta. Eric está aqui?

Não consigo levantar.

Minhas pernas tremem.

Respiro ofegante.

Três minutos depois, o telefone toca. Uma ligação interna. Atendo.

— Senhorita Flores, estou esperando — insiste Eric.

Me levanto com dificuldade. Estou há muitos dias sem vê-lo e de repente ele está ali, a menos de cinco metros de mim, e exige minha presença. Meu pescoço já está coçando. Fecho os olhos, inspiro profundamente e entro na sala. O impacto ao vê-lo me deixa sem ar. Ele deixou a barba crescer.

— Fecha a porta.

Seu tom de voz é baixo e intimidador. Faço o que ele pede e olho pra ele.

Ele também me olha fixamente, e de repente diz:

— O que você estava fazendo ontem à noite zanzando com Björn por Madri?

Hesito. Tanto tempo sem nos ver e ele me pergunta isso?

Quando consigo abrir a boca, respondo:

— Senhor, eu...

— Eric... meu nome é Eric, Judith. Para de me chamar de "senhor".

Está furioso, tremendamente furioso, e seu mau humor começa a me fazer reagir. Seu olhar é frio, mas, agora que sei o que Björn me contou, jogo com uma carta a meu favor e respondo:

— Olha, não vou mentir pra você. Chega de mentiras! Björn é meu amigo, por que não posso sair com ele por Madri ou por onde me der na telha?

Minha resposta não o satisfaz, e ele pergunta entredentes:

— Em Munique vocês saíram juntos alguma vez sem eu saber?

Abro a boca, surpresa, e murmuro:

— Seu babaca...!

Eric olha para cima com cara de impaciência e rosna:

— Não começa, Judith.

— Desculpa. Mas não começa você — digo, dando um soco na mesa. — Que besteira é essa que você está me perguntando? Björn é o melhor amigo que você pode ter e você vem com essas idiotices. Olha, meu filho, quer saber? Vou vê-lo sempre que me der vontade.

— Você brinca com ele, Judith?

Outra pergunta que me pega de surpresa. Como pode pensar isso? E, mal-humorada, decido responder com um desaforo:

— Só faço o que você faz. Nem mais nem menos.

Silêncio. Tensão. De novo, Alemanha *versus* Espanha. Por fim, ele faz que sim com a cabeça, me olha de cima a baixo e diz:

— Ok.

Nos olhamos. Nos desafiamos. Estou prestes a gritar que ele me escondeu a separação da minha irmã, mas, sem saber por quê, acabo falando:

— Vou a Munique no próximo fim de semana.

Eric se levanta da cadeira, apoia-se na mesa com os olhos fora de órbita e pergunta:

— Vai à festa de Björn?

Não sei de que festa ele fala. Björn não me contou nada e nem mesmo sabe da minha viagem. Marquei com Marta em Munique para ver Flyn e todos as pessoas que adoro, mas, apoiando-me na mesa também, reajo lenta e desafiadoramente:

— E o que você tem com isso?

O telefone toca. Minha salvação! Corro para atender.

— Bom dia. Quem fala é Judith Flores. Em que posso ajudar?

— Fofinha, como você está?

Minha irmã!

Sem deixar de olhar para Eric, respondo:

— Oi, Pablo!

— Pablo?! Mas, fofaaaaaaaa, sou eu, Raquel.

— Eu sei, Pablo... eu sei. Se você quiser, a gente pode jantar juntos. Na sua casa? Ótimo!

Minha irmã não entende nada e, antes que diga qualquer coisa, continuo:

— Te ligo já, já. Estou falando com meu chefe. Até daqui a pouco.

Quando desligo, o olhar de Eric é assustador. Não faz ideia de quem é Pablo e isso o desespera. Achando graça da situação, digo:

— O que houve? Quem fica te atualizando sobre minha vida não te falou do Pablo? — Inclino-me para frente na mesa e esclareço: — Você está muito mal informado. Björn é apenas um amigo, mas não posso dizer o mesmo do Pablo.

Dito isso, me viro e saio da sala. Estou tremendo toda. Bela maneira de complicar as coisas ainda mais!

Sei que não tira os olhos de mim, então pego minha bolsa e saio em disparada. Quando chego à cafeteria, peço uma Coca com muito gelo. Estou morrendo de sede, e ao mesmo tempo furiosa e histérica.

Que diabo estou fazendo? E, principalmente, que diabo ele está fazendo?

Pego o celular e ligo para Björn.

— Seu amiguinho Eric está por aqui. Veio correndo me perguntar todo irritadinho o que eu e você estávamos fazendo juntos ontem em Madri.

— Ele está em Madri?

Neste momento, Eric entra na cafeteria e olha na minha direção. Senta-se no outro extremo do balcão. Continuo falando ao telefone.

— Sim. E agora ele está bem na minha frente.

— Porra! — diz Björn, rindo. — Bem, linda, você já sabe o que eu te disse. Ele precisa de você. E, se você o ama de verdade, não se faça de difícil. Volta logo com ele! Eric só está esperando que você dê o primeiro passo. Seja doce e boazinha.

Sorrio e me desespero. Doce e boazinha? Em vez de dar um passo, o que fiz foi declarar guerra a ele. Angustiada pela encruzilhada mais louca em que já me meti, murmuro ao ver que Eric me observa:

— No fim de semana que vem tenho planos de ir a Munique. Comentei com Eric, e ele acha que vou contigo a sei lá que festa.

— Nossa! Ele deve ter ficado morrendo de raiva — brinca.

Depois de falarmos mais um pouco sobre minha visita à Alemanha, me despeço de Björn e desligo o celular. Bebo a Coca, pago e saio da cafeteria. Quando volto à minha sala, Eric aparece dois minutos depois. Entra no seu escritório e me olha, me olha e me olha.

Meu Deus, como me excita quando ele me olha assim!

Sou mesmo uma masoquista, mas essa frieza em seu olhar foi o que fez eu me apaixonar por ele.

Tento me concentrar no trabalho. Mas não dou uma dentro. Sei que preciso de Eric. Preciso beijá-lo. Preciso da sua boca, do seu contato, mas não sei como conseguir isso e como, e levanto, entro na sala de Miguel, que não está, e de lá vou até o arquivo.

Foi uma boa ideia. Eric não demora a chegar. Nem me dá tempo de respirar e já está atrás de mim. Não me toca. Apenas fica bem perto. Finjo que não me dei conta de sua presença e me viro. Me choco contra ele. Ai, meu Deus! Adoro seu cheiro! Nos olhamos e pergunto:

— Está precisando de alguma coisa, senhor Zimmerman?

Sua boca vai direto na minha.

Nem chupa os meus lábios, como costuma fazer. Enfia a língua na minha boca e me beija. Me devora com desespero. Sua barba e seu bigode fazem cócegas no meu nariz e no meu rosto, mas, quando suas mãos seguram minha cabeça para beijar melhor, eu me deixo levar. Preciso disso. Aproveito o momento. Enquanto ele me beija com paixão, meu corpo ganha nova vida e, assim que ele para, olho nos seus olhos e, sem limpar os lábios, murmuro:

— Lembre-se, senhor, que minha boca não é mais só sua.

Digo isso e o empurro contra os arquivos. Saio eufórica por ter conseguido um beijo. Mas depois me arrependo. O que estou fazendo? Ele precisa que eu dê o primeiro passo, mas meu orgulho não permite. Eric não volta a me procurar o resto do dia. Mas não para de me olhar. Me deseja. Sei disso. Me deseja tanto quanto eu a ele.

42

No dia seguinte, Eric não aparece no escritório. Ligo para Björn e ele me conta que seu amigo está em Munique. Fico mais tranquila ao saber disso. Na sexta à tarde, quando saio da empresa, tomo um voo para a Alemanha. Marta vai me buscar e, apesar de sua insistência, digo que quero dormir num hotel. Se eu e Eric resolvermos nossa situação, quero ter aonde levá-lo. Na manhã de sábado, saio com Frida. Ela me conta que Björn está organizando uma festa para essa noite na casa dele e Eric acha que vou estar lá. Não penso ir. Não quero participar de nenhum joguinho sem ele.

À tarde, vou à casa de Sonia. Emocionada ao me ver, ela me abraça com carinho. Quando menos espero, Simona aparece. Ao saber que eu tinha viajado a Munique, decidiu me visitar. Vai logo me abraçando com ternura e, entre risadas, me conta como anda a novela *Loucura Esmeralda*. Mas um dos melhores momentos é quando aparece Flyn. Não sabe que estou ali e, quando me vê, se joga em meus braços. Estava sentindo minha falta. Depois de várias manifestações de carinho, me mostra seu braço. Está totalmente recuperado. Flyn me cochicha que ele e Laura agora já conversam. Nós rimos e Sonia fica toda feliz com as risadas do neto.

Depois do almoço, quando eu e Flyn estamos jogando Wii, aparece Eric. Sua expressão, ao me ver, é de frieza. Fez a barba e está tão lindo como sempre. Aproxima-se de mim e, quando me dá dois beijinhos e sua bochecha encosta na minha, eu estremeço. Fecho os olhos e desfruto de nossa pele se roçando assim delicamente. Alguns minutos depois, Marta e Sonia levam Flyn à cozinha. Querem nos deixar a sós. Quando não há mais ninguém em volta, Eric arrisca:

— Veio pra festinha de Björn?

Não respondo. Simplesmente olho para ele e sorrio.

Eric resmunga e sai. Não me dá a oportunidade de falar. Me irrito comigo mesma. Por que eu sorri? Olho com melancolia através das portas de vidro e o vejo ir embora em seu BMW prata. Suspiro. Marta chega perto de mim, me segura pelos ombros e murmura:

— Ah, esse meu irmão... Se continuar assim, vai acabar ficando louco.

Eu também vou ficar louca, penso. Depois, volto a jogar videogame com Flyn diante da expressão triste de Sonia. Às sete, vamos ao hotel. Troco de roupa e, diferentemente do que Eric imagina, saio para uma noitada com Marta. Não quero brincar com ninguém que não seja ele. Não consigo. Partimos para o Guantanamera onde nos esperam Arthur, Anita, Reinaldo e outros amigos.

Assim que entramos, peço *mojitos* para me esquecer de Eric. Depois de virar vários, já estou sorrindo e dançando salsa com Reinaldo. Todos esses amigos dos meses que passei na Alemanha me recebem com carinho, abraços e muito amor.

Às onze, recebo uma mensagem de Frida: "Eric está aqui."

Me inquieto. Meu bom humor vai por água abaixo.

Fico desconcertada ao saber que Eric está numa festinha particular sem mim. Será que vai jogar com outras mulheres? Às onze e meia, ele me liga. Olho para o celular, mas não atendo. Não posso. Não sei o que lhe dizer. Me telefona várias vezes e nada de eu atender. À meia-noite, Frida me liga. Corro até o banheiro para poder escutar direito.

— O que houve?

— Nossa, Judith! Eric está muito irritado.

— Por quê? Só porque não estou na festinha?

Frida ri.

— Está irritado porque não sabe onde você está. Nossa, Judith, que complicado é tudo isso para ele! Essa coisa de saber que você está em Munique e não te ter sob controle está acabando com ele. Coitadinho.

— Frida, ele participou de algum joguinho?

— Não, querida. Ele não tem clima pra isso, apesar de ter vindo acompanhado.

Me descontrolo. Acompanhado?! Saber isso me deixa revoltada. Então Frida diz:

— Por que você não vem? Tenho certeza que se ele te vir...

— Não... não... Sem chance.

— Mas, Judith, não combinamos que você ia facilitar tudo pra ele? Querida, você me confessou que o ama, e nós duas sabemos que ele te ama também e...

— Sei o que eu falei — rosno, furiosa com o fato de ele estar acompanhado. — E, por favor, não diz pra ele onde estou.

— Judith, não seja assim...

— Promete, Frida. Promete que não vai falar nada.

Depois de conseguir uma promessa da maravilhosa Frida, desligo. Mas o celular volta a tocar. Eric! Não atendo. Assim que volto à pista, Marta, que está dançando completamente distraída, me entrega outro *mojito*. Começo a dançar também e, decidida a me esbaldar, grito:

— *Azúcar*!

Chego ao hotel lá pelas sete da manhã. Estou destruída e desabo na cama. Quando acordo, já são duas da tarde. Minha cabeça não para de girar. Bebi demais na noite anterior. Olho para o celular. Está sem bateria. Pego o cabo na mala e ligo na tomada. Assim que começa a carregar, toca. Eric. Decido atender.

— Onde você está? — grita.

Estou quase mandando-o passear, mas me controlo e respondo:

— Na cama. O que você quer?

Silêncio. Silêncio. Silêncio. Até que finalmente pergunta:

— Sozinha?

Olho ao redor e, espreguiçando-me na cama enorme, rebato:

— E o que você tem com isso, Eric?

Bufa. Xinga. Rosna.

— Jud, com quem você está?

Me sento na cama, afasto o cabelo do rosto e respondo:

— Mas então, Eric, o que você quer?

— Você disse que iria à festa de Björn e não foi.

— Eu não disse isso — reajo. — Você está enganado. Eu disse que ia a uma festa, mas não necessariamente à de Björn. Deixei claro que ele é só um bom amigo.

Silêncio. Ninguém fala, até que Eric murmura:

— Quero te ver, por favor.

Gosto disso. Não resisto a um pedido desses. Acabo fraquejando.

— Às quatro no Jardim Inglês, ao lado do lugar onde compramos sanduíches no dia em que fomos com Flyn, está bem?

— Combinado.

Quando desligamos, abro um sorriso. Temos um encontro marcado. Tomo um banho, visto uma saia comprida, uma blusa e um sobretudo de couro. Pego um táxi e, quando chego, ele está me esperando. Meu coração bate com força. Se ele me abraçar e me pedir para voltarmos, não vou conseguir dizer não. Eu o amo demais, apesar de estar chateada por não ter me contado sobre a separação da Raquel e por ter ido com alguém à festa de Björn. Quando chego perto, olho para ele e, disposta a facilitar as coisas, digo:

— Pronto. Estou aqui. O que você quer?

— Está com cara de cansada.

Achando graça dessa observação, olho para ele e respondo:

— Você também não está com uma aparência muito boa.

— Aonde você foi ontem e com quem?

— Mas de novo com essa história?!

— Jud...

Meu Deus! Ele me chamou de Jud...

— Tá bom, vou responder a sua pergunta quando você me disser quem era a mulher que foi contigo ontem à festinha de Björn.

Minha pergunta o surpreende e ele não responde. Fico ainda mais irritada e, tentando sustentar um olhar tão frio quanto o dele, aviso:

— Meu avião sai às sete e meia. Então, por favor, vamos logo com isso. Fala o que tem que falar porque preciso passar no hotel, arrumar minha mala e pegar o voo.

Resmunga. Me olha com raiva.

— Não vai me contar com quem você esteve ontem à noite?

— Você por acaso respondeu minha pergunta? — Não diz nada. Apenas me olha e prossigo: — Quero que saiba que eu sei que você mentiu pra mim.

— Quê?! — pergunta desconcertado.

— Você me escondeu a separação da minha irmã e depois teve a cara de pau de se aborrecer comigo porque eu não te contei certas coisas da sua família.

— É diferente — defende-se.

Com frieza, essa mesma frieza que ele me ensinou, olho para ele e digo:

— Você é um mentiroso, um sujeito frio e deplorável sem um pingo de autocrítica. Só vê os defeitos dos outros. E, sobre com quem eu estive ontem à noite, fique você sabendo que sou livre pra passar a noite com quem eu quiser, assim como você. Satisfeito?

Me olha, me olha, me olha e por fim se levanta e diz:

— Adeus, Judith.

E sai. Vai embora.

Fico atônita. Vai embora e me deixa sozinha no meio do Jardim Inglês.

Com a adrenalina a mil, vejo-o se afastando. Ele nunca dará o braço a torcer. É orgulhoso demais, e eu também. Ao fim me levanto, tomo um táxi, volto para o hotel, pego minha mala e vou para o aeroporto. Quando o avião decola, fecho os olhos e murmuro:

— Maldito cabeça-dura!

43

Dez dias depois, há uma convenção da Müller em Munique da qual sou obrigada a participar. Tento escapar, mas Gerardo e Miguel não deixam, e imagino que o senhor Zimmerman tenha algo a ver com isso. Quando meu avião aterrissa, sou dominada pelas lembranças. De novo estou nessa cidade majestosa. Acompanhada de Miguel e outros chefes de todas as sucursais da Espanha, chegamos ao local da convenção às onze da manhã. Me sento ao lado de Miguel e um pouco depois o evento começa. Procuro Eric em meio à multidão de participantes e acabo localizando. Está na primeira fila, e meu coração fica apertado quando o vejo com Amanda. Bruxa!

Como sempre parecem muito compenetrados e, quando Eric sobe ao palco para falar diante de mais de três mil pessoas vindas de todas as sucursais, olho para ele com orgulho. Ouço tudo o que diz e reparo como ele está gato, gatíssimo, com um terno cinza-escuro. Quando seu discurso acaba e Amanda sobe ao palco, fico tensa. Eric a pega pela cintura, e ela, encantada, cumprimenta a todos com uma expressão de triunfo.

Miguel me olha. É um momento difícil de engolir, mas tento sorrir. Uma vez aberta a convenção, os garçons começam a passar taças de champanhe e canapés. Protegida entre meus colegas espanhóis, estou a par de tudo o que acontece. Eric se aproxima junto com Amanda. Os dois cumprimentam todos os participantes e sinto vontade de sair correndo quando o vejo chegar ao meu grupo. Com um sorriso encantador, porém frio, olha para todos nós. Não presta uma atenção especial em mim e, quando me cumprimenta, nem sequer me olha nos olhos. Aperta minha mão como se eu fosse qualquer um e depois se afasta para continuar saudando as outras pessoas. Amanda me lança um olhar de gozação. Cachorra!

Enquanto cumprimentam os outros, percebo que Eric volta a pegar Amanda pela cintura e fotografam os dois juntos. Em nenhum momento faz menção de olhar para mim. Nada, absolutamente nada. É como se nunca tivéssemos nos conhecido. Eu nem pisco vendo-o ser fotografado com outras mulheres, e fico arrepiada ao notar que diz algo a uma delas olhando para seus lábios. Eu o conheço. Sei o que significa esse olhar e onde ele vai dar. Meu pescoço está coçando. As brotoejas! Ai, não! O ciúme me domina. Não consigo suportar!

Quando não aguento mais, procuro uma saída. Preciso ir embora o quanto antes. Assim que encontro uma porta, alguém pega minha mão. Me viro com o coração acelerado e me deparo com Miguel. Por um instante cheguei a pensar que fosse Eric.

— Aonde você vai?

— Preciso pegar um pouco de ar. Está muito quente aqui dentro.

— Vou contigo — diz Miguel.

Quando afinal encontramos uma saída, Miguel saca um maço de cigarros e peço um. Preciso fumar. Após as primeiras tragadas, meu corpo começa a relaxar. A frieza de Eric, a presença incômoda de Amanda e a forma como ele olhou para outras mulheres foram demais para mim.

— Está tudo bem, Judith? — pergunta Miguel.

Sorrio. Tento ser a garota animada de sempre.

— Sim, é só que está muito calor aqui.

Miguel concorda. Sei que está imaginando coisas, mas não quero me abrir com ele. Depois do cigarro, sugiro que a gente volte para dentro. Preciso ser forte e tenho que demonstrar isso a Eric, a Amanda, a Miguel e a todo mundo.

Com passos firmes, volto ao grupo da Espanha e tento me integrar na conversa, mas não consigo. Cada vez que me viro, Eric está próximo, elogiando alguma mulher. Todas querem tirar fotos com ele. Todas menos eu.

Duas horas depois, quando estou num banheiro, ouço uma dessas mulheres contando que o chefão Eric Zimmerman lhe disse que ela é linda. Que imbecil! Sem poder evitar, olho para ela. É um mulherão. Uma italiana ruiva de seios enormes e curvas marcantes. Está visivelmente nervosa e eu entendo. Quando Eric diz algo assim nos encarando é impossível não ficar nervosa.

Quando saio do banheiro, cruzo com Amanda. A bruxa pisca para mim com deboche. Sinto uma vontade irrefreável de agarrá-la pelos cabelos louros e arrastá-la pelo chão. Mas não. Não devo. Estou numa convenção; tenho que ser profissional e, principalmente, prometi ao meu pai que não voltaria a me comportar como uma barraqueira.

Ao chegar ao meu grupo, me surpreendo quando vejo Eric conversando com eles. Ao seu lado há uma morena bonita da sucursal de Sevilha que fica babando por ele. Consciente do magnetismo que provoca nas mulheres, Eric brinca com ela. A moça passa a mão pelo cabelo e se mexe toda nervosa. Fecho os olhos. Não quero vê-los. Mas, ao abri-los, encontro o olhar de Eric, e ele diz:

— A senhorita Flores os levará ao lugar da festa. Ela conhece Munique. — Ergo a cabeça, e Eric conclui, entregando-me um cartão: — Espero todos lá.

Diz isso e se afasta. Fico desconcertada.

Todos me olham e começam a me perguntar como chegar ao local que o chefão indicou. Olho o cartão e, depois de lembrar onde fica esse salão de festas, nos dirigimos até o ônibus que nos levará ao hotel. Ficaremos ali até chegar a hora do evento da noite.

Já no quarto, aproveito para tomar uma chuveirada. Estou muito tensa. Não quero ir a essa festa, mas sou obrigada. Não dá para escapar. Eric já se encarregou disso. Depois de secar o cabelo, ouço uns tapas e uns gemidos. Presto atenção aos barulhos e acabo sorrindo. O quarto ao lado é o de Miguel, e pelo visto ele está se divertindo à beça.

Dou umas batidinhas na parede e os gemidos param. Não quero ficar escutando isso!

Troco o terninho cinza-claro por um vestido preto com strass na cintura. Calço uns sapatos de salto que me caem superbem e prendo o cabelo num coque alto. Quando me olho no espelho, sorrio. Sei que estou sexy. Com certeza Eric não olhará para mim, mas minha aparência atrairá os olhares de outros homens.

Que eles pelo menos levantem meu moral, né?

Às nove, após jantar no hotel, nos reunimos todos no hall. Como era de se esperar, todos me procuram para levá-los à festa conforme informou o chefão. Dou umas orientações ao motorista do ônibus e em seguida mergulhamos no trânsito de Munique. Sorrio ao passarmos ao lado do Jardim Inglês. Olho com carinho para os lugares onde passeei com Eric e fui muito feliz numa época maravilhosa da minha vida, mas esse clima gostoso acaba quando o ônibus chega ao destino e temos que descer.

Entramos no local. É enorme e, como eu já previa, o senhor Zimmerman organizou uma festa e tanto. Todos elogiam. Miguel me olha e comento, rindo:

— Cara, eu quase gritei pra você "olé!".

Ele ri também e aponta para uma garota.

— Meu Deus, menina! Patricia é um furacão. Nem te conto.

Nós dois rimos e nesse momento escuto ao meu lado:

— Boa noite.

Ao erguer o olhar, topo com Eric. Está lindo num smoking preto com gravata-borboleta. Ai, meu Deus! Sempre tive vontade de transar com ele vestido só com essa gravatinha. Me dá uma excitação! Logo tiro essa ideia da cabeça. Onde já se viu ficar pensando nisso? Nossos olhos se cruzam e sua frieza é extrema. Meu coração quase sai pela boca e o estômago se contrai. Até que vejo que a mulher que está ao seu lado é a italiana ruiva do banheiro. Merda!

Sem mudar minha expressão, eu o cumprimento e ele continua andando com ela. Não quero que se dê conta de que sua presença mexe comigo, mas a verdade é que me deixa nocauteada. Está bem claro que Eric retomou sua vida e eu preciso aceitar isso.

De braços dados com Miguel, vou até o balcão e peço uma bebida. Estou morrendo de sede. Miguel fica junto comigo durante uma hora. Rimos e conversamos, até que a música começa. Contrataram uma banda de soul. Adoro! As pessoas vão para a pista e Miguel decide tirar o furacão Patricia para dançar.

Fico sozinha e, enquanto tomo minha bebida, dou uma olhada à minha volta. Não vi Eric de novo, mas logo o localizo dançando com a italiana. Isso me inquieta. Música após música, sou testemunha do quanto as mulheres estão doidas para dançar com Eric. E ele, todo orgulhoso, aceita.

Desde quando gosta tanto de dançar?

Quem adora uma pista de dança sou eu, e aqui estou, encostada no balcão. Merda! Mas fico fora de mim quando vejo Eric dançar com Amanda. Que idiota que eu sou! Não consigo aguentar o olhar dela e a forma possessiva como o pega pelo pescoço enquanto move um dedo e acaricia o cabelo dele.

Me viro. Não posso continuar olhando. Vou ao banheiro, jogo um pouco de água no rosto para me refrescar e volto à festa.

Ao sair, esbarro com Xavi Dumas, da sucursal de Barcelona, e ele me chama para dançar. Aceito na hora. Depois, vários outros homens me convidam também, e isso me faz recuperar minha autoestima. De repente, Eric está ao meu lado e pede ao meu acompanhante permissão para dançar comigo. O cara concorda numa boa. Eu, nem tanto. Quando ele põe a mão na minha cintura e eu coloco meus braços em torno do seu pescoço, a banda toca *Blue moon*. Engulo em seco e danço. Ele me olha de cima e finalmente diz:

— Está se divertindo, senhorita Flores?

— Sim, senhor — confirmo num tom rude.

Suas mãos nas minhas costas me queimam. Meu corpo reage a seu contato, sua proximidade e seu cheiro.

— Como vai a vida? — volta a perguntar de um jeito impessoal.

— Bem — consigo dizer. — Muito trabalho. E a sua?

Eric sorri, mas seu sorriso me assusta quando chega perto do meu ouvido e murmura:

— Muito bem. Retomei meus joguinhos e preciso reconhecer que são muito melhores do que eu lembrava. Aliás, Dexter mandou lembranças outro dia para a senhorita, para a "deusa *caliente*" dele.

Que idiota!

Tento me desvencilhar do seu abraço, mas ele não deixa. Me aperta contra si.

— Termine de dançar comigo esta música, senhorita Flores. Depois, pode fazer o que lhe der vontade. Seja profissional.

Meu pescoço pinica, mas não me coço.

Aguento até o fim, diante do seu olhar severo, e quando a música termina ele dá um beijo frio e cortês na minha mão. Antes de se afastar, murmura:

— Como sempre, foi um prazer vê-la novamente. Desejo-lhe tudo de bom.

Sua proximidade, suas palavras e sua frieza tocam fundo na minha alma.

Ando até o balcão e peço uma cuba-libre. Estou precisando. Bebo uma, depois peço outra e tento ser profissional e fria como ele. Tive o melhor professor. Nenhum Eric Zimmerman vai conseguir me derrubar.

Olho furiosa na sua direção, enquanto ele se esbalda com as mulheres. Todas ficam caidinhas a seus pés e sei muito bem com quem ele vai embora esta noite. Não é com a italiana. É com Amanda. Seus olhares me dizem isso.

Como eu odeio esses dois!

Lá pela uma da manhã, dou por terminada a festa. Não aguento mais! Miguel já foi embora com seu próprio furacão sexual, e um ou outro cara fica me alugando.

Quando saio à rua, respiro fundo. Me sinto livre. Aparece um táxi e faço sinal. Dou o endereço ao motorista e, em silêncio, volto ao hotel. Subo até meu quarto e tiro os sapatos. Estou fervendo de raiva! Eric me tirou do sério. Que novidade! Escuto os gemidos do quarto ao lado. Miguel e seu furacão.

Respiro fundo. Que noitezinha mais agradável me espera!

Me sento na cama, tapo os olhos e tento segurar o choro. Que diabo estou fazendo aqui? Os gemidos ao lado ficam mais altos. Como são escandalosos! Ao fim, irritada, dou batidinhas na parede. Eles ficam quietos.

Instantes depois, batem na minha porta. Que desmancha-prazeres eu sou! Deve ser Miguel para me pedir desculpas. Sorrio e, quando abro, deparo com a cara amarrada de Eric. Minha expressão muda imediatamente.

— Nossa... pelo visto não sou quem a senhorita estava esperando, senhorita Flores.

Sem pedir permissão, entra no quarto e fecho a porta. Não saio do lugar. Não sei o que ele faz aqui. Eric dá uma volta pelo quarto e, depois de se certificar de que estou sozinha, me olha e eu pergunto:

— O que o senhor quer?

Iceman me olha, me olha, me olha e responde com indiferença:

— Não a vi ir embora da festa e queria ter certeza de que estava bem.

Sem me aproximar dele, balanço a cabeça. Continuo chateada pelo que me disse durante a noite.

— Se o senhor veio para ver com quem vou brincar aqui, sinto decepcioná-lo, mas eu não brinco com funcionários da empresa e nem quando eles estão por perto. Sou discreta. E, quanto a estar ou não estar bem, não se preocupe, senhor, sei cuidar muito bem de mim sozinha. Portanto, o senhor já pode se retirar.

Fica perturbado por eu ter dito que jogo com outras pessoas. Dá para ver pela sua expressão. E, antes que ele diga mais alguma coisa que me aborreça, eu solto:

— Saia do meu quarto agora mesmo, senhor Zimmerman.

Não se move.

— Quem o senhor pensa que é para entrar aqui sem ser chamado. Certamente o esperam em outros quartos. Corra, não perca tempo; tenho certeza de que Amanda ou qualquer outra de suas mulheres deseja ser o centro de sua atenção. Não desperdice o seu tempo aqui comigo. Vá logo brincar com elas.

Tensão. Muita tensão.

Nos olhamos como autênticos rivais e, quando ele chega mais perto de mim, me afasto depressa. Não estou a fim de cair no seu jogo, por maiores que sejam minha vontade, meu desejo e minha necessidade.

Ouço-o praguejar e em seguida, sem me olhar, vai até a porta, abre e sai furioso.

Fico sozinha no quarto. Meu coração está a mil. Não sei o que Eric quer. O que sei é que quando estou a sós com ele não tenho controle sobre meu corpo.

Na noite em que volto da convenção em Munique, decido que devo retomar minha vida. Preciso esquecer Eric e procurar outro emprego. Preciso voltar a ser eu mesma, porque senão não sei o que vai ser de mim.

No dia seguinte, quando chego ao escritório, converso com Miguel. Ele não entende por que quero ir embora. Tenta me convencer a ficar, mas deduz que a história entre mim e o chefão não acabou. Me acompanha até a sala de Gerardo e ali dou entrada no meu pedido de demissão.

Depois de uma manhã surreal em que Gerardo não sabe o que fazer comigo, no fim das contas consigo fazer valer minha decisão. Estou saindo definitivamente da Müller.

De tarde, quando saio do escritório, sorrio aliviada. É o primeiro dia da minha vida.

Continua...

Leia as primeiras páginas do volume 3 da trilogia Peça-me o que quiser: Peça-me o que quiser ou deixe-me

Às sete da manhã, ainda estou na cama quando meu celular começa a tocar. Olho o visor e não reconheço o número. Atendo e escuto:

— O que você fez?

— Quê? — pergunto, ainda meio grogue, sem entender nada.

— Por que você pediu demissão, Judith?

Eric!

Gerardo já deve ter informado o que eu fiz e ele grita irado:

— Pelo amor de Deus, pequena, você precisa de um trabalho! O que pretende fazer? Pensa em trabalhar com o quê? Quer voltar a ser garçonete?

Irritada por essas perguntas e principalmente por ele me chamar de "pequena", rosno:

— Não sou sua "pequena" e faça o favor de não me ligar nunca mais.

— Jud...

— Esquece que eu existo.

Desligo na cara dele.

Eric liga de novo. Corto a chamada.

Acabo desligando o celular e, antes que ele telefone para o fixo, tiro o aparelho da tomada. Furiosa, me viro na cama e tento pegar no sono outra vez. Quero dormir e me esquecer do mundo.

Mas não consigo e me levanto. Me visto e saio. Não quero ficar em casa. Ligo para Nacho e vamos a seu estúdio. Fico horas olhando as tatuagens que ele faz enquanto conversamos. Na hora de fechar, ligamos para uns amigos nossos e caímos na farra. Preciso comemorar a minha saída da Müller.

Chego em casa às três da manhã. Desabo na cama. Enchi a cara essa noite.

Lá pelas dez, a campainha toca. Levanto de má vontade. Meu queixo cai quando vejo que é um entregador com um lindo buquê de rosas vermelhas. Tento fazer com que leve de volta. Sei de quem são, mas o entregador resiste. Por fim, acabo ficando com elas e jogo direto no lixo. Mas meu lado curioso leva a melhor, procuro o cartãozinho e meu coração bate forte quando leio:

Como te disse há algum tempo, te levo na minha mente desesperadamente.

Te amo, pequena.

Eric Zimmerman

Atordoada, releio o bilhete.

Fecho os olhos. Não, não, não. Outra vez, não!

A partir desse momento, sempre que ligo o celular surge uma chamada de Eric. Agoniada, decido desaparecer. Eu o conheço e sei que é uma questão de horas para que bata na porta da minha casa. Alugo pela internet uma casinha de campo. Pego meu Leãozinho e sigo para Astúrias, especificamente para Llanes.

Ligo para meu pai e não digo onde estou. Não confio que ele guarde segredo de Eric. Eles se dão bem demais. Garanto que estou bem e meu pai fica mais aliviado. Apenas me exige que telefone todos os dias para dizer como estou e que o avise quando chegar a Madri. Segundo ele, precisamos ter uma conversa séria. Aceito.

Durante uma semana passeio por essa cidadezinha linda, durmo bastante e reflito. Tenho que decidir o que vou fazer da minha vida depois de Eric. Mas sou incapaz de pensar com clareza. Eric está tão enraizado na minha mente, no meu coração e na minha vida que eu mal consigo raciocinar.

Ele insiste.

Me entope de mensagens e, quando vê que não dou a menor bola, começa a me mandar e-mails que leio toda noite no quarto da casa linda que aluguei.

De: Eric Zimmerman

Data: 25 de maio de 2013 09:17

Para: Judith Flores

Assunto: Me perdoa

Estou preocupado, querida.

Eu errei. Te acusei de me esconder coisas quando eu próprio sabia da tua irmã e não te contei. Sou um idiota. Estou ficando louco. Por favor, me liga.

Te amo.

Eric

1ª EDIÇÃO [2013] 17 reimpressões

ESTA OBRA FOI COMPOSTA EM ADOBE GARAMOND PELA ABREU'S SYSTEM E IMPRESSA EM OFSETE PELA LIS GRÁFICA SOBRE PAPEL PÓLEN DA SUZANO S.A. PARA A EDITORA SCHWARCZ EM NOVEMBRO DE 2024

FSC
www.fsc.org
MISTO
Papel | Apoiando o manejo florestal responsável
FSC® C112738

A marca FSC® é a garantia de que a madeira utilizada na fabricação do papel deste livro provém de florestas que foram gerenciadas de maneira ambientalmente correta, socialmente justa e economicamente viável, além de outras fontes de origem controlada.